ACADEMIA DE PRODIGIOS

ACADEMIA DE PRODIGIOS

DHONIELLE CLAYTON

Traducción de Ignacio Pérez Cerón

Argentina – Chile – Colombia – España
Estados Unidos – México – Perú – Uruguay

Título original: *The Marvellers*
Editor original: Henry Holt and Co.
Traducción: Ignacio Pérez Cerón

1.ª edición: octubre 2022

Todos los nombres, personajes, lugares y acontecimientos de esta novela son producto de la imaginación de la autora o son empleados como entes de ficción. Cualquier semejanza con personas vivas o fallecidas es mera coincidencia.

Plaza de los Reyes Magos, 8, piso 1.º C y D – 28007 Madrid
www.mundopuck.com

ISBN: 978-84-17854-77-5
E-ISBN: 978-84-19251-80-0
Depósito legal: B-15.013-2021

Fotocomposición: Ediciones Urano, S.A.U.
Impreso por: Rodesa, S. A. – Polígono Industrial San Miguel
Parcelas E7-E8 – 31132 Villatuerta (Navarra)

Impreso en España – *Printed in Spain*

Para los niños ausentes en las historias de magia que
llegaron a creer que no tenían nada de especial
y
para Jason Reynolds, que odia a los dragones.
Queridos lectores, preguntadle por qué.

LOS PARANGONES

Parangón del Tacto

«¡La mano no teme!»

—Los valientes

Parangón de la Visión

«¡Sabios son los ojos!»

—Los doctos

Parangón del Temple

«¡Verdades late el corazón!»

—Los intuitivos

Parangón del Sonido

«El oído, siempre aguzado»

—Los pacientes

Parangón del Gusto

«¡La lengua no miente!»

—Los honestos

INSTITUTO DE FORMACIÓN ARCANA PARA EMPEÑOS PRODIGIOSOS Y MISTERIOSOS

—COLEGIO MENOR—

Nuestros más nobles y distinguidos saludos,

Nos llena de satisfacción informarte que has sido aceptada en el Instituto de Formación Arcana para Empeños Prodigiosos y Misteriosos, el Arcanum, al que solo pueden asistir los prodigios. Es un honor que los líderes del Arcanum te hayan elegido y esta invitación demuestra que eres digna de unirte a la escuela. Ahora bien, solo tu trabajo garantizará tu valía y por tanto que puedas quedarte aquí.

Cuando llegue tu astrograma al Estrellario recibirás un mensaje con las coordenadas de Puerto Nebulosa para los alumnos del nivel uno y la ubicación del instituto este año.

Que la luz te acompañe a ti y a los tuyos. ¡Feliz prodigio!

Laura Ruby
Asistenta ejecutiva del prodictor MacDonald
y de la prodictora Rivera del Colegio Menor

P. D.: ¡No se admiten fewel! Esta carta se convertirá en polvo si la compartes. No lo intentes o lo lamentarás.

PRIMERA PARTE

UN MUNDO NUEVO

CAPÍTULO UNO

LA RAÍZ DE LA FORTUNA

Prodigiosos.

Así llamaban a los niños afortunados, un elogio tan dulce como unas gotitas de miel sobre galletas recién horneadas. La familia de Ella, sin embargo, no era muy de cumplidos. «¿Has planchado ya la ropa? ¿Has hecho la cama? ¿Te lo has comido todo? Y lo que es más importante, ¿has pasado inadvertida, de forma que nadie se meta en *tus* asuntos?».

Incluso entonces, en el momento más importante, espectacular e incredibilísimo de Ella Durand en sus once años de vida, sus padres no dejaban de discutir y de decirle lo que tenía que hacer.

—¿Has usado las perchas? La vieja plancha ya no sirve de mucho, así que la abuela te ha planchado los mantos por su cuenta —le dijo su madre—. No quiero ver ni una arruga.

Tres bajujules flotaban en mitad del salón de los Durand con todas las cosas de Ella ordenadas cuidadosamente y listas para inspección. Su revestimiento de seda empezó a brillar cuando un hechizo de buena suerte se adhirió a sus pertenencias.

—Sí, mamá —le respondió Ella, molesta.

—¿Llevas el camafeo-conjuro? —le preguntó su padre.

—Sí, papá. —Se dio un golpecito en el pecho. Debajo de la camisa llevaba el medallón con las caras de sus padres talladas.

—¿Y las manotrenzas?

—Pues claro —Ella señaló el neceser, en el que había una copia de cera de las manos de su madre.

Mamá le tiró de uno de sus largos rizos.

—*Me niego* a que mi niña tenga el pelo hecho un desastre estando tan lejos. Los he hechizado con tus estilos favoritos. ¿Te acuerdas de cómo se usan y cómo se activan?

—Que sí...

—Aubrielle, cielo, lleva todo lo necesario —Papá las miró por encima del periódico, *El Conjuro Niunduro*, y se dio un toque en el sombrero de copa negro, lo que hizo que el anillo de pequeñas calaveras humanas del borde le dedicara una sonrisa—. Deberíamos ponernos en marcha.

Mamá suspiró.

—Sébastien, sigo sin tenerlo muy claro —le respondió y reavivó por millonésima vez la discusión sobre si Ella debería ir al Instituto de Formación Arcana para Empeños Prodigiosos y Misteriosos.

Ella se tapó los oídos; llevaban todo el verano discutiendo sobre el tema. Mamá y la abuela querían que se quedara en casa y siguiera asistiendo a la Escuela de Conjuros de Madame Collette. La comunidad también tenía sus dudas sobre si debía ir o no, pero papá creía que ya era hora de emprender una nueva aventura, y Ella estaba *más que preparada* para salir de casa.

Todo el mundo se quedó en silencio cuando el gallo compañero de la abuela, Paon, entró desde el porche y se puso a cantar.

—¡A ver si os calláis ya! —gritó la abuela por la ventana—. Así no hay quien disfrute de la puesta de sol. Vaya jaleo os traéis, sois peores que los músicos de las cabalgatas.

Ella contuvo una sonrisa.

—¿Podemos meter mis cosas ya en el maletero?

—¡Ya voy, ya voy, ya voy! —Su hermana pequeña, Winnie, irrumpió en la habitación seguida de su propio bajujul, cargado de juguetes.

Ella la miró con el ceño fruncido.

—Te hemos dicho mil veces que eres muy pequeña.

—Vaaaale, ¿pero puedo ver la carta otra vez? —le preguntó Winnie, mirándola fijamente.

—Solo si me la lees...

—No me gusta leer —se quejó Winnie.

—Pues te quedas sin verla.

—Solo quiero *mirarla* —insistió Winnie, haciendo un mohín.

—Un trato es un trato.

—¡Bueno! —Winnie dio un pisotón con su piececito—. ¡Vale!

Ella relajó la mano, suspiró y le dio la carta. Winnie toqueteó el sobre negro y empezó a salivar como si fuera a comerse un trozo de tarta colibrí. Lo movió de izquierda a derecha para ver cómo brillaba y dio un gritito cuando se movieron los cinco símbolos del sobre. Un ojo parpadeaba, una boca sonreía y sacaba la lengua, una oreja se movía, una mano pequeña saludaba y un corazón minúsculo latía. Esa también era la parte favorita de Ella.

Los cinco parangones del prodigio.

Se moría de ganas de saber cuál era su prodigio y de unirse a un parangón u otro según sus talentos.

Winnie despegó el sello estrellado, abrió el sobre y empezó a leer la carta.

Ella no se cansaría nunca de lo increíble que sonaba. Su invitación propia, su oportunidad de ser una prodigiosa.

—¿Cómo se consigue un prodigio? —le preguntó Winnie.

—Se nace con él. Normalmente depende de la familia o de la comunidad y...

—También hay muchos prodigiosos que los eligen —interrumpió papá, aclarándose la garganta—. Yo conozco a algunos.

Ella se dio la vuelta.

—Yo no he leído eso.

—Tienes mucho que aprender, pequeño saltamontes —concluyó papá, y volvió a fijar la vista en el periódico.

—¿Cuál será el mío? —Ella estuvo dándole vueltas a esa pregunta todo el verano.

—Un prodigio de conjuro, por supuesto —respondió mamá, como si fuera lo más normal del mundo.

—Mira, también hay cupones. ¿Los has visto? Se mueven, y los números cambian como si se pelearan entre sí. Este dice que tiene los climafrascos más baratos... ¡Anda! —Winnie abrió mucho los ojos—. No, pues ahora es este.

A Ella le fascinaba cómo se agitaban y se peleaban los cupones. En ese momento eran los Esplendorosos Enseres de Sandhya los que mostraban los astrolabios más baratos, y los precios de las Soberbias Ofertas de Silvano brillaban con furia.

—Yo también quiero ir —suplicó Winnie—. Yo quiero un prodigio. Quizá pueda hablar con las sirenas.

Ella le quitó la invitación.

—No lo destroces todo, ¿vale?

Papá le lanzó una mirada a Ella y levantó en brazos a Winnie como si no fuera más que una bola de helado de chocolate.

—Grillito, dentro de cinco años te llevaremos a ti también, en cuanto cumplas los once.

—Eso si todo va bien... —susurró mamá entre dientes, pero Ella no le hizo caso.

Claro que todo iría bien. Mejor que bien. Espectacularmente bien, de hecho. Prodigiosamente bien, sin duda.

Winnie se puso a lloriquear y enterró la cara en la camisa de papá. Su compañera, Greno, una rana toro, croó cuando salió de su bolsillo y se enredó con sus largas trenzas mientras que Gumbo, el caimán regordete de mamá, entró pesadamente en la habitación y se puso a husmear en torno al bajujul abierto de Ella como si fuera él lo que faltaba.

—¿De verdad está en el cielo? ¿Cómo flota? ¿No pesa demasiado un instituto para volar? —preguntó Winnie—. ¿Cómo son los prodigianos? ¿Podemos ir a sus ciudades?

—Ya lo verás, corazón —le respondió papá, tratando de calmarla—. Ya lo verás.

Ella echó un vistazo a su mochila llena de las notas que había tomado ese verano en el Griotario, donde escuchó todos los libros y molestó a todos los *griots* para que le contaran todo lo que sabían sobre los prodigiosos y su instituto de formación. Mamá y papá se relacionaban con muy pocos prodigiosos, así que no sabía sobre ellos tanto como querría.

—Conjurar no es hacer prodigios, desde luego —gritó la abuela desde el porche con una carcajada—. Tampoco creo que sea muy normal vivir en el cielo.

Ella cerró los ojos y dejó volar su mente. Se había pasado todo el verano imaginando cómo sería el Instituto, pero como cambiaba de ubicación cada año, según había leído, siempre tenía un aspecto diferente. Estudiando viejos folletos se dio cuenta de que en ocasiones parecía un museo, otras veces un gran hotel y de vez en cuando un campamento, pero la mayoría del tiempo parecía un internado. Ella trató de adivinar qué aspecto tendría en ese momento.

Sus padres le habían contado lo poco que sabían sobre el Instituto de Formación Arcana porque ellos *tampoco* habían estado nunca. Ningún conjurador había sido nunca un prodigioso.

Ella sería la primera.

Los prodigiosos nacían con un prodigio, una luz interior que les permitía llevar a cabo hazañas mágicas. Vivían en los cielos, lejos de los *fewel*, que no tenían magia..., y lejos de los conjuradores.

No eran *en absoluto* lo mismo.

Los conjuradores nacían con un crepúsculo muy hondo su interior que les permitía cruzar hechizos y ocuparse de los muertos en el Inframundo. Ella sería la primera en inscribirse, y cuando pasara todas las pruebas sería la primera en unirse a la comunidad prodigiana de manera oficial. Sería el orgullo de su familia, y en especial de su padre.

A Ella le latía el corazón como si se le hubiera quedado una luciérnaga atrapada en el pecho. Se sentía preparada para lo que viniera.

Mamá echó un último vistazo a los bajujules de Ella y luego asintió con aprobación, relajando la vista. Ella pasó la mano por encima de los pestillos y las tapas se cerraron. Por último, tarareó el hechizo de sellado que mamá le enseñó para asegurarse de que todo estuviera a salvo.

—Subíos al coche rojo, por favor —les ordenó Ella, y los bajujules salieron echando chispas por la parte de atrás de la casa.

—Dame un beso antes de irte —le pidió su abuela, que entró cojeando desde el porche.

Ella se lanzó hacia la cintura suave y redonda de su abuela e inhaló su perfume tanto como pudo. Olía un poco a miel, un poco a lavanda y un poco a mantequilla.

—Recuerda que vienes de un árbol de raíces fuertes.

Su abuela se subió las mangas y le mostró la marca de conjuración sobre su piel morena.

Una compleja maraña de raíces y flores retorcidas discurría en unas líneas de tinta con relieve por todo el cuerpo de su abuela y de mamá. Con el paso de los años, se habían vuelto más y más complejas y les recorrían toda la espalda, los brazos y las piernas. A Ella le encantaba pasar los dedos por encima cuando la abuela le dejaba aceitarle el pelo y le sorprendía cómo el conjunto cambiaba constantemente: a medida que su abuela utilizaba sus habilidades aparecía un nuevo brote o una nueva flor. Estaba cubierta por un mapa de talentos y destrezas, al igual que su madre.

Los conjuros siempre dejaban una marca.

La abuela se besó un dedo y tocó la peca más pequeña que Ella tenía en la nuca, una mancha en forma de alubia que a unos les parecía una marca de nacimiento minúscula y a otros un inoportuno tatuaje hinchado. Aquella marca había germinado como una semilla nueva desde que empezó a trabajar con la abuela en la botica familiar, donde aprendió que a la belladona le encantan los cumplidos, que para bajar al Inframundo hay que llevar una moneda de un centavo en los zapatos y que las sartenes de conjuros están mejor condimentadas con polvo crepuscular de estrellas. La manchita había permanecido igual durante mucho tiempo hasta que un día se abrió como una vaina y de ella surgió una línea fina, similar al trazo de un bolígrafo. Su primera marca como conjuradora nació igual que la de su madre, la de su abuela y la de su bisabuela mucho antes: ansiosa y lista para más conjuros.

—Se está abriendo cada vez más, pero no podré ver el progreso. ¿Me escribirás?

—Sí, señora.

—¿Y me lo contarás todo?

—Pues claro.

—Y ni se te ocurra deambular por esas ciudades. No es natural estar así, a tanta altura. Siempre pasan cosas malas...

—Lo sé, abuela —le contestó. Ella había oído la historia de la gemela de su madre y de cómo había desaparecido la única vez que su familia había ido a una ciudad prodigiana. Su nombre se sumó al de otros miles de conjuradores que no habían vuelto de un viaje al cielo, pero a Ella no le pasaría nada de aquello—. Te prometo que tendré cuidado.

La abuela le dio un beso en la frente y la ayudó a ponerse uno de sus nuevísimos mantos blancos por encima de la ropa.

—Estamos muy orgullosos de ti, ¿sabes?

Ella sin duda lo estaría.

—No dejes que te metan en líos —le dijo, y Ella le guiñó un ojo.

—Eso nunca.

—¿Estás lista? —le preguntó papá.

Echó un último vistazo a la habitación. Las sartenes de conjuros estaban sobre los fogones y el altar familiar refulgía con las velas altas y los retratos sonrientes de sus antepasados. Los estantes llenos de tarros de cristal ostentaban sus estrellas crepusculares y el jardín trepaba por las paredes como si también quisiera despedirse. *Hasta pronto*, susurró antes de salir al patio.

Ella bajó por un enorme roble vivo que crecía en el centro. Sus ramas ancianas albergaban una enramada de campanitas de viento, botellas azules de cristal y orbes brillantes. Ella miró hacia arriba y se despidió de ellos también con un susurro. El árbol se agitó en respuesta.

—Date prisa, Ella —le ordenó mamá—. Se acerca una tormenta.

El coche rojo de papá les esperaba ya en la calzada, y Ella, mamá y Winnie se montaron. El emblema de conjuración de la puerta de casa centelleó al abrirse, y Ella contuvo la respiración. Había llegado el momento.

Papá atravesó con facilidad las calles de Nueva Orleans. Los *fewel* iban de aquí para allá a toda prisa, sin levantar la vista ni fijarse en cómo las familias de conjuradores abrían las ventanas e invocaban parasoles en el cielo de la ciudad para ayudar a contener la lluvia. El ruido de pisadas y de palmas retumbaba bajo la tormenta, y un coro de voces se coló dentro del coche. «Pasad de largo, tormentas, y no nos echéis cuentas. ¡Pasad de largo!». La abuela siempre decía que un conjuro es como una buena canción: tiene una melodía y un ritmo que *solo ellos* pueden oír y sentir.

El coche avanzaba por debajo de los bellos balcones. Ella vio algunas velas viejas en las ventanas y en los porches revestidos de negro, rojo y verde, todas ellas como gesto de apoyo por su decisión de ir al Instituto de Formación Arcana. Muchas personas vestían sus mejores galas, y según pasaba el coche les lanzaban conjurrosas, aquellas preciosas flores negras con pecas carmesíes que los conjuradores procuraban llevar consigo para traerles buena suerte.

Una lluvia de pétalos cayó sobre el coche y Ella se fue llenando de alegría conforme le llegaban los buenos deseos de la gente a través de las ventanillas:

¡Mucha suerte, Ella!

Rezamos por ti y por tu éxito.

Que los ancestros te guarden.

¡Ten cuidado!

Los viandantes hacía reverencias y se quitaban el sombrero.

—Los Duvernay no tienen velas en la ventana —señaló Winnie—, y los Beauvais tampoco.

—Shhhh —le respondió mamá—. No le des importancia.

Ella estaba demasiado emocionada como para pensar en qué significaría aquello. Su padre las condujo por delante de las puertas rojas del Inframundo en Congo Square, donde los necrotauros gargantúa se elevaban por encima de la ciudad y vigilaban a todo aquel que quisiera entrar en la Tierra de los Muertos. Les mandó un beso, y cada uno de ellos le asintió con su enorme cabeza.

—¿Los vas a echar de menos? —le preguntó Winnie.

—No creo. Bueno, al menos no al principio.

Llevaba tanto tiempo lista para irse de casa que ni siquiera podía pensar en sentirse nostálgica.

—¿Y me echarás de menos *a mí*? —insistió Winnie con los ojos muy abiertos.

Ella le hizo cosquillas a su hermana pequeña hasta que papá se detuvo delante de la casa de la mejor amiga de Ella. La familia entera de Reagan Marsalis estaba de pie en su jardincito, lista para recibirlos. El señor Marsalis hizo un gesto con su sombrero de copa y la señora Marsalis les lanzó un beso. Ella sonrió tanto que le dolió la cara.

Reagan corrió hacia el coche con las mejillas morenas sudadas por el calor de septiembre y Ella bajó la ventanilla.

—Para que te dé suerte —le dijo Reagan, y le tendió una raíz de la fortuna del Inframundo, de color azul brillante. Era una de sus plantas favoritas.

Ella la sujetó y la flor pasó de la mano de Reagan a la suya.

—Gracias.

—¿Me escribirás?

—Todos los días.

Ella pegó la cara a la ventanilla y observó cómo Reagan perseguía el coche hasta que papá giró hacia el muelle. En ese momento deseó que Reagan hubiera aceptado su invitación y se hubiera ido con ella.

Justo cuando un ápice de tristeza amenazaba con encogerle el corazón, un dirigible acuático prodigiano se posó en el agua como una estrella fugaz.

A Ella se le revolvió el estómago.

Aquella era la noche más importante de su vida... quizá de todas sus vidas.

El Clarín Prodigioso

EL INSTITUTO DE FORMACIÓN ARCANA ABRE SUS PUERTAS A LOS CONJURADORES

por Renatta Cooper

20 DE SEPTIEMBRE

Comienza un nuevo día en el Colegio Menor del Arcanum, pero no todo el mundo está contento. Hay mucha gente furiosa que se manifestará a las afueras de las gigantescas puertas del cielo.

¿Por qué?

Ha ocurrido lo impensable: el centro educativo, de 250 años de antigüedad, ha abierto sus puertas a los conjuradores del mundo.

Después de que Sébastien Durand, un destacado conjurador y político estadounidense, ganara su caso en los Tribunales de Justicia prodigianos, la prohibición fue declarada ilegal y contraria a la Constitución Prodigiana.

Así, pues, se ha proclamado una modificación mágica y se ha enmendado la Constitución, de modo que los conjuradores pueden acceder al centro.

Sin embargo, solo se ha matriculado una conjuradora: Ella Durand, la hija de Sébastien.

¡Que los astros la guarden!

CAPÍTULO DOS

PUERTO NEBULOSA

El viaje hasta Puerto Nebulosa duró apenas un instante. Ella y su familia surcaban el Golfo de México y en un abrir y cerrar de ojos estaban ya en Puerto Nebulosa, en mitad del océano Atlántico, esperando la llegada de los transbordadores celestiales para continuar su viaje. El calor de finales de septiembre se le pegó a la piel.

Unos rechonchos faroles estelares flotaban como luciérnagas gigantescas mientras que otros dirigibles acuáticos asomaban por encima del agua y descargaban a más familias en la creciente plataforma; Ella podría jurar que sentía cómo se expandía poco a poco bajo sus pies para asegurarse de que cupiera todo el mundo.

Vestidos de blanco, el resto de aprendices de nivel uno parecían palomas listas para volar junto con sus maletas de prodigio. Ella miró su bajujul y le pareció extraño en comparación, pero respiró hondo, se alisó la parte delantera de su uniforme nuevo y probó a subirse la capucha por encima de las largas trenzas. La emoción hizo que le temblaran las manos: se acabaron los delantales acolchados, las chaquetas de conjuro y los anillos familiares de cruces. Por fin algo nuevo, por fin algo diferente.

—Más vale que me mandes un astrograma cada semana, señorita —la avisó mamá.

Ella la miró. La luz de la luna empapaba su piel morena. Seguía siendo increíblemente bella, incluso enfadada.

—Sí, mamá.

—Ser la primera es una responsabilidad enorme. No solo das la cara por ti, sino también por todos nosotros. —Papá le puso una mano cálida sobre el hombro.

—Lo sé.

Winnie le dio un tirón.

—¿Quiénes son esas personas? —preguntó, y señaló la espalda de la mujer que tenían más cerca.

—Gendarmes —le respondió mamá en un susurro.

—¿Y eso qué es?

—Son como la policía de los *fewel*.

A Ella le parecieron un montón de soldaditos de juguete enfadados. Los blasones de oro líquido de sus chaquetas brillaban mucho, y pensó que ojalá pudiera estirar la mano para tocar el símbolo, que formaba una «M».

—¿Tienen que estar con nosotros? —Winnie se acercó más. Algunos de ellos sostenían con correas a lobos de ojos rojos—. No me gustan sus perros raros. Y sus pájaros también parecen malos.

Los agentes dejaron volar unos cuervos negros que vigilaban todos los dirigibles acuáticos que llegaban.

—Tú tranquila, no les hagas caso. Están aquí para asegurarse de que todo vaya bien —le respondió mamá.

Ella no quería pensar en qué querría decir que *no fuera bien*. Había planeado todo al detalle: eligió los trajes que llevaban sus padres y su hermana, dejó que su abuela le trenzara el pelo y se lo decorara con cintas de amuletos y se guardó en el bolsillo la fiel raíz de la fortuna que le había dado Reagan, su mejor amiga. De vez en cuando metía la mano para acariciarla y disfrutaba de cómo las hojas se acercaban a las yemas de sus dedos. Casi le hacía sentir como si Reagan le estuviera dando la mano.

La noche tenía que ser perfecta, y ella también.

Saludó a los curiosos de las plataformas cercanas. Ya que la miraban tanto, por qué no decirles «hola», pensó. Había personas que sostenían carteles, pero por alguna razón no podía distinguir las palabras que había escritas en ellos, ni siquiera aguzando la vista. El aire nocturno se volvía más denso y nebuloso cada vez que lo intentaba. Qué extraño. Quizá fuera algo normal entre los prodigianos, se dijo. Aún tenía mucho que aprender.

—¿Llegas a verlos? —le preguntó a papá.

—No, y tampoco creo que digan nada importante.

Ella dedicó a la multitud su mayor y más brillante sonrisa y trató de mantenerla tanto como pudo. Los transbordadores de la prensa sobrevolaron el lugar y las cámaras centellearon sin parar mientras mandaban las cajas de noticias minuto a minuto.

—¡Qué ganas de volar! —exclamó papá señalando la luna.

Los transbordadores celestiales del Arcanum llegarían en cualquier momento, listos para recogerlos. Ella miró las densas nubes. Mamá siempre decía que quien espera, desespera, pero estaba segura de que empezarían a restallar de un momento a otro.

La emoción y las ganas revoloteaban desbocadas en su interior, y la multitud se dirigió hacia un hombre moreno con un turbante sobre un estrado.

—¡Os doy la bienvenida! Qué noche tan gloriosa... qué digo, es una noche *prodigiosa,* si me permiten decirlo... aunque, bueno, ya lo he dicho. —El hombre agitó los brazos haciendo señas—. La cola empieza ahí. Por aquí, familias, no se me pierdan. ¡Apellidos, por favor!

Un pergamino brillante flotaba justo por encima de su hombro, y Ella sabía que su nombre estaba escrito en él.

—Ella, Ella —Winnie deslizó su mano en la de su hermana—. Mira, tienes estrellas en el vestido. Se ven cuando esas cosas se acercan —dijo, señalando los faroles estelares flotantes.

—No es un vestido, es un manto prodigiano —la corrigió Ella, porque las hermanas mayores no pueden dejar que sus hermanas menores vayan por ahí diciendo tonterías.

Winnie acercó los dedos para tocar otra vez el manto, pero Ella la esquivó.

—Vas a hacer que se ensucie.

—Yo no quiero llevar uno blanco.

—Todos los aspirantes de nivel uno lo llevan —la informó Ella.

—Pues yo lo quiero azul porque es mi color favorito —se quejó Winnie, con lágrimas en los ojos.

—El azul es para los de nivel tres. Además, eres muy pequeña todavía para venir —le recordó a su hermana, aunque esta vez se sintió un poco triste.

La mayoría de las veces era Winnie quien irritaba a Ella y se metía en su cuarto lloriqueando porque quería jugar o hacer siempre todo lo que hacía su hermana mayor. Mientras miraba a los otros niños en la plataforma se preguntó cuántos amigos nuevos haría y cuánto tiempo le llevaría. Ya echaba de menos a Reagan, y muy en el fondo pensó que quizá también echaría de menos a su hermana. Siempre podía contar con que Winnie quisiera ser su mejor amiga para siempre, pasara lo que pasare.

Un jadeo la sobresaltó y la sacó de sus pensamientos. Los murmuros crepitaron en cientos de idiomas diferentes.

Gumbo, el caimán regordete de mamá, salió del agua y reptó hasta el muelle agitando la cola con entusiasmo.

—Ahí estás —le dijo mamá—. Te haces viejo y ya te cuesta nadar por las aguas profundas, ¿eh? Has llegado justo a tiempo para despedir a nuestra pequeña.

Gumbo gruñó.

Algunos niños se alejaron aún más de ellos, mientras que otros se acercaron para verlos.

Había leído que la mayoría de prodigiosos tenían mascotas e incluso a veces monstruos en sus casas, pero solo los conjuradores tenían compañeros, que eran como sus almas gemelas animales. A Ella siempre le había parecido lo más normal del mundo... hasta ese momento. Estando de pie en el muelle, todas esas cosas *normales* de su familia le parecían muy diferentes, incluso entre toda aquella gente *distinta*.

Sin embargo, estaba dispuesta a contárselo a todo el mundo. Sabía que les encantaría.

Vamos a ponernos en la cola, ¿no? —apuntó mamá.

¿Ya estás lista del todo? —papá le dedicó una sonrisa.

Mamá chasqueó la lengua y sujetó con firmeza los hombros de Ella mientras se dirigían hacia el hombre del turbante con el pergamino sobre sus hombros. Los gendarmes se pegaron a ellos cuando se pusieron a la cola y todo el mundo se quedó mirando. Ella les guiñó un ojo como hacía la abuela cuando la gente la miraba.

El hombre les sonrió, y su larga barba resplandeció como si estuviera llena de polvo de estrellas. Su ornamentado turbante cambiaba de color, los pliegues pasaban del azul del pavo real a los naranjas del sorbete y los amarillos de la mantequilla, y sus diminutos diamantes reflejaban la luz de la luna. Llevaba un manto prodigiano de color rojo intenso con la solapa negra cubierta de todo tipo de insignias de maestría, y Ella no podía esperar más para preguntarle por ellas. Sabía por sus investigaciones que era, como poco, un instructor del Arcanum de octavo grado en su prodigio. El blasón del Instituto de Formación Arcana, una estrella de cinco puntas, latía como si tuviera vida propia.

El hombre bajó la vista hacia Ella.

—Apellido... aunque creo que ya sé cuál es.

—Durand —respondió.

El pergamino se abrió solo, y los nombres se fueron iluminando al leerlos en voz alta.

—Davidson, Delilah… No. Doumbouya, Hassan… Nada. Duca, Giulia. Tampoco. Domen, Yuyi. Quizá ya esté más cerca. Ah, aquí. Durand, Ella.

Ella asintió.

—Yo soy Masterji Thakur, parangón del Gusto con un prodigio de especias. —Le tendió la mano para estrecharle la suya. Ella la tomó y él la sacudió hasta hacerla sonreír. Cuando la soltó, tenía un estrellúsculo de anís bailando en la palma de la mano—. ¡La lengua no miente! Bienvenida. Me alegro de que estés aquí, estoy deseando conocerte.

Mientras mamá y papá hablaban con Masterji Thakur, Gumbo, el compañero caimán de mamá, le dio un empujoncito a Ella y le sonrió con su dentadura afilada. Ella se inclinó para besarle la nariz húmeda. Más gente se giró para mirar, y Ella pensó que, claro, tener un caimán de tres metros y medio a tu lado podía resultar extraño. Un niño se acercó a ellos, mirando fijamente y con desconfianza, seguido de otra niña que se acercó con sigilo para admirar la cola de Gumbo. Mamá se giró para saludar y Ella empezó a darles explicaciones, pero los niños se fueron corriendo.

El muelle quedó en silencio.

Los primeros transbordadores celestiales atravesaron las nubes y sus proas adornadas de latón relucían como soles. En el costado llevaban escrito «I.F.A.» y los motores fulguraban con estrellas que giraban sobre esferas doradas. Ella pensó que era casi como si una manada de ballenas hubiera emprendido el vuelo tras haberse amarrado al estómago enormes cabinas de cristal. Dentro pudo ver sofás de felpa, lujosos carritos de comida y luces parpadeantes. Ahogó un grito.

—Papá, ¿qué hay en esos motores?

—Estelina —le contestó, y le puso una mano en el hombro—. Ya lo aprenderás.

Ella contuvo la respiración y abrió los ojos tanto como pudo. Quería ver todos y cada uno de los detalles: cómo aterrizaban en el agua con apenas un rumor, cómo sus cuerpos se parecían al cielo nocturno lleno de estrellas, cómo las nubes de vapor siseaban desde los alerones.

Del primero salió una hermosa mujer morena con una corona de papel de caléndulas. Iba ataviada con un manto prodigiano negro y sostenía un bastón que brillaba a la luz de la luna. Ella sabía que era una de las personas más importantes del Instituto y la razón por la que estaba ahí en primer lugar.

Era la prodictora Paloma Rivera.

Había visto su cara en las cajas de noticias prodigianas en el despacho de papá. Se había colado para ver y escuchar todos sus discursos sobre cómo el Arcanum tendría que ser accesible a todo el mundo y cómo todos los seres humanos mágicos deberían tener cabida en la sociedad prodigiana.

Ella se puso de puntillas para verla de cerca. En persona era aún más atractiva.

La prodictora Rivera saludó a Masterji Thakur e hizo que el pergamino flotante se metiera en su bolsillo.

—Bienvenidas, familias prodigianas, a la más maravillosa noche estrellada, el inicio de un nuevo viaje para nuestros hijos. —Su voz era tan hermosa como ella, dulce y soleada como un tarro de miel—. Yo soy solo una parte de la dinámica pareja que dirigirá el Instituto de Formación Arcana, el Arcanum, durante el próximo año. El prodictor MacDonald espera nuestra llegada.

Con un aleteo de los pliegues de su manto hizo explotar una ráfaga de papel picado. Los recortes de papel de seda mostraban pequeños elefantes, cerdos, vacas, serpientes y gallos. Los rectángulos se arremolinaban entre la multitud y hacían ruido. Paloma Rivera se llevó la mano a la solapa y tocó un broche ornamentado.

—Soy una parangón del Tacto con un prodigio de papel. ¡La mano no teme!

Otras tantas personas repitieron el lema y Ella se dio cuenta de que ellos también eran parangones del Tacto. Miró a papá.

—Estoy deseando tener un prodigio.

—Pronto, corazón, muy pronto —le apretó el hombro—. Tendrás tu maravilla, tu lema y ocuparás el lugar que te pertenece.

Mamá entrecerró los ojos y Ella notó cómo hacía una mueca, pero no podía esperar más para encontrar su sitio.

Les llovió más papel picado. Un elefante magenta rugió dirigiendo su diminuta trompa hacia ella. Intentó atraparlo, pero la criatura se convirtió en una nube de humo. El público aplaudía mientras la mujer hacía una leve reverencia.

—Que la luz esté con vosotros. Lo que aquí practicamos no es tarea baladí. Se necesita disciplina, honor y concentración para desarrollar la luz que llevamos dentro. Me alegra que estéis aquí. —Ella sintió que los ojos de la mujer se posaban en ella y en su familia—. Despedíos de vuestros padres y alcemos el vuelo, ¿os parece? —Hizo un gesto con el brazo hacia la derecha—. Es hora de dar paso a la siguiente generación de grandes prodigiosos.

Los transbordadores celestiales se abrieron emitiendo un suspiro de vapor. Los niños besaron a sus padres y se pusieron en fila. Ella se dio la vuelta para despedirse de mamá y papá.

—Que te lo has creído —dijo mamá—. Vamos contigo.

Ella hizo un mohín, pero la prodictora Rivera salió de entre la multitud y se les acercó.

Todo el mundo se giró a mirarla, y Ella contuvo la respiración.

—¿Te gustaría subirte conmigo?

Ella miró fijamente los cálidos ojos de la prodictora. Tenía ese tipo de sonrisa que podía sentirse bien dentro. Miró hacia atrás buscando a su madre, esperando su aprobación.

—Te aseguro que es muy cómodo —añadió la prodictora Rivera.

—Nos encantaría —respondió papá—, ¿verdad, Aubrielle?

Mamá enarcó una ceja.

—Sí. Sí, por supuesto.

La prodictora Rivera le guiñó un ojo a Ella. Los gendarmes los escoltaron hasta el transbordador celestial más grande mientras que los demás aprendices y sus familias se alejaban de ellos tanto como podían.

Mamá parecía nerviosa y papá se puso firme. Ella, en cambio, sonrió y se sintió especial.

—¡Os doy la bienvenida!

La prodictora abrió los brazos y el transbordador celestial se extendió ante ellos: exuberantes asientos de terciopelo, botones de latón que a Ella le hubiera encantado pulsar y un mapa de constelaciones que brillaba con animales de colores.

—Por aquí.

Un acomodador los condujo por el largo pasillo.

—Cuantísimo espacio tenemos —comentó papá.

—Y menos mal, porque Gumbo necesita tres asientos —añadió mamá.

—Nos importa mucho vuestra comodidad —aseguró la prodictora Rivera, que les indicó dónde sentarse.

Ella se adelantó, buscando un sitio con mejor vista, y Winnie la siguió y se sentó frente a ella.

Una mujer con un sombrero pequeño y redondo sostenía una bandeja con bebidas burbujeantes.

¿Queréis un chispirujo? Tenemos de todos los sabores. ¿Qué os apetece?

Ella tomó uno morado y Winnie uno verde.

—Eso sí, bebéoslo pronto o podría irse volando —les advirtió la mujer—. También os ayudará a que vuestros tímpanos se adapten a la altitud cuando despeguemos.

Ella se lo tomó de un trago y las dulces burbujas le explotaron en la lengua.

—¡Mira! —señaló Winnie por la ventana.

Ella miró hacia fuera. La puerta del transbordador celestial se cerró, las esferas de estelina se iluminaron y los motores empezaron a zumbar.

El transbordador celestial se elevó en el aire y a Ella se le cayó el estómago como si estuviera en una montaña rusa. Le dio la mano a Winnie y la apretó con fuerza.

Ya no había vuelta atrás.

Ella miró hacia abajo, pero ya no alcanzaban a ver Puerto Nebulosa. Cruzaron entre faros flotantes y atravesaron nubes oscuras y de tormenta. Los minutos se le hicieron horas, y Ella pensaba que nunca iban a llegar, pero justo cuando más fuerte le latía la frustración en el pecho, un terreno se abrió bajo sus pies como una de las colchas cosidas con lana luminosa de su abuela.

Todo el lugar albergaba maravillas: árboles de estelanzanas y florilunas, un laberinto vertical de cables que llevaban aerocarriles y tranvías aéreos hasta los muelles dorados, globos que lanzaban fuegos artificiales y, por último, las puertas del Arcanum, el Instituto de Formación Arcana para Empeños Prodigiosos y Misteriosos, que brillaban como rayos de sol forjados en barras de hierro y agujas de cobre. Los metales salvajes se retorcían, moviendo las torres y los torreones como en el juego de la silla. Eran tan altas que Ella no llegaba a ver dónde empezaban y dónde terminaban. Las ventanas brillaban como si le dieran la bienvenida con un guiño, y Ella ahogó un grito.

Quería encajar allí con todo su corazón y haría lo que fuera necesario. Dominaría todos los niveles, aprobaría todos los exámenes.

Iba a ser una prodigiosa.

La mejor de todas.

EL EDICTO DEL CONJURADOR

Por la presente, la Liga de Prodigiosos Unidos proclama que se les concede la ciudadanía de la comunidad prodigiana a los conjuradores del mundo*. Las enmiendas a la Constitución pondrán fin a los Códigos de Conjuración y garantizarán la igualdad para todo el mundo en ciudades y centros de formación prodigianos.

*El término «conjuradores» engloba a todas las congregaciones del Congreso de Conjuradores Unidos, entre las que se incluyen, sin carácter exclusivo, las delegaciones de Norteamérica, América Central, Sudamérica y Cabo Verde, así como Nacht Sterren, en Surinam, las antiguas Antillas, etcétera.

CARTAS DEL DESTINO FATAL

Poco después de la llegada de Ella al Instituto de Formación Arcana, una mujer encorvada ante una caja de noticias de *El Clarín Prodigioso* observaba cómo se desarrollaban los acontecimientos desde la comodidad de su celda. El holograma parpadeaba con viveza, haciendo más espantosa todavía su piel pálida.

La mujer se rio a carcajadas, y su voz era áspera como el papel de lija. Se inclinó tanto como pudo sobre la proyección en blanco y negro y extendió la mano para intentar atrapar la versión en miniatura de la primera conjuradora que asistiría a la prestigiosa escuela. Sin embargo, la diminuta figura luminosa se le escapó entre los dedos como un fuego fatuo.

Los titulares repetían lo mismo sobre la chica: Peligro público se dirige al Colegio Menor del Arcanum. Escándalo total ante la admisión de una hija de conjuradores. Los artículos sobre la joven conjuradora flotaban sobre el holograma.

La mujer redujo la velocidad de la manivela para poder leer las frases con calma y empaparse bien de cada palabra.

—Va a ser el mejor espectáculo del cielo. —La mujer sonrió—. Por ahora...

Una ventana apareció en la esquina derecha de su calabozo. Contempló todas las demás celdas de la prisión, que flotaban en un abismo oscuro como astros tristes y tenues en un cielo infernal. Las ventanas solían burlarse de ella como una atracción de feria siniestra. Un truco estupendo que le daba envidia, ya que le encantaban las ilusiones.

El mundo nunca sabría que estaba encerrada en una baraja de cartas suspendida en mitad del tiempo, en mitad de la vida y la muerte. Aquel era su castigo eterno. Cuánto les gustaban las leyes a los prodigianos.

—La cena —le gritó una voz fuera de la celda.

Hacía horas que había comido. Cerca de la ranura para la comida habían puesto una lamparita de latón. Todo un detalle. En la ranura había un trozo de pastel de colibrí que estiraba sus alas, y una llave esquelética también de latón se clavaba en su centro como un tenedor.

Una sonrisa irrumpió en su rostro serio y hermoso. Por fin la paciencia estaba dando sus frutos. Alargó los dedos hacia el dulce, lo sostuvo y sacó de él la llave sólida y pesada, lamió el glaseado y dejó al descubierto una rosa grabada exquisitamente junto a unas iniciales en el mango: «C. B.». Los Ases habían cumplido con su palabra, como siempre.

No había puertas en el cubículo, pero aquello no le supondría un problema: ya tenía justo lo que necesitaba. Un hormigueo le recorrió las yemas de los dedos. Hacía mucho que no sentía su prodigio zumbando en su interior como una corriente de estelina. Once años, 4015 días, 96.360 horas. Se rio hasta que se le secó la boca.

Le habían quitado algo y lo iba a recuperar.

CAPÍTULO TRES

EL ÁRBOL DE BOTELLAS

Ella y sus tres nuevas compañeras de habitación se miraban muy fijamente. Se negaban a parpadear y esperaban a que hablara alguna de las otras. Se preguntaban quién daría el primer paso.

Ella se quedó completamente muda, no le salían las palabras. En casa no tenía ese problema: siempre tuvo la impresión de que tenía más amigas que las estrellas que había en el cielo nocturno.

Pero allí... estaba sola.

Abrió y cerró la boca varias veces, sin saber bien qué decir. Quería sonar inteligente, como había practicado delante del espejo todo el verano y como había ensayado con Reagan, pero en aquel momento, ¡puf!, se quedó en blanco y no se acordó de ninguna de las frases que había preparado.

Aquellas chicas le imponían mucho.

La primera llevaba una criatura extraña con armadura sobre el hombro y un flequillo afilado que le recorría la frente como una cortina negra. La segunda lucía un hiyab precioso que le marcaba unas mejillas sonrosadas y marrones y sostenía una lámpara enjoyada. La tercera sujetaba un terrario lleno de duendecillos con tanta fuerza que los nudillos blancos se le pusieron rojos. Se escondía bajo una mata de pelo enmarañado, y sus mejillas blancas y rubicundas la hacían parecer inquieta.

Ella acarició la raíz de la fortuna que tenía en el bolsillo, preguntándose cuán diferente habría sido todo si Reagan hubiera aceptado su invitación.

—¡Hola! Soy Ella —chilló.

—Lo sabemos —respondió la chica de pelo oscuro con un acento suave—. ¿Hablas otros idiomas?

—Francés y un poco de español, pero estoy aprendiendo...

—¿No hablas mandarín ni cantonés? Qué pena —suspiró, decepcionada—. Me llamo Lian Wong. Sí, soy de los *famosos* Wong. Mi padre es el juez supremo de los Tribunales de Justicia. —No habían empezado a presentarse las otras chicas cuando se puso a deambular por la habitación como si quisiera asegurarse de que hubiera elegido la mejor cama. La criatura sobre su hombro se ajustó la armadura, y Ella se preguntó si sería como los compañeros de conjuración de sus padres—. Jiaozi, venga, estate quieto, anda —aulló.

Ella contempló a la criatura.

—¿Qué es?

Lian se burló de ella.

—¿No lo sabes? Es un perro fu, como un león guardián chino.

—Oh. —Ella nunca había visto uno.

El perro fu se revolcó mientras se acicalaba, presumida.

—Voy a meterte en tu jaula y esta vez la voy a cerrar —aseguró Lian mientras recogía a Jiaozi.

Sí, puede que en el fondo los perros fu y los compañeros no tuvieran nada que ver. Los compañeros de los conjuradores nunca podían estar enjaulados porque sería como encerrar a tu mejor amigo o una parte de ti.

—Yo soy Samaira. —La chica del hiyab dio un paso adelante.

Ella contempló la lámpara con admiración.

—¿Hay un genio de verdad ahí dentro?

Samaira arrugó la nariz.

—Nunca los llamamos así. Dentro hay una djinn. Es muy buena. Siempre viene y va, pero me gusta llevar la lámpara para que esté cómoda cuando quiera visitarme. —Acarició los laterales como si Ella la hubiera ofendido—. Mi *ammi* es la presidenta de la Liga de Prodigiosos Unidos.

Ella tragó saliva. Había metido la pata otra vez. Ay.

—Yo me llamo Siobhan —susurró la última chica con un marcado acento irlandés—, y no soy nadie.

Las otras chicas se rieron, pero Ella no sabía por qué.

Ella empezó a explicar que era una conjuradora, pero Lian juntó las manos y entre ellas apareció una bola de luz diminuta.

Ella abrió los ojos de par en par. Nunca antes había visto magia prodigiosa. Se moría de ganas de poder hacer algo así, era muy distinto a los conjuros.

—¿Cuáles son tus prodigios? —le preguntó Lian con voz arrogante.

Oh, no. Ella aún no lo sabía.

—Yo vengo de una familia entera de Temples. —Lian empezó a pasarse la bola de luz prodigiosa de una mano a la otra—. Mi *yéye* tiene un prodigio climático y le encanta trabajar con las tormentas. Creo que voy a seguir sus pasos.

Samaira se inclinó hacia adelante.

—¿Cómo has aprendido a llamar a tu luz tan pronto?

—Llevo años practicando. —Lian esbozó una sonrisa orgullosa—. He aprendido en clases particulares.

—Una de mis mamás es una Tacto, como la prodictora Rivera, pero tiene un prodigio de gemas. —Samaira señaló las más bonitas que llevaba en su hiyab—. Están imbuidas para ayudarme a recordar cosas. Y mi *ammi* es una Visión con un prodigio de sabiduría. Su famosísima columna de consejos en *El Clarín Prodigioso* tiene las mejores profecías y predicciones. Pero yo quiero ser una Gusto, montar mi propia panadería y hacer muchísima *basbousa*. El mundo entero estará encantado con mis pasteles.

Ella se sintió inquieta y deseó poder enumerar todos los prodigios de mamá y papá, pero no tenía ni idea de cómo hablar de los conjuros en ese contexto.

Lian y Samaira miraron a Siobhan.

—Mamá es una Tacto con un prodigio metálico. Puede trabajar el hierro sin labrar y hacer con él lo que le apetezca. Papá es un Temple y puede cruzar cualquier límite —murmuró.

—¿Tu mamá no fue a la cárcel? —preguntó Lian—. Lo vi en *El Astro Cotilla.*

A Siobhan se le encendieron las mejillas. Samaira tragó saliva y se giró hacia Ella.

—¿Es verdad que tienes luz malvada dentro de ti?

A Ella se le pusieron los pelos de punta.

—No. ¿Qué quieres decir?

Antes de que Samaira pudiera responder, los padres de Ella y la prodictora Rivera entraron en la habitación.

—¿Tus padres están aquí? —Lian arrugó la nariz, y Ella frunció los labios sin saber qué decir.

—Hola, *petites* —saludó mamá con su voz potente. Gumbo entró justo después, dejando tras de sí un rastro húmedo en el suelo. Las niñas se alejaron de sus padres y Ella supuso que tenían un aspecto peculiar: papá llevaba unas trenzas africanas, un sombrero de copa, un frac y una rana que croaba sobre el hombro, y mamá tenía un vestido largo y fino, una gran y hermosa tormenta de pelo y un caimán que le rondaba entre los pies. Lo más llamativo de todo era la marca de conjuración en su piel morena.

—Encantada de conoceros —saludó con la mano.

Nadie respondió excepto Siobhan.

La prodictora Rivera trató de entablar una conversación agradable. Mamá le dio una palmada a Ella en la espalda y se miraron. Su voz retumbó en la mente de Ella como una canción de cuna. *Tu habitación en casa es mucho más grande y los dormitorios de la escuela de Madame Collette también son un encanto. Si quisieras, podrías quedarte allí en vez de en casa este año. ¿Estás segura de que quieres estar aquí?*

Ella no lograba recordar un solo momento en el que no hubiera escuchado la voz entrometida de mamá en su mente si la tenía cerca, ya fuera mediante recordatorios susurrados para que alimentara las orquídeas, palabras dulces de ánimo cuando le costaba recordar para qué servía cada carta de conjuro o cuentos para irse a dormir. Hasta que apareciera su compañero de conjuración y protegiera su mente de familiares indiscretos, mamá, papá o la abuela serían capaces de entrar en ella para comunicarse y, a veces, leer sus pensamientos.

—Sí, mamá —le respondió en un susurro.

—Vale. —Mamá se agachó y le dio un beso en la frente. *Los conjuradores suelen ser más amigables,* le dijo de nuevo la voz en su cabeza.

Ella asintió. Quizá lo que necesitaban era animarse un poco.

Papá se quitó su característico sombrero de copa con el borde de calaveras y saludó a las niñas y a la prodictora Rivera.

Las niñas se quedaron en silencio, y la prodictora sonrió.

—Nos alegra mucho tenerte aquí, Ella.

Papá miró a mamá.

—Me voy a llevar a Winnie de paseo mientras tú la ayudas a instalarse —le dijo, y le guiñó un ojo a Ella antes de salir de la habitación.

Mientras la prodictora Rivera observaba, Lian, Samaira y Siobhan volvieron a sus rincones de la habitación. Los ojos de Ella saltaban sin parar de sus bajujules a las maletas de prodigio. Se moría de ganas de visitar una tienda prodigiana para comprarse una. Con una sola orden empezaron a desempacarse los bajujules cubiertos de hermosas constelaciones. Ella sintió mucha vergüenza al ver que mamá era la única familiar que ayudaba a su hija con la mudanza.

Mamá le dio un golpecito en el hombro.

—Esa ropa no va a guardarse sola.

Ella se encogió de hombros y luego la ayudó a llenar la cómoda, a colgar cinco mantos blancos prodigianos en su armario y a colocar una maceta de conjurrosas en la mesita de noche.

Ella extendió uno de los edredones de la abuela sobre la cama y luego mulló la almohada. Al hacerlo, su mano se topó con algo, así que la levantó y encontró una conjumoneda. El cobre resplandeciente se le calentó en la palma de la mano.

—Seguro que sabes de quién es —le dijo mamá con una sonrisa.

Ella giró la moneda y se la acercó a la oreja.

—Nos vemos pronto, *petite*. Me alegra que estemos unidas —susurró la dulce voz de Sera Baptiste, su madrina, la prima de mamá—. Ojalá pudiera estar allí contigo esta noche. Dentro de no mucho iré a visitarte; todavía estoy dando los últimos toques a mi Taller de Conjuros. Espero que te guste.

Ella se moría de ganas de ver a una de sus personas favoritas, y estaba segura de que mamá solo había accedido a que se inscribiera en el Arcanum porque tía Sera iba a enseñar Artes Conjurales por primera vez.

—Te va a dar clases extra para asegurarnos de que todo esto de los prodigios no te haga un lío. —Los cálidos dedos de mamá se dirigieron a la diminuta marca en el cuello de Ella—. Hazle caso a todo lo que te diga, ¿me oyes?

—Sí, mamá.

Ella empezó a decirle que todo iría bien cuando Winnie volvió a entrar en la habitación como una apisonadora y le pegó un tirón al manto de Ella, apartándola de las otras chicas.

—Ella, tienes la mejor habitación. He visto las otras.

—¿Qué has averiguado? —le dijo, a sabiendas de que Winnie tenía unas ganas locas de escuchar esa pregunta. La prodictora Rivera sonrió cuando Winnie le dio su informe.

—Hay otro dormitorio de niñas de nivel uno al lado y se llama Hidra, y los de los niños están justo al otro lado del pasillo y se llaman Can Menor y Zepus, pero también hay más para niños mayores. —Winnie se equivocó con la pronunciación.

—Todos nuestros dormitorios pretenden satisfacer las necesidades de los aprendices. Tenemos bastantes más —aclaró la prodictora Rivera.

Winnie le dedicó una sonrisa y se volvió hacia Ella.

—La señora de abajo dijo que puedes ver uno de los pueblos porque tienes el cristal más grande.

—¿Te refieres a la ventana? —la corrigió Ella con cariño.

—Sí, eso es lo que he dicho.

Winnie se fue corriendo como un rayo y apoyó las manitas sobre el cristal. Ella se puso a su lado en el muro de ventanas arqueadas con el corazón a mil por hora. Había visto mapas de las ciudades flotantes prodigianas en el despacho de papá: los bulliciosos canales de Astradam, las elegantes calles de Celestia y los entretenidos barrios de Betelmore. Sin embargo, mamá nunca la dejaba ir con él en sus viajes, no desde que su hermana gemela Celeste desapareciera en Astradam cuando eran niñas. Eso sí, cuando las ciudades se acercaran al Instituto aprovecharía la oportunidad para visitar cada una de ellas, navegar por los cables en los tranvías aéreos que se dirigían a explorar las tiendas de todas las calles altas y bajas, y gastar todos los esthelios de oro y lunaris de plata que papá le había regalado. Sería su secreto… y tendría mucho cuidado.

—Gracias por avisarnos, grillito —le agradeció mamá—. Eres toda una detective.

Winnie se puso a saltar de un lado a otro e informó de más descubrimientos.

—¡Y tienes tu propio baño! Hay cuatro armarios, uno para cada una. ¡Y el reloj flota y tiene mensajes! Yo quiero uno para mi cuarto en la casa.

Las nuevas compañeras se quedaron mirando a Winnie como si fuera una mosca que entra por la ventana, y a Ella se le encendieron las mejillas de la vergüenza.

—Grillito, siéntate en la cama y ayuda a Ella a emparejar los calcetines. Me da que algún dobbin muy sucio se ha metido en la maleta y ha causado estragos —dijo papá, pero sus intentos de distraerla fueron en vano, así que se la llevó a dar otro paseo.

Ella suspiró aliviada mientras sacaba la lista de provisiones para comprobar de nuevo que lo tuviera todo: su mochila, lista para llenarla; un astrolabio, su cisterna climática de cristal, una *dabba* de especias, el mortero y la maja, su fiel diagrama de los parangones para acordarse de los cinco grupos y el estilógrafo de pavo real que le había regalado la abuela.

Puso sus libros de clase por orden:

La historia de los prodigiosos, de Yves Saint-Michel.

¿Qué son los prodigios y por qué los tenemos?, de Mae Lam.

Los cinco parangones del prodigio, de Ian Pearce.

Las estrellas que nos guardan: astrología de nuestro planeta, de Riley Clayton.

Canalizadores destacados y cómo elegir el mejor para tu prodigio, de Tabitha Bledsoe.

Ella colgó en el tablero de corcho encima de su escritorio un dibujo que había hecho del perfecto uniforme del Arcanum: un manto prodigiano blanco, una falda o un pantalón bien planchados, una mochila llena hasta los topes y el cristal de traducción colgado del cuello. Luego sacó su bloc de dibujo y el manual del Instituto y trazó con los dedos el emblema, la estrella de cinco puntas.

Estaba preparada.

Una vez desempacado todo, mamá sacó uno de las escobas familiares de la maleta de Ella.

—No somos brujas —apuntó Samaira, y la prodictora Rivera la mandó callar.

—Esta no es una escoba de bruja, cariño —le informó mamá—, es para barrer los malos espíritus, imprescindible en un espacio nuevo. Es más o menos como lo que está haciendo Lian al encender incienso en su nuevo altar.

Lian les dirigió una sonrisa tímida, y luego sus ojos se encontraron con la prodictora Rivera.

Ella le sonrió, y el gesto de Samaira se suavizó. Mamá dio unos golpecitos sobre la cómoda.

—Te pongo la salsa picante hoodoo en el cajón de arriba. Ya sabes que la comida de aquí no va a ser como la de casa.

—Aun así quiero probarla —insistió Ella, y mamá puso cara de disgusto.

—Nunca le he encontrado el sabor a la comida prodigiana.

—¿La has probado? —Ella reaccionó levantando la cabeza—. Nunca me lo has contado.

—Hay muchas cosas que no te he contado. —Mamá abrió el cajón—. La abuela lo preparó expresamente para ti. Le dará un toque especial a la comida sosa. Será casi como si estuvieras en nuestra cocina. —Una tristeza repentina le inundó el rostro—. Bueno, y ya por último vamos a conjurar el árbol de botellas. Los transbordadores celestiales nos llevarán pronto al muelle, pero quiero reforzártelo.

—Puedo hacerlo sola —respondió Ella, sintiéndose a la vez triste y emocionada por la marcha de sus padres.

—Sé que sí, corazón, pero mamá te quiere ayudar un poco. —De un estuche especial sacó unas botellas azul pálido y les ató un cordón blanco al cuello. Colocó unos cuantos santos de la familia Durand en la mesita de noche, junto a las conjurrosas—. Empiezo a arrepentirme de haberte dejado venir.

—No me pasará *nada*.

Los santos aplaudieron con sus manitas de porcelana.

—¡Bendita sea siempre vuestra estirpe! Gracias por habernos sacado de esa horrible oscuridad —dijo una de las estatuillas.

—Silencio, san Felipe.

Ella las miró fijamente. No era capaz de pensar con tanto jaleo. Sus rostros, blancos y brillantes, sonreían y se mostraban alegres. Le mandaron besos (especialmente san Valentín), hicieron una reverencia y saludaron.

—¡Soberbia habitación nueva, Ella! —gritó santa Catalina.

—Estamos muy orgullosos —añadió san Cristóbal.

—¿Qué son esas cosas que hablan? —Lian levantó la vista del cubil que le estaba preparando a su perro fu—. ¿Muñecas?

—Son santos —la corrigió Ella.

—Han pasado de generación en generación en nuestra familia. Nos dan consejos y nos protegen.

—Son adorables —respondió la prodictora Rivera—. Se parecen mucho a las imágenes vivientes que tengo de México.

Aquellos santos, que solían repartir consejos y bendiciones junto a otros cientos en el salón de casa, ahora velarían por Ella como lo habían hecho en su familia durante innumerables generaciones, por mucho que le pesara.

Lian escuchaba con discreción, Samaira miraba con asombro y Siobhan sonrió tanto que Ella pudo verle casi todos los dientes, mientras que la prodictora Rivera admiraba las estatuillas.

Por suerte, mamá hizo callar a los santos parlanchines, que intercambiaron miradas de soslayo. Algunos se aferraron a sus rosarios y biblias e hicieron la señal de la cruz, y luego se disculparon y volvieron a su estado inanimado.

—Venga, vamos a conjurar el árbol. —Mamá le entregó a Ella cada una de las botellas de cristal azul y las puso en el suelo formando un círculo. Había hecho tantos árboles de botellas con mamá y la abuela para proteger su hogar que lo tenía automatizado—. Ya conoces el hechizo —mamá le dio un tarro con tierra y una semilla—, igual que en casa.

Ella refunfuñó. Odiaba que le metieran prisa. «El conjuro necesita su tiempo para crecer, como la masa de los buñuelos», decía siempre la abuela, y Ella estaba de acuerdo, pero mamá tenía su propio método. Todos los conjuradores lo tenían, en realidad.

—Quita esa mala cara —le ordenó mamá.

—Vale —farfulló Ella mientras hacía una montañita de tierra en el centro del círculo de botellas y colocaba la semilla dentro.

Recordaba la primera planta que había hecho crecer. Aún era lo suficientemente pequeña como para caber en los brazos de la abuela y alargó sus rechonchos dedos para tocar los lirios de agua negros del invernadero. Eran sus favoritos, le recordaban a la hermosa piel oscura de papá. Se sorprendió mucho cuando se estiraron para encontrarse con las yemas de sus dedos, y tardó años en comprender cómo era capaz de alcanzar su fuerza vital y doblegar su voluntad.

Como había muchas prodigianas mirando, decidió respirar profundamente, cerró los ojos e invocó el conjuro que llevaba dentro y que le pedía despertar. La cabeza empezó a darle vueltas y sentía cómo se aligeraba. Mientras buscaba la raíz de la semilla, los oídos se le llenaron de un sonido chirriante, como si alguien estuviera estirando algo, y el sudor le empapó la frente. Los posibles resultados inundaron su imaginación y la oscuridad se convirtió en crepúsculo. El deseo fue floreciendo a medida que formulaba el hechizo y expresaba su petición: *Haz crecer hondas raíces y líbranos del mal cuando durmamos.*

Los ojos se le abrieron de golpe y trató de no pensar en las miradas incrédulas puestas en ella. Papá le había dicho que la magia prodigiana era diferente a la suya, y tenía muchas ganas de presumir de sus poderes.

Se escuchó un latido rápido y breve. Un pequeño retoño surgió de la tierra y se ramificó por el suelo como una hiedra. El brote se abrió, los tubérculos salieron, se entrelazaron como cuerdas y se fueron ensanchando hasta formar el tronco de un árbol cuya circunferencia alcanzó el techo. Las ramas brotaron en todas direcciones y las hojas verdes cubrieron el esqueleto del árbol. Un enorme roble vivo, idéntico al del patio de los Durand, se alzaba ahora en la esquina de la habitación y se extendía sobre la cama de Ella.

—Último paso —le recordó mamá.

—Botellas —susurró Ella.

No pasó nada.

—Con gratitud y más brío en la voz, Ella. No te escucha.

—Botellas, *por favor* —le repitió al árbol.

Las ramas bajaron para asir las botellas azules por las cuerdas, una por una, y luego se estiraron de nuevo hacia arriba. Las botellas quedaron colgando como péndulos de colores y unas polillas esfinge de calavera revolotearon alrededor del árbol. Mamá le levantó la barbilla a Ella.

—Bien hecho, pequeña. Mejor que los que yo conjuro.

Le dio un beso en la frente y Ella se dio la vuelta para ver las caras de sorpresa. La prodictora Rivera se tapó la boca con las manos.

—¡Astros! ¡Hay un ÁRBOL en el cuarto! —exclamó Lian mientras su perro fu husmeaba cerca del tronco, dispuesto a trepar—. ¡Ven aquí!

Los duendecillos de Siobhan salieron disparados del terrario y pularon alrededor del árbol.

—¡No hagáis eso! —les reprendió.

—¿Qué tipo de prodigio es este? —Samaira levantó la vista hacia las ramas—. ¡Esta magia es distinta!

Ella se estremeció al escuchar esa palabra. Mamá la odiaba. Llamar *magia* a lo que hacían era demasiado simplista.

Mamá le dio un codazo para que respondiera a la pregunta.

—Es un árbol de botellas —dijo Ella finalmente con voz chillona.

—Lo conjuramos para mantener a los malos espíritus fuera de un espacio. Cualquier maligno quedaría atrapado en los recipientes de cristal —añadió mamá—. Así Ella puede deshacerse de él como es debido.

Formaron un círculo en torno al árbol.

—Es muy bello —comentó la prodictora Rivera.

—Qué pasada —añadió Siobhan con una sonrisa.

—¿Y formulas...? —preguntó Samaira.

—Hechizos, sí. —Ella no se había dado cuenta de que los prodigiosos no sabían mucho de conjuros.

—Nosotros los llamamos «encantamientos». —Lian pasó los dedos por la corteza y luego miró con orgullo a la prodictora Rivera.

Ella se moría de ganas de conocer las similitudes y las diferencias.

—Los prodigiosos no pueden hacer crecer cosas. —Samaira frunció los labios y Ella la miró desconcertada.

—Lo que quiere decir es que no hacemos los prodigios de la nada, sino que manipulamos lo que ya existe. Es un arte y una ciencia —aclaró la prodictora y tocó una de las hojas del árbol.

—Bueno, aún hay mucho que aprender de los demás. —Ella sintió la mano de mamá sobre el hombro.

—Es como los Ases —le susurró Lian a Samaira.

—Aquí no hablamos de ellos, señorita Wong. —La prodictora Rivera se puso muy seria.

—¿Los qué? —preguntó Ella, y un silencio tenso invadió la habitación.

Se le cerró el estómago. ¿Tan malo era hacer crecer cosas? ¿Qué era eso de los Ases?

Sonó una campana y los faroles del techo parpadearon. Papá y Winnie entraron corriendo a abrazar a Ella.

Una estudiante de nivel tres entró en la habitación. Llevaba un manto azul y el pelo rojo recogido en un moño.

—Buenas noches y benditos los astros. Me llamo Katherine, soy representante de aprendices. Familia Durand, su transbordador celestial está listo para volver a Puerto Nebulosa. Niveles uno, es hora de la asamblea de medianoche.

Mamá se giró hacia Ella.

—¿Me avisarás si algo va mal o si te pasa algo, verdad?

—Por supuesto, mamá. Sin falta.

—¿Me escribirás?

—Sí, mamá.

—¿Y usarás el camafeo-conjuro?

—Sí.

—Y ni se te ocurra acercarte a las ciudades prodigianas.

—Que síííííí.

Mamá le dio un último beso en la frente, papá le guiñó un ojo y Winnie se sorbió la nariz y le dijo «adiós» con la mano.

Ya no había vuelta atrás.

INSTITUTO DE FORMACIÓN ARCANA PARA EMPEÑOS PRODIGIOSOS Y MISTERIOSOS

—Manual del Colegio Menor—

¡Te damos la bienvenida a la familia del Arcanum!

Este manual está diseñado para ayudar a los nuevos miembros de la familia del Arcanum a conocer las reglas y comportamientos de nuestro prestigioso y espectacular centro.

Los prodigiosos practican el noble arte del prodigio y canalizan la luz celestial interior para manipular el universo y mostrar su grandeza.

Además de aprender a utilizar los prodigios individuales, los aprendices también estudiarán otras muchas destrezas que les ayudarán a lo largo de su vida, tanto en el mundo prodigiano como en el *fewel*.

Los principios prodigiosos

Integridad: honra a los ancianos, a los prodigios y a tus ancestros.

Autocontrol: maneja con certeza los sentimientos y comportamientos propios.

Perseverancia: esfuérzate y persevera para recorrer la noble senda.

Bondad: canaliza solo la luz.

Juramento del aprendiz

Tendré en cuenta los principios prodigiosos.

Respetaré a los ancianos prodigianos.

No haré mal uso de mi prodigio.

Defenderé la equidad y la justicia.

Solo canalizaré la luz para el bien.

No codiciaré ni desearé prodigios ajenos.

Firma del aprendiz	*Preferiblemente en tintaestrella

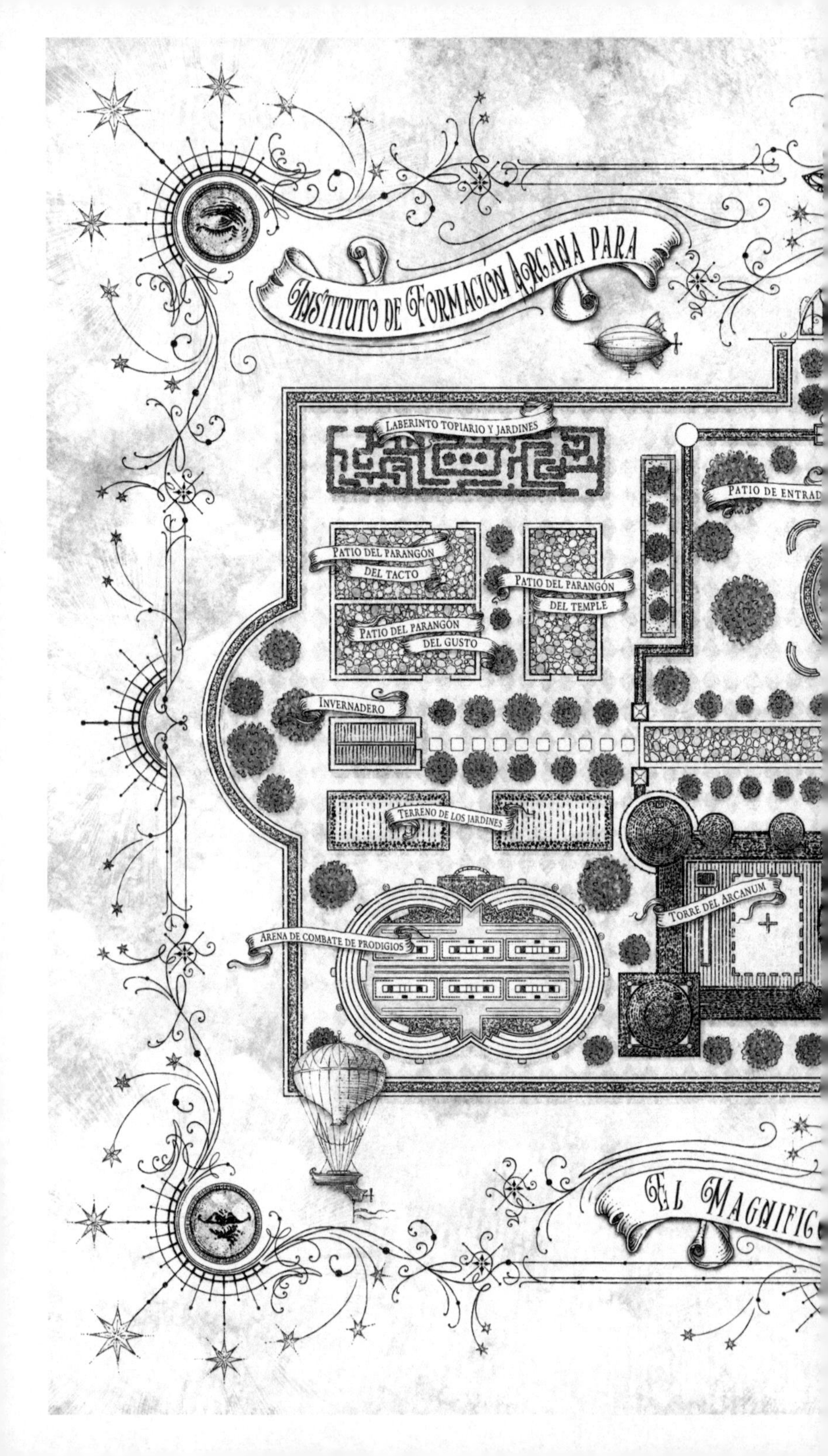

Instituto de Formación Arcana para
Laberinto topiario y jardines
Patio de entrad
Patio del parangón del tacto
Patio del parangón del temple
Patio del parangón del gusto
Invernadero
Terreno de los jardines
Torre del Arcanum
Arena de combate de prodigios
El Magnific

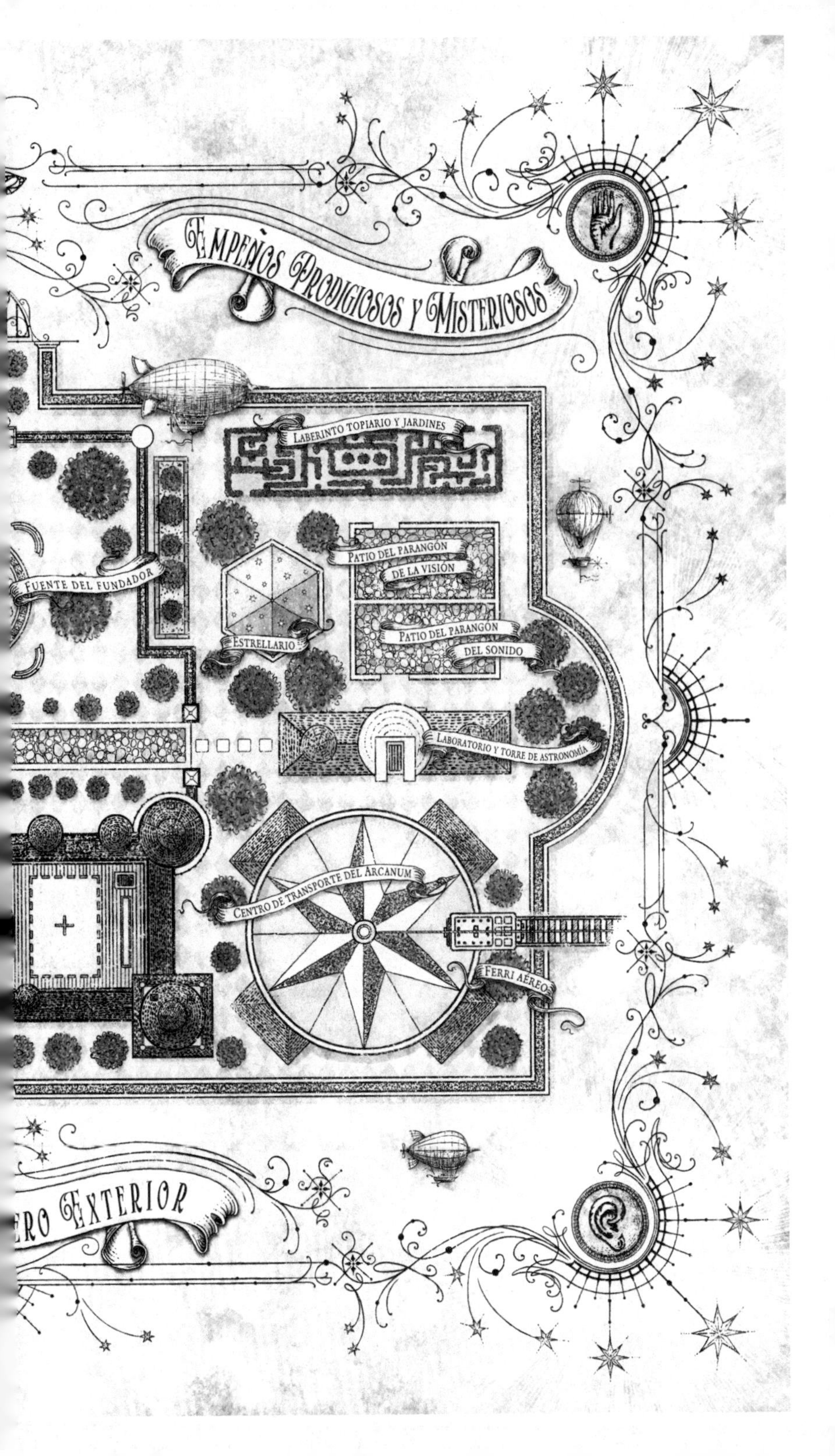

Empeños Prodigiosos y Misteriosos
Laberinto topiario y jardines
Patio del parangón de la visión
Fuente del fundador
Estrellario
Patio del parangón del sonido
Laboratorio y torre de astronomía
Centro de transporte del Arcanum
Ferri aéreo
ero Exterior

CAPÍTULO CUATRO

FAROLILLOS DE MEDIANOCHE

Ella permaneció de pie en el salón de la Osa Menor empapándose de todo lo que la rodeaba: una chimenea de mármol tallada en forma de boca de oso echaba chispas de fuego azul, los faroles estelares hacían llover purpurina y la constelación de la osa merodeaba por el techo.

Era muy diferente a la Escuela de Conjuros de Madame Collette. Aquella mansión de tonos rosados en Distrito Vergel, con sus arbustos de flores silvestres, sus galerías envolventes y dormitorios extravagantes le había parecido un mundo entero... hasta ese momento.

Había chicas de todo tipo revoloteando como abejas: unas se dejaban caer en los acogedores sillones, algunas se encaramaban a las escaleras de caracol y otras se reunían alrededor de las mesas de trabajo. Parecían todas muy distintas y formaban un caleidoscopio de colores, formas y tamaños. Escudriñó las etiquetas con los nombres de todas intentando adivinar quién vivía en qué ciudad prodigiana o en qué ciudad *fewel*, como ella. Algunas la miraron de reojo, otras cuchichearon y la mayoría se rieron, algunas por lo bajo, pero Ella les devolvió la sonrisa. Le recordó a su primer día en la escuela de Madame Collette, y sabía perfectamente cómo hacer amigos.

Una mujer agitó sus brazos regordetes en el aire:

—¡Chicas, chicas! Tomad asiento, por favor. Poneos cómodas, tenemos mucho que hacer. —Una tetera se posó de repente sobre su hombro y Ella se preguntó cuáles serían el prodigio y el parangón de la mujer.

—Soy la señorita Paige, vuestra consejera de torre. Estoy a cargo de todas las chicas de nivel uno.

Ella encontró una sillita en la que apretujarse. La mujer señaló la tetera, de una porcelana hermosa tan redonda y blanca como ella.

—Mis niñas, soy una parangón del Gusto con un prodigio de té. Británico, más concretamente, pero la tetera puede prepararos el que más os guste al instante. —Señaló una puerta cercana—. Esos de ahí son mis aposentos. Vivo entre esta torre y la siguiente, Hidra. Me encargo de todo lo paranormal que pueda haber por la noche, y de eso en el Arcanum hay mucho —se rio—. Si alguna vez echáis de menos a vuestros padres, os ponéis enfermas o necesitáis algo, llamadme al timbre. —La señorita Paige dio una palmada—. Bien, mis estrellitas, antes de la sesión orientativa voy a daros vuestros cristales de traducción.

La consejera de la torre repartió piedras traductoras ensartadas en colgantes.

—Esto ayuda a que se entiendan los prodigiosos de todo el mundo. Los idiomas se traducirán sin esfuerzo mientras las dos personas los lleven consigo. Aseguraos de tenerlos siempre encima.

Ella se pasó el collar por la cabeza tal y como hicieron las demás. Escuchó un *clic*, un chasquido en sus oídos, y se recolocó el collar para ponerlo junto al camafeo que llevaba, el medallón tallado con las caras de su madre y de su padre.

La señorita Paige repartió tazas.

—Bebed un poco de chispirujo caliente —las instó mientras la tetera servía el líquido burbujeante—. Sujetad bien la taza para que no se desplace o explote. Ah, y eructad fuerte.

Ella se acordó de la deliciosa bebida del transbordador celestial y se lo bebió de un trago, antes de que pudiera salirse de la taza, y acto seguido se sumó al coro de eructos y risas de la sala.

—Por favor, llevad el cristal por razones de seguridad y para crear comunidad —añadió la señorita Paige—. Debería aclimatarse en un segundo. Seguid expulsando gases.

—¡Pedos por la boca! —gritó una chica llamada Lizzie mientras intentaba esconderse detrás de unos grandes rizos negros.

—Cuida tus modales, jovencita, no son propios de la Senda Prodigiana.

Las risas llenaron la habitación, y la presión en los oídos de Ella se despejó.

—Giraos hacia vuestras compañeras. Decid cómo os llamáis, de dónde sois y quizás algo que os guste. No seáis tímidas. Hablad mientras os entrego vuestros documentos de identificación del Arcanum. —La señorita Paige se abrió paso por la sala. Cuando le entregó uno a Ella se le acercó más—. Me alegro mucho de que estés aquí.

Ella le respondió con una gran sonrisa mientras que aparecía un retrato diminuto encima de su nombre en el documento. Había dos líneas en blanco para su prodigio y su parangón. Se moría de ganas de saber cuál sería su sitio en la escuela.

Intentó unirse a un grupo escuchando desde fuera.

—Me llamo Anh, soy de Hanói —se presentó la más pequeña. Su pelo negro le cubría las mejillas como una seta—. Tengo un huevo de ensueño. —Lo sostuvo en la palma de la mano y lo giró de izquierda a derecha para mostrar cómo la cáscara cambiaba de color—. Mi familia los cultiva. Tenemos prodigios oníricos. Los huevos se incuban y eclosionan sueños. A veces deseos, pero también me han salido pesadillas. No me gustan.

Otra niña se volvió hacia Ella con unos ojos verdes muy curiosos y traviesos. Su etiqueta decía Pilar Díaz.

—¿Vas a tener el cocodrilo en tu habitación?

El grupo se giró hacia Ella y la miraron de arriba abajo. Ella se rio.

—Gumbo es un caimán.

—No puedes tener mascotas —dijo una chica que tenía una corpulenta araña gris tejiendo una telaraña sobre el hombro.

—Tú tienes una —indicó Anh.

La chica araña se burló.

—Es un protector familiar, un ser antiguo que ha estado desde siempre en mi familia —chasqueó la lengua—. Todos los prodigiosos destacados del África Occidental tienen uno, y yo vengo de una familia *muy importante*. Seguro que la conocéis, los Asamoah, somos *legendarios* y megafamosos. Así que no, *no* es una mascota.

—Gumbo es algo así. Bueno, es un compañero de conjuración, es como tu alma gemela —explicó Ella—. Pero es de mi mamá, yo no tendré uno hasta que cumpla trece años.

—Qué raro. —Pilar entrecerró los ojos.

—Es increíble —respondió Anh—. Ojalá pudiera tener algo así.

La chica araña dio una vuelta alrededor del círculo y les estrechó la mano a todas.

—Bueno, yo soy Abina. Tengo un prodigio arácnido, parangón del Sonido.

—¿Y eso qué es? —Ella intentó ver la araña más de cerca. Abina le estrechó la mano.

—Puedo hablar con las arañas, incluido obviamente Anansi, su rey —dijo con orgullo—. Los parangones del Sonido pueden comunicarse con todas las criaturas. ¿Cómo es que *no* lo sabías?

Ella se sintió tonta, pero asintió como si lo supiera y trató de no sentirse avergonzada. Solo sabía lo básico de los cinco parangones del prodigio —papá y los *griots* la habían ayudado con ello—, pero todavía le faltaba mucho por aprender de todos los tipos de prodigios. Había un sinfín de posibilidades.

—Aún no hemos hecho el examen de prodigio. —Anh se cruzó de brazos—. ¿Cómo lo iba a saber?

—He oído que es a final de curso. —Pilar sacó el manual del estudiante.

—Pero, en plan, ¿la mayoría de la gente no lo sabe por sus familias? Yo siempre he sabido cuál es mi prodigio y mi parangón —presumió Abina, y un coro de *yo también* resonó en todo el grupo.

Estaba claro que Ella aún no tenía toda la información y tenía que ir a la biblioteca del Arcanum cuanto antes. No la iban a volver a pillar sin saber algo.

—En fin, ¿por dónde iba? —siguió Abina.

Ella quería caerle bien. Sus preciosas trenzas estaban enhebradas con joyas y su sonrisa le recordó a la de Reagan, así que lo intentó de nuevo. Metió la mano en el bolsillo y sacó la raíz de la fortuna.

—¿A que mola?

Las chicas se acercaron para ver cómo la flor azul se enderezaba y el tallo se enroscaba alrededor de los dedos de Ella, que tarareó e hizo que los pétalos fluorescentes se agitaran y saludaran.

—Cada pétalo te ayuda con algo que necesites.

—Guau —exclamó Anh.

—¿Cómo hace eso? —le preguntó Pilar—. ¿De dónde es?

—Del Inframundo. Crecen…

—Pero… ¿te dejan tener eso en el dormitorio? —Otra chica nueva se metió en el círculo y lo dividió en dos. Tenía la piel pálida y con pecas y la miraba con unos ojos verdes intensos. Además, llevaba un collar brillante que iluminaba su nombre como una bombilla. Clare Lumen.

Lian sonrió con picardía, y Ella se quedó paralizada.

—Yo que tú no me metería tan pronto en líos. Mira, todo el mundo habla de ti.

Clare le enseñó una caja de noticias. El nombre de Ella resplandecía en letras grandes, y un holograma de su padre haciendo una reverencia con el sombrero de copa centelleaba ante sus ojos. Tragó saliva.

—Eres famosa.

Ella odiaba esa palabra. En Nueva Orleans la gente decía lo mismo debido a la importancia del trabajo de papá y a las notables habilidades de conjuradora de mamá. Su familia no podía ir a ninguna parte sin que les pararan, sin tener que hablar con unos u otros, o sin que le ofrecieran tomarse un té helado y un trozo de tarta en el porche de alguien. Quizás en el Arcanum podría conocer a gente nueva, pensó.

—Esperemos que tu fama sea de la buena y no de la mala —Clare sonrió despacio, mostrando una dentadura blanca y perfecta—, porque nadie...

El techo brilló, echó chispas y se llenó de estrellas doradas, y el ruido interrumpió a Clare.

A Ella le dio un brinco el corazón al verlo.

—¡Anda! —gritó la señorita Paige—, pero si acaban de llegarnos los primeros astrogramas del curso.

Las cartas con forma de estrella se precipitaron sobre ellas volando en todas direcciones; de alguna forma sabían cómo encontrar a sus propietarias. Dos se detuvieron frente a Ella haciendo una voltereta y los arrancó del aire. Los sobres eran gruesos, de papel azul celeste, y su nombre estaba escrito con tinta dorada, al igual que en su carta de aceptación del Arcanum.

Ella despegó el sello estrellado de la primera carta y abrió el sobre. Era una nota de papá y mamá para desearle suerte, lo que la hizo sonreír aún más mientras abría la segunda. Devoró el mensaje con los ojos:

Querida Ella:

Este año seré tu mentor. Me alegra mucho poder darte la bienvenida al Arcanum y ayudarte a conocer la Senda Prodigiana.

Qué alegría tenerte aquí.

Que el prodigio te acompañe siempre,

Masterji Thakur

Era el hombre amable de Puerto Nebulosa. Abrazó la carta con fuerza y un cosquilleo de felicidad le recorrió las yemas de los dedos.

La señorita Paige dio una palmada y captó de nuevo la atención de todas.

—Vale, chicas, guardad los astrogramas y los documentos de identificación. Venga, sesión orientativa. Acercaos, acercaos. —La señorita Paige saltó e hizo chocar sus tacones—. Seguidme, no queremos llegar tarde. Tenemos muchas cosas que ver.

Clare le lanzó a Ella otra mirada altiva antes de dejar la caja de noticias sobre la mesa y ponerse la primera en la fila. Ella siguió a las otras chicas y trató de no mirar el popurrí de titulares que parpadeaban sobre la caja de noticias como una valla publicitaria en miniatura.

¿Qué decían sobre ella? ¿Hablaban bien o hablaban mal?

Ella contuvo la respiración cuando el pasillo del nivel uno se vertió en el vestíbulo más grande que había visto nunca. Era casi como tres estaciones de tren juntas.

—¡Bienvenidas al corazón del Arcanum, mis estrellitas! —anunció la señorita Paige mientras intentaba agruparlas a todas.

Miles de aprendices pasaron zumbando con sus mantos de colores: más niveles uno de blanco, niveles dos de naranja claro, niveles tres de azul zafiro y niveles cuatro de morado ciruela.

—Qué noche tan prodigiosa —agregó la señorita Paige agitando las manos en el aire.

Ella estaba de acuerdo, aquello era todo un espectáculo.

La señorita Paige les habló de la historia del Instituto, pero Ella dirigía toda su atención a lo que tenían encima. Los tranvías se deslizaban por los cables de suspensión y e iban a todos los niveles. Los tubos dorados y los paneles de colores brillantes le recordaron a los trolebuses de Nueva Orleans. Los cinco símbolos de los parangones parpadeaban en los laterales y los letreros anunciaban los destinos: TORRES DE PARANGONES, BIBLIOTECA, GRAN SALÓN DE ACTOS, ALMACÉN DE SUMINISTROS, ENFERMERÍA, SALÓN COMEDOR, PUERTO DEL ARCANUM y muchos más.

—No dejéis de saludar —dijo la señorita Paige, y pasaron por delante de las estatuas vivientes de los fundadores: Olivia Hellbourne la Paciente, con su flauta mágica; Shaui Chen el Aplicado, con las nubes de tormenta arremolinadas en su pecho; Indira Patel la Valiente y sus hermosas dagas de oro; Louis Antonio Villarreal el Sabio, con su bigote rizado e inquieto y su centelleante bola de cristal, y Femi Ademola el Honesto, con su cuenco de sopa de la verdad.

Mientras la señorita Paige les explicaba los distintos pasillos, Ella notó un tirón que ya conocía, similar al que sentía cuando cruzaba al Inframundo con su familia. Siempre percibía el cosquilleo cuando estaba frente a los necrotauros que custodiaban las puertas.

¿Qué está pasando?, se dijo a sí misma, separándose del grupo y dejando que el tirón la llevara en dirección contraria. Se vio cruzando por un pasillo oscuro hasta que llegó a una puerta que rezaba ASCENSOR RESTRINGIDO. Buscó con los dedos unos botones como los de los *fewel*, pero lo único que había era una ranura para monedas. *¿A dónde iba? ¿Por qué sentía ese tirón del cruce allí, tan lejos de casa?*

—¿Alguien se ha perdido un poquitín? —le dijo una voz detrás de ella. Se giró y se encontró con Masterji Thakur, su nuevo mentor. *Ay, no.* No quería meterse en problemas tan pronto.

—Soy Masterji Thakur, nos conocimos esta tarde. Espero que hayas recibido mi astrograma. —Le sonrió y su largo bigote se agitó, jovial. El turbante le brillaba en varios tonos de verde y en preciosos patrones de perlas danzantes.

—Yo… —balbuceó Ella—. Sí, me he perdido.

—Voy a la asamblea de medianoche. ¿Quieres venir conmigo?

Ella asintió y le siguió.

—Estoy deseando tenerte en mi clase este año y en nuestras mentorías. —La calidez de su voz borró cualquier preocupación que pudiera tener sobre la posibilidad de haberse metido en líos—. Estoy aquí para responder todas las preguntas que tengas sobre la Senda Prodigiana y, bueno, sobre cómo trazar tu camino propio como aprendiz del Arcanum.

—Gracias —le respondió Ella.

Masterji Thakur abrió unas puertas de hierro forjado que se entrelazaban y se retorcían para formar el lema del Arcanum (¡Cada estudiante es una estrella!) en muchos idiomas distintos. Al otro lado estaba el patio de entrada, donde había miles de personas esperando ansiosas.

Ella volvió a mirar hacia el ascensor restringido, pero ya no estaba allí. Qué extraño.

—Ve con los de nivel uno, está a punto de empezar —le dijo Masterji Thakur—. No vas a querer perderte nada.

El corazón de Ella se agitó cuando vio la multitud. Dejó atrás su curiosidad y encontró un sitio al lado de su nueva compañera de habitación, Siobhan.

Los prodictores estaban en una plataforma sobre una fuente enorme. Al lado de la prodictora Rivera había un hombre blanco con el pelo de color rojo intenso.

Resonó un reloj.

Primera campanada. Los niños rugieron.

Segunda campanada. El escenario de los prodictores se balanceó de izquierda a derecha como un péndulo.

Tercera campanada. La plataforma se elevó y se paseó sobre la multitud y todo el mundo levantó las manos para intentar tocarla.

—¿Qué está pasando? —Ella no daba crédito a sus ojos.

—¡Todo! —chilló Siobhan, y su duendecillo soltó una risotada.

—Saludos, compañeros prodigianos, jóvenes neófitos —rugió la voz de la prodictora Rivera.

La muchedumbre aclamó.

—Para quienes no me conozcáis, soy la prodictora Rivera, os he traído desde Puerto Nebulosa. Este de aquí —señaló a su lado— es mi compañero de gobierno, el prodictor MacDonald.

—¡Os doy la bienvenida a casa! —dijo él con una reverencia.

La prodictora Rivera señaló hacia arriba y frunció el ceño, esperando a que el dirigible de *El Clarín Prodigioso* se perdiera de vista antes de volver a hablar.

—Somos estrellas caídas. Cada uno de nosotros contiene los elementos que conforman el hermoso lienzo del cielo. Esas esferas de luz parpadeantes os dieron vuestros prodigios, preciados y únicos. Por eso construimos nuestro hogar aquí, en las alturas, lejos del resto del mundo: para recordarlo siempre, para deleitarnos con la luz infinita. —Agitó las manos en el aire—. El cielo nos une a todo el mundo.

Los estudiantes mayores silbaron. Ella observó lo emocionados que estaban, lo grandes que eran sus ojos, lo mucho que parecían amar aquel lugar, y se dio cuenta de que quería ser como ellos y que podría serlo ahora que estaba allí.

El prodictor MacDonald aplaudió.

—Este año va a ser un viaje para todos nosotros. Para los alumnos de nivel uno será un periodo de descubrimiento, de aprendizaje de vuestros prodigios y de cómo cada parangón pretende formar una familia de mentes y talentos afines.

Ella sonrió al notar su marcado acento escocés. Él extendió los brazos.

—Y para honrar ese cometido, siempre empezamos con una tradición que inició una de las grandes fundadoras del Instituto, Indira Patel la Valiente. Mandamos nuestros deseos a las estrellas con la esperanza de que se cumplan. —Hizo un gesto hacia su izquierda—. Niveles cuatro, si sois tan amables.

Los estudiantes mayores se abrieron paso entre la multitud en una tormenta de mantos de color púrpura. Llevaban cestas con farolillos, trozos de papel de pergamino y estilógrafos de latón.

Ella miró a su alrededor mientras esperaba su turno. Había niños de todo el mundo y trató de adivinar de dónde vendría cada uno y cuál podría ser su prodigio, pero había demasiados.

—¿Es que no le dieron la guía del uniforme? —escuchó decir a Clare.

Ella vio a la única chica que destacaba entre el resto: tenía los brazos cruzados, el pelo rubio revuelto, un labio más hacia afuera que el otro, un extraño muñeco de payaso que asomaba por el bolsillo de su sudadera y unas zapatillas con garabatos. Era la única persona del grupo que no llevaba manto.

Los susurros estallaron alrededor de Ella.

—Con esas pintas, seguro que viene de una mala familia.

—¿Eso no son ropas de *fewel*? ¡Qué asco! Quizá sea una y no esté en su lugar.

—Tiene una muñeca... Igual se cree que esto es una guardería.

Las mejillas de la chica se ponían más rojas con cada insulto. Ella sabía que debía de venir de una ciudad *fewel* como la suya.

Ella enderezó la espalda y se interpuso entre el grupo y la chica, bloqueándoles la vista.

—Hola —le dijo, reuniendo toda la valentía que podía para proyectarla en su voz—. En vez de decir esas cosas, ¿por qué no le preguntáis de dónde es?

Lian entrecerró los ojos.

—¿Y a ti quién te ha preguntado?

—Nadie, solo doy mi opinión —respondió.

—¿Tu qué? —le dijo un chico. Su etiqueta decía PHILIP DAVIS.

Ella intentó explicarse, pero Lian puso los ojos en blanco y se alejó con Clare.

—¿Tú no eres la conjuradora? —preguntó una chica llamada Farah.

—Sí, soy yo —dijo Ella.

Los demás se echaron a reír y se fueron.

Ella miró con simpatía a la chica rubia, que le frunció el ceño.

—No necesitaba tu ayuda.

—Pero...

Alguien le tocó el hombro.

Ella se dio la vuelta y se encontró con la consejera de la torre, la señorita Paige, junto a un chico de trenzas gruesas y piel morena.

El chico la miró con ojos ansiosos. Ella permaneció con los labios apretados y pensó que si seguía frunciendo el ceño él acabaría por marcharse. Así era como se deshacía de los chicos en la Escuela de Conjuros de Madame Collette.

—Jason, te presento a Ella.

Él le sonrió. Tenía un huequecito entre los dientes.

—Va a ser tu guía durante un tiempo. Te ayudará en lo que necesites.

Ella examinó su manto blanco, planchado con tanta maestría como el suyo.

—Pero... ¿no es un nivel uno?

La señorita Paige le puso una mano en el hombro.

—Es de la familia Eugene, quizá los más famosos que tenemos por aquí.

Él enarcó una ceja.

—Bueno, os dejo para que os conozcáis —dijo, y se alejó.

Ella lo miró, tratando de averiguar qué tenía de especial, aparte de su apellido y su excelente cabello.

—Es que tengo muchos hermanos en el Colegio Mayor —respondió él, como si hubiera percibido su duda.

Se miraron fijamente. Ella no creía que el chico fuera a serle de ayuda. Ya sabía mucho sobre el Instituto gracias a sus investigaciones y tenía pensado acampar en la biblioteca del Arcanum a la primera oportunidad que tuviera. Además, tampoco era que necesitara un falso amigo que le hubiera presentado un adulto. Se le daba muy bien hacer amigos en casa y solo necesitaba un poco de tiempo para conocer gente allí, pero… una ínfima parte de ella la traicionaba, susurrándole: *Tal vez sería bueno tener a alguien de tu parte.*

¡¿De verdad se creían que necesitaba a una niñera?!

Él sacó un pergamino del bolsillo.

—¿Quieres firmar mi petición? Necesito mil nombres.

—¿Para qué?

A Jason se le pusieron los pelos de punta.

—Es para que Betelmore se acerque más a Arcanum este año. Ahora mismo tienen allí el Bestiario Ladino de Mercantino. Es la mejor casa de fieras…

Un chico alto de nivel cuatro se detuvo frente a ellos. Tenía la misma cara morena de Jason, pero con un bigote de pelusilla de melocotón y unas trenzas aún más largas.

—Jay, ¿qué estás haciendo?

A Jason se le heló la sangre.

—No estarás molestando a la gente con lo de esa petición, espero. No después de lo que te dije.

Los ojos de Jason se abrieron de par en par.

—Pueeeeeees…

El chico se volvió hacia Ella.

—Soy Wesley Eugene. —La forma en la que dijo su nombre le hizo saber a Ella que era importante—. Toma uno de cada uno.

Con un movimiento rápido Ella sacó los objetos de la cesta. El farolillo en forma de esfera que sostenía entre sus manos contenía una vela diminuta.

—Este es uno de mis hermanos —dijo Jason con una sonrisa tímida.

—El mejor —se burló Wes.

—¿Sigues queriendo firmar? —Jason le mostró el papel y Wes le hizo una llave de mentirijilla hasta que chilló. Su hermano se alejó sonriendo.

Jason intentó quitarle las arrugas a su manto y fingió que no había pasado nada. El pelo se le agitó como si también estuviera irritado.

—¿Por qué se te mueven así las trenzas? —inquirió Ella, preguntándose si habría usado el mismo aceite de magia negra que su papá.

—Mi hermana Grace me echó un encantamiento de meneo en el aceite. Mamá me dijo que se pasaría, pero lleva así todo el verano.

Ella trató de no reírse y Jason se encogió de hombros.

—Ya casi es la hora de pedir los deseos —anunciaron los prodictores.

Ella observó a la gente a su alrededor. Parecían saber a la perfección lo que tenían que hacer: garabatear palabras en el papel, meterlo dentro de la cera de la vela, sostenerlo en alto hasta que la mecha se encendiera sola, sin motivo aparente, y soltarlo.

—Mira cómo lo hago yo. —Jason levantó su vela.

—¿Cómo sabes hacerlo?

—Tengo hermanos mayores, ¿recuerdas? —Señaló a dos chicas que compartían su misma sonrisa y a dos chicos con trenzas africanas como las suyas—. Ahí está Wes, en el nivel cuatro, Allen y Beatrice en el nivel tres y Grace en el nivel dos. Me enseñaron ayer para que no les hiciera pasar vergüenza.

Aunque no le apeteciera, Ella dejó que la ayudara. Tampoco quería hacer el ridículo en su primer día.

—¿Qué vas a escribir? —le preguntó él.

—No es asunto tuyo.

Ella escribió en el papel: *A todo el mundo le gustarán los conjuradores… y yo también les gustaré.*

INSTITUTO DE FORMACIÓN ARCANA PARA EMPEÑOS PRODIGIOSOS Y MISTERIOSOS

—Manual del Colegio Menor—

Horario de aprendices de nivel uno

Sesiones formativas de primer año

Nombre: ***Ella Durand***

REQUISITOS BÁSICOS

Introducción a la Historia de los Prodigios y los Prodigiosos	Dr. Amir Zolghad
Introducción a la Luz del Prodigio	Dra. Amelia Bearden
Conjuros para Principiantes	Madame Sera Baptiste
Encantamientos Universales y su Origen	Dra. Guadalupe Pérez

REQUISITOS DE PARANGÓN

Pronosticación del Futuro I: la Adivinación del Futuro en el Mundo	Dr. William Winchester
Elixires Mundiales	Masterji Raj Thakur
Encantamientos de Tradición Oral del África Occidental	Dr. Kwame Mbalia
Elementales Globales: Agua y Aire	Dra. Anne Ursu

ACTIVIDADES EXTRACURRICULARES

Estrellología y Exploración	Ubicación: Observatorio Imparte: Dra. Meghan Cannistra

★—★—★— **ASTROGRAMA** —★—★—★

Hola, Ella:

¿Necesitas ayuda para llegar a la sesión orientativa de mañana? Hay una visita guiada. Podemos vernos en la entrada a los dormitorios de nivel uno. Deberías probar los dobledudas en el desayuno, son supergraciosos e inquietos. Te comes tus preocupaciones, más o menos. Vienen de Trinidad. Mi padre es de Jamaica, pero aun así nos gustan. Sé que no me has preguntado por nada de esto pero te lo quería decir.

Jason (¿te acuerdas de mí? ¡Soy el que tenía que ayudarte!)

★—★—★— **ASTROGRAMA** —★—★—★

Jason:

No necesito tu ayuda. Voy a decirle a la consejera de la torre y a los prodictores que es una TONTERÍA que vayas detrás de mí. Sé muy bien lo que hago.

Ella

P. D.: Voy a probar los dobledudas, pero me apetecen mucho las tortitas voladoras, me han dicho que están ricas. ¿Sabes si llevan sirope?

CAPÍTULO CINCO

UN NUEVO COMIENZO... ¡Y LA SENDA PRODIGIANA!

—¡Ella!

—¡Ella!

—¡Ella Charlotte Baptiste Durand!

—¡Arriba! Venga, jovencita. *Algo* va mal.

San Antonio dio una palmada. Los rostros de porcelana de los santos familiares la saludaron con disgusto. El árbol de botellas brillaba a la luz de la mañana y proyectaba sombras sobre la colcha.

—*Petite* —oyó decir a su madrina—, levántate, por favor.

Ella se sentó en la cama y se frotó los ojos. El hermoso rostro de su madrina le devolvió la mirada. Tía Sera. El caftán blanco que llevaba hacía que su piel morena pareciera de escarcha. Un pañuelo a juego le sujetaba unas conjurrosas y le envolvía la espesa cabellera.

Ella se lanzó a sus brazos.

—¿Me he quedado dormida o algo? —Miró el reloj. Sus brazos de latón decían que eran las seis y media y el mensaje «Hora de descansar» parpadeaba. La palabra «Desayuno» lo sustituiría una hora más tarde.

—No, no —le respondió—, no es eso.

Ella miró a su alrededor y se asustó. Estaba en una habitación completamente distinta.

—¿Qué ha pasado? ¿Dónde estoy?

—En la torre Hidra —señaló hacia arriba. Una serpiente de luz de estrellas se deslizó por el techo sacándoles la lengua para saludarlas.

—Pero yo estaba en Osa Menor. ¿Dónde está Siobhan? ¿Y Lian y Samaira?

Su madrina frunció los labios, y a Ella le dio un vuelco el corazón. Le vinieron a la mente mil preguntas sobre por qué no estaban en su dormitorio. ¿Habría metido la pata en la asamblea de medianoche? ¿Se habría enterado alguien de su visita al extraño ascensor? ¿Estarían mamá y papá enfadados con ella?

—Pensaron que tendrías más espacio en la torre Hidra con una compañera de habitación en vez de tres, que estarías más cómoda.

—Pero si ya estaba cómoda. —Ella contempló su nueva habitación: un tornado de ropa se esparcía por el suelo, unos ventanales gigantescos se alineaban en una pared y un escritorio y un baño propio la esperaban.

—Además, ¿cómo he llegado aquí?

Su madrina le sostuvo la mano.

—Pequeña, es mejor no hacer preguntas si ya sabes las respuestas.

Ella trató de recordar la noche anterior. Había dormido muy bien, sintiéndose casi como si flotara en su nueva cama. La invadió una imagen borrosa: el sonido de la voz de su madrina despertando al árbol de botellas con su canción: *Árbol del sur, encuentra la brisa. Arraiga nuestro aprieto, pero hazlo sin prisa.* Recordó la sensación de sus gruesas ramas levantándola de la cama, recogiendo sus cosas y llevándola al vestíbulo.

—Era la forma menos escandalosa de hacerlo —le explicó su madrina.

—Pero…

Tres golpes en la puerta hicieron que los santos se sobresaltaran.

—Noto un peligro —anunció san Cristóbal.

—Presiento al diablo detrás de la cruz —intervino santa Úrsula.

—¿Ella? ¿Ella, tesoro? A quien madruga, la estrella ayuda —le llegó la voz de la señorita Paige—. Hay alguien aquí que quiere conocerte.

La tía Sera abrió la puerta. La señorita Paige y la prodictora Rivera hicieron pasar a una chica de aspecto malhumorado. Ella la reconoció: era la de la asamblea de medianoche. Sus gélidos ojos azules se encontraron con los de Ella y se entrecerraron.

Todas se dieron los buenos días, aunque las mujeres parecían sorprendidas de ver a su madrina.

—Hora de presentarse. —Las flores de papel picado del pelo de la prodictora Rivera se agitaron.

—He traído té —dijo la señorita Paige. Tres teteras humeantes la rodeaban como satélites orbitando alrededor de un sol. Acarició el pin de parangón de su solapa y la boca dorada le devolvió la sonrisa a Ella. La señorita Paige se le acercó—. ¿Quieres una taza? Puedo hacer chai, matcha... incluso endulzado y con hielo, como os gusta a los estadounidenses sureños. Te prometo que tengo lo mejor. También tengo galletas típicas británicas.

—No, gracias —respondió Ella, incapaz de romper el contacto visual con la chica.

—Bueno, Brigit, esta es Ella. —La prodictora Rivera hizo avanzar a Brigit—. Ella, esta es Brigit —le puso una mano sobre el hombro—. Es de Nueva York y le está costando adaptarse, como a ti.

—No lo estoy pasando mal —protestó Ella.

—Entonces quizá puedas ayudarla. Brigit se ha criado fuera de este mundo... como tú, pero solo entre *fewel,* lo cual es muy extraño para los prodigianos. Vivir entre ellos y no conocer tu herencia puede ser complicado y resultar chocante. Se está esforzando por adoptar nuestras costumbres, y tú ya sabes mucho de ellas.

A Ella le encantaba ayudar a los demás. La abuela decía que era uno de sus rasgos más nobles, pero ella no lo tenía tan claro.

—Me da igual —espetó Brigit.

Ella frunció el ceño. ¿Por qué estaba tan malhumorada?

—Quizá te ayude un poco de té. —La tetera de la señorita Paige se agitó.

—O quizás ambas prefieran el café, como yo —dijo la prodictora Rivera—. A la mexicana, con canela.

—¿Usted quiere algo, Madame Baptiste?

La madrina negó con un gesto.

Unas libélulas nerviosas revolotearon en el estómago de Ella. No entendía por qué tenía que cambiar de habitación. ¿Se habrían quejado sus compañeras? ¿Odiarían el árbol de botellas? ¿Habría roncado aquella noche? O, bueno, ¿acaso roncaba, en general? Las emociones se agitaron en su interior: del orgullo por la belleza del árbol hasta la rabia por tener que mudarse, pasando por la humillación de lo que debía pensar el resto acerca de ella.

—Venga, seguro que queréis algo, aunque sea por cortesía —insistió la señorita Paige.

—¿Qué he hecho mal? —preguntó Ella.

—Oh, nada, querida. Nada de nada, no te preocupes. —La señorita Paige le dio una palmadita en el hombro.

La tía Sera se cruzó de brazos.

—Es el primer día de curso, esto no puede volver a pasar. Es la primera y la última vez que lo consentimos. Ni sus padres ni yo vamos a andarnos con este jueguecito todo el año. La transición es la misma para todo el mundo, no podemos seguir teniendo este caos.

—En absoluto va a ser un problema, confíe en mí. —La prodictora Rivera sonrió.

—No confío en usted —espetó Sera.

Las mejillas de la prodictora Rivera se sonrosaron y se sentó con la espalda recta.

—Nosotros también queremos una transición tranquila.

Tía Sera puso los ojos en blanco, tomó la mano de Ella y la besó.

—Todo irá bien, *petite.*

Otro golpe sacudió la puerta y entraron dos astradianos. A Ella le emocionaba poder ver a uno tan de cerca. Tenían orejas como las de los gatitos, gafas muy pequeñas y una piel peluda del color de la noche. Había leído cómo nacían de las estrellas en *Los reinos míticos: criaturas afines a los prodigiosos.* No pudo evitar sonreírles mientras cientos de preguntas bullían en su interior. Se sintió un poco como Winnie.

—Dos de nuestros cuidadores de confianza están aquí para asegurarse de que te instales correctamente. También les hemos pedido a los autómatas que te ayudasen a ordenar. —La señorita Paige deambuló inspeccionando el desorden de Brigit mientras una tetera la seguía de cerca—. Estos son Auriga y Aries. Les presento a Ella Durand.

Se saludaron, y Ella notó cómo Auriga continuaba alisándose el peto y Aries seguía mirando furtivamente a Brigit.

—¡Por los astros! —jadeó Auriga al ver el árbol.

Un rubor repentino hizo que el rostro de Brigit se pusiera rojo como la salsa picante.

—¡Uf! Estoy harta de esto. —Se metió en la cama y se envolvió en la colcha más bonita que Ella había visto nunca. Los bordados brillaban a la luz del sol. Hasta aquel momento Ella pensaba que las colchas de su abuela eran las más increíbles. ¿De dónde habría sacado algo así?

Brigit roncó tres veces de manera falsa y exagerada y los astradianos se rieron.

La prodictora Rivera llamó a Brigit un par de veces y luego se volvió hacia Ella.

—Me pondré en contacto contigo para ver cómo te estás adaptando. Gracias por tu flexibilidad y cooperación.

—La cabeza bien alta, Ella. Así deben de ir los conjuradores. —La tía Sera la besó en la frente antes de salir.

El techo retumbó y brilló. Una carta en forma de estrella bajó y cayó en sus manos. Ella supo de quién era antes de despegar el sello de polvo de estrellas.

Mamá.

Ella:

Por favor, dinos que estás bien. Utiliza el camafeo-conjuro. No estoy conforme con el cambio de habitación. Quizá vaya y te traiga de vuelta a casa.

Yo tampoco estoy feliz, pensó Ella. Siguió leyendo. También había una nota escrita con la letra de papá.

Te adoro, pequeño saltamontes. Sé que te lo tomarás con filosofía. Dinos que estás bien.

Te quieren,
Mamá y papá

Ella guardó la carta y fue de puntillas por la habitación. La señorita Paige tenía razón: era dos veces más grande y su árbol de botellas se extendía para rellenar el espacio vacío. La gran ventana de cristal dejaba ver los relucientes Nidos de Nubes que rodeaban el Arcanum, y Ella esperaba tener la mejor vista de las ciudades flotantes. Igual sí que podría acostumbrarse a aquello, aunque una parte de ella se sentía decepcionada porque no era con lo que había soñado durante todo el verano: ser la mejor amiga de sus nuevas compañeras de habitación, explorar el Instituto juntas y quedarse despiertas toda la noche para hablar y practicar sus prodigios.

Ella miró cómo dormía Brigit y se preguntó si aquella chica tan desordenada y gruñona sería su amiga. ¿Acaso quería Ella una amiga así? Era totalmente opuesta a Reagan, que te regalaba hasta su último conjudólar si te quedabas sin nada y nunca dejaba que un mal día le estropeara el gesto.

Los ojos de Ella se encontraron con el muñeco de payaso sobre la mesita de noche de Brigit. No parecía un payaso como los del circo de

Nueva Orleans. Iba vestido con un traje de cuadros de diamantes con un sombrero puntiagudo y un cuello de volantes. ¿Quizá fuera un arlequín? En la frente tenía cosida la palabra *Feste*. El muñeco le guiñó un ojo.

Ella ahogó un grito y le dio la espalda. ¿Acababa de guiñarle un ojo de verdad?

Ella decidió no darle mayor importancia e intentó que todo fuera perfecto.

Otra vez.

Una hora más tarde, Ella intentó montarse en el tranvía del Arcanum para ir a la torre de la Visión y empezar a recibir orientación en su primer día oficial en el Instituto de Formación Arcana para Empeños Prodigiosos y Misteriosos. Había leído acerca de la gente que tenía prodigios de visión: podían ver el pasado, predecir el futuro, descifrar sueños, pesadillas y profecías, y tener recuerdos especiales; se les consideraba gente de amplia sabiduría. La abuela podría encajar ahí, sin duda.

Sostuvo el mapa del tranvía entre sus manos y estudió las tres líneas: la azul, la negra y la dorada. No podía ser *tan* difícil. En casa tomaba siempre el trolebús con mamá, y si hubiera sido el tipo de madre que la dejaba ir sola, podría haber llegado sin problema desde su casa a la de Reagan en la línea de St. Charles Avenue.

En cuanto salió de los dormitorios la gente empezó a mirarla, y Ella deseó que se metieran en sus asuntos. Llegó hasta el andén de tranvía más cercano evitando el ascensor y subiendo por la escalera de caracol para esperar allí, y luego tiró de una cuerda que había por encima de su cabeza. Al hacerlo sonó una campana. «El próximo tranvía llegará en un minuto».

Volvió a comprobar su horario. La tableta de latón que tenía en la palma de la mano parpadeó, recordándole que debía ir a la última planta de la torre de la Visión para entrar a clase a las 8:30. Llegaría temprano, ya que había decidido saltarse el desayuno tras el incidente del cambio de habitación y necesitaba un poco de tiempo para recuperar el espíritu, como solía decirle la abuela. El estómago le gruñó; sacó una bolsa de heliosimientes que mamá le había guardado en la cómoda y se las metió en la boca antes de que lanzaran sus rayos brillantes.

El tranvía de la línea dorada se acercó. Sus elegantes paneles brillaban como si estuvieran hechos de polvo de estrellas. El vagón estaba lleno de estudiantes de nivel tres y cuatro y de varios instructores del Arcanum.

La puerta se abrió y un autómata le sonrió.

—Bienvenida a la línea dorada. Muestre su identificación del Arcanum. Pulse en el navegador y busque un asiento.

Ella subió a bordo, siguió las instrucciones y se deslizó en uno de los asientos de felpa.

—Avanzando —anunció el autómata, y sonaron tres campanitas—. Primera parada, torre del Tacto.

El tranvía navegaba por los relucientes cables girando a la izquierda y a la derecha conforme se detenía en cada parada. Ella se asomó por la barandilla y vio abajo a los instructores del Arcanum quejándose de los mantos de los aprendices, imponiendo sanciones o transportando todo tipo de objetos peculiares. Los astradianos empujaban carritos de suministros, los autómatas daban vueltas barriendo y sacando brillo a todas las superficies, y los dirigibles campana flotaban y emitían recordatorios cordiales sobre la jornada escolar.

—Próxima parada: torre de la Visión. Prepárense para salir —anunció el autómata.

Ella agarró su mochila y salió corriendo, bajó las escaleras del andén y entró en el vestíbulo de la torre de la Visión. Un enorme ojo mecánico colgaba del techo, parpadeaba y se giraba para mirar en distintas direcciones. Un gigantesco heliograma del fundador, Louis Antonio Villareal inclinaba su sombrero de ala ancha.

—Os doy la bienvenida a la torre de la Visión, un lugar en el que observaréis más de lo que jamás habéis visto —movió nerviosamente el bigote—. Mi mostacho predice el futuro. ¿Qué podéis ver con el ojo de la mente?

A su alrededor flotaban bolas de cristal que decían: «¡Sabios son los ojos!». En los laboratorios de adivinación había unos carteles muy curiosos:

NO MOLESTAR – ¡LECTURAS EN CURSO!

¡PROFECÍAS SENSIBLES!

¡VE CON CUIDADO, QUE EL TIEMPO NO PERDONA!

Los espejos de adivinación decían: «Echa un vistazo a tu futuro y revisa tu pasado». En una de las paredes había puertas, ventanas, aldabas y pomos que otorgaban visiones de otros lugares y tiempos. En otra pared había retratos de grandes prodigiosos que fueron parangones de la Visión: Reginald Rasbold, con su prodigio profético y sus predicciones casi perfectas; los prodigios oníricos de Pilar Ponce y su célebre Taller de Sueños, o los famosos Tesoros del Tiempo Torcido de Silas McGeary, que consistían en objetos raros de épocas pasadas.

Ella alcanzó el pomo de la puerta que prometía un vistazo al mundo prehistórico.

—Yo que tú no me metería ahí.

Ella se giró y se encontró con Jason. Sonrió y sus trenzas se agitaron.

—¿A ti quién te ha preguntado? —espetó Ella.

—¿Estás bien? —La preocupación le inundó los ojos.

—¡Perfectamente! —le respondió y le dio la espalda.

—Mi hermana Bea tiene un prodigio de clarividencia y dice que los dinosaurios no molan tanto. Están siempre muy enfadados. Le he rogado que me llevase allí, pero… —se encogió de hombros.

¿Tu hermana es una Visión?

—Pues sí.

—¿Es lo que vas a ser tú? —Ella se preguntaba qué tenía Jason de prodigioso, además de un pelo estupendo.

—Creo que el examen de prodigio me dirá que tengo un prodigio familiar: siempre he podido hablar con los animales. Sería un parangón del Sonido.

—¿Cómo es el examen? —La mente de Ella se desbocaba con todas las posibilidades sobre dónde podría acabar.

—Mis hermanos no me lo quieren contar, dicen que me arruinarían la experiencia —aseveró—, pero Grace dijo que puedes formarte en lo que quieras, que no importa lo que refleje el examen, aunque la mayoría de aprendices eligen lo que les sale o lo que les dicen sus familias.

—Entonces... ¿tengo que esperar el curso *entero*? —respondió, frustrada. Jason se encogió de hombros.

—Supongo que primero tenemos que aprender sobre todos los parangones.

—Va a ser una tort... —Ella chilló y señaló el bolsillo del manto de Jason—. Tienes una... tienes algo en el bolsillo. —Ella le dio un manotazo, pero él se apartó de un salto. A Jason se le iluminó el rostro por completo.

—Es una amiga, no te preocupes.

—¿Qué es?

—Es una rottie. Son unos pequeños marsupiales incomprendidos. Guisante, esta es Ella. Ella, esta es Guisante.

La criatura levantó las orejas.

—Viven en los muros del Arcanum —Jason le acarició el pelaje con la nariz—. Les encanta que les hagan fotos y acumulan dulces en sus bolsas.

Ella se estremeció pero se acercó un poco más. Guisante era adorable, tenía una gran sonrisa y una cola larga. Su pelaje negro como la noche brillaba como si la hubieran bañado en polvo de estrellas. La forma en la que Jason la cuidaba le recordaba al modo en el que sus padres y la abuela cuidaban de sus compañeros de conjuración.

Jason le dio una galleta a Guisante.

—Los rescataron los prodigiosos australianos y los trajeron aquí. ¿No son monísimos?

Dos aprendices de nivel tres entraron corriendo en el vestíbulo batiéndose en duelo con bastones largos y brillantes. Jason la apartó a un lado.

—¿Qué son esas cosas? —Ella observaba con asombro.

—Báculos de estaprés.

Ella saboreó aquella palabra tan divertida.

—Sirven para manejar la luz antes de que consigamos nuestros canalizadores, pero no los obtenemos hasta el nivel dos, aunque mi hermana mayor me dejó usar el suyo una vez. —Jason levantó las cejas—. ¿Nunca has visto uno?

—No. —Ella se dio cuenta de que faltaba mucha información sobre los prodigiosos en los archivos del Griotario.

—También se usan en las Luchas de Prodigios —agitó las manos mientras explicaba el juego—: Dos jugadores de cada equipo de parangones luchan con estapreses brillantes hasta que llegan a las rondas finales y pueden usar sus propios canalizadores para vencer a sus oponentes. Mis hermanos son campeones. A mí me da mucho miedo, no creo que me presente el año que viene.

—¡Suficiente! —gritó un autómata—. Guárdenlos antes de que me los lleve.

Ella y Jason soltaron una risita.

Un dirigible campana entró en la torre, dando tres campanadas agudas, y la voz del prodictor MacDonald retumbó.

—Aprendices, por favor, presentaos a vuestras sesiones del primer período. Recibiréis dos sanciones por llegar tarde. Como recordatorio: si llegáis a diez en una semana os ganaréis un sábado de castigo. Que la luz y el prodigio os acompañen siempre. Portaos bien y, sobre todo, sed puntuales.

El tintineo de los carros que llegaban resonaba con los pasos que los seguían. El vestíbulo se inundó de aprendices que iban de un lado a otro, subían las escaleras y se amontonaban en los ascensores rumbo a sus primeras clases.

Jason se despidió de la rottie, que se fue corriendo, y luego se volvió hacia Ella.

—¿Estás lista?

—Pues claro —respondió.

Subieron las retorcidas escaleras hasta lo más alto de la torre. La mitad de la clase de nivel uno esperaba fuera de la sala de reuniones de la torre. Ella vio a sus antiguas compañeras, Lian y Samaira. Sus miradas penetrantes le pusieron la piel de gallina. Una parte de ella quería acercarse y preguntarles por qué la habían echado de su habitación... pero no quería pasar el resto del día enfadada.

Siobhan la saludó y su duendecillo le lanzó un beso. Al menos parecía que a Siobhan no le caía mal.

Clare pasó por delante de ella.

—Ya lo sé todo sobre el Arcanum. Vaya pérdida de tiempo. —Se quejó, se quitó el collar que parpadeaba y se acercó a Abina y a Lian.

—Pienso igual —dijo Abina—. Mi familia hace una visita todos los años, sobre todo en las primeras semanas, cuando el edificio se transforma.

—Y yo ya conozco a todos los profesores —añadió un chico de pelo castaño.

—Saben perfectamente quién soy. —Lian se acicaló con un peine pequeño para asegurarse de que tuviera el flequillo perfecto.

—Yo solo quiero mi estaprés —se quejó un chico con la cara llena de pecas—. Estoy preparado para competir en la Lucha de Prodigios.

—Han cambiado algunas cosas —soltó Jason de sopetón—. Profes nuevos.

Los niños se volvieron para mirarle y él tragó saliva.

Las puertas se abrieron de golpe y salió Masterji Thakur. Llevaba unos pantalones azules brillantes, una túnica larga y el turbante de joyas a juego.

—Por aquí, principiantes.

Entraron en una gran sala de reuniones llena de bancas. Los instructores del Arcanum se situaron en el centro y hablaron.

—¡Buenos días, jóvenes estrellas!

—Tomad asiento.

—¡Preparaos para la aventura de vuestras vidas!

Los aprendices se apresuraron a buscar la mejor banca o a sentarse con sus nuevos amigos. Ella vio entre los instructores a su madrina, Sera Baptiste, y se saludaron con la cabeza.

Ella, Jason y Miguel, su compañero de habitación, se sentaron juntos. Ella no apartaba la vista de la puerta. ¿Dónde estaba Brigit? Se le revolvía el estómago por la culpa.

—¿Qué pasa? —preguntó Jason.

—Mi nueva compañera de habitación aún no ha llegado. Quizá debería haberla despertado.

Se mordió el labio inferior y analizó la habitación para asegurarse de que no estuviera allí, y vio a Siobhan intentando sentarse con Lian, Samaira y Clare, pero la rechazaron.

Ella le hizo un gesto para que se acercara, y Sionhan corrió en su dirección.

—Gracias.

—De nada.

Ella le presentó a Jason y a Miguel.

—¿Es un duendecillo nocturno? —le preguntó él.

—¿Cómo lo sabes? —A Siobhan se le iluminó el gesto y él sacó un libro de su mochila: *Archivos mixtos de criaturas prodigianas*.

—Son mis favoritos. Creo que se suele confundir mucho a las hadas con los duendecillos.

—Los míos también —sonrió Siobhan mientras sacaba otro libro, la *Guía de bolsillo del Sr. Jay para el cuidado y la alimentación de los duendecillos*—. Es el último libro que tiene, me encanta.

Jason sonrió de oreja a oreja.

Los faroles estelares se apagaron y la habitación quedó en silencio.

¿Dónde estás, Brigit?, pensó Ella.

—Os doy la bienvenida, nuevos aprendices. —Un hombre se separó de la fila de instructores—. Soy el Dr. Zolghad, parangón de la Visión, y vengo de Irán, aunque ahora resido en la gran ciudad prodigiana de Betelmore. —Ella pensó que parecía que acababa de despertar de un sueño de mil años. Entre las manos sostenía una caja de noticias muy peculiar—. Seré vuestro instructor en la Gran Senda Prodigiana, donde aprenderéis la historia de nuestra maravillosa sociedad y cómo nos unimos. —Una sonrisa se le dibujó en la comisura de la boca, y se rio para sí como si guardara un secreto—. Hoy conoceréis a todos vuestros instructores de este año, pero primero, una breve lección de historia...

Una luz salió de la caja de noticias y se proyectó en el techo.

—Asistir al Arcanum es el paso inicial para unirse a nuestra gran comunidad. Estas son las primeras imágenes que hemos conseguido del primer Festín de Unión. Los historiadores prodigianos recuperaron imágenes de cajas de noticias y pergaminos excavados para mostrarnos qué aspecto tenía aquel frío día de enero de hace casi trescientos años.

Apareció una imagen en la que los primeros prodigiosos se sentaban alrededor de una mesa repleta de comida.

—¿Puede decirme alguien por qué los primeros prodigiosos hicieron esto? —Ella disparó una mano al cielo, pero el Dr. Zolghad señaló a Farah.

—Toda la gente mágica del mundo tuvo que esconderse. Estaban cansados de hacerlo —respondió Farah.

—Sí, correcto. ¿Y por qué decidieron deshacerse de sus nombres y llamarse «prodigiosos»?

Ella casi saltó de la banca. La respuesta bullía en su interior.

—¿Sae-Hyun Oh? —gritó.

—No lo sé —refunfuñó la aprendiz.

Ella agitó la mano aún más. Tal vez él no la viera por la poca iluminación de la sala.

—Chance Richardson —dijo, y el aprendiz negó con la cabeza.

—¿Youssef Doumbouya?

—Eh... para prodigiar... prodigiar... —tartamudeó el chico.

—Ajá, Youssef —respondió el Dr. Zolghad—, continúa.

Él se echó hacia atrás, abatido. El Dr. Zolghad hizo un chasquido de decepción con la lengua y sus ojos se encontraron con la mano entusiasta de Ella. Le asintió con la cabeza.

—Ella Durand.

—La palabra *prodigio* significa «milagro», algo que va más allá de la naturaleza. Los primeros prodigiosos creían que había que celebrar a todas las personas mágicas —Ella trató de no mostrar su desagrado al usar esa palabra— y sus prodigios. Puede que todos hablaran un idioma diferente, tuvieran un aspecto diferente o poseyeran dones distintos, pero todos venían de las estrellas y debían estar juntos, así que decidieron hacerlo oficial y formar una comunidad para protegerse y aceptar sus dones.

—Muy bien —dijo el Dr. Zolghad—, conoces la historia. Impresionante. —Se volvió hacia otro instructor, sorprendido—. Quizá tengas un prodigio de memoria como yo y acabes siendo parangón de la Visión. ¡Sabios son los ojos!

—Bien hecho, Ella —le susurró Jason, y ella le sonrió en respuesta.

—Yo no tenía ni idea —comentó Miguel.

Las puertas se abrieron de golpe y todo el mundo se volvió para mirar. Brigit entró a hurtadillas con el manto arrugado, sin mochila y sosteniendo ese muñeco de payaso de aspecto extraño.

—Qué bien que se haya unido a nosotros, señorita Ebsen —dijo el doctor Zolghad. Brigit refunfuñó en respuesta mientras buscaba un asiento.

—¿No es esa la compañera de habitación de Ella? —añadió Clare, provocando risas.

—Silencio, silencio —le llamó la atención Masterji Thakur.

Ella saludó a Brigit con la mano y dio un par de palmadas en la banca continua a la suya. Brigit se apresuró a sentarse.

—Ahora que ya estamos todos, podemos continuar. —El Dr. Zolghad señaló a su izquierda—. Dr. Mbalia, si es tan amable.

Los otros instructores dieron un paso atrás y un hombre negro y alto se adelantó. La luz de los faroles se reflejaba en su cabeza calva.

—Soy el Dr. Mbalia. —Su voz profunda retumbó, haciendo que Ella se sentara con la espalda recta—. En mi clase aprenderéis la importancia de los encantamientos en la historia y su conexión con las culturas del África Occidental. El «Érase una vez» va más allá de los cuentos que os leen a la hora de dormir. —Los faroles estelares se atenuaron. El Dr. Mbalia hablaba y de su boca salían sombras—. Una araña no es solo una araña.

Las sombras se convirtieron en siluetas y el aula estalló en gritos ahogados. Ella miró en todas direcciones intentando examinar cada imagen luminosa que se movía por la sala.

—No cuando se enfrenta a un león. —Otra sombra salió de él, adoptando la forma de un león. Las dos siluetas se batieron en duelo hasta que los demás instructores empezaron a aplaudir. Los faroles estelares brillaron y las siluetas desaparecieron—. Tal vez alguien de entre vosotros tenga un prodigio histórico como el mío y sea un parangón del Sonido. El oído, siempre aguzado.

La sala estalló en aplausos, y Ella se llenó de emoción. Quería ser capaz de hacer aquello.

—Cómo odio esto —murmuró Brigit en voz baja. Ella no concebía cómo alguien podía presenciar ese espectáculo y sentirse enfadada.

Brigit sacó un par de agujas de tejer y un cuadrado de una colcha a medio hacer y se puso manos a la obra. En él aparecía parte de la cara de una mujer, una que Ella no reconoció.

Las enormes lámparas de araña de la sala empezaron a subir y bajar, y el ruido de los tornillos que giraban hizo el silencio en la habitación. Una mujer blanca y achaparrada se acercó al centro.

—Soy la Dra. Bearden. Yo no hago cosas fantasiosas, no es lo mío. Lo más importante reside en la utilidad. Tengo un prodigio de engranajes y soy una parangón del Tacto. La mano no teme, y yo tampoco. —Se paseó en círculos—. En mi curso, Introducción a la Luz del Prodigio, aprenderéis todo sobre lo que hay en vuestro interior. —Se giró hacia la izquierda—. Que alguien me traiga una esfera de estelina.

Se produjeron algunos murmullos excitados.

Otro instructor sacó un objeto dorado formado por docenas de anillos que giraban.

—Los prodigiosos se pasan años refinando su luz —dijo la Dra. Bearden, que le dio un toque a los anillos para que fueran más rápidos—, pero primero hay que aprender a sacarla.

Algunos aprendices refunfuñaron sobre su deseo de tener estapreses y ser campeones de la Lucha de Prodigios. La Dra. Bearden levantó la voz.

—Al igual que la estelina proporciona la energía a los ferris que os han traído hasta aquí, la luz interior es vuestra corriente. —Una bola de luz ardiente apareció en la palma de su mano y la lanzó al núcleo de los anillos giratorios, que se encendió como un fuego artificial y desprendió una luz casi cegadora—. Entonces, y solo entonces, quizá tengáis la preparación suficiente para obtener vuestros canalizadores universales, los estapreses que tanto codiciáis, o mejor aún, vuestro canalizador propio adaptado a vuestro talento.

Ella se unión al coro de *ooooh* y *aaaah*.

—Los mejores prodigiosos entienden el mando y el control —añadió la Dra. Bearden—. Y lo más importante, canalizar siempre la luz, buscar siempre lo que es bueno.

La habitación restalló en aplausos.

—El Dr. Winchester es el siguiente —dijo dando un paso adelante el Dr. Zolghad, pero no hubo respuesta. Los ojos del Dr. Zolghad se posaron en un hombre dormido en una esquina. Repitió el nombre del instructor y el hombre se sobresaltó.

—¡Presente! Sí, estoy aquí, presente. No te preocupes.

Hubo un eco de risas.

—Os enseñaré a ver el pasado, el presente y el futuro. Es agotador ver todas esas cosas —murmuró—. ¡Sabios son los ojos! Pero primero, una siesta. —Volvió a dormirse, y los otros instructores intentaron ocultar su risa.

El Dr. Zolghad dio un paso delante de nuevo.

—La Dra. Guadalupe Pérez, vuestra profesora de Encantamientos Universales, viene de camino. Su llama voladora necesitaba ver a un veterinario en los Andes, pero os enseñará cómo se juntaron todas las lenguas mágicas del mundo para crear nuestro libro de encantamientos prodigiano. La Dra. Ursu, que enseña Prodigios Elementales, también vendrá más tarde porque ha tenido que ayudar a restablecer los Nidos de Tormenta sobre Betelmore. Había demasiados relámpagos y muy poca protección contra los aviones *fewel*, pero su legendario prodigio climático lo pondrá todo en su lugar. La doctora actúa casi como un pararrayos. —Se volvió para mirar al grupo de instructores del Arcanum—. Y por último, pero no por ello menos importante, tenemos a Madame Sera Baptiste, nuestra nueva integrante del cuerpo docente y jefa del nuevo campo de estudio, las Artes Conjurales, y a Masterji Thakur, experto en elixires. Es él quien fabrica nuestro maravilloso elixir de luz que ayuda a identificar cada uno de vuestros prodigios.

Masterji Thakur y la madrina dieron un paso al frente a la vez. Él levantó los brazos en el aire, y con el gesto surgió un tornado de polvos de colores y aromas embriagadores.

—¡Es como el Holi hindú! —exclamó alguien.

Ella se quedó mirando con asombro. ¿Cómo podía hacer aquello?

—Soy Masterji Thakur, el primer parangón del Gusto que conocéis. Os enseñaré todo sobre los elixires, cómo desvelar el poder de las especies trimilenarias y cómo nos ayudan con los prodigios. ¡La lengua no miente!

La sala aplaudió y él se giró para mirar a la tía Sera, entregándole un hermoso ramillete de lavandas.

—Bienvenida al Arcanum—anunció—. Me alegro de tenerte aquí.

—Gracias, Masterji Thakur. —La tía Sera olfateó el manojo y se giró para mirar a los aprendices. Ella le dedicó a su madrina la sonrisa más ancha—. Soy Madame Baptiste, de Nueva Orleans, en Luisiana, una gran ciudad de conjuradores en el mundo *fewel,* y os enseñaré las Artes Conjurales. Todavía no sabemos qué parangón tendrá la suerte de recibir a los que tienen un prodigio de conjuro, pero estoy deseando enseñaros todo lo que podemos hacer. —Lanzó la lavanda al aire y empezó a recitar—: *Bellos pétalos, prestadnos vuestro amor y sombra.*

La lavanda explotó y creó una enramada enorme que se extendió por todos los rincones. Un resplandor púrpura cubrió la sala, y Ella vio cómo el resto de los aprendices miraban hacia arriba con asombro. Sintió una oleada de gloria.

Los susurros chisporrotearon como palomitas en una sartén:

Yo también quiero tener un prodigio conjuro.

¿Cómo ha hecho eso?

Los prodigiosos no pueden hacer crecer cosas de la nada.

Mi madre dice que la magia de los conjuradores es… de bárbaros.

¿No es malo controlar a los seres vivos?

¿Por qué no abren su propio centro de formación? Y que sea en el Inframundo, donde deben estar.

Ella se puso rígida al escuchar más cosas malas que buenas; no era la reacción que esperaba que recibiera su madrina. La mano de Jason se encontró con la suya y se la estrechó mientras que un pozo le ardía en el estómago; trató de ignorarlo con todas sus fuerzas. Clare le susurró a Lian algo al oído y miró hacia Ella.

—No les hagas caso —intervino Siobhan—. Si te sirve de consuelo, también me odian a mí.

—¿Por qué? —le preguntó Ella mientras el duendecillo de Siobhan le acariciaba suavemente la mejilla.

—Porque mi mamá hace negocios con las hadas.

Ella enarcó una ceja.

—¿Y eso es malo?

—No siempre siguen las reglas —informó Jason.

—Y su comida está prohibida.

Hubo más susurros y Masterji Thakur extendió los brazos.

—¡SILENCIO! —La sala se congeló. Una sacudida le subió a Ella por la columna vertebral.

—Aquí damos la bienvenida a toda persona que tenga una luz y desee formarse en el Arcanum, así que no toleraremos comportamientos discriminatorios. Muchos medios de prensa han opinado sobre nuestra decisión de abordar un cambio... pero es eso, *nuestra* decisión, y solo nuestra. La intolerancia ha de quedar fuera de estos muros.

Masterji Thakur recorrió la sala con la mirada, lanzando al aire un desafío y retando a cualquier detractor a objetar.

A Ella se le heló el corazón y le dio miedo siquiera respirar.

—Nuestra historia no ha sido perfecta. Cuando empezamos a vivir en comunión como personas mágicas, condenamos al ostracismo a muchos ciudadanos de nuestra sociedad. A la gente le resultaba difícil lograr la aceptación y la comprensión de sus habilidades únicas, pero eso se va a acabar ahora mismo. Los conjuradores son oficialmente parte de la sociedad prodigiana. Si veo cualquier tipo de comportamiento antiprodigiano, informaré a los predictores y recomendaré la expulsión inmediata de esa persona del Instituto. En nuestra comunidad ya no hay lugar para estos comportamientos.

—¡Ases! —exclamó alguien, y toda la sala estalló en murmullos.

Masterji Thakur levantó la mano, se frotó el bigote y apretó la mandíbula.

—Vamos a dejar una cosa clara: los Ases fueron un grupo de estudiantes del Arcanum que perdieron el rumbo. Después de su expulsión muchos se convirtieron en criminales, pero como comunidad nos ocupamos de ellos y los expulsamos de nuestra sociedad y de nuestras ciudades o los rehabilitamos y les dimos una segunda oportunidad. No hay más vuelta de hoja: aquí no tienen cabida y no hay paralelismos entre los Ases y los conjuradores. Esa palabra es un insulto flagrante. —Su mirada pareció encontrarse con la de todos los aprendices de la sala—. ¡Podéis marcharos!

Las puertas se abrieron, los estudiantes empezaron a salir y los profesores se reunieron para hablar. Podía apreciarse la preocupación en sus rostros.

A Ella se le cerró el estómago cuando la gente pasó por delante de ella susurrando, pero puso la espalda recta y respondió a todas las miradas curiosas con una mirada similar.

★—★—★— **ASTROGRAMA** —★—★—★

Querida Reagan:

Espero que mamá te haya dado el buzón de astrogramas para que puedas recibir mis cartas. Le pedí que te encargara uno. Por aquí todo va genial. Ojalá hubieras venido.

Te quiere,

Ella

★—★—★— **ASTROGRAMA** —★—★—★

Hola, mamá, papá,

Estoy bien, no os preocupéis.

Os quiere,

Ella

LA DAMA DE LOS MUCHOS ROSTROS

A la prisionera le llevó varios días elaborar una versión de sí misma para dejarla allí como señuelo. Cuando recuperó su prodigio se dio cuenta de que estaba muy oxidada, así que solo utilizó su don un poco cada día hasta que pudo confiar de nuevo en él para llevar a cabo lo que necesitaba. Abría y cerraba los ojos, dejando que los objetos mostrasen su verdadera esencia, los hilos de materia que los formaban. Ya fuera la manzana en la bandeja de comida o la colcha de la cama o el espejo de la pared, todos estaban cosidos con hilos grises.

Nadie apreció su prodigio tan particular cuando se formó en el Arcanum de niña: su capacidad para ver los hilos del universo y manipularlos fue calificada como peligrosa, rara, temible y caótica, un prodigio monstruoso que no encajaba del todo en las categorías que tanto les gustan a los prodigianos. Catalogada como parangón de la Visión, se dio cuenta de que incluso sus compañeros de formación se alejaban de ella y la llamaban el As de la Anarquía, una buscarruinas, pero a su padre le pareció extraordinaria y los dos montaron grandes obras de teatro en las que ella se transformaba en todos los personajes, lo que le ayudó a convertir su *commedia dell'arte* en el mejor espectáculo prodigiano que existió jamás, el Circo Ambulante de la Troupe Trivelino y el Imaginario de Ilusiones. Aún recordaba los hermosos heliogramas que se proyectaban desde los carteles y escuchaba el ruido de las multitudes.

Tras su muerte, se quedó sola con una madre que deseaba que tuviera un prodigio más simple o que, en general, fuera una persona más simple.

—Sé diferente, Gia —murmuró mientras le daba los últimos retoques a su doble inanimado—. Sé más amable, Gia. Sé más cortés, Gia. Sé más seria, Gia. Deja de reírte, Gia. —Estalló en carcajadas, pensando en su madre—. Seré muy distinta. Voy a ser lo peor que haya visto nunca el mundo.

CAPÍTULO SEIS

EL JÓLLOF SALTARÍN

Los pensamientos de Ella dieron vueltas como la manivela de una caja de noticias durante el resto del día. No podía dejar de pensar en los Ases, en quiénes eran y en por qué la gente pensaba que tenían algo que ver con los conjuradores. Las palabras de Masterji Thakur resonaron en su interior: *No hay paralelismos entre los Ases y los conjuradores.* ¿Por qué la gente diría algo así?

Sabía a la perfección dónde encontraría la respuesta, el lugar al que estaba deseando ir desde que llegó.

La biblioteca.

Ella se saltó su hora de descanso y se plantó ante unas puertas dobles doradas y un cartel enorme en el que estaba escrito La Gran Biblioteca del Arcanum. El aspecto le recordó a un joyero que había visto sobre la cómoda de su abuela, con filigranas retorcidas e hilos de oro en la tapa. Se le aceleró el corazón cuando las puertas se abrieron como el principio de un libro.

Un laberinto de estanterías interminables se elevaba por todas las paredes. Miró hacia arriba para ver dónde acababan, pero no alcanzaba a verlo. La forja de latón se enroscaba en los balcones y unos ascensores pequeños transportaban a los visitantes a los diferentes niveles. Algunos globos a rayas llevaban los libros de una estantería a otra y se topaban con lectores ansiosos o con los bibliotecarios de capa roja que los esperaban mientras que otros sostenían carteles con las normas: PROHIBIDO HABLAR. PROHIBIDO CORRER. PROHIBIDO ROMPER, DOBLAR, MANCHAR, DESFIGURAR O MALTRATAR CUALQUIER LIBRO. Y LO MÁS IMPORTANTE, PROHIBIDO COMER. NO LO HAGAS O TE ARREPENTIRÁS.

Ella dio varias vueltas. El Griotario de Nueva Orleans se quedaba pequeño en comparación. El edificio de tres pisos siempre se movía cuando los *fewel* sentían la necesidad de aterrorizar al vecindario. Allí, en la Biblioteca del Arcanum, pensó Ella, podría responder a todas las preguntas que se había hecho a lo largo de su vida.

Unos dirigibles rechonchos cargaban con pantallas que anunciaban los distintos libros que podían leerse:

¡RECIÉN LLEGADO! *EL JOVEN Y EL PRODIGIOSO*, LA ÚLTIMA NOVELA ROMÁNTICA DE R. WEATHERSPOON. DOS DESAFORTUNADOS PRODIGIOSOS DE DISTINTO PARANGÓN SE ENAMORAN PERDIDAMENTE.

FALSOS PRODIGIOS, DEL RECONOCIDO ESCRITOR DE NOVELA NEGRA LAMAR GILES, HA LLEGADO ESTA MAÑANA. PREPÁRATE PARA VER LA CARA OCULTA DE LOS BAJOS FONDOS DE ASTRADAM.

YA DISPONIBLES LAS NUEVAS BIOGRAFÍAS DE DAYO P., CÉLEBRE PERIODISTA, SOBRE NUESTRA RECIÉN ELEGIDA PRESIDENTA, MADAME FARAH AL-NAHWI. ENTÉRATE DE CÓMO MANTUVO A SALVO A LOS PRODIGIANOS EN CIUDADES *FEWEL*.

En el centro del espacio cavernoso había un escritorio ocupado por una mujer negra menuda con unas gafas alargadas y afiladas, un sol en el centro de aquel vasto universo. Por encima de su voluminoso pelo afro flotaba un globo de luz con un letrero que parpadeaba: MADAME MADGE, JEFA DE BIBLIOTECA Y ÁRBITRA DE TODA LA INFORMACIÓN.

—¿Puedo ayudarte en algo? —se le arrugó la nariz como una galleta de melaza.

—Madame Madge, me gustaría saber más sobre los Ases y por qué la gente piensa que son los conjuradores, y quiero saber por qué la gente cree que hacer crecer cosas es malo y...

—Por los astros, jovencita, más despacio. —Le puso una mano a Ella en el hombro—. No voy a poder ayudarte si no ordenas un poco tus ideas.

Ella respiró profundamente.

—Quiero saber más sobre los Ases.

—¿Por qué quieres informarte sobre algo tan horrible?

—Tengo algunas preguntas.

—Ella Durand, ¿verdad?

—Sí, señora —tragó saliva.

Madame Madge entrecerró los ojos y las gafas se le deslizaron por la nariz.

Ella frunció los labios. Quizá no debería haber preguntado, quizá debería haber pasado sin más y haber buscado por su cuenta, pero no sabía por dónde empezar.

—Eres la joven conjuradora, ¿no es así?

Ella asintió.

—A la gente no le va a gustar que vayas por ahí haciendo esas preguntas —le advirtió, inclinándose hacia adelante para mirar más de cerca a Ella—. No me esperaba para nada el revuelo que han formado las cajas de noticias. Eres... tan normal como cualquier otro prodigioso. Tanto alboroto para nada. —Chasqueó la lengua—. Nos hicieron lo mismo a los caribeños cuando llegamos, hace ya décadas. Todo el mundo se sentía molesto y siempre tenían algo que decir sobre nuestros tambores metálicos, nuestros prodigios acuáticos y los barriles que nos enviaban nuestras madres. Nos llevó una eternidad conseguir que incluyeran sartenes especiales para nuestros platos en el comedor, pero siempre hacen ver que nos unimos de forma natural, como piezas perdidas de un puzle, como si lograr el Festín de Unión hubiera sido pan comido.

—Ah —respondió Ella, sin saber exactamente de qué le hablaba. Tenía la sensación de que le quedaba mucho por aprender acerca de cómo todas aquellas personas tan diferentes habían decidido ir a vivir juntas en el cielo.

Madame Madge tarareó y volvió a su libro, y Ella sabía que ese gesto, al igual que el que hacía la abuela, significaba que se había acabado la conversación.

Ella se dio la vuelta para marcharse.

—Señorita Durand —la llamó. Ella se dio la vuelta—. La gente curiosona como tú suele mirar en el fondo de la sección de Historia del Arcanum —le guiñó un ojo.

Ella levantó la vista, vio el enorme cartel y se dirigió a la escalera más cercana, pasando por delante de otros tantos bibliotecarios veteranos que iban con los brazos llenos de libros, autómatas que se llevaban a los aprendices más huraños con avisos de castigo y gente hojeando.

La sección de Historia del Arcanum estaba arrinconada en el fondo, totalmente descuidada y sin uso alguno. Un velo vaporoso se extendía alrededor del perímetro como si fueran las cortinas de una cama con dosel, y Ella miró de izquierda a derecha antes de entrar.

La zona estaba repleta de cosas, ya no solo de libros, sino también de archivos antiguos, catálogos de tarjetas, tubos de cuero para mapas, gramófonos y ediciones desfasadas de cajas de noticias, álbumes polvorientos, fotografías y mucho más, todo en vitrinas de cristal. Los lomos de los libros brillaban al pasar y las letras descoloridas reflejaban palabras que Ella nunca había leído: cardenales, estelina, código de prodigio. Algunos libros eran delgados y otros gruesos, y la mayoría pesaba demasiado como para sostenerlos en brazos.

Sacó un libro titulado *Mil años de luz: una historia del Arcanum*, hojeó el contenido y encontró un capítulo titulado «Prodigianos malignos a lo largo de la historia». Pasó a la sección correspondiente para leer sobre criminales famosos como Phineas Graham, que había intentado seguir el movimiento del banco y robarlo; Milton McAllister, que vendía a los *fewel* comida prodigiana para provocarles delirios, y Gão Sousa, que había creado una lotería profética para que la gente apostara por el futuro de los demás. Recorrió la página con los ojos hasta que encontró por fin lo que buscaba, la palabra «ases»:

Los Ases se formaron en el Colegio Menor del Arcanum. Cinco aprendices con prodigios extraños se dedicaron a experimentar y aprendieron a compartir sus talentos de forma antinatural. Cada uno tenía un prodigio monstruoso que no encajaba bien en los cinco parangones, lo que les llevó a rechazar el sistema de categorización. En el transcurso de sus estudios desarrollaron un elixir que les permitía tomar prestada la luz sagrada del prodigio de otra persona y…

Compartir los prodigios… ¿cómo era posible?

Las palabras se entremezclaron, transformándose en una mucho más grande en mitad de la página: CENSURADO.

¿Qué le pasa a este libro?, pensó mientras lo agitaba. Las palabras se dispersaron, se volvieron a unir y apareció de nuevo lo mismo. ¡Puf! Ahora que llegaba a la parte interesante.

Volvió a dejarlo en la estantería y sacó otro titulado *La luz maligna: historial de la criminalidad en el mundo prodigiano.*

Esa vez leyó mucho más rápido por si también sucedía algo extraño. Se fue al capítulo titulado «Los Ases».

A lo largo de la historia, muchos prodigianos han caído en las garras del mal y han utilizado sus dones ancestrales con propósitos indeseables. Se han promulgado muchas leyes para asegurarse de que nadie se saliera del camino correcto, pero los prodigianos, al igual que los fewel, son susceptibles de padecer cualidades de estos últimos como el orgullo, la codicia, la lujuria, la envidia, la gula, la ira, etcétera. Los notorios Ases llevaron sus deseos al lugar más oscuro de la historia prodigiana. Liderados por una mujer que se hacía llamar el As de la Anarquía, Gia Trivelino…

Las palabras se disolvieron y se vieron reemplazadas de nuevo por CENSURADO.

Ella soltó el libro sobre la mesa, llena de frustración, y se fue hacia otro pasillo pegando pisotones. ¿Por qué la habría enviado allí Madame Madge si no podía leer nada?

—Cuántos libros raros.

Ella dio un respingo y se giró para encontrarse a Brigit sentada en el suelo con el regazo lleno de lanas.

—No te había visto —le dijo Ella.

—Lo sé.

—¿Qué haces aquí?

—¿A ti qué te parece? —Brigit levantó sus agujas de tejer. La abuela le habría dicho que las manos de Brigit se movían raudas como un grillo, haciendo bucles y cosiendo el hilo. Ella no era capaz de seguirle el ritmo mientras veía cómo la nueva y hermosa manta se hacía cada vez más larga, extendiéndose por el regazo de Brigit. Quiso pedirle que le hiciera una a ella. Quizá podrían tener mantas a juego en su habitación, pero Brigit no se mostraba todavía del todo amigable.

—Ya te veo, pero… —empezó a decir Ella, pero cambió de tema—. ¿Sabes qué les pasa a estos libros?

—Intenté leer uno, pero no dejaba de fastidiarse, así que paso.

Ella probó con otros tantos y le ocurrió lo mismo. Tendría que preguntarle a Madame Madge al respecto. ¿Acaso estaría haciendo algo mal?

Un dirigible campana se abrió camino hasta la sección: «El comedor está abierto. El chef Oshiro ha creado tres nuevas constelaciones de sushi. Por favor, pasen y vean lo que la sabrosa galaxia les ha reservado. Niveles uno, estamos deseando daros la bienvenida».

Ella suspiró y dejó el libro en su sitio.

—¿Quieres ir a comer conmigo?

Esperaba que Brigit le dijera que sí, era su primera cena oficial en el Arcanum. Ya se había saltado el desayuno y habían almorzado en clase, no le apetecía mucho entrar sola en el comedor y no tenía tiempo de enviarle a Jason un astrograma para que se reuniera con ella.

Brigit no levantó la vista de las agujas de tejer.

Clic, clac.

—¿Brigit? —Ella se acercó y se dio cuenta de que Brigit tejía con los ojos cerrados.

¿Cómo hacía para tejer así? Le tocó el hombro y se le abrieron los ojos de golpe. El azul de sus pupilas se había vuelto blanco como la nieve.

—¿Estás bien? Tienes los ojos…

—No es nada. —Brigit parpadeó y volvió a aparecer el azul—. ¿Qué querías?

—¿Cómo puedes tejer así?

—No sé, siempre he podido. —Volvió a mirar su creación. Había terminado la cara de aquella mujer extraña.

—¿Quién es? —inquirió Ella.

—No lo sé —espetó.

Ella se dijo a sí misma que no le repitiera esa pregunta. Lo intentó de nuevo.

—¿Estás segura de que no quieres ir al comedor?

—No me gusta la comida tan rara de aquí.

—Será divertido, venga.

—Solo quiero un perrito caliente como los de mi ciudad.

—¿De dónde vienes?

—De Nueva York. —Las manos empezaron a ir más despacio.

—Yo también vengo de una ciudad *fewel,* Nueva Orleans.

—No me gusta esa palabra. —Brigit arrugó la nariz.

—¿Cuál? —Ella se acercó pero se detuvo cuando Brigit entrecerró los ojos.

—*Fewel* —dijo ella, volviendo a ensartar la aguja—. Todo el mundo me llama así. Suena estúpido y yo no lo soy.

—Solo es gente que no puede ver la magia. —Ella hizo otra mueca de disgusto ante esa palabra—. Alguien que no es prodigioso.

—Supongo que tú también lo eres.

—En realidad, no, soy una conjuradora —la corrigió Ella.

—Así que... ¿eres básicamente como ellos?

—No exactamente.

Las mejillas de Brigit se sonrosaron.

—¿Entonces qué eres?

—Algo distinto. —Ella no sabía cómo explicar por qué los conjuradores se habían quedado fuera del mundo prodigiano. La abuela le había contado que los prodigiosos consideraban que sus talentos eran demasiado distintos, pero Ella nunca entendió del todo el porqué. Papá decía que los prodigiosos siempre habían necesitado conjuradores para encargarse de sus muertos y trabajar en sus ciudades. Además, ella podía hacer las mismas cosas que los demás en el Instituto.

Ella sacó una heliosimiente del bolsillo y se la lanzó a Brigit. Su brillo la asustó por un momento.

—¿Cómo has hecho eso?

—Vienen de casa.

—¿También tenéis comida rara allí? —Brigit la inspeccionó—. Ahora ya no puedo ir a Nueva Orleans.

—No exageres. Pruébala.

Brigit la olió, la lamió y se la metió en la boca. Los ojos se le abrieron de par en par mientras masticaba.

—Sabe... como me gustaría que supiera el sol.

—Es un truco de conjurador. —Ella sonrió.

—¿Cómo has *sabido* hacerlo? —Insistió Brigit—. ¿Siempre has podido hacer cosas mágicas?

Ella se estremeció ante la palabra.

—No es magia, o al menos no es así como lo ven los conjuradores.

—¿Y entonces qué es? —Brigit se cruzó de brazos—. Todo el mundo aquí sabe hacer cosas... cosas que otras personas no pueden. Parece que saben cómo y ya.

—Simplemente es así, lo que somos, el trabajo que hacemos. —Ella no sabía cómo explicarlo realmente—. ¿Tú... no sabías que eras diferente?

—¿A qué te refieres? —Brigit suspiró—. Vivo en Nueva York, allí todo el mundo es diferente.

—¿Pero diferente cómo? ¿Diferente de un prodigioso?

—Un día pasaba el rato con mi tutora, la señora Mead, tejiendo mitones para venderlos en el metro, y acto seguido me desperté aquí. —Apretó con fuerza las agujas de tejer.

—Nunca había oído hablar de una prodigiosa que no supiera lo que era, y eso que siempre lo he sabido todo sobre los prodigiosos.

—¿Por qué tienes tantas ganas de ser una?

Ella se mordió el labio inferior y pensó en todas las veces que había escuchado a su padre justificándose sobre por qué tenía que ir al Instituto. Los conjuradores, le solía decir, merecían la oportunidad de vivir tranquilos lejos de los *fewel* y de que los aceptaran y respetaran de la misma forma que a la gente de ascendencia prodigiana. Otros grupos se habían integrado y habían pasado a formar parte de la comunidad al cabo de un tiempo, ¿por qué no ellos? Al menos deberían tener siempre esa opción.

—Yo también quiero ser una prodigiosa.

—Pero si ya lo eres.

Recibió el cumplido de Brigit como una joya exótica.

—¿Seguro que no quieres venir?

—Tengo mucho que hacer. —Brigit volvió a levantar sus agujas de tejer y golpeó la curiosa cajita que tenía a su lado—. Tengo golosinas.

Ella se inclinó para verla de cerca. Intuyó que en su día había sido del color del regaliz, aunque había perdido el color, y divisó el contorno de estrellas y las tenues iniciales del Arcanum.

—Es una caja de bolsillo muy bonita.

—¿Una qué?

—Una caja de bolsillo —repitió Ella. Era el tipo de cosa que había visto en uno de los catálogos prodigianos retro de los que mamá fingía no pedir, la *Vanguardia Vintage de Victoria Valentino*—. Te las puedo enseñar.

—Pues vale —refunfuñó Brigit.

Ella intentó una última vez que Brigit la acompañara.

—¿Estás segura?

—Tan segura como la primera vez que me lo has pedido. —Brigit le dio la espalda.

Qué remedio, iría por su cuenta.

Ella estaba sola en la entrada del salón comedor, una sala muy bulliciosa y lo suficientemente grande como para que cupieran todas las personas del Arcanum. Las mesas con doseles albergaban a los instructores y luego a los aprendices, ordenados por niveles. Ella miró a su alrededor buscando los asientos marcados con blanco. Los de nivel tres perseguían a dragones de leche recién salidos de sus cascarones de huevos de crema mientras que los de nivel cuatro se enfrentaban entre sí con báculos de estaprés hechos de galleta dulce, simulando ser campeones de parangón en Lucha de Prodigios.

Clare pasó de largo.

—Vaya, ¿no tienes amigos? Qué pena.

Ella frunció el ceño, pero una mano cálida se posó sobre su hombro y se topó con el hermoso rostro moreno de su madrina.

—Tiene la mejor amiga que una chica podría pedir. —La tía Sera saludó con la mano, y Clare se alejó corriendo mientras Ella abrazaba a su madrina.

—Te he echado de menos. —Le plantó un beso a Ella en la frente —. Las cosas por aquí han sido un poco caóticas. Hay muchas reglas que dicen qué puedes enseñar y qué no. —Imitó la voz de la prodictora Rivera—. «Los encantamientos no se recitan, eso sería muy inapropiado a nivel emocional», «No vamos a hacer nunca una excursión al Inframundo porque el alumnado se asustaría», «Debemos respetar todas las reglas y promover el aprendizaje basado en ellas y en un entorno controlado».

Ambas se rieron.

—Siento no haberte visto mucho —su madrina le dio un beso en la mejilla—, hemos tenido que hacer muchos ajustes y también he tenido que volver a casa para conseguir cristal de conjuros. Se me seguían muriendo las plantas, así que le pedí al encantador prodictor MacDonald que me hiciera un invernadero especial para nuestras plantas.

A Ella no se le había ocurrido pensar en cómo sería para su madrina enseñar todas las cosas que ella creció aprendiendo.

—Y por cierto, he mantenido al tanto a tus padres y les he pedido que se relajasen mientras te instalas aquí.

—Gracias, tía Sera. Me mandan un millón de astrogramas cada día. ¿Qué estás haciendo? ¿Has tenido un buen día? ¿Has comido? ¿Cómo va esto y cómo va lo otro…?

—Amor de padres.

—Ya podían quererme un poquito menos —se rio Ella.

—Imposible.

Entraron en el salón comedor.

Los globos que transportaban los menús zumbaban como si fuesen transbordadores celestiales en miniatura y sostenían carteles que anunciaban los platos especiales de la noche. Una cinta transportadora de sushi oscilaba entre las diferentes mesas mientras que los carros de comida ornamentados entraban y salían de los pasillos con todo tipo de maravillas: torres de pizzas que flotaban una sobre otra, fideos infinitos que se estiraban cada vez más, tamales burlones que abrían y cerraban sus cáscaras de maíz, cajas de cristal que producían palomitas de maíz de arcoíris, latkes que se reían y samosas giratorias, una fuente de chocolate con galletas dulces para mojar y mucho más.

Ella quería probarlo todo.

El prodictor MacDonald saludó a su madrina.

—¡Ella! —Jason se acercó a ella corriendo—. Te he guardado un sit… —Se quedó mudo en cuanto vio a su madrina, a quien saludó con una voz aguda y débil.

La tía Sera volvió a besar a Ella en la mejilla.

—Ya tendremos tiempo de ponernos al día. Ve y cena con tus amigos. —Se adelantó y se sentó con los demás instructores.

Ella acompañó a Jason hacia la sección del nivel uno. Las mesas parecían llenas y no reconoció muchas caras de su primer día de clase.

—¿Recibiste mi nota?

—¿Qué nota?

—Agh, los rotties me la han colado otra vez. Se llevaron el azúcar y huyeron —Jason se dio una palmada en la frente, decepcionado—. Tengo que darles una golosina después.

—¿Qué?

—Nada.

Condujo a Ella a una mesa muy ancha en la que estaban sentados la mayoría de los aprendices negros de nivel uno. Se acordaba de muchos de sus nombres y agradecía que el resto llevaran todavía las etiquetas identificatorias.

Levantaron la vista. Abina frunció el ceño y la araña corpulenta de su pelo parpadeó, mirándola. Las conversaciones se detuvieron.

—Hola. —Ella se ganó unas cuantas respuestas malhumoradas y algunas sonrisas tímidas. Muchos se quitaron los cristales de traducción y hablaron todo tipo de idiomas, por lo que le resultó imposible entenderlos.

Ella y Jason encontraron asientos libres. Empezó a sentir los nervios en el estómago, pero un astradiano se acercó con un carrito de comida.

—Hola, Ella, ¿te acuerdas de mí? —Era Aries, el astradiano que había ordenado su habitación después de su traslado—. ¡Traigo dim sum! Son masas rellenas bailarinas, las hay al vapor o fritas. ¿Quieres probar una?

Jason se llevó una de las cestas de bambú.

—Mi hermano Wes me dijo que el baile es diferente según lo que lleven dentro. Las de pollo son salvajes, y las de cerdo son un poco perezosas.

Ella se encogió de hombros, totalmente indecisa. Quería probarlo todo.

—Prueba este primero. Luego me paso de vuelta. —Aries le dio una, y se acercaron más astradianos con carritos.

—¡Curri picante! Indio y de todas las regiones: jamaicano, trinitense, guyanés, japonés, vietnamita, malayo... elige uno, pero cómetelos mientras aún estén calientes. Es lo mejor.

—Cómete las alitas gamberras antes de que te insulten.

—¡Pirata poori listo para abordar un barco de masala!

—¡El falafel gracioso cuenta los mejores chistes de pedos!

—Mira cómo se enfrentan los frijoles a las habichuelas. Comienza la lucha por el nombre de las alubias. ¡Elige tu bando!

Ella no podía decidirse porque había mucho que probar y los otros aprendices de la mesa no dejaban de mirarla. Al final acabó usando los palillos para agarrar cuatro piezas de sushi del aire cuando la cinta transportadora de sushi del chef Oshiro se posó sobre la mesa.

—¿Estáis listos? —anunció Abina con una palmada—. Ya llega el carro de jóllof.

Las coloridas ollas de arroz se agitaban y las tapas se desplazaban de izquierda a derecha como si quisieran liberar su contenido. En la parte inferior lucían unas banderas diminutas.

Los astradianos se rieron.

—Vaya, veo que ya conoces la tradición.

—Tengo una hermana mayor —respondió Abina—. A ver cuál jóllof es el mejor.

—¿Y el arroz con guisantes? —gritó Tiffany.

—La próxima. —Abina se cruzó de brazos como si se estuviera preparando para la contienda, agarró la olla con la bandera de Ghana y desafió al resto—. ¿Quién se atreve?

—¿Qué está pasando? —le susurró Ella a Jason.

—No lo sé —respondió mientras se peleaba con una alita gamberra.

—El jóllof ghanés es el mejor —presumió Abina.

—No, el mejor es el de Nigeria —respondió Tochi levantándose de un salto y sacando una olla del carro.

—Todos sabemos que el mejor es el de Senegal. —Ousmane se llevó otra.

—Sierra Leona, obvio. —Namina tomó una tercera.

—Mali, siempre. —Boubacar se llevó la cuarta.

—¡Costa de Marfil! —gritó Claudie sacando una para sí.

Limnyuy, Fatu y Daré ocuparon los tres últimos puestos representando a Camerún, Gambia y Togo.

—Ya veremos, ya veremos. —Abina se agarró a las asas de la suya, sujetándola a duras penas—. Estas son las reglas: la primera persona que consiga que su arroz salte más alto, gana.

La mesa aplaudió y Ella deseó poder participar. Nunca había probado el arroz jóllof, pero pensó que quizá podría usar el jambalaya.

—Youssef, tú tienes los brazos más largos, tú haces de juez —le ordenó Abina.

Se puso de pie, estirando sus largos brazos oscuros sobre las ollas.

—¿Preparados? —Abina sonrió—. ¿Listos...? ¡YA!

Los competidores quitaron las tapas y empezaron a cantarle al arroz. Una sacudida le subió a Ella por la columbra vertebral. Sus canciones les recordaban a sus conjuros. ¿Eran lo mismo?

Los aprendices golpearon la mesa con los dedos y se produjo una vibración. Los granos de arroz empezaron a saltar, uno por uno. A medida que subían el tono de voz, los granos saltaban cada vez más alto. A Ella le palpitó el corazón de la emoción.

Uno de los granos de Tochi llegó primero al brazo de Youssef. Tochi saltó de su asiento con una gran sonrisa en la cara.

—*Naija no dey carry last!*

Otros aprendices le chocaron los cinco y corearon «¡Nigeria, Nigeria!».

Abina se dejó caer en su asiento, derrotada.

—Ha sido increíble —dijo Ella—. Habéis recitado como nosotros, como los conjuradores.

Abina entrecerró los ojos y la mesa quedó en silencio. Jason dejó de masticar.

—No somos iguales —espetó Abina.

—Pero... —a Ella se le paró el corazón por un instante.

—Tenemos experiencias diferentes —añadió Tochi con una sonrisa llena de esperanza.

Alguien murmuró la palabra «as» en voz baja. Ella buscó al culpable.

Abina le dio la espalda.

—No, *sí* que somos diferentes —insistió antes de reírse y hablar en un idioma que ni siquiera el cristal de traducción de Ella podía descifrar. Se le revolvió el estómago y se sintió como si una montaña hubiera crecido entre ellas.

Esas palabras se le repitieron una y otra vez en la mente.

Somos diferentes.

★—★—★— **ASTROGRAMA** —★—★—★

Hola, Ella:

Tengo algunos consejos para ti que me ha dado mi hermana Beatrice.

La línea azul llega tarde los martes.

Ve a la tienda del Instituto los lunes porque es cuando ponen cosas nuevas. Si quieres estilógrafos, tinteros o gomas de borrar, tienen de todo.

Si le mandas un astrograma al chef Oshiro te preparará algo especial.

De:

Jason

★—★—★— **ASTROGRAMA** —★—★—★

Hola, Jason:

No necesito tu ayuda, ¿vale? Bueno, no mucha. Solo un poquito.

De:

Ella

P. D.: ¿Es verdad que el carrito de las tortitas las hace de suflé japonés los domingos?

★—★—★— **ASTROGRAMA** —★—★—★

Hola, pequeña:

Te echo de menos. Te mando unas cuantas golosinas y dulces. Sabes que no me gusta que tomes demasiados, pero pensé que igual echabas de menos los de casa.

Te quiere,

mamá

⋆—⋆—⋆— **ASTROGRAMA** —⋆—⋆—⋆

Brigit:

Te has olvidado de hacer los deberes. Te he dejado apuntes en el escritorio. Avísame si necesitas ayuda.

De:

Ella

⋆—⋆—⋆— **ASTROGRAMA** —⋆—⋆—⋆

Ella:

Me da igual.

De:

Brigit

⋆—⋆—⋆— **ASTROGRAMA** —⋆—⋆—⋆

¡Hola, Ella!

Nunca he enviado un astrograma antes, así que espero que te llegue. Por aquí todo bien. Madame Collette dice que vas a olvidar todos tus conjuros allí arriba en el Arcanum, pero yo le dije que eso no era verdad. Mándame una lista de todo lo que estés comiendo.

Te echo de menos.

De:

Reagan

CAPÍTULO SIETE

ESPECIAS Y NECROTAUROS

A medida que transcurrían los días de finales de septiembre y principios de octubre, los globos meteorológicos se volvían de color naranja y amarillo caléndula, a juego con los árboles. Había calabazas diminutas colgando de los faroles de latón y hasta los autómatas llevaban jerséis y bufandas. Los aprendices de climas cálidos hacían apuestas sobre cuándo llegaría la primera nevada, y Ella todavía no lograba creer que llevara dos semanas en el Instituto y ya supiera qué tranvía debía tomar para cada una de sus clases, qué autómatas te delataban, qué instructores te respondían a todas las preguntas y cuáles te daban largas.

Ella paseaba por la torre del Gusto con Brigit mientras se dirigían a su primera clase de Elixires Mundiales con Masterji Thakur. Por fin había empezado el entrenamiento de parangones. Brigit había comenzado a tomarle cariño a Ella y solían comer e ir a las clases juntas; a veces incluso se quedaban despiertas hasta tarde para cotillear. Mamá le había recordado a Ella su encanto Durand. *Podríamos derretir un iceberg, cariño,* le decía siempre. Era agradable tener cerca a alguien que también era una extraña y que no la juzgaba por no saberlo todo sobre los prodigios.

—Podríamos habernos quedado más tiempo desayunando —se quejó Brigit.

—Quería ver esta torre sin tanta gente. ¿A que es genial?

Una boca mecánica colgaba de la cúpula de la torre como una lámpara de araña gigante, y cada pocos minutos el heliograma del fundador Femi Ademola sonreía, presentaba su cuenco de sopa de la verdad y decía «La lengua no miente. Huele y pruébalo». Un olor delicioso inundaba el aire.

Las nubes de turrón pasaban volando y Ella se metió en la boca todas las que pudo antes de que se volvieran tormentosas, peló las tiras de fruta del papel de la pared y los dedos se le quedaron pegajosos.

—Es como si todo en este lugar fuera comestible.

—¿Y a quién le importa? —le refunfuñó Brigit en respuesta.

—¡Pues a mí! Anda, que está guay. ¡No te puedes comer Nueva York! Algo mejor tiene que tener este lugar.

—Nueva York tiene la mejor comida del mundo —respondió Brigit, animándose.

—Eso pensaba yo de Nueva Orleans… hasta que llegué aquí. —Ella miró a su alrededor—. Hay tantas cosas nuevas que probar…

Se acercó a una pared de atomizadores de memoria y apretó una bomba. El líquido azul brillante se arremolinó a su alrededor y el aroma le recordó a los buñuelos que tomaba en casa.

Un globo dulce pasó zumbando.

—Ayúdame a atraparlo.

Brigit se quejó, pero se puso de pie en un salto y lo persiguieron. Ella quería probar su cesta de dulce y su vientre de algodón de azúcar.

—¡Eh, para! —Le gritó al globo—. ¡Espéranos!

—Tienes que usar la palabra secreta para que se frene. —Jason estaba de pie en la entrada con un rottie posado sobre el hombro. Ella le sonrió. Al final se acostumbró a él también, y se dio cuenta de que no era tan malo.

—Qué asco —señaló Brigit—, una rata.

Jason se giró hacia la criaturita.

—Disculpa su insulto, Dulzón. Te presento a Brigit —se volvió hacia ella—. Brigit, él es Dulzón. No es una rata.

—Creo que sé identificarlas bien, hay muchas donde yo vengo —le contestó—. Además, ¿quién nombra Dulzón a una rata?

El rottie gimió.

—Que no son ratas. Dulzón solo ha venido de visita para darme noticias sobre cómo... —se calló el resto de la frase—. Bueno, no importa. —Se frotó la nariz contra el pequeño hocico negro del rottie.

—¿Puedes hablar con ellos? ¿Cómo? —le preguntó Ella.

—Creerás que soy raro.

—Ya sabemos que *eres* raro —respondió Brigit.

Ella se rio hasta que Jason dibujó una sonrisa.

—Mi madre dice que es mi sonar —explicó—. Siempre podía oírlos en mi cabeza, todas esas vocecillas pidiéndome ayuda con esto o aquello. Hablan en frecuencias distintas, dependiendo de la criatura. Yo, eh... podría enseñaros cómo funciona... pero es un secreto.

Brigit aguzó el oído.

—Me gustan los secretos.

—A mí también. —Una sacudida le subió a Ella por la columna vertebral.

—Saltaos la comida y os lo enseño —dijo Jason.

—Vale —respondieron Ella y Brigit al unísono.

El globo dulce volvió a pasar zumbando y Ella y Brigit se fueron detrás otra vez.

—*Ladha!* —gritó Jason mientras las perseguía—. Dulzón dice que esa es la palabra de este mes.

El globo dulce se paró en seco y luego bajó hasta que quedó a la altura de sus cabezas. Viéndolo de cerca, a Ella le maravillaron cómo las rayas de azúcar se entretejían en el algodón de azúcar como el mimbre más bello de un canasto.

—¿Qué significa *ladha*? —preguntó Brigit.

—«Delicioso», y a veces también «sabor», en suajili —respondió Jason, y luego le dio una caricia a Dulzón—. O eso creo.

El vientre del globo se abrió como una escotilla y cayeron tres monedas de oro. Cada uno se quedó con una.

—¡Monedas de parangón! Me ha tocado un corazón. —Ella pasó los dedos por el diminuto emblema palpitante antes de quitarle el envoltorio y devorar el delicioso chocolate.

—Quizá seas una Temple —le respondió Jason.

—Me ha tocado una mano —dijo Brigit.

—Puede que seas una Tacto —Jason señaló sus agujas de tejer.

—No quiero ser nada. —Brigit tiró su moneda al cubo de la basura. El rottie saltó del hombro de Jason, atrapó la moneda en pleno vuelo y se escabulló.

—Los dulces no se tiran —señaló Jason con una carcajada.

—Todo aquí es muy raro.

—A mí me ha tocado Gusto —les mostró su moneda. Un diminuto emblema de una boca les sonrió—, pero yo seré un Sonido.

Un dirigible campana entró en la torre derrapando, recordándoles que debían ir a clase.

El tintineo de los carritos que llegaban resonó y a ello le siguió un ruido de pasos. El vestíbulo se inundó de aprendices que subían las escaleras y se apretujaban en los ascensores para dirigirse a sus primeras clases. ¡Por fin se había acabado la orientación!

Subieron corriendo las escaleras hasta el último piso, donde Masterji Thakur les esperaba.

—Hora de poner a prueba vuestro sentido del gusto. ¡Seguidme!

Abina y un chico llamado Pierre discutían.

—Las especias ghanesas son las mejores. Todo el mundo lo sabe.

—No lo son. Los franceses solo necesitamos sal, pimienta y mantequilla —la desafió Pierre.

—Todo el mundo sabe que la India tiene las mejores —gritó una chica llamada Aparna—. Cada región tiene algo diferente. El instructor Thakur estará de acuerdo conmigo.

—Las especias vietnamitas son las más increíbles —dijo Anh—. No hay nada mejor que el rau ram.

A Ella le costó no poner los ojos en blanco ni reírse.

—¿Qué os parece si tomamos asiento y lo descubrimos? —respondió Masterji Thakur.

Entraron en la sala. El techo abovedado tenía el vibrante color azul de la cola de un pavo real y estaba adornado con detalles de oro. Ella se vio transportada a un palacio decadente de los estados del norte de la India. Las paredes estaban repletas de tarros de cristal con todas las especias habidas y por haber. Trató de leer todas las etiquetas —estragón, hadarrosa, hinojo, wombiláureo, azafrán, canela, estrellanto—, pero se dio por vencida al poco. Se preguntó cómo Masterji Thakur era capaz de bajar las cosas que estaban tan altas sin una escalera.

Los pupitres estaban repletos de manuales de estudiantes con grabados en relieve, como *Introducción a los elixires de especias de la India, Pakistán, Bangladesh y Nepal*, de Riddhi Parekh. También había una balanza de oro, juegos de cucharas de porcelana y latas de metal.

—Primero de todo, las normas.

Masterji Thakur los condujo por las distintas salas: elaborados laboratorios de cocina donde los aprendices elaboraban elixires, una botica que rivalizaría con la botica de conjuros de la abuela de Ella y todos sus frascos, un mostrador para pedir prestados los instrumentos y recipientes necesarios para mezclar ingredientes poderosos, salas de curado para el envejecimiento de los elixires, y una gigantesca nariz que se movía y una lengua inquieta, ambas dispuestas a oler y a probar todas las creaciones para comprobar su exactitud.

—Aseguraos de seguir la guía de alérgenos cuando manipuléis los ingredientes. Además, tenéis que llevar las gafas que tenéis sobre la mesa siempre que estéis haciendo mezclas.

Ella tomó muchísimas notas y le dio la sensación de que su nuevo estilógrafo se movía demasiado lento como para seguir el ritmo de la clase.

Masterji Thakur acompañó al grupo de vuelta a la sala de conferencias.

—Ahora sí que podéis sentaros a trabajar —les dijo y los mandó a sus asientos designados.

El pequeño globo brillante atado al estilógrafo de Ella mostró su nombre parpadeando y bailoteó de izquierda a derecha como si se alegrara de verla mientras se sentaba en el pupitre de dos plazas. Miró el otro globo: su compañera de pupitre debía de ser su antigua compañera de habitación, Lian, pero pronto todos los pupitres de dos plazas se llenaron y el asiento junto a Ella quedó vacío.

Miró a su alrededor y vio a Lian apretujada entre Abina y Clare y se le encogió el corazón. Era la única persona en toda la sala que no tenía compañera.

Masterji Thakur se detuvo delante del escritorio de Ella.

—Algo falla. Sí, aquí me falta algo, y eso no puede ser. —Levantó el globo que tenía a su lado—. ¡Lian Wong!

Lian se puso firme.

—¿Sí, Masterji Thakur?

—¿Por qué no estás en el asiento que te corresponde? —le preguntó.

—Es que este me gusta más —respondió la aprendiz.

—Me he esforzado mucho para asignar los asientos correctamente. Dos es compañía y tres son multitud.

Lian se levantó.

—Con todo el respeto, señor, creo que mi padre, el Dr. Wong, juez supremo prodigioso, querría que fuera feliz.

—Se supone que todos los aprendices tienen que sentirse cómodos —intervino Clare—. Lo dice la sección nueve del manual del Arcanum.

—La parte más importante del manual es la sección sobre cómo comportarse adecuadamente y tener buenos modales. Esa es la Senda Prodigiana —aseveró Masterji Thakur—. Por favor, siéntate en el asiento que te corresponde.

—Yo me sentaré con ella —saltó Brigit—. No hace falta que la princesita Lian se moleste.

Ella se tapó la boca para ocultar su sonrisa mientras que Lian fruncía el ceño.

—Todo el mundo debe comportarse de forma ejemplar. No voy a permitir ni una falta de respeto —indicó Masterji Thakur, y Ella se dio cuenta de que él también estaba conteniendo una sonrisa—, pero muchas gracias, Brigit. Lian, ponte en el asiento vacío junto a Evan, por favor.

Masterji Thakur ya se había convertido en su instructor favorito del Arcanum.

Brigit se llevó el globo con su nombre y se dejó caer al lado de Ella.

—Gracias —le respondió.

—Prefiero sentarme contigo que con Evan Gannon todo el día. No para de tirarse pedos.

Ella intentó no reírse.

—Bueno, pasemos ya a lo divertido. —Masterji Thakur sacó un carrito de detrás de su escritorio y lo condujo por el largo pasillo que dividía los pupitres en dos secciones. En él había una serie de orbes de cristal sobre una bandeja escalonada. Les dio un golpecito a cada uno y despegaron, zumbando como pájaros que se preparan para aterrizar—. Dentro de estos recipientes se encuentran algunas de las especias más antiguas conocidas en el mundo. Cada una tiene propiedades que se pueden aprovechar.

Ella trató de ver todas y cada una de ellas, pero se movían muy rápidamente de una mesa a otra. Se preguntó cómo podría hacer eso Masterji Thakur, cómo funcionaba su prodigio.

—En nuestro estudio de los elixires de especias recorreremos el mundo, continente por continente, aprendiendo sobre las especias de cada región. La primera parada es mi país natal, la India, y más concretamente mi hogar, Rayastán. Aprenderéis sobre todos los estados así como sobre los vecinos de la India, Pakistán, Bangladesh y también Nepal. —Lanzó otro orbe de cristal al aire—. Este es de azafrán, y tiene más de ciento cincuenta compuestos aromáticos. Vienen en muchas hebras diferentes que tendréis que memorizar. Se recogen a mano y se deben usar con cuidado para los encantamientos. —Señaló otro orbe lleno de polvo naranja y dorado que brillaba como un sol pulverizado en miniatura—. Esta de aquí es probablemente mi favorita, la cúrcuma. Viene genial para muchas cosas que requieren limpieza y para deshacerse de malos presagios y espíritus. Siempre la uso en mis tartaletas tuercetiempos.

Otro orbe de cristal se levantó del carrito.

—Este tan delicado de aquí es de comino, perfecto para los elixires de astucia, junto con el polvo de miel y la caca de unicornio seca.

La clase se rio por lo bajo. Masterji Thakur se aclaró la garganta.

Mientras los orbes de cristal seguían levantándose del carro de Masterji, el corazón de Ella subía y bajaba como si estuviera en un carrusel. Quería probar todos y cada uno de ellos y hacerle mil preguntas a Masterji Thakur, al igual que acribillaba a su abuela cuando recogían hierbas del jardín de conjuros.

—Quienes tienen prodigios de Gusto se centran en cómo es posible utilizar los alimentos, los tónicos, los venenos, los elixires, las especias y otros elementos similares para canalizar la luz. Quizás alguien de los aquí presentes tenga un prodigio de confitería y cree el mejor caramelo que ha existido nunca. O tal vez alguien tenga un prodigio curativo y domine el uso de los encantamientos de especias para aliviar dolencias o inventar perfumes arrebatadores... sí, sí, la nariz y la lengua trabajan juntas. —Levantó los brazos como si estuviera dirigiendo una gran orquesta—. Repetid conmigo: la lengua no miente.

Sonrió mientras resonaba el coro de voces.

—A finales de año veremos quién se unirá a nosotros.

A Ella se le encogió el corazón. No sabía a qué parangón quería pertenecer ni qué conjuro le tocaría, pero tenía muchas ganas de averiguarlo.

Masterji Thakur sostuvo en alto una caja de metal del carrito.

—Pero primero, el inventario. Debéis saber siempre lo que tenéis a mano para poder conocer todas las posibilidades. La *dabba* de especias será vuestra mejor compañera durante el curso. —Le dio un toquecito a la caja que tenía entre las manos—. En ella guardaréis los ingredientes de forma ordenada. No hay nada peor que necesitar materiales y no estar preparado. Voy a calificar vuestro nivel de orden cada semana, así que tenedlo todo siempre pulcro.

Los orbes de cristal volvieron a su carrito y se acomodaron en sus contenedores.

—Abrid vuestros contenedores —les ordenó—. Venga, rápido. Poned las cucharas de metal a un lado.

Los dedos de Ella se movieron tan ágilmente para abrir el suyo que casi dejó caer la tapa. Brigit no le hizo caso y le dio un golpe a la caja de metal.

—Se abre fácil —le dijo Ella.

—Lo sé, pero me da igual.

—Pues vale. —Ella se volvió hacia la suya, sorprendida.

—Todo prodigioso hábil en especias tendrá unos ingredientes base —continuó Masterji Thakur—, así que tenéis que dominar a la perfección los sabores del mundo. Mi tierra natal es una parte importante de ese rompecabezas.

Los botes iban saliendo de la estantería conforme pronunciaba cada especia en voz alta, pasaban por encima de los aprendices y espolvoreaban tres cucharadas en cada caja de metal.

—Cilantro… *dhaniya*.

»Cúrcuma… *haldi*.

»Cardamomo verde… *hari elaichi.*

»Comino en polvo y en semilla… *jeera.*

»Chiles rojos… *lal mirchi.*

»¡Prestad mucha atención! Debéis conocer todos los nombres de las especias y su correcta pronunciación. Suelen variar de una región a otra, pero empezaremos por aquí.

Ella sintió un lametón en el brazo. Miró hacia abajo y se encontró con uno de los duendecillos de Siobhan tragándose unos granos de comino. Lo ahuyentó, pero este le hizo una burla y Siobhan se rio hasta que Masterji Thakur la mandó callar.

Ella se asustó y le dio un golpe con su cuaderno, se sentó firme y clavó los ojos en el instructor. No quería meterse en problemas, al menos no en su clase. Jamás de los jamases.

—¿Cómo puede hacer eso, Masterji Thakur? —le preguntó un chico llamado Brendan—. ¿Cómo vuelan como si fueran pájaros?

—Solo los prodigiosos que se vuelven malvados pueden controlar las cosas, como los Ases —soltó Clare y se giró para mirar fijamente a Ella—. O… como los conjuradores —añadió entre toses.

Los murmullos se extendieron por la clase.

Ella se sentó más firme todavía, devolviéndole la mirada. ¿Por qué pensaba Clare que era malvada?

—Ya está bien, señorita Lumen. Tienes una sanción por no seguir mis instrucciones. Te advertí que no dijeras esas palabras. —Masterji Thakur hizo una larga pausa—. Hay muchas cosas que pueden hacer que los prodigiosos utilicen sus prodigios con mala fe —se frotó la barba—, aunque mi prodigio de especias no tiene que ver con el control. No puedo crear especias de la nada ni influir en las plantas de las que proceden. Puedo utilizar la luz que llevo dentro para interactuar con ellas, entender sus propiedades y, a veces, animarlas a moverse, y eso no tiene *nada* de malo. —Miró fijamente a Clare—. Ahora bien, todos deberíamos tener cuidado con estos términos, buenos y malos, oscuros y luminosos. No nos hace mejores que los *fewel.*

—Pues muy bien —refunfuñó Clare y se puso roja.

Ella intentó no sonreír cuando Masterji Thakur le guiñó un ojo.

—¡Vale, escuchadme bien! Tenemos que conseguir que las especias se asienten. Uno de los encantamientos universales que se utilizan es el *shanti*. Cuando los prodigiosos se unieron, cada comunidad aportó sus propios encantamientos a nuestro léxico global. Repetid después de mí.

Un coro de voces pronunció la palabra de forma atroz.

—No es *shannn-ti*, es *shannn-tee*. Intentadlo de nuevo.

Ella susurró la palabra tal y como Masterji Thakur la había dicho. Era el primer encantamiento que utilizaba. A su lengua le costó y la palabra se le escapaba. Estuvo a punto de recitarla, ya que estaba más que acostumbrada a recitar siempre los conjuros, pero respiró profundamente, cerró los ojos y dijo la palabra con firmeza.

Las especias se acomodaron en sus diminutos contenedores y la tapa de su contenedor de *dabba* se cerró y se selló.

Sonrió de oreja a oreja. Sí, claro que podía hacerlo.

Masterji Thakur le sonrió y se dirigió a toda la clase.

—Veo que a algunos os cuesta. —Puso las manos en el aire y respiró profundamente—. ¡*Shanti*! Paz.

El resto de las tapas se cerraron a la vez.

Quizá después de todo sería una parangón del Gusto.

Después del almuerzo, Jason arrastró a Ella y a Brigit a ver su secreto.

—Deberíamos haber tomado la línea negra, nos habría dejado más cerca del Bestiario del Arcanum. Ahora tendremos que atravesar el ala de los prodictores —admitió mientras se apretujaba entre Ella y Brigit en un asiento del tranvía.

—Pero a mí *me gusta* la línea dorada, desde ella se puede ver al aquaballo del prodictor MacDonald a través de las ventanas. El Lagonube flota justo al lado.

Ella puso los ojos en blanco.

—Lo dices como si hubieras visto miles.

—Es que de hecho el prodictor MacDonald me deja alimentar a Edi los miércoles —le respondió Jason.

—Además, ¿por qué vamos de camino al Bestiario? —preguntó Brigit, suspirando.

—Ya lo verás. —Jason sonrió y se le agitaron las trenzas. Sonaron tres campanadas.

—Avanzando —dijo el autómata del tranvía—. Primera parada, torre del Tacto.

Navegaron por las entrañas del Instituto. Jason y Brigit discutían sobre los mejores tipos de animales mientras que Ella prestaba atención a las conversaciones de los demás aprendices.

Un grupo de nivel uno se enfrascó en una discusión sobre los parangones.

—Todo el mundo sabe que los Sonido son los mejores, siempre están súper tranquis y relajados. Tienen el mejor salón, está lleno de instrumentos —dijo uno—, y además consiguen aprender todos los idiomas animales.

—Yo creo que acabaré siendo una Temple, pero me gustaría ser una Visión porque no quiero ser rival de mi hermana mayor. Los Temple y los Visión se odian —añadió otra.

—A los Visión siempre les pasan cosas malas. Todos los prodigiosos malos tienen ese tipo de prodigios. Ven demasiado el futuro y se vuelven codiciosos y arrogantes —respondió un tercero—. Mis padres me lo advirtieron.

—No, esos son los Tacto, como los Ases. Creo que su líder era una, ¿sabes? Gia Trivelino. Eso me dijo mi tía.

Ella se acercó. Había leído ese nombre en el libro de la biblioteca antes de que se censurara.

Un cuarto estudiante se giró para mirar a Ella.

—No son tan malos como otros tipos de magia.

—¿A quién miras? —le ladró Brigit.

A Ella le encantaba que Brigit no se lo pensara dos veces antes de gritarle a alguien cuando se metían con ella.

—No les hagas caso —susurró Jason—, no saben de lo que hablan.

Ella frunció los labios.

—¿Por qué se creen que los Ases son lo mismo que los conjuradores?

Jason miró al suelo.

—Desde que Madame Baptiste hizo crecer aquella lavanda, todo el mundo dice cosas.

—¿Por qué? —Ella levantó una ceja, extrañada.

—Mi hermana Bea me dijo que los Ases tenían prodigios monstruosos. Esos eran ilegales, no encajaban en los parangones —explicó Jason—. No les gustaban los grupos… ni las normas.

A Ella le revolotearon los pensamientos en todas direcciones. ¿Quién no querría un parangón? ¿Qué clase de prodigios tendrían?

—Próxima parada: torre del Sonido. Prepárense para salir —gritó el autómata del tranvía.

—Es la nuestra. —Jason se puso de pie.

Caminaron hacia la puerta y bajaron las escaleras del andén.

Ella se detuvo de forma brusca. Un tirón la arrastró en dirección contraria y Brigit chocó con ella.

—¿Qué demonios?

—¡Espera! —Ella avanzó hacia un ascensor marcado con un cartel que decía Ascensor restringido, el mismo de la noche de la asamblea de medianoche, ahora en un lugar distinto.

—¿Qué haces? —le preguntó Jason—. Vamos a llegar tarde a mi sorpresa.

Ella, sin embargo, ya estaba dentro.

—Algo me dice que debería estar aquí.

Brigit la siguió.

—Qué raro, no hay botones. —Pasó los dedos por las paredes de terciopelo—. Venga, Jason, ¿tienes miedo?

Jason se encogió de hombros y se metió dentro. Miraron a su alrededor.

—¿Ahora qué? ¿Cómo funciona? —Jason inspeccionó las palancas y los botones sin marcas, y Brigit buscó en las paredes.

Ella cerró los ojos. ¿Qué intentas enseñarme?

El ascensor se movió de izquierda a derecha y las puertas se cerraron de golpe.

—Ay, Dios. —Brigit se apretó contra una esquina, Ella se agarró a la barandilla que tenía más cerca y Jason se encogió de miedo.

El ascensor cayó en picado. Fue hacia abajo, cada vez más, luego giró a la izquierda, a la derecha y en diagonal. Vieron pisos y pisos del Instituto volando tan rápido que Ella solo alcanzó a percibir manchas borrosas. Tenían una única certeza: que aquel lugar era más grande de lo que podrían haberse imaginado nunca.

—¿A dónde vamos? —gritó Jason.

—¿Cómo hacemos que pare? —Brigit intentó tirar de la palanca.

—¡No lo sé! —a Ella el estómago le daba saltos con cada movimiento del ascensor. A lo mejor habían cometido un error, y no saldrían nunca de allí.

El ascensor se detuvo y los tres se asomaron por la ventana. Un letrero brillante decía SALA DE LOS FUNDADORES, y Ella sintió de nuevo que algo la atraía, el tirón del cruce. ¿Cómo podía sentirlo estando tan lejos de casa? ¿Le estaría pasando algo?

—Yo solo quería enseñaros la colección de animales. —Jason hizo un mohín. Las puertas del ascensor empezaron a abrirse, pero volvieron a cerrarse de golpe y el ascensor se puso en marcha otra vez, como si respondiera a la petición de Jason.

Salió disparado hacia arriba, luego hacia la izquierda y hacia la derecha.

—¡¿QUÉ ESTÁ PASANDO?! —dijo Brigit—. No puedo más.

—Creo que nos escucha. —Ella pensó que esa podía ser la única razón.

El ascensor se abrió frente a dos columnas doradas y un letrero brillante que decía: Bestiario y Acuario.

Salieron del ascensor.

—Uf, no pienso volver a montarme ahí. —Brigit le devolvió la mirada al extraño ascensor.

—Daos prisa —Jason las guio hacia adelante—, vamos tarde.

Ella se apresuró a cruzar las puertas doradas y luego miró hacia atrás para darse cuenta de que el ascensor ya había desaparecido. ¿Qué acababa de pasar?

—Venga. —Jason le dio la mano.

Delante de Ella se extendían filas y filas de expositores tan apretujados como cajas de sombreros apiladas. Los sonidos de los animales, que le resultaban tan familiares como extraños, llenaban todo el espacio con una rara melodía. Algunos autómatas y astradianos subían escaleras corredizas y utilizaban poleas para elevar la comida hasta las jaulas del techo.

—Guau —dijo Brigit.

—¿A que mola? —Jason observó sus expresiones.

—Hola, Jason Eugene. Me alegro de verle —le saludó un autómata que tiraba de una carretilla de rotties—. Los wombis le están esperando. Preguntaban por usted.

Jason descolgó tres batas de los ganchos de la pared.

—Rápido, ponéoslas. El ascensor nos hizo llegar tarde y deben de estar hambrientos.

Ella y Brigit se pasaron las batas por la cabeza y casi tuvieron que echar a correr para seguir a Jason.

—¿Quiénes? —preguntó Ella, pero Jason iba muy por delante.

—Nunca había visto animales así —comentó Brigit con un tinte de asombro en la voz, para sorpresa de Ella. Era la primera vez que la veía disfrutar de algo relacionado con lo prodigiano.

—Yo tampoco. —Ella intentaba no perderse detalle de nada mientras serpenteaban por los pasillos. Vio todo tipo de animales que no había visto nunca: cautaves con letreros que advertían de sus mortíferos cuernos y patas, afiladas como dagas; grifos que se afilaban las garras, cerditos arcoíris e impúndulos que lanzaban rayos por las alas. Había muchísimo que ver y de lo que aprender, y eso le hizo pensar en qué tipo de compañero de conjuración podría recibir en su decimotercer cumpleaños y si los prodigianos podían elegir a sus criaturas.

Jason empujó a Brigit y a Ella.

—No hay tiempo.

Jason giró a la izquierda y se detuvo frente a un letrero: MADRIGUERA DE WOMBIS.

—Seguro que ya están alterados. —Agarró dos faroles y le dio uno a Ella y el otro a Brigit—. Prefieren las luces suaves. —Jason las guio hacia adelante—. No os mováis hasta que os presente, ¿vale?

—¿Presentarnos? —Brigit enarcó una ceja.

—Desconfían de la gente que no conocen.

—Pero si son animales —le respondió Brigit.

Ella pensó en Gumbo, Paon y Greno, los compañeros de conjuro de su familia, y en cómo ellos también solían ser escépticos. Le dio un codazo a Brigit en el costado.

—Ay —se quejó.

Jason le lanzó una mirada y se adentró en el hábitat frío y oscuro. Una red de túneles cubría la pared detrás de una zona vallada.

—¿Quién va? —preguntó una voz ronca y débil. Ella sonrió, encantada con el timbre de las voces.

—Más vale que sea Jason con algo para picar —graznó otra.

—Siempre hablando de comer, oye, no puedes pensar en otra cosa. Anda, ¿por qué no te vas a ordenar la madriguera? —dijo una tercera.

—¿Nos cantarás una nana antes de dormir? —inquirió una cuarta—. Los bebés la necesitan.

Ella levantó el farol y miles de caras redondas, peludas y con la nariz chata la miraron.

—¿Pueden hablar?

Jason la mandó callar.

—No seas grosera. Claro que hablan, pero lo harán en su idioma propio si los enfadas, y entonces solo yo podré comunicarme con ellos.

Ella no podía dejar de sonreír mientras la olfateaban. Sus naricillas húmedas le hacían cosquillas en el antebrazo.

—¿De dónde vienen?

—Los prodigiosos rescataron a todas las criaturas mágicas de las ciudades *fewel* —le informó él.

Jason enumeró rápidamente algunos datos sobre los wombis, como su hierba favorita para la barbacoa, cómo les gusta el café y, sobre todo, cuánto disfrutan de un buen chiste. Al parecer, solían vivir en Australia hasta que los *fewel* los descubrieron, y entonces los prodigianos se los llevaron al cielo. En aquel momento estaban al borde de la extinción en el mundo prodigiano porque defecaban cubos de oro.

Ella trató de no reírse de ellos ni de cómo Jason trataba a todos como si fueran personas. Siguió al milímetro sus instrucciones sobre cómo colocar la comida en el lugar adecuado y verter la cantidad exacta de café en sus tazas. Brigit se sentó con los bebés y les leyó un cuento de su extensa biblioteca del hábitat.

Jason le mostró a Ella un hueco junto a los túneles que parecía una habitación secreta. Los rincones estaban repletos de estilógrafos, tinteros, papel, frascos variopintos, herramientas y diarios.

—¿Esta es tu…?

—Vengo aquí cuando me agobio. —Bajó la mirada al suelo—. Los wombis lo cuidan por mí. Mi madre habló con el prodictor MacDonald al respecto.

Brigit miró a su alrededor.

—¿Quién es este? —Señaló un heliograma sobre un pequeño estante que proyectaba a un hombre que Ella nunca había visto.

—Es el veterinario prodigiano más famoso de la historia, Kiyota Murakami. Su prodigio familiar le permitía hablar con todas las criaturas vivas y transcribió todos sus idiomas, incluso los dialectos de las hormigas. Quiero ser como él.

Brigit se acercó y aguzó la vista ante la imagen proyectada.

—Lleva audífonos.

—¿Qué tiene eso que ver? Hay muchas formas de escuchar cuando eres un Sonido. —Él la miró, perplejo, y ella se sonrojó.

—¡Jason! —Un wombi gordito se acercó a la valla—. Tenemos un problemilla con ya sabes qué.

Los demás asintieron, y Jason se estremeció.

—Ahora no, ya lo hablaremos.

—¿Hablar de qué? —preguntó Ella.

—Cielo ha estado comiendo de todo, Jason, tienes que hacer algo —le pidió otro.

—Muchos le tienen miedo, está creciendo demasiado.

—Luego le echo un vistazo, ahora no puedo —dijo Jason mientras recogía los cubos dorados y los colocaba en un frasco especial.

Un quejido minúsculo atravesó la habitación seguido de fuertes pisotones que hicieron vibrar la madriguera.

—Oh, no. —Jason se dirigió a la entrada pero una criatura enorme salió disparada y empujó a los wombis en todas direcciones.

El animal se fue acercando y entonces pudieron ver su hocico húmedo, su gran mandíbula y sus hombros cuadrados.

—Eso es un… —Ella dio un paso hacia adelante. Las trenzas de Jason empezaron a brincar y el sudor le corrió por las mejillas—. Un necrotauro bebé. —Dos de aquellos toros custodiaban la entrada del inframundo en Nueva Orleans, siempre escrutando los pozos más profundos del alma de la gente—. ¿De dónde lo has sacado?

—Me la encontré.

Ella entrecerró los ojos.

—No puedes encontrarte... —La necrotauro le dio un empujoncito, le lamió las mejillas y le olisqueó el pelo. Ella le alborotó las orejas y le cantó la canción que sus padres entonaban cada vez que cruzaban las Puertas del Inframundo—. *Vamos a cruzar al más allá, allá... para nuestra familia encontrar.* —La necrotauro se relajó y empezó a cerrar los párpados, que le pesaban cada vez más por el sueño.

Jason sonrió y también empezó a canturrear. Ella le miró.

—¿Cómo conoces la canción?

Él interrumpió el canto.

—La escuché una vez.

Brigit salió corriendo del hábitat de los wombis.

—¡Aaaah! ¡Sus garras son casi tan grandes como mi cara!

La confusión se arremolinó dentro de Ella. ¿Por qué habría allí una necrotauro, y por qué la tenía Jason? Aquellas criaturas divinas nacían y se criaban junto a las Puertas del Inframundo.

¿Tendría todo el mundo un secreto... o acaso todos ocultarían algo?

⋆—⋆—⋆— **ASTROGRAMA** —⋆—⋆—⋆

Papá:

Una pregunta así, de la nada: ¿pueden sobrevivir los necrotauros fuera del Inframundo?

Te quiere,

Ella

P. D.: Dile a mamá que deje de preocuparse. Me gusta mi nueva habitación, y estoy bien. Sé que la tía Sera os tiene informados.

⋆—⋆—⋆— **ASTROGRAMA** —⋆—⋆—⋆

Querido Masterji Thakur:

¿Puedo hacerle algunas preguntas sobre el Instituto?

Por favor.

Ella.

⋆—⋆—⋆— **ASTROGRAMA** —⋆—⋆—⋆

Querida Ella:

Claro que puedes. Te voy a enviar una tarjeta de cita para nuestra primera reunión de mentoría. En ese momento te resolveré todas las dudas que tengas.

Masterji Thakur

⋆—⋆—⋆— **ASTROGRAMA** —⋆—⋆—⋆

Tía Sera:

Tengo muchas ganas de verte. ¿Tú también sientes aquí el tirón del cruce que sentimos en casa? No entiendo por qué sucede.

Te quiere,

Ella

PUERTAS DE BOLSILLO

Gia ladeó la cabeza y examinó por última vez la copia de sí misma. Pelo oscuro, ojos muy azules, una gran sonrisa torcida; una sonrisa de arlequín, como solía decirle su padre. Echó un vistazo final por la ventana a las otras celdas flotantes de la prisión y se juró que no volvería nunca a aquel lugar, pasara lo que pasare.

—Hora de irse. —La llave tintineó en la mesa, la sostuvo y se arrodilló junto a la lamparita. Se puso manos a la obra, arrancando su estructura de hierro como si no fuera más que un hilo en un telar. Sus manos retorcieron cada hebra de hierro hasta que una puerta se alzó ante ella, la más hermosa que había fabricado en su vida: la que la conduciría a la libertad.

Hizo el hueco perfecto para la llave que le habían dado y la introdujo. La llave giró sola, y con un profundo *clic* la puerta se abrió. El Inframundo la esperaba al otro lado: un paisaje glorioso con caminos que llevaban a millones de direcciones, enormes portones e innumerables puertas a distintos destinos eternos. Los Altos Caminantes, con sombreros de copa, usaban sus bastones para guiar a las almas a sus lugares de descanso, mientras que los Bajos Caminantes conducían jaulas llenas de esqueletos. Las estrellas crepusculares brillaban por encima de las lápidas, las criptas y las tumbas interminables, y en el centro de todo había una mansión con torreones y una franja de montañas que nunca había sido tan hermosa.

Los ruidos del Inframundo le dieron la bienvenida.

—Para los Campos Elíseos, por aquí. Manténgase a la izquierda —le indicó un Alto Caminante.

—*El Otro Lado*[1], dos leguas más adelante —gritó otro.

—La puerta a Diyu se encuentra cruzando el bosque —añadió un tercero.

—Aquellos que deseen visitar a sus seres queridos, circulen por la derecha. Su excelencia, el Barón Durand, el Gran Caminante, está de vuelta en su oficina. Pónganse en la fila más cercana al Cardenal.

La llave se fundió en una escalera de plata que se extendía hasta el camino más cercano, y ella caminó con pies de plomo. La puerta se cerró tras de sí y desapareció. El As de la Anarquía era libre.

Que comience el espectáculo.

---

1. En español en el original. [N. del T.]

SEGUNDA PARTE

LUZ DE CONJURO

CAPÍTULO OCHO

LUZ Y HUEVOMUNDOS

Ella se paseó por su dormitorio esperando a que Brigit se pusiera el manto y se cepillara el pelo y poder llegar así a su primera clase del día.

—Tenemos que irnos.

A Ella le gustaba ir con suficiente tiempo a clase porque, aunque octubre hubiera pasado rápidamente, seguía aprendiendo las peculiaridades del Arcanum. Los tranvías circulaban al revés los miércoles y las torres cambiaban de localización los domingos. A algunos autómatas les gustaba darles direcciones erróneas a los de nivel uno cuando el edificio se desplazaba para que acabaran en lugares equivocados, y los astradianos siempre estaban muy ocupados como para ayudarlos.

Ella, sin embargo, había encontrado su ritmo propio y había aprendido que había muchas normas en el mundo del prodigio. Todos los lunes por la noche examinaban las estrellas caídas y trazaban constelaciones. Dos mañanas a la semana las pasaba en la biblioteca con la Dra. Pérez y su llama voladora traduciendo los distintos encantamientos que usan los prodigiosos de todo el mundo. Los jueves por la tarde, la Dra. Ursu y su increíble pelo, siempre lleno de estática, los llevaba a recoger rayos en los Nidos de Nubes. Además, Ella solía ser la única alumna despierta en la clase del Dr. Zolghad cuando les tocaba examinar los artefactos. La única asignatura que no había empezado era la de Introducción a los Conjuros que impartía su madrina, y estaba deseando poder incorporarse a su horario de los viernes. ¿Lo mejor de todo? Mamá había dejado de pedirle que usara el camafeo-conjuro o que le enviara astrogramas cada dos segundos.

—Aún tenemos cinco minutos. —Brigit salió del baño pegando pisotones.

—Si llegas a tiempo, llegas tarde. —Ella señaló el reloj-farol que parpadeaba en rojo con distintos recordatorios. Desde que se cambió de habitación, Ella solía irse sin Brigit, pero ahora sentía que ser una buena compañera de cuarto, una buena amiga, implicaba tener que esperarla.

—¿Quién dice eso? —Brigit le dio un tirón al manto de Ella.

—Mi papá. —Ella se paseó frente a las ventanas de cristal y observó cómo flotaban fuera las brillantes hojas naranjas y rojas.

Brigit puso los ojos en blanco, se hizo una coleta y metió las bolas de lana en su mochila.

—¿Ves? Ya estoy lista.

Ella recogió sus manuales de estudiante del suelo y se lanzaron hacia la puerta.

—¡Espera! —Brigit se dio la vuelta—. Me olvidaba de Feste. —Sacó el muñeco de payaso de la cama.

Ella se estremeció. Había algo muy extraño en aquel muñeco, que le recordaba a los que había en casa con espíritus atrapados en ellos. Recordaba perfectamente cómo le había guiñado un ojo, pero pensó que sería mejor no decir que era extraño delante de Brigit. Nunca iba a ningún sitio sin él.

Corrieron hasta la torre del Tacto y estuvieron a punto de recibir una sanción de la Dra. Weinberg por asustar a su gólem y hacer que mudara parte de su arcilla, y por poco no reciben otro de la Dra. Stone por exasperar a sus piedras emocionales e interrumpir su absorción de los sentimientos cotidianos.

Las chicas entraron en la Cámara de los Canalizadores de la Dra. Bearden cubiertas de sudor, sin aliento y avergonzadas. Bueno, al menos Ella. La Dra. Bearden ya había comenzado su lección de Introducción a la Luz del Prodigio.

La sala parecía un museo lleno de objetos ordinarios sin ton ni son: las paredes tenían vitrinas con llaves, péndulos, monedas, guantes de cocina, cuerdas, teteras y mucho más.

Una lámpara de araña hecha de engranajes y bombillas seguía a la Dra. Bearden, bañándola en un halo de luz brillante.

—Vais a recibir una sanción cada una de vosotras por haber llegado tarde. Las normas son las normas, y los nuevos prodictores y la decana de disciplina son bastante estrictos este año —aseveró—. Venga, pasad y no molestéis.

Claire y Abina se rieron, y a Ella se le encogió el corazón. Su primera sanción, algo que no había querido experimentar nunca en el Arcanum. El disgusto la envolvió por completo y contuvo las lágrimas. Jason le dedicó una sonrisa de apoyo cuando se sentó frente a él en su mesa de trabajo. Brigit se sentó a su lado, refunfuñando.

—Históricamente, los prodigiosos han utilizado muchos enseres para canalizar la luz —explicó la Dra. Bearden—, enseres tan únicos como la gran variedad de países de los que provienen los prodigiosos.

Ella había visto anuncios en los periódicos prodigianos sobre el mejor lugar para comprar canalizadores, el Consorcio de Canalizadores de Curtis y Claude. En los catálogos encontró todo tipo de cosas que nunca pensó que pudieran ser de utilidad alguna.

—Primero, sin embargo, tenían que aprender a controlarlo usando…

Un *clic, clic, clic* interrumpió a la Dra. Bearden, y todo el mundo posó los ojos directamente sobre Brigit y sus agujas de tejer.

—Disculpa, jovencita —le dijo la Dra. Bearden.

Brigit no levantó la vista. Empezó a balancearse de atrás hacia adelante con los ojos cerrados y las manos moviéndose a la velocidad del rayo, tal y como hacía en su escritorio.

—Brigit Ebsen, ¿verdad? Tienes que atender. —La Dra. Bearden chasqueó los dedos, pero Brigit ni se inmutó—. La participación es una parte esencial de este curso y de las notas en general. ¿Me has oído?

No hubo respuesta.

A Ella se le encendieron las mejillas por vergüenza ajena y le dio un golpecito a Brigit en el hombro. ¿Por qué no escuchaba? ¿No se había dado cuenta de que la Dra. Bearden le estaba hablando? Bastante que habían llegado tarde, ¿por qué empeorar las cosas?

—Es un bicho raro. —Clare miró a Ella por encima del hombro—. Supongo que la luz las cría y ellas se juntan.

—Silencio, silencio. —La Dra. Bearden mandó callar a Clare—. ¡Brigit!

Ella sintió un instante de miedo, y a Brigit se le abrieron los ojos de golpe.

—Dame eso —la Dra. Bearden le tendió la mano.

Brigit le entregó el cuadrado tejido. A la Dra. Bearden se le pusieron las mejillas rojas como dos manzanas y se lo metió en el bolsillo de su manto.

—Te crees la próxima mejor humorista prodigiana, ¿no? Ven a verme después de clase, señorita Ebsen.

Brigit se dejó caer hacia la mesa.

—¿Estás bien? —le susurró Ella.

—Sí.

—¿Por dónde iba? Ah, sí, la luz del prodigio nos acompaña desde que nacemos, pero se necesitan años de práctica para canalizarla de forma eficaz. Este año aprenderéis a sacar vuestra luz interior.

—¡Puf! ¿Por qué no podemos usar los estapreses? —Dijo Anh en un tono de voz muy alto—. Quiero una zumbaespada. Mi hermana tiene una dueluz.

—Yo quiero un canalizador —añadió Miguel.

—Eso es para los niveles dos y tres, respectivamente. Ya veremos lo que duráis. Si no sois capaces de canalizar la luz no podéis quedaros aquí. —La Dra. Bearden sacó un carrito lleno de esferas de estelina. Sus anillos giratorios captaban la luz de los faroles estelares—. Este será vuestro primer contacto. Debéis aprender sobre el control y la precisión, consiguiendo que vuestra luz se estabilice dentro de esto antes de que podáis aventuraros en territorios más avanzados.

Puso uno delante de cada aprendiz. Ella se maravilló con el suyo, mirando el núcleo vacío listo para recibir luz.

La Dra. Bearden movió un dedo en el aire.

—Habéis visto estos recipientes toda vuestra vida, desde los motores de los transbordadores celestiales hasta los generadores de las casas y los pistones de los tranvías aéreos de las ciudades. Algunos de vosotros incluso tenéis la suerte de que haya automóviles estelarios en vuestras familias.

—En casa tenemos tres —dijo Lian.

—Mi padre tiene cuatro —añadió Clare.

—¡Silencio, silencio! —La Dra. Bearden puso los ojos en blanco y después se aclaró la garganta—. Los anillos transforman la luz estelar en energía. Echadle un vistazo durante unos minutos y luego repasaremos sus componentes.

Ella se acercó la esfera de estelina y admiró cada una de sus partes: los bellos grabados celestes, los cinco anillos principales, la pequeña esfera de latón del centro y el grueso soporte. No tenía ni idea de cómo iba a introducir su luz dentro de aquel increíble objeto, pero le entusiasmaba intentarlo.

Siobhan se aproximó sigilosamente a su lado.

—La habitación sin ti es un rollo. —El duendecillo sobre su hombro asintió con la cabeza—. Lian y Samaira ponen todas las reglas y siempre están organizando fiestas. Todas las niñas arrogantes vienen a cotillear.

Ella se rio. Se alegraba de que la echaran de menos.

—Puedes venir a visitarnos a Brigit y a mí en la torre Hidra. Bueno, eso si ella alguna vez deja de… —Ella lanzó una mirada a Brigit, que le gruñó en respuesta y volvió a sus agujas de tejer.

—¿De verdad? —Siobhan abrió mucho los ojos. Su duendecillo se subió a la esfera de estelina, y Ella y Jason se rieron—. Los duendecillos nocturnos son unos temerarios —dijo ella.

—¿Crees que nos va a costar? —preguntó Ella—. Nunca antes he canalizado la luz. Bueno, es que no lo hacemos ni lo llamamos así.

—Mi madre dice que no tengo ni una pizca de luz dentro, que ya es decir.

Ella se estremeció.

—No lo digo en plan malo, pero es que… —La cara blanca se le puso roja—. Cree que soy la oveja negra, eso es todo.

—Vale, sí —respondió Ella sin saber cómo lidiar con el hecho de que ella también se sintiera siempre así, como si tuviera una sombra de odio constante que no la dejara en paz.

Clare, Abina y Lian pasaron por delante de la mesa de Ella y todas ellas le tiraron «sin querer» algo al suelo. Jason empezó a recoger los objetos hasta que la Dra. Bearden lo llamó a su mesa.

—¡Oye, que no somos fantasmas! —les ladró Siobhan.

—Ojalá lo fueseis —se rio Clare.

—¿Has visto uno alguna vez? —le preguntó Ella.

Lian se burló.

—¿No es ese tu trabajo?

—Sí que lo es. —Ella sacó pecho y acto seguido repitió como un loro algo que la abuela siempre le decía sobre el noble servicio que prestan los conjuradores como cuidadores del Inframundo—. Garantizar que vuestros antepasados consigan llegar a su lugar de descanso es un trabajo muy importante. —Ella clavó los ojos en los de Lian hasta que le desvió la mirada.

—No sé por qué esa chica, Brigit, se molesta en venir a clase si nunca hace nada —ironizó Abina.

—Más vale que vuelva a la ciudad *fewel* de la que vino. —Lian se apartó el flequillo con un gesto.

Ella miró a Brigit, que seguía con las agujas como si no escuchara las burlas. Estaba tejiendo otra imagen de aquella extraña mujer sonriente.

—Un prodigioso al que no le gustan los prodigios es peor que un *fewel*. —Clare estiró la palabra con un retintín.

—¿A cuántos *fewel* has conocido tú? —la cuestionó Siobhan.

—¿Has estado en una ciudad *fewel* alguna vez? —le preguntó Ella, cansada de tanta mezquindad.

—Paso de ti. —Clare se marchó con Abina y Lian.

Ella y Siobhan soltaron una carcajada y Brigit levantó la vista por fin.

—¿No son maravillosas las esferas de estelina? —Ella señaló la caja sin abrir de Brigit.

—Me da igual. Yo sigo contando las horas.

Sus palabras hicieron que Ella se acalorara.

—Lo sé, pero si te preocuparas un poco… —pensó con cuidado lo que quería decir, ya que Brigit arrugó la nariz en señal de irritación—. Creo que el año que viene te gustará el estaprés. Es como una versión más ancha de tus agujas de tejer. —Señaló la vitrina más cercana donde había expuesta una de aquellas hojas.

—No voy a estar aquí el año que viene. —Brigit apartó la mirada.

Ella pensó que ojalá no fuera verdad.

La Dra. Bearden dio una palmada para llamar la atención de la clase.

—Venga, a practicar. Juntad las manos y haced una cuna entrelazando los dedos. Pensad en la luz que lleváis dentro y llamadla, llevadla a la punta de vuestros dedos como si quisierais usarla. —Cerró los ojos y una bola de luz apareció en su palma como un sol en miniatura—. El objetivo es que coloquéis vuestras bolas de luz en la esfera de estelina para así poder medir su corriente.

Ella juntó las manos y se miró las palmas. Le resultaba muy diferente a los conjuros.

La bola de luz de Clare salió disparada como un meteorito y soltó una maldición. Las manos de Brendan se volvieron tan rojas como su pelo, casi como si estuviera ardiendo, y la de Samaira flotaba como una pompa de jabón.

—Con cuidado, con cuidado, no os he dicho que la lanzaseis —gritó la Dra. Bearden—. Usar la luz requiere control y equilibrio.

Ella cuadró los hombros y susurró la palabra *luz*. Nada.

Lian y Abina consiguieron bolas de luz perfectas y se sonrieron con superioridad. La Dra. Bearden celebró su progreso.

Jason soltó un gritito y Ella se dio la vuelta. Tenía una bola de luz saltarina sobre su palma. La sorprendió mirándolo.

—¿Ya tienes la tuya?

—No. —Ella se siguió mirando las manos con intensidad. Quizá su mirada la haría aparecer.

—¡Usad la luz! Sacadla como el agua de un pozo —gritó la Dra. Bearden—. La lleváis dentro y está ansiosa por salir. ¡Concentraos, concentraos!

Ella cerró los ojos y se esforzó.

La luz.

Intentó pensar en los rayos del sol, las llamas de las velas y las lámparas, cualquier cosa que brillara.

Nada.

Otra vez.

Se le hacía todo muy extraño y difícil si lo comparaba con la conjuración. Si cerraba los ojos, la oscuridad se llenaba de posibilidades y el deseo se presentaba ante ella, listo para moverse entre la realidad y el crepúsculo en cuanto lo recitara.

—Pareces a punto de hacerte caca encima —se burló Jason. A Ella se le abrieron los ojos de par en par.

—Qué pesado eres. —Él se rio, y entonces Ella también se rio.

—Te vas a tirar un pedo si sigues así —le dijo.

—Qué asco —murmuró Brigit—, pero creo que tiene razón.

La Dra. Bearden iba de mesa en mesa ajustando posturas, posiciones de las manos y dando consejos.

—¿Cómo has conseguido hacerlo? —le susurró Ella a Jason, y él se mordió el labio inferior.

—Cuando uso el mío solo le digo lo que tiene que hacer. Eso es lo que hace mi padre.

Ella lo miró desconcertada.

—Nosotros no lo hacemos así. Nosotros recitamos y se lo pedimos.

—Lo sé —le respondió él en voz baja.

—¿Lo sabes? —Enarcó una ceja.

Jason se tragó su respuesta cuando la Dra. Bearden se detuvo frente a su mesa de trabajo.

—Venga, a ver qué tal. Ponle ganas y dale la orden.

Respiró hondo y toda la clase se volvió para observarla. La mirada curiosa de la Dra. Bearden hizo que se le pusieran los pelos de punta.

Ella tiró de su don como de una cuerda y le exigió que la obedeciera.

Le brillaron las manos y entonces apareció una bola de luz. No era brillante, sino que era una luz negra con un núcleo violeta y blanco, como el cielo en el ocaso. Ella dio un respingo de sorpresa. ¿Qué era aquello?

La clase entera se alejó a toda prisa, y Ella escuchó las palabras *mala* y *luz* susurradas en varias combinaciones.

—Nunca había visto algo así. —La Dra. Bearden se adelantó para inspeccionarla—. Talento natural y un control genuino. Al final sí que vas a tener algo de luz en tu interior.

Ella dio una palmada para dispersar la luz. No sabía si le había hecho un cumplido o no.

✦ ✦ ✦ ✦ ✦

Mientras recogía su mochila y se preparaba para salir de clase, ella sintió calor y un cosquilleo en la piel. Las miradas persistentes y el murmullo de los susurros sobre su luz prodigiosa le dieron dolor de cabeza. Trató de ignorar las preguntas preocupadas de Jason sobre sus sentimientos y, frustrada, se levantó de la mesa de trabajo y se fue directa hacia Clare.

—Mira por dónde vas —le dijo Clare antes de volverse hacia Abina—. Mi hermana mayor me ha dicho que van a venir hoy. Tenemos que ser las primeras novatas que consigan uno.

—¿Conseguir qué? —preguntó Ella.

Clare arrugó la nariz.

—No es asunto tuyo.

Ella puso los ojos en blanco y Brigit se acercó. Clare se fue corriendo con su grupito.

—Se van a la tienda de la escuela —informó Jason—. Betelmore atracó mientras estábamos en clase. Va a haber un montón de cosas nuevas.

—¿Cómo? —preguntó Brigit.

—Cada año todas las ciudades se acercan al Instituto, así que tenemos la oportunidad de visitarlas o que nuestros padres vengan a vernos aquí. —Jason llenó su mochila—. Pero Clare y Abina seguramente deben querer un *malyysvit*. Mis hermanos no dejan de hablar de ellos, solo los sacan una vez al año.

—¿Qué? —dijeron Ella y Brigit al unísono.

—Un *molly-sveet*, huevomundos. Eclosionan un universo en miniatura. Nunca sabes qué te va a tocar. Mi hermano Wes tuvo uno hace años. Su universo tenía huracanes y las tormentas duraron toda una noche, pero como mamá se lo tiró, ahora quiere otro. Son de lo más populares en el mundo prodigiano.

Ella nunca había oído hablar de ellos.

—Os lo enseñaré.

—No tan rápido, señorita Ebsen. Quédate un momento —la llamó la Dra. Bearden.

—Os veo allí, supongo —Brigit se encogió de hombros.

Ella le dedicó una sonrisa comprensiva antes de marcharse con Jason. Se preguntó qué había tejido Brigit para que la Dra. Bearden estuviera tan enfadada. ¿En qué lío se habría metido?

Ella y Jason siguieron a un grupito de nivel uno hasta la tienda de suministros del Instituto. El espacio bullía con niveles dos, tres y cuatro, y casi parecía que la escuela entera se hubiera metido en la tienda y se estuvieran peleando por conseguir un *malyysvit*.

Los globos del Arcanum flotaban por encima de sus cabezas presumiendo de los portentos que había en cada pasillo:

Botes de tinta animados y dimensionales de la intachable
Tienda de Tintas de Ignatius Iacobelli.
¡Recién llegadas de Astradam!

Mapas de constelaciones, pasillo tres.
Cielos septentrionales, meridionales y ocultos
de dimensiones paralelas. ¡Garantizado!

Tormentarros, dabbas y kits de alquimia
traídos directamente
de la cautivadora Cooperativa de Caldwell.

Tenía la boca tan abierta que la abuela le habría preguntado si quería cazar moscas. Los pasillos estaban repletos de todos los objetos que un aprendiz podría necesitar. Atravesaron una hilera de astrogramas titilantes que crecía y menguaba como las propias estrellas. Las postales estaban colocadas en fila y proyectaban heliogramas con imágenes del

Arcanum o celebraban fiestas prodigianas como Halloween, el Festival de Unión y el Día de los Fundadores. Los pinceles se agitaban con entusiasmo dentro de los tarros de cristal, ansiosos por encontrar tinta y papel. En las estanterías había ollas doradas de encantamientos que brillaban como cuencos de luz solar, listas para llenarse de ingredientes.

Ella pensó que podría gastarse fácilmente todo el dinero que le habían dado sus padres solo en aquella tienda.

Jason le dio un codazo.

—Mira —susurró.

Observaron cómo los duendecillos de Siobhan se enredaban en lazos para el pelo que se anudaban solos, encantaovillos y emociogemas mientras Siobhan admiraba los astroscopios y los astrolabios. ¡Oh, oh! Se preguntó si Siobhan lo sabría.

—¿Se lo decimos?

—Yo voy a lo mío —le respondió él. Mamá habría dicho lo mismo.

—El mostrador abre en siete minutos —gritó un aprendiz de nivel tres—. Ya hay cola y hay que sacar un boleto. ¡Rápido!

Ella dejó de espiar, agarró a Jason, salieron del pasillo y se pararon frente a una ventanilla cerrada que decía Pedidos especiales del Arcanum. Un reloj marcaba los minutos y una máquina expendedora de números escupía billetes rojos a toda persona que tirara de una palanca.

Ella vio el pelo rubio de Brigit y levantó la mano. Brigit se movió entre la multitud y consiguió acercarse.

—¿Todo bien? —preguntó Ella.

—Supongo —gruñó Brigit en respuesta.

Los de nivel uno se agruparon.

—Este año es una lotería —dijo Anh.

—Puf, eso no es justo —se quejó Clare.

—Mi *ammi* no quiso conseguirme uno a pesar de ser la presidenta —intervino Samaira—, y mira que se lo pedí.

—Vamos a comprar un boleto cada uno —dijo Jason.

—No sé si me lo puedo permitir. —Las mejillas de Brigit se enrojecieron.

—De todas formas, no ibas a ganar —le respondió Lian mientras se acercaba a la máquina.

Brigit frunció el ceño y la siguió, tirando de la palanca.

—Ya lo veremos.

Tochi y Ousmane chocaron los cinco antes de sacar sus boletos. Ella también sacó uno y luego se quedó mirando el cartel que decía: «*Malyysivts* Originales de Mischa, los huevos n.º 1 en el mundo entero». Los niños ansiosos presionaban los heliogramas para ver cómo se proyectaban las imágenes en sus manos, admiraban las cáscaras decoradas e intentaban adivinar qué tipo de universo saldría de cada una de ellas. La voz del cartel repetía sus lemas:

¡SOLO LOS MEJORES PRODUCTOS SALEN DE LA FÁBRICA DE INVENTOS DE HORBACHEVSJY!

¡NUEVA Y FLAMANTE VERSIÓN DEL AGRICULCOSMOS!

COMPRA EL POTENCIADOR DE SAL PARA FAVORECER LA EVOLUCIÓN ANIMAL.

AHORA CON UN 100% MENOS DE TÁBANOS.

—Ni siquiera sé si lo quiero, pero por si acaso... ¿cuánto vale? —Brigit sacó una tarjetita de plástico del bolsillo. Tenía una foto de ella junto a unos números de neón.

—¿Eso qué es? —A Jason se le agrandaron los ojos.

—Lo que usamos para comprar cosas en Nueva York.

Brigit dejó que Jason examinara su tarjeta de dinero.

—Lo malo es que no puedes usarla aquí, no se admite dinero *fewel* —le dijo.

Brigit parecía confundida.

—Tendrías que cambiarla en la Casa de la Moneda Prodigiana en Celestia —explicó Jason—, el banco.

—Mis padres también tienen esas tarjetas por si tenemos que hacer negocios con *fewel* —dijo Ella—, pero los conjudólares y las conjumonedas son mucho más divertidos. —Abrió su abultado monedero y les mostró sus dólares negros y las grandes monedas coloridas.

—Tienes mucho dinero —apuntó Brigit, sorprendida.

Ella les dedicó una sonrisa tímida y dejó que Brigit analizara cada moneda, admirando lo gruesos y pesados que se sentían los esthelios de oro y cómo se movían los lunaris de plata si se los apretaba demasiado. Aquello le hizo preguntarse más sobre la vida de Brigit antes del Instituto. Sabía que su familia era de bien, mamá se lo recordaba a Ella cada vez que podía, insistiendo que no todo el mundo tenía su bendita situación económica. Los conjuradores se esforzaban por cuidar bien de los suyos.

Esperaron con impaciencia. Brigit sacó sus agujas de tejer y volvió a ponerse al lío.

—¿Cómo puedes ponerte a hacer punto ahora? —Ella agitó las manos en señal de incredulidad.

Brigit se sonrojó.

—A veces no puedo evitarlo, me entran unas ganas extrañas de hacerlo.

Apenas un segundo más tarde, Ella se sintió fatal. Era la primera vez que la veía así y empezó a disculparse, pero Brigit ya estaba en trance, moviendo las manos y dejando caer un hermoso tapiz en su regazo.

El reloj sonó y la persiana del escaparate se abrió de golpe. Una mujer de cara redondeada les sonrió; su hiyab color melocotón hacía que casi le brillara la piel marrón.

—Calmaos, mis estrellitas, ya está aquí Madame Kazem.

Todo el mundo aplaudió y los silencioglobos pulularon por encima de sus cabezas.

—No puedo decir los números con tanto jaleo. —Agitó las manos en el aire y todo el mundo se calló—. Vale, escuchadme bien. Para que sea justo, hay una lotería cada semana. He pedido un número limitado, y cuando se acaben, se acabaron y tendréis que esperar hasta el año que viene. No quiero quejas.

—Giró la palanca de la máquina y empezó a llamar a los números. Los afortunados aprendices de nivel tres y cuatro gritaron cuando se anunciaron sus números y sus amigos fueron corriendo hasta ellos.

Ella apretó el boleto con fuerza, esperando que absorbiera su deseo. Tenía muchísimas ganas de tener un *malyysvit*, quizá no tanto por ver qué nacería de uno de aquellos hermosos huevos, sino más bien para que todos se emocionaran por ella.

—El último de esta semana —avisó Madame Kazem— es el número 7298.

—Es el mío —susurró Brigit.

Jason dio un silbido y Ella chilló de emoción.

Un aprendiz mayor los escuchó.

—Esta nivel uno lo tiene.

A Brigit se le cayeron las agujas y su último cuadrado de colcha se deslizó también hacia el suelo cuando la condujeron al frente de la multitud.

Madame Kazem le dio la vuelta a su billete y comprobó el libro de contabilidad.

—Lo cargaremos en tu cuenta. —Madame Kazem le entregó el hermoso huevo de color rosa palo. Sus guirnaldas de oro y brillantes joyas anunciaban la promesa de un mundo desierto.

Los otros aprendices se arremolinaron a su alrededor como una manada de lobos. Hubo muchas palmaditas en la espalda, cientos de felicitaciones y muchas sonrisas. Sorprendentemente, Brigit disfrutó de todo aquello y Ella la vio sonriendo por primera vez, una auténtica sonrisa de oreja a oreja. Haber ganado aquel huevomundo parecía hacerla feliz.

Ella se agachó para recoger el cuadrado tejido, que mostraba una imagen del huevo y el número del billete de lotería ganador. ¿Cómo lo había hecho Brigit antes de que Madame Kazem anunciara quién había ganado?

Su propia emoción empezó a desvanecerse mientras Ella observaba a Brigit. Parecía que todos querían ser sus amigos, querían hablar con ella y ver qué había dentro del huevo. En un momento dado, Brigit levantó la vista y Ella trató de mostrarle una sonrisa de apoyo, luchando contra el pozo secreto que le ardía en el estómago.

⋆—⋆—⋆— ASTROGRAMA —⋆—⋆—⋆

Querida Ella:

Por aquí todo va bien, pero te echamos de menos. Y respondiendo a tu pregunta sobre los necrotauros, solo se ven atraídos por los conjuradores. Espero que te sirva.

Te quiere,

Papá

CAPÍTULO NUEVE

CARDENALES Y ASTROGRAMAS

Al día siguiente, Ella se aferró a un vibrante aviso de reunión de Masterji Thakur.

Hora: justo antes del almuerzo
Dónde: vestíbulo de entrada del Arcanum

Ella estaba tan emocionada de poder hablar con él que no pudo evitar contar las horas. Le había escrito un astrograma a papá contándole todo sobre el color de luz de su prodigio, había hecho los deberes dos veces para asegurarse de que lo había memorizado todo bien y luego hizo una lista de preguntas para Masterji Thakur: ¿podría él darle más libros sobre el prodigio de especias? ¿Creía que se estaba integrando bien? ¿Sabía él en qué parangón la colocaría el examen de prodigio a final de año?

—Luces contenta —dijo san Cayetano—, deben ser buenas noticias.

—Todo sonrisas. Nos encanta verte así —aplaudió san Felipe.

Ella no podía molestarse con ellos, no ese día.

—Voy a ver a mi mentor, Masterji Thakur. Tal vez él pueda decirme en qué parangón encajan mis conjuros.

—Que tengas la mejor de las suertes —le deseó santa Catalina.

—Tu madre se sentirá más tranquila ahora que te vas encaminando —le dijo san Cristóbal.

—Eso sí, mantente siempre ojo avizor —le advirtió santa Lucía—, especialmente con tu compañera de habitación. Está tramando algo.

—Sí, sí, lo que tú digas. —Ella les mandó un beso y se sosegaron.

Un ruido resonó en el salón. Ella recogió su mochila y salió de la habitación; más le valía llegar temprano a su cita. Voces y chillidos llenaron el espacio, y Ella vio a Brigit rodeada por las chicas de Hidra y Osa Menor, boquiabiertas con el hermoso huevomundo y sus instrucciones. El anuncio se repetía una y otra vez y hablaba de las cualidades únicas del *malyysvit*. A Brigit se le iluminaban los ojos cuando las chicas le preguntaban por él. Hasta sus antiguas compañeras de habitación estaban allí, y Abina sonrió a Brigit con emoción.

Ella seguía teniendo el pozo en el estómago desde el día en que Brigit lo ganó. Había deseado con todas sus fuerzas uno de esos huevos, y aunque Brigit tenía uno y más gente visitaba su habitación para quedarse embobada con él, no parecía que ella les interesara lo más mínimo.

Brigit se puso de pie y gritó su nombre.

—¿Qué? —La ira de Ella era más que perceptible.

—El huevo ya está cambiando de color.

—¡Odio esa chorrada! —Mintió Ella.

La sonrisa de felicidad de Brigit se desvaneció y los ojos azules se le llenaron de dolor.

Ella salió disparada del dormitorio. Si volvía a escuchar algo más sobre el dichoso *malyysvit* se pondría a gritar. Se abrió paso a través de grupos de nivel cuatro y mantos de color púrpura, intentando contener las lágrimas. Se dirigió a los invernaderos y se encontró con niveles tres saliendo de sus laboratorios estelares.

Pasó como un rayo al lado del Dr. Winchester.

—Disculpe, señorita Durand, pero correr por los pasillos está sancionado. —Apretó sus labios arrugados y le frunció el ceño.

—Pero...

—Eso es otra sanción por insubordinación. Debes hacer lo posible por adaptarte a nuestras costumbres o no llegarás muy lejos. —Se alejó, dejando a Ella sin palabras y aún más frustrada. Había otros niños corriendo por el pasillo a los que no detuvo.

Finalmente llegó al vestíbulo del Arcanum y se plantó en el sello dorado del Instituto, la estrella de cinco puntas. Intentó dejar de estar irritada contemplando el magnífico techo, donde las constelaciones se mezclaban con formas de animales. Empezó a nombrarlas: Orión, Vulpécula, la Lira, el Cisne, Bootes...

—Buen trabajo, Ella. Ya conoces las griegas, y ya mismo pasarás a las mansiones lunares chinas y mucho más. —Masterji Thakur la recibió con una cálida sonrisa—. Me alegro de que hayas podido venir. —Le hizo un gesto para que se acercara a las puertas de entrada del Arcanum—. Sígueme, vamos a emprender una aventura.

—¿A dónde?

—Quiero enseñarte algo, ya lo verás... pero lo primero: ¿qué te está pareciendo el Arcanum? —Se dirigieron al exterior y recorrieron el camino principal.

—Bien, bien —le respondió rápidamente. No quería darle la impresión de que no era capaz de llevar el trabajo o de que acababa de tener una pelea con su compañera de habitación. Aceleró el paso, temiendo soltar algo más, y levantó el cuello para ver todos los laberintos de setos de florilunas y estelanzanas. Diciembre se acercaba, y Ella se preguntó si habría nieve allí arriba. Había leído en algún sitio que cuando el Instituto se situaba sobre lugares tropicales, los terrenos se llenaban de palmeras.

—Comprarse un par de zapatos nuevos puede estar «bien, bien», Ella, pero esto es el Arcanum. Se supone que tiene que ser soberbio, magnífico.

Ella se repuso.

—Sí, quiero decir... claro que lo es. Me encanta, y me siento muy afortunada de estar aquí.

Él se frotó el bigote.

—Hmmm... —caviló de la misma forma que papá cuando sentía que no le estaba diciendo toda la verdad—. Bueno, yo me sentí igual cuando llegué aquí por primera vez, estaba que no quería irme. Eso sí, no fue del todo fácil cuando los prodigiosos de varios países empezaron a vivir juntos. Hubo mucho roce, claro: al final había que combinar muchas tradiciones diferentes en una sola. —Se rio—. ¿Cómo llevas las clases?

—Me gustan mucho todas, pero la suya es mi favorita —le respondió mientras pasaban por delante de la Fuente de los Fundadores.

—Me halagas. —Hizo una pausa y señaló a los cinco prodigiosos legendarios que sostenían una plataforma—. No es necesario. Si yo fuera un aprendiz, la clase del Dr. Mbalia sería sin duda mi favorita, y después la de la Dra. Ursu. Siempre me han parecido fascinantes los prodigios históricos y elementales.

Ella se enderezó.

—¡No lo digo por hacerle la pelota! Me encantan las especias, de verdad. En casa solía ayudar mucho a mi abuela en el jardín, se me dan muy bien las plantas. ¿Las especias no son plantas secas? Quizá podría ser una Gusto, creo que como conjuradora podría encajar bien ahí.

—Sí, cierto. Aún tenemos tiempo para averiguarlo.

Ella sintió una punzada en el estómago. A veces, cuando pillaba a alguien mirándola fijamente o escuchaba sin querer un trozo de una conversación desagradable le entraban muchas ganas de conocer su parangón. Se sentía como una pieza de un puzle, ansiosa por ver dónde encajaba.

—La administración ha empezado ya a reunirse. Hay que hablar y coordinarse con el Colegio Mayor para absolutamente todo: hay que seguir tal norma y tal otra, no puede alterarse esta tradición ni aquella tampoco, y así. Después del primer Festival de Unión, hace casi trescientos años, tuvieron que pasar cincuenta años para que abriera el Arcanum y nos pusiéramos de acuerdo sobre lo que sería. —Puso los ojos en blanco—. Tardaremos todo el año en decidir cuál es el mejor lugar para los conjuradores. No me cabe duda de que mi elixir de luz determinará el lugar adecuado para ti, pero mientras tanto supuse que tendrías muchas preguntas, así que quiero mostrarte algo que quizás alivie algunas de tus preocupaciones actuales.

Pasaron el Estrellario de color azul celeste, la oficina de correos del Instituto desde donde los mensajeros estelares transportaban sobres y paquetes a todo el mundo prodigiano. Ella se moría de ganas de empezar a llevar allí sus astrogramas en vez de utilizar los buzones del Instituto.

—Es más bonito de lo que imaginaba.

—Sí que lo es. Recibir un astrograma a veces puede alegrarte mucho el día. —Masterji Thakur la condujo por un sendero—. Por aquí.

El camino de entrada terminaba en una enorme columna que se extendía desde el suelo hasta las nubes. Los cinco símbolos de los parangones decoraban su enorme cuerpo y centelleaban como el oro fundido.

—El Cardenal Arcano. —Masterji Thakur contempló la torre con asombro—. ¿Sabías que hay cuatro columnas como esta en todo el mundo?

—No lo sabía. —Ella se quedó mirándola, tratando de averiguar por qué le resultaba tan familiar. ¿Era porque lo había visto en todos los libros que había leído acerca del Arcanum, o había otro motivo?

—Uno en cada ciudad y esta de aquí, claro. Todas son un poco diferentes, pero creo que esta es mi favorita. Es grandiosa.

Ella dio una vuelta alrededor de la base y sintió de nuevo ese tirón del cruce tan familiar.

—¿Nueva Orleans tiene cosas así? —le preguntó él.

Le vino a la cabeza la entrada a las Puertas del Inframundo. En su mente pudo ver a los necrotauros apoyando la espalda contra dos grandes columnas y la que había muy grande frente a la oficina de papá, la Mansión de la Muerte. Le contó a Masterji Thakur todo lo que sabía sobre ellas.

—Muy interesante. Espero poder verlas algún día —le respondió.

—Puedo hacerle una guía completa. —La idea de que su maestro favorito fuera de visita a una ciudad *fewel* le aceleró el pulso.

—Sería todo un honor. —Le dio una palmadita en el hombro—. ¿Sabes algo de cómo surgió el Arcanum?

Ella rebuscó en su mochila y sacó un libro casi tan grande como ella.

—Saqué de la biblioteca *Mil años de luz: una historia del Arcanum.*

Masterji Thakur dio un toque sobre la cubierta del libro.

—El mundo prodigiano guarda muchos secretos, Ella. Algunos de ellos ni siquiera están en los libros.

La sensación del tirón empezó a oprimir a Ella, que se llevó una mano al pecho.

—¿Estás bien? —Masterji Thakur hizo una pausa.

—El Cardenal me hace sentir extraña.

—¿Cómo es eso? —Levantó sus pobladas cejas.

Ella no estaba segura de poder explicárselo a alguien que no fuera un conjurador, pero se sentía segura estando cerca de Masterji Thakur.

—Cuando mi familia baja al Inframundo, siento un tirón. Lo llamamos «el tirón del cruce». Es como si me arrastraran al otro lado —Ella se llevó una mano al corazón—, y es justo lo que siento ahora. Es una sensación muy fuerte.

Él la miró con curiosidad.

—Papá dice que es por las estrellas crepusculares, las del cielo del Inframundo. —Ella levantó la vista de nuevo hacia el Cardenal. Pensó que seguramente sería porque estaba demasiado lejos de casa y su cuerpo todavía se estaba adaptando. Quizá por eso su abuela le decía que no era natural estar allí, a tanta altura.

—Curioso. Muy curioso. —Él abrió y cerró la boca con extrañeza—. Hoy podemos terminar nuestra reunión antes de tiempo si lo necesitas.

—No, no. Quiero saberlo todo sobre la historia del Arcanum.

Él le sonrió.

—Has de saber que la historia es como un manuscrito palimpsesto. ¿Sabes lo que es?

Ella negó con la cabeza.

—Es un documento o un libro en el que se han escrito palabras encima del texto original. Nuestra sociedad es un poco así, pero si miras muy de cerca verás todo lo que otros han intentado ocultarnos. —Le entregó dos libros, *A la luz: la verdad sobre los conjuradores y los prodigiosos,* de Valeria Peaks, y *La historia secreta de los conjuradores en el universo prodigiano,* de Edward Clayton—. Estos dos son de mi biblioteca privada. No los vas a encontrar nunca en la del Arcanum.

Ella pasó los dedos por la cubierta de los libros y le asaltaron miles de preguntas.

—¿Por qué no estarían en la biblioteca?

Masterji Thakur abrió la boca para responder, pero la voz se le atascó y ahogó un chillido.

—No preguntes.

A ella se le revolvió el estómago. ¿Había dicho algo que le hubiera molestado?

La frente se le empapó de sudor y carraspeó un par de veces.

—Bueno, tengo que irme. —Las palabras casi lo estrangularon, y a Ella se le aceleró el corazón.

—¿Se encuentra bien? —le dijo ella en voz alta. Él se enjugó la frente, la saludó con la mano y se apresuró a volver a la entrada.

Ella se quedó mirando hasta que lo perdió de vista. ¿Qué acababa de pasar? No pudo evitar sentir que, de alguna forma, la repentina marcha de Masterji Thakur era culpa de ella.

✦ ✦ ✦ ✦ ✦

Ella intentaba dormir, pero su mente seguía activa. Repasó lo que le había pasado a Masterji Thakur cientos de veces, en bucle. La extraña tos, la forma tajante en la que la interrumpió. Había ido a su oficina, pero nada. Le había enviado más de una docena de astrogramas.

Nada.

En ese momento, todas las preguntas y preocupaciones se revolvían dentro de ella como abejas en una colmena. ¿Había metido la pata? Pensó en contarle a Brigit lo que había pasado, pero seguía absorta en su huevomundo, ajena y todavía enfadada con Ella por cómo la había tratado. Jason estaba muy ocupado y no podía salir porque estaban celebrando el cumpleaños de Grace, su hermana. Estaba sola.

La señorita Paige se asomó a la habitación y apagó las luces.

—Buenas noches, niveles uno. Que soñéis con las estrellitas.

Acto seguido los globos nocturnos entraron en la habitación; sus velitas proyectaban halos sobre todas las cosas como si fueran ojos.

Ella se tapó la cabeza con la colcha de su abuela y los cuadrados enhebrados con hiloluz liberaron un brillo tenue y reconfortante.

—Dulces sueños —la arrulló san Rafael.

—Pareces preocupada, joven. Nada que un buen sueño no pueda arreglar —le susurró santa Catalina.

Ella los mandó callar. *Duérmete,* si dijo. Pensó en enviarle una carta o una nota a la tía Sera para preguntarle si sabía por qué Masterji Thakur se había enfadado con ella, si realmente había sido así, pero se quitó la idea de la cabeza. No quería que su tía supiera que le pasaba algo.

Ella miró las botellas del árbol, que reflejaban la luz de los globos nocturnos. Las ramas florecían con belladona, señal del peligro que se avecinaba. *¿Qué peligro?*, se preguntó.

El sonido de unas pisadas hizo que se diera la vuelta, y casi se le salió el corazón cuando vio a Brigit vistiéndose a oscuras y recogiendo su mochila. ¿Qué estaba haciendo?

Brigit miró a su alrededor y espantó a uno de los estúpidos duendecillos de Siobhan del baño antes de acercarse de puntillas a la cama de Ella.

Ella cerró los ojos, fingiendo dormir, pero sintió cómo Brigit se inclinaba sobre ella.

—Adiós —le susurró Brigit con suavidad, y entonces escuchó el sonido de sus pasos yendo hacia la puerta.

¿A dónde se iba?

En cuanto Brigit salió de la habitación, Ella contó hasta diez y se quitó el edredón de una patada.

—Vuelve a la cama ahora mismo —le ordenó san Cristóbal.

—Te dije que estaba tramando algo. Bien lo sabemos los santos, Ella —añadió santa María.

Ella los ignoró y siguió a Brigit. Una brisa fría y un globo nocturno fueron tras ella de camino a la escalera de caracol de la torre.

—Vete. —Le dio un manotazo al globo tan molesto, y este se pegó a ella como un perro guardián.

La constelación Hidra centelleaba en el techo, bañando la madera bajo sus zapatillas con pequeñas motas de luz.

Ella se adentró en un largo pasillo, vio a lo lejos un mechón de pelo rubio y largo de Brigit y la siguió. Pasó por delante de varios ventanales gigantescos, tenues faroles estelares y autómatas mudos. Todo el edificio parecía dormido, como si el propio Instituto necesitara recargarse.

Se mordió el labio inferior, sabiendo que debería estar metida en la cama y no tan lejos de la torre de su dormitorio. *Las normas siempre van a ser más estrictas contigo, cariño, tenlo presente,* le habría dicho papá, pero necesitaba ver en qué andaba metida Brigit. Era su amiga, aunque últimamente no se comportara como tal. ¿Y si estaba en peligro?

Se acercó al vestíbulo de la entrada. Los tranvías descansaban en las alturas, junto a sus andenes, sin nada escrito en los carteles de las paradas. Los globos nocturnos iluminaban el techo de cristal, ahora sin constelaciones, y dejaba entrever un cielo sin estrellas. El suave silbido de las farolas resonaba en algún lugar.

Brigit se deslizó hacia la torre del Tacto, escabulléndose por debajo de la enorme mano mecánica que ahora permanecía rígida con la palma abierta. Pasó por delante del heliograma de Indira Patel la Valiente, que sostenía sus dagas en alto.

Ella le siguió el rastro.

Los estudios de arte y danza se alineaban a su izquierda, y los laboratorios lapidarios, a su derecha. Las grúas de origami zumbaban por encima de su cabeza. De repente apareció una luz, el brillo de uno de los autómatas del Instituto, y Brigit dio un giro. Ella se agazapó detrás de una vitrina en la que se exhibían los mejores filos plegables, dobló rápidamente una esquina y sorprendió a Brigit cruzando una puerta abierta en un lateral.

Ella bajó por un sendero de piedra junto al jardín topiario, pasó por delante de la Fuente de los Fundadores y se metió directamente en el Estrellario.

Aquel lugar parecía el cruce entre una casa-nido para pájaros —o una pajarera colosal, más bien— y una oficina de correos. Había muchas puertas pequeñas que se abrían y se cerraban una y otra vez, y de esas ventanas brotaban sobres sostenidos por estrellas diminutas y agitadas. Salían disparados hacia arriba, hacia abajo, a la izquierda y a la derecha, en un millón de direcciones, antes de desaparecer en el oscuro cielo por encima.

Deseó poder encogerse y asomarse a aquellas alcobas en miniatura. Los globos a rayas y los dirigibles dorados se agrupaban en el centro, listos para recibir sobres y paquetes. Una gran torre de reloj se elevaba hacia una cúpula de cristal. Su fachada contenía números y direcciones, y un mapa del mundo parpadeaba en el fondo. Ella contempló todo aquello con admiración. *Guau.*

—¿Por qué me estás siguiendo?

Se dio la vuelta y se encontró con la furiosa mirada azul de Brigit.

—¿Qué estás haciendo? —le preguntó Ella—. ¿Estás bien?

—¿Acaso te importa? Antes no te importaba. —Brigit frunció el ceño.

Ella sintió cómo se le acumulaba la vergüenza en el estómago.

—No quise decir... lo siento.

—Demasiado tarde. —Brigit llevaba un arnés extraño, una mochila del Arcanum llena y tenía un paracaídas recogido en los brazos.

—¿De dónde has sacado eso?

—Lo hice yo. Resulta que hay una sala de tela infinita en los almacenes de suministros de la torre del Tacto.

Ella le empezó a preguntar a dónde se dirigía, pero las miles de puertecitas del Estrellario se volvieron a abrir y una ráfaga de cartas salió disparada de ellas y ahogó su voz. Se agacharon juntas, miraron hacia arriba y vieron el tornado de cartas brillantes que se extendía como un enjambre.

Ella mostró su sorpresa de nuevo cuando el ruido se calmó.

—Bueno, me voy. —Brigit puso los brazos en jarra—. Me da igual que te chives de mí.

—No soy una chivata, pero... ¿por qué? —su padre había removido cielo y tierra para que Ella pudiera estar en aquel lugar tan especial, y no podía imaginarse fuera de él.

—No lo entenderías. —Brigit entrecerró los ojos—. Ya tienes la habitación para ti sola.

A Ella se le encogió el corazón.

—¿Y si te digo que me gusta compartir habitación contigo?

—¿Por qué te quedas? Tú también deberías irte. He oído las cosas que dice la gente de ti y de tu familia.

Ella se estremeció ante la verdad de sus palabras, que le escocieron como una picadura. Demasiado ciertas.

—A veces también me siento así, como si este no fuera mi sitio.

—El mío tampoco. La gente me llama *fewel*... y también As —añadió Brigit y se mordió el labio inferior—. Fue un error. —Se apretó el arnés y luego miró a Ella con dulzura—. Ven conmigo, el tobogán de paquetes nos sacará de aquí. —Levantó el paracaídas—. Me juego lo que quieras a que podría llevarnos a las dos al Puerto.

—¿A Puerto Nebulosa? —Ella trató de no mostrarse sorprendida—. No es tan fácil llegar.

—Dime cómo, entonces.

—Hay que tomar uno de los aerocarriles del Arcanum para bajar a Betelmore, y desde ahí puedes tomar un transbordador celestial hacia los demás muelles. Eso es lo que decía mi libro.

—¿Lo has hecho antes? —Le preguntó Brigit.

—No, pero mi padre sí. Siempre viene y va a ciudades prodigianas.

Brigit levantó las cejas.

—Yo solo quiero ir a Nueva York. Seguro que la señora Mead me sigue buscando.

Ella nunca había estado en esa gran ciudad vertical de rascacielos y taxis naranjas que suben y bajan a los pasajeros, solo había visto imágenes en el televisor *fewel* que la abuela escondía en su habitación para ver historias extrañas por la tarde.

—Si no calculas bien podrías acabar en el agua, puede que con los tiburones —respondió Ella.

—Pero antes de los tiburones... ¡las dos tendréis que cumplir el CASTIGO!

Ella y Brigit se dieron la vuelta.

Era Aries, el astradiano. Llevaba una túnica larga y tenía las orejas en punta.

—No, no, ¡no te acerques a mí! —exclamó Brigit.

La criatura levantó sus patas peludas.

—Solo cumplía órdenes.

—¿De quién? —le espetó ella.

—De los prodictores.

—¿Qué está pasando? —Ella agitó las manos en el aire.

Brigit agitó un dedo delante del rostro de la criatura.

—Tú me secuestraste, tú eres la razón por la que estoy aquí.

Él se encogió de hombros y se volvió hacia Ella.

—Me alegro de volver a verte. —Extendió una pata suave y Ella se la estrechó.

—¡Aléjate de ella! —gritó Brigit.

—Nunca me has hablado de esto. —Los ojos de Ella iban y venían entre los dos.

—¡Nunca me has preguntado! —dijo Brigit.

—Las dos deberíais estar de vuelta en la cama ya. Seguro que los fotoglobos ya os han pillado y han enviado un informe —dijo Aries—. La decana Nabokov no se anda con chiquitas. Se rumorea que solía capitanear un barco pirata antes de venir aquí, y dicen que ha desterrado a aprendices a diferentes periodos del tiempo hasta que han aprendido la lección.

—¿Cómo me has encontrado? —gritó Brigit—. ¿Me estás siguiendo?

—¿Cómo te atreves a acusarme de algo así? Esta semana me toca vigilar, y mi tarea no es precisamente ser niñera de fugitivas. Me encargo de decirles a los mensajeros estelares lo que tienen que hacer y me aseguro de que la torre rosa de los vientos funcione. —Señaló el reloj grande y bello que había en el centro del Estrellario.

Brigit se ajustó el arnés.

—No puedes detenerme.

—Quizá deberíamos volver a la cama —le dijo Ella.

—Vete tú si quieres —respondió Brigit—. Esta es mi oportunidad.

El muñeco de arlequín salió de la mochila de Brigit y le tocó el hombro.

—Brigit —siseó su voz.

—Feste… —La cara de Ella se puso muy roja.

—Brigit, cálmate, por favor —le dijo el muñeco.

—¿Sabes hablar? —Brigit retrocedió, tropezándose.

—¿Tu muñeco está vivo? —Ella recordó cuando le guiñó un ojo.

Feste suspiró.

—Para tu información, no soy un *muñeco,* soy un protector. El suyo, de hecho, llevo con ella desde que nació. —Se irguió un poco más y puso los brazos en jarra—. Soy muy importante.

—¿Qué…? ¿Quién…? No me lo puedo creer… aléjate de mí —gritó Brigit.

—Soy Feste T., a tu servicio. —Se quitó el sombrero en miniatura y se inclinó. Los cascabeles que tenía tintinearon.

Aries rebuscó en sus bolsillos y sacó una pequeña bolsa con una etiqueta que decía «Polvo Duermebién de Nostrum Nook» y se acercó a ellos.

—Odio tener que hacer esto de nuevo. Ella, siento que estés involucrada. Se supone que solo puedo usarlo en casos de emergencia.

—Yo diría que esta es una —respondió Feste a Aries.

—¡No te me acerques más! —Brigit retrocedió.

—Escúchanos, Brigit —dijo Feste—. Te va a encantar este lugar, te lo prometo. Es todo lo que siempre has querido y de lo que siempre me has hablado. Podrás aprender cosas, vivir aventuras y tener amigos de verdad. No todo será un camino de rosas, pero siempre habrá algo bueno esperándote.

La cara de Brigit se puso más roja, casi morada.

—¿Qué está pasando aquí? —preguntó Ella, cada vez más en pánico.

Aries se precipitó hacia las dos y les sopló el polvo en la cara, que cayó sobre sus mejillas como un suave talco para bebés del mismo olor. A Ella se le cayeron los ojos y, por más que lo intentara, no conseguía mantenerlos abiertos. Un cosquilleo le recorrió brazos y piernas y notó esa especie de ligereza de cuando se sueña. Antes de darse cuenta, se había dormido profundamente.

INSTITUTO DE FORMACIÓN ARCANA PARA EMPEÑOS PRODIGIOSOS Y MISTERIOSOS

—Informe de malos comportamientos—

27 de octubre:

A la atención de: Decana de disciplina

Dos niveles uno fuera de la cama después del toque de queda nocturno. Véase la prueba adjunta del fotoglobo. También se tomaron varios heliogramas.

Se enviarán sanciones y avisos de castigo mediante un autómata.

Se solicita un sábado de castigo.

★—★—★— **ASTROGRAMA** —★—★—★

Ella:

Los rotties me han dicho que te has metido en líos. ¿Estás bien?

De:

Jason

★—★—★— **ASTROGRAMA** —★—★—★

Jason:

Puf, me pasó de todo y además me han castigado. Te lo cuento luego en la cena.

De:

Ella

★—★—★— **ASTROGRAMA** —★—★—★

Ella, jovencita:

Me he enterado de que estabas pululando por ahí después del toque de queda. Ya hablaremos. Por favor, ven temprano a mi Taller de Conjuros, necesito verte.

De:

Tía Sera

INSTITUTO DE FORMACIÓN ARCANA PARA EMPEÑOS PRODIGIOSOS Y MISTERIOSOS

—Memorándum del Arcanum—

PARA: Cuerpo docente del Arcanum

DE: Masterji Thakur

Estimados docentes del Arcanum:

Un apunte rápido: sé que habéis estado discutiendo largo y tendido sobre la capacidad de nuestra nueva alumna para adaptarse a nuestras costumbres, pero os aseguro que esta será su casa muy pronto, así que acojámosla con los brazos abiertos. Es una aprendiz encantadora que merece el beneficio de la duda y nuestra comprensión. Ella os profesa un respeto profundo, y creo que deberíamos corresponderla de la misma forma.

Un saludo,
Masterji Thakur

EL MEJOR ESPECTÁCULO DEL CIELO

Contempló la ciudad de Betelmore desde la ventanilla del tranvía aéreo. No había cambiado gran cosa en los once años que Gia había estado fuera. Siempre navegaban por los cables de aquel lugar como un caldero decorado con halcones enjoyados, pasando por encima de los tejados de las casas con torreones y de las pintorescas tiendas, todas apretujadas unas contra otras como caramelos en una bolsa. Solía haber vallas publicitarias con heliogramas que iluminaban el cielo y reflejaban todo el entretenimiento que aquella ciudad podía ofrecer. Su espectáculo solía ser el más grande, y había un barrio entero de la ciudad dedicado solo a ella. Casi podía escuchar de nuevo los aplausos.

El tranvía aéreo se dirigió hacia la última parada de la línea carmesí. Solo quienes tuvieran el suficiente valor se aventurarían a entrar en los barrios bajos a esas horas.

Unos cuantos policías prodigianos esperaban en el andén con sus luces estelarias en alto para ver de cerca a los pasajeros que salían. La multitud se espesó como un pudin casero cuando se deslizó entre ellos.

—Nombre, por favor.

—¿A dónde se dirige?

—¿Motivo de la visita?

El coro de interrogatorios rebotó en las paredes de la estación, y las mentiras que les soltó calaron con facilidad. Imitó la voz de una de las niñeras que la cuidaron tras la muerte de su padre, una voz suave, melodiosa, casi frágil, y luego se rio para sí misma cuando la dejaron pasar.

Gia bajó los grandes escalones de hierro que conectaban los andenes superiores de los tranvías con las calles de abajo. Sus pies casi bailaban al contacto con los adoquines. Giró a la izquierda y desapareció por la escalera más cercana que conducía al segundo nivel de la ciudad.

Los barrios bajos tenían un aspecto anodino que claramente decía *sigue adelante si no sabes a dónde vas*. Sus destartalados escaparates se inclinaban en ángulos extraños, como huesos dislocados. Un goteo de melodías de instrumentos de viento la saludó desde un bar clandestino cercano mientras los conjuradores tocaban para una multitud alegre, y la nariz se le llenó del glorioso aroma de los dulcehadas. Las anchas calabazas otoñales se asentaban en los alféizares mientras los compradores tardíos entraban y salían del Emporio de Encantamientos Endiablados, del Almacén de Asombros Abyectos o del Mercadillo de Maleficencias y sus puestecillos llenos de baratijas que auguraban oscuras promesas.

Hacía mucho que no recorría aquella ruta, pero sus pies recordaban el camino. Solía haber señales en forma de diamante que indicaban por dónde ir, una fila a lo largo de la manzana y un músico ambulante, su favorito, llevando a los curiosos hasta su Circomedia. Todo aquello solía pertenecerle.

Gia se paró ante la puerta. El cartel del Circo Ambulante de la Troupe Trivelina y el Imaginario de Ilusiones se había desvanecido, y los restos de las letras eran apenas un borrón. A su lado, los heliogramas del cartel estaban congelados, y las proyecciones de sus diferentes personajes y actos, quietos y en silencio. Una advertencia del gobierno en una nota reflejaba una amenaza:

PELIGRO: PROHIBIDO ENTRAR.

Esta zona ha sido declarada restringida de acuerdo con el artículo 2356 de Actos Ilícitos Prodigiosos. Se prohíbe terminantemente la entrada. Multa de hasta 3000 drams de oro y dos meses de trabajos forzados en las Cartas del Destino Fatal.

Gia se rio a carcajadas.

—Me juego lo que sea a que no pudieron evitar que mis fans vinieran a presenciar mi regreso.

Miró a la izquierda antes de sacar un alfiletero del bolsillo del abrigo; luego se pinchó el dedo y dejó que una gota de sangra cayera sobre los irregulares adoquines. Un fino halo se extendió ante ella como la superficie de una burbuja y atravesó el Circomedia. La ilusión que había creado su padre se había mantenido a lo largo de los años, y nadie podía ver a través de aquel velo a menos que ella así lo quisiera. Solo quienes tenían sangre de la familia Trivelino podían revelar sus secretos.

Aquel lugar irradiaba belleza. Diamantes rojos, blancos y negros, una gran *piazza* con una taquilla en el centro y una góndola que esperaba para llevarla al interior.

Todo estaba tal y como lo había dejado once años antes del accidente: el cauce de entrada de espejos, el canal de agua que rodeaba la carpa, las paredes de atracciones metidas en el anfiteatro circular y los escenarios flotantes.

Una vez en su camerino pasó los dedos por todo: sus muchos rostros seguían colgados de ganchos: algunos morenos que le sonreían, otros más oscuros y hermosos, algunos blancos y enfadados, otros tantos oliváceos y ansiosos, y todos a su disposición; botes de polvo facial blanco como la tiza y pintura de labios sangrienta en su tocador; las pociones de imitación de su padre en estantes escalonados, brillando en la oscuridad; y el cartel con su nombre artístico, el *As de la Anarquía*, mirándola.

Se sentó en su escritorio y sus piernas reconocieron los huecos del asiento. Vio un retrato familiar de su madre, de ella y de un bebé regordete que jugaba a esconderse entre sus piernas. Parecía que habían pasado cien años en vez de once.

—Te estaba esperando. —Una voz surgió del techo. Gia miró hacia arriba y descubrió la blanca mirada de un astradiano entre las vigas.

—Ya es hora de abrir la cripta y desatar el caos —le respondió ella.

★—★—★— ASTROGRAMA —★—★—★

¡Ella!

¡No abras mi armario bajo ninguna circunstancia!

He encerrado dentro nuestro «problemilla». Ya nos ocuparemos de él más tarde.

Brigit

★—★—★— ASTROGRAMA —★—★—★

Ermanita:

Te quiero.

Techo muncho de menos.

Quiero que vuelvas.

Cuéntame del cole, porfi.

Winnie

★—★—★— ASTROGRAMA —★—★—★

Ella:

¿Es verdad que tienes una luz maligna dentro?

De:

Nunca lo sabrás

CAPÍTULO DIEZ

MARCAS DE CONJURACIÓN Y APARICIONES

Ella estaba en la sala de conjuros de su madrina, en la torre del Temple, antes de su primera lección del año, esperando a que la regañasen por haberse ganado un castigo.

—¿Qué te parece? Es como estar en casa, ¿verdad? —Observó cada movimiento de Ella—. Me obligaron a rediseñarlo mil veces hasta que consideraron que encajaba con la «cultura» del Arcanum. Quería un velo para poder practicar los cruces, habría pedido que se forjaran anillos para los aprendices, pero no, no estaban preparados para todo eso. De hecho, me aplazaron muchas cosas; al parecer, todo tiene que «recibir una aprobación previa». Llevo casi un mes detrás de los demás instructores.

»En fin, al menos tú empiezas en el mejor día del año: Halloween.

Ella miró a su alrededor.

Se sentía como si estuviera en la guarida acogedora de un conjurador. Tres grandes árboles se extendían por el espacio, sus ramas se entrelazaban sobre un techo de paja y las botellas de cristal colgaban de las ramas como estrellas de colores. Un trío de tocadores contenía aceites, polvos y raíces secas, y un cuarteto de armarios de obsidiana exhibía plantas y hierbas del Inframundo.

En las paredes se alineaban unas puertecitas, cada una de ellas marcada con un símbolo y un nombre, entradas a oficinas de espíritus dispuestos a recibir ofrendas y cumplir sus deseos. Una ínfima parte de ella echaba de menos a mamá, a la abuela y a papá… incluso a Winnie.

Una boa de dos metros se descolgó de una de las ramas del árbol de botellas y le sacó la lengua a Ella.

—Echi, pórtate bien —le ordenó la tía Sera—. Se alegra mucho de verte.

Ella dejó que la serpiente le lamiera la mejilla. Estaba acostumbrada a todo tipo de compañeros de conjuración, como gallos, perros y lagartos, pero las serpientes siempre le daban un poco de miedo al principio, al menos hasta que se acostumbraba a ellas.

—Tu madre y yo nos hemos preguntado cuál será el tuyo. Hemos hecho apuestas, y ella dice que no quiere que aparezca un ratón —dijo con una sonrisa.

—No seas mala con los ratones —le respondió Ella. Los ratones eran útiles si entablabas amistad con ellos. Disfrutaban con muy poco: un trozo de queso o un terrón de azúcar solía ser suficiente.

—¿Dónde están las mesas de trabajo? —Ella señaló un círculo de mullidos cojines.

—Las he quitado de en medio hasta que nos hagan falta. Obstruyen la energía, aquí todo está muy cargado.

—¿Y los adornos de Halloween? Todos los demás instructores los tienen.

—Ah, sí, ya decía yo que se me olvidaba algo. —Dio una palmada—. Cierra los ojos.

Ella obedeció y escuchó a su madrina respirar profundamente y comenzar a recitar. Ella se sintió aliviada y como si estuviera de nuevo en casa, rodeada de la música de su familia.

—Ya puedes abrirlos, cariño.

Ella inspeccionó los añadidos, las pequeñas calaveras y calabazas esparcidas.

—¿Me das el visto bueno, entonces? Quiero causar la mejor impresión posible para ambas partes.

Ella asintió y le sonrió.

La tía Sera alargó la mano hacia un enrejado de conjurrosas, acariciando los hermosos pétalos negros.

—No les gusta estar fuera del Inframundo o lejos del calor.

Ella aspiró su aroma almizclado.

—Y hablando de eso —continuó la tía Sera—, ya que te tengo aquí tan temprano... ayúdame a llevar este bebé quassia al rincón antes de que se arme un revuelo cuando llegue tu clase. —Levantó una maceta de la mesa como si fuera un huevo frágil—. Esta me está dando problemas.

El tallo de la planta se curvó en una sonrisa invertida fuera de la tierra. Las flores rojas en forma de triángulo eran campanas colgantes que siseaban y se retorcían con una energía volátil. La abuela llamaba «plantas cálidas» a aquellas peligrosas e irritables plantas y las mantenía en una zona separada del jardín y del invernadero, cada una en una jaula propia, como pájaros con mal genio en una pajarera en cuarentena. Normalmente no deberían salir de los campos del Inframundo salvo para asuntos serios de conjuración.

A Ella no le gustaban aquellas plantas, le daban miedo y sentía que su energía y su voluntad hacían que fuera difícil trabajar con ellas.

—Quassia— susurró—. Puede usarse como una raíz amenazante para controlar a un cónyuge, pareja o hijo. No es muy agradable.

—La verdad es que no, es bastante desagradable —le respondió la tía Sera—, pero es necesaria para aprender y para clasificar todas las plantas del Inframundo. Trabajaremos con ellas en noviembre.

Ella ayudó a su madrina a acunar la planta y dieron pequeños pasos juntas.

Echi bajó del árbol, asustando a la quassia. Las flores de la planta se multiplicaron y se estiraron hasta convertirse en enormes dedos que intentaron agarrarle la mano a Ella, que retrocedió de un salto.

La planta cálida creció hasta el techo.

—¡Tía Sera! —Ella esquivó sus viscosas flores.

—Vamos a controlarla juntas —gritó—. Intenta alcanzar su voluntad.

Ella trató de despejar su mente del miedo el tiempo suficiente como para escuchar la fuerza vital de la planta, que chasqueó sus garras rojas apuntando en su dirección.

—Concéntrate —escuchó decir a su madrina.

La calidez del conjuro la llenó y percibió la energía volátil de la planta junto a ella.

—No puedo —balbuceó, y e intentó recitar el canto.

La tía Sera empezó a cantar y Ella repitió su melodía.

Los dedos de la planta cálida retrocedieron y se encogieron hasta alcanzar el tamaño de una guindilla. El tallo se encogió dentro de la maceta, curvándose como un perro con el rabo entre las patas. El siseo se convirtió en un gemido, como si lo lamentara.

La tía Sera le besó la frente sudorosa a Ella.

—Bien hecho, pequeña conjuradora. Y cambiando de tema, ¿tengo que decirte algo sobre lo de pulular por ahí de noche? ¿Lo del castigo?

A Ella todavía le zumbaba todo el cuerpo por su enfrentamiento con la quassia y no quería hablar de nada.

—¿O quizá del hecho de que has acumulado ya bastantes sanciones? —Le reprochó—. ¿Qué pasa?

Ella nunca hubiera imaginado que tendría siquiera una sola sanción.

—Por favor, no se lo digas a mamá y a papá.

Sentía la mirada inquisidora de su madrina como una plancha para el pelo que se le acercaba peligrosamente a la oreja.

—Eso dependerá.

—Fue por culpa de mi compañera de habitación, Brigit.

—¿Te lio ella?

—No, señora.

—¿Te lanzó un hechizo hazmecaso?

—No, señora.

—Entonces no culpes a nadie más que a ti misma. No deberías haber salido de la cama. ¿Por qué andabas husmeando por ahí?

Ella miró al suelo.

—Metí las narices donde no me llamaban.

—Ajá.

—Aunque quizá se hayan olvidado, aún no he recibido el aviso de castigo.

—Más quisieras, corazón. Les pedí que lo retrasaran para que pudiéramos hablar primero y averiguar qué te pasaba. Ese aviso te llegará en cualquier momento. —La tía Sera se besó el dedo y le dio un toquecito a Ella en la nariz—. Y hablando de gente entrometida, tu madre quiere un informe sobre tu marca de conjuración.

—¿Tan pronto?

—No quiere perderse nada. El trato fue que yo le enviaría informes periódicos y ella no te daría tanto la lata, y así ha sido.

La tía Sera le mostró su marca propia; las hermosas raíces negras se deslizaban por su piel. Ella pasó un dedo por una de ellas, sintiendo el calor y la hinchazón de sus conjuros.

—No ha cambiado nada. —Ella se dio la vuelta. Las Baptiste no recibían un *no* por respuesta.

Su madrina le recogió el pelo e inspeccionó la marca en el cuello.

—Eso es porque no estás practicando. Cuanto más lo hagas, más se abrirá y atravesará tu piel. Además, deberías estar trabajando en trucos y hechizos por tu cuenta en tu habitación.

—Es que no quería que todo el mundo me hiciera preguntas o se quedara mirando. —Ella se mordió el labio inferior—. ¿Crees que a los demás aprendices les gustará aprender sobre nosotros?

—Si son de mente abierta, sí. Nuestras habilidades no son tan distintas, no tanto como lo pintan. Es solo que no lo entienden, lo tachan de ser algo malo sin saber nada.

—En sus manuales dice que solo se debe canalizar la luz buena, y alguien me mandó un astrograma anónimo preguntando si tenía luz maligna dentro de mí.

—Tienen miedo, son cortos de miras.

Le contó a su madrina lo sucedido en su clase de canalización con la Dra. Bearden y también le habló de la luz negra con su núcleo violeta y blanco.

—Un crepúsculo precioso y lleno de poder. Intentan etiquetarnos y avergonzarnos. Cuando nos esclavizaron, nuestros talentos y habilidades se adaptaron a base de torturas, y después de haber obtenido la libertad hubo más miedo todavía. Aguantar todo eso deja huella. Conjurar es un cruce agridulce entre esperanza y rabia, pero aun así está lleno de bondad. Todos los conjuradores vivimos suspendidos, desde Nueva Orleans hasta La Habana, pasando por Cartagena y Bahía, y todos lo saben. Una fruta que se ha caído sigue siendo dulce, cariño.

—Pero me siento diferente al hacer las cosas como las hacen los demás —dijo Ella—, como cuando estiras demasiado los músculos. No sé explicarlo.

—No lo hagas como ellos, sigue haciéndolo como nosotras hacemos las cosas. —La tía Sera se acercó más a ella—. Que sepas que hoy todo va a ir genial. —Le levantó la barbilla—. Tenemos sangre en la raíz y no hay nada de malo en ello. Lo único malo es lo que nos ha pasado, pero aquí encontraremos nuestro lugar. Cualquiera de los parangones será mejor contigo dentro.

Las palabras de su madrina la reconfortaron, llenando los huequecitos que habían dejado todas sus preocupaciones y preguntas.

Un dirigible campana flotó en la habitación e hizo sonar un timbre diminuto.

—Por favor, no se lo digas a mamá.

La tía Sera asintió.

—¿Lista?

—Por supuesto. —Ella sonrió por primera vez ese día.

Los pasillos de la torre del Temple se habían llenado de energía en el cambio de clase y los aprendices perseguían las nuevas decoraciones de Halloween que aparecieron por todo el Instituto. Globos cubiertos de calaveras dejaban caer monedas de chocolate de parangón, turrones de nubes tormentosas y estrellas de jengibre en forma de espiral, y las calabazas sostenían cajas de dulces llenas de galletas de animales serpenteantes.

El heliograma del fundador Shaui Chen le dio la bienvenida a todo el mundo. Sus nubes llenas de luz giraban alrededor de un enorme corazón mecánico que colgaba del techo, y las habitaciones se desbordaban con engranajes que giraban. «¡Verdades late el corazón! Entrad en la torre del Temple, un lugar para sentir más que nunca». Su risa caótica resonó por toda la torre.

La madrina invitó a entrar a los aprendices que había en el vestíbulo.

—Bienvenidos, bienvenidas. Buscad un cojín y reclamadlo como vuestro —anunció.

Ella hizo un triángulo de cojines en el centro y le hizo un gesto a Jason para que se acercara.

Brigit se quedó en la puerta y Ella se le acercó.

—Hola.

—Hola. —Brigit frunció los labios y apartó la mirada.

—Oye, lo siento.

—Yo también —le respondió y se llevó la mano a la oreja de Ella—. ¿Has recibido mi nota? Tenemos que encargarnos de esa *cosa* de mi armario. Cuando te fuiste fingí que no estaba enfadada con él y lo encerré dentro.

Ella pensó en Feste encerrado. No sabía qué iban a hacer con él.

—¿Te sientas con nosotros? —Ella señaló los cojines libres junto a Jason y Brigit se dejó caer en uno de ellos.

A pesar de las órdenes de tía Sera, la habitación se convirtió en un caos.

Pensó que su madrina podría utilizar los silencioglobos al igual que hacían otros instructores, pero en el fondo deseaba que los demás aprendices respetaran a su madrina lo suficiente como para callarse cuando pidió silencio la primera vez. Ella sabía que no debía molestar cuando los adultos hablaban.

La tía Sera dio una palmada y las velas se apagaron, sumiendo la habitación entera en la oscuridad.

Los aprendices gritaron.

Una vela se encendió bajo el rostro de la tía Sera, proyectando un brillo anaranjado sobre su piel morena.

—Veo que ya tengo vuestra atención.

Nadie dijo ni «mu».

—Como hoy es la víspera de Todos los Santos para algunas personas, Halloween para otros y el Día de Muertos para muchos, comenzaremos nuestra primera lección de conjuración del año hablando sobre el Inframundo—. Abrió los brazos de par en par. Uno de sus mapas de conjuración se levantó de su escritorio y flotó sobre el grupo sentado, extendiéndose sobre sus cabezas como una enorme manta negra enhebrada con la luz de las estrellas—. Las Artes Conjurales se basan en el *cruzar*, en el movimiento, en el trabajo, en la mezcla de aguas que llevó al cruce entre la vida y la muerte y a través del dolor.

—¿Agua? ¿Es una sirena en secreto o algo así? —le gritó alguien.

Jason puso los ojos en blanco y Ella ocultó su sonrisa.

La tía Sera se rio.

—Más quisiera. Ella, ¿no sería un nuevo talento de conjurador increíble?

Ella le dedicó una sonrisa a su madrina.

—Pero no, por desgracia, no. Me refería a la travesía de los africanos occidentales hacia el Nuevo Mundo, el Caribe y Sudamérica, durante la trata transatlántica de esclavos. Ese período y los varios cientos de años que le siguieron ejercieron una presión sobre nuestros dones y cambiaron nuestros prodigios, por así decirlo. Algunos fuimos capaces de restaurar nuestros dones y lograr que fueran como antaño, pero otros muchos no lo consiguieron.

—Mi mamá me dijo que los jamaicanos no son conjuradores —dijo una chica llamada Charisse.

—Hay conjuradores en todo el mundo —la corrigió la tía Sera—. ¿Seguimos?

El mapa se iluminó y la emoción se extendió por la sala. Ella se sintió más tranquila.

El mapa desplegó su contenido: las llamas de las almas, diminutas como cerillas, de camino hacia las puertas de cada lugar de ultratumba, el cielo crepuscular y sus estrellas, todas las sendas de los muertos, llenas de Altos y Bajos Caminantes, los dos necrotauros en la puerta principal, los campos de flores y mucho más.

—Hala —escuchó a alguien decir en voz baja.

—Qué guay —respondió Jason.

—¿Y tú puedes ir ahí? —Brigit se acercó más.

—Es una pasada —susurró Ella en respuesta.

—Esta zona del Inframundo es como un limbo entre la vida y la muerte, un lugar en el que las almas comienzan su viaje hacia su lugar de descanso final. Hace muchísimo tiempo, los *no-fewel*, como se les solía llamar, encargaron la responsabilidad divina de encargarse de los muertos a los conjuradores, y sus dones construyeron este lugar. Pensad en él como un gran centro de tránsito. —Utilizó un largo puntero luminoso—. Hay muchas entradas y salidas, así como puertas a todos los más allá.

Ella no pudo ocultar la gran sonrisa que se le dibujó en la cara. Se llenó de orgullo al escuchar a su madrina hablar de aquel lugar tan importante para ella, un lugar donde vivían sus antepasados y del que se encargaba su papá.

—¿Por qué esos sombreros tan estúpidos? —preguntó Abina.

La rabia se apoderó de Ella.

—No son estúpidos.

Brigit fulminó a Abina con la mirada, pero aun así hubo algunas risas.

—No usamos esa palabra —la corrigió la tía Sera de forma diplomática—. Los que tienen sombreros de copa cortos son los Bajos Caminantes, que se entrenan para convertirse luego en Altos Caminantes, los de los sombreros de copa más grandes. Los Altos Caminantes se encargan de guiar a las almas hasta su última parada y de mantener la puerta al Hades, a los Campos Elíseos, al Annwfyn, al Yomi, al Mictlán, al Guinee y a otros lugares. Hay que cuidar y patrullar millones de puertas y asegurarse de que nada ni nadie se escape.

—¿Qué es ese edificio grande del centro? —preguntó Samaira—. El que tiene la columna delante.

—La Mansión de la Muerte, el lugar del Gran Caminante, el hombre a cargo del Inframundo…

—¿Quién? —interrumpió Evan.

—Su excelencia, el señor Sébastien Durand, el padre de una de las nuestras, Ella Durand.

A Ella se le encendieron las mejillas cuando toda la clase la miró. Por primera vez vio algo de asombro mezclado con sospecha y cautela.

—¿No es malvado? —gritó Clare—. Es lo que dicen todas las cajas de noticias.

—¿Te crees todo lo que dicen las noticias? —suspiró Jason.

Ella apretó los puños, preguntándose cómo podía pensar alguien que su padre era malvado.

—No hay nada malo en este lugar ni en la gente que lo habita —dijo.

—Ella tiene razón —indicó su madrina de forma comedida—. El Inframundo no es malvado ni malo, no es el infierno, aunque algunas de las puertas conduzcan a distintas versiones de ese castigo eterno...

—¿Pero no se hizo allí la prisión de las Cartas del Destino Fatal? ¿No es para la gente malvada?

—Sí...

—¿Pero dónde? —presionó aún más.

La tía Sera respiró hondo y les explicó.

—Los prodigiosos que han cometido crímenes residen en esa poderosa baraja de cartas de conjuro. Están hechas con los hilos de la muerte y actúan como recipientes o contenedores. Una vez sentenciados, cruzan al interior de la carta y se les retiene allí para siempre o hasta que se les libere.

Más manos se lanzaron al aire, llenas de preguntas.

—Os lo explicaré todo, ya mismo llegaremos. Paciencia, paciencia. —La tía Sera utilizó su puntero para resaltar las cordilleras del Inframundo.

—Quizá si explicara las cosas con claridad no tendríamos tantas preguntas —murmuró Clare.

Ella volvió a encenderse.

—Ignóralas —le susurró Brigit, pero Ella sabía que no lo entendía.

—¿Perdón? —La tía Sera enarcó una ceja. Parece que por fin habían agotado su paciencia.

Ella se preparó, pero no hubo respuesta.

—Sigo, entonces. —Se giró de nuevo hacia el mapa—. Estas montañas están llenas de polvo estelar crepuscular que ha caído y se ha endurecido sobre la roca durante millones de años. Su transmutación ha dado lugar a un montón de tecnología increíble...

—Eso es mentira —la desafió Lian—. Mi padre dice que tenéis un plan secreto.

—El mío dijo lo mismo —añadió Evan.

Ella se levantó de un salto, como si se hubiera tragado un rayo. El mapa se elevó más para evitarla.

—Os equivocáis.

—Ella —dijo su madrina—. Gracias, pero ya basta. —Se volvió para mirar a Lian y a Evan—. Mi único plan secreto es decir la verdad. Estaré encantada de contárosla cuando queráis.

La tía Sera dio una palmada.

—Bueno, creo que ya es suficiente mapa por hoy. —Le puso una mano a Ella en el hombro—. En su lugar, creo que es mejor que os cuente una historia de miedo; al fin y al cabo, estamos en Halloween. Ella, ¿puedes traerme el llamatarro de mi escritorio?

Ella intentó calmarse mientras seguía las instrucciones de su madrina. Durante las vacaciones, Ella había visto a su abuela crear esos llamatarros para colocarlos en los porches, altares y ventanas. Sus sartenes humeaban con dientes de león, tabaco, madera de agáloco y bocado de diablo, listas para dar la bienvenida a los espíritus que quisieran cruzar y tomarse un tentempié.

Un silencio incómodo se instaló en la habitación. Jason le hizo un gesto con el pulgar hacia arriba y Brigit fulminó con la mirada a todo aprendiz que susurrara.

—No me voy a limitar a contaros una historia y ya. ¿Qué gracia tendría? Siempre hay varias perspectivas... y la verdad. —La tía Sera tomó el frasco que Ella sostenía y le hizo un gesto para que se quedara a su lado—. ¿Será la dama de la ciénaga? ¿El hombre hambriento, que llama a todas las puertas hasta que alguien le deja entrar y comer? ¿Tal vez Mabel la asesina, que lleva la perdición a los amantes del carnaval en el barrio francés? Cualquiera de esos espíritus tendrá algo que contarnos.

Las voces recorrieron la habitación.

—¿A quién traemos? —le susurró la tía Sera y le guiñó un ojo.

—A la dama —dijo Ella.

—La dama de la ciénaga, de la que se rumorea que domina a todas las bestias del pantano. —Levantó un trozo de papel—. ¿Quién tiene buena letra? —Eligió a Ousmane para que escribiera el nombre completo de la dama, y luego tomó el papel, mojó el borde en una vela de oración cercana y la vio encenderse—. Ousmane, ¿me ayudas?

Él se puso en pie. La tía Sera le entregó a Ella el llamatarro y dejó caer el trozo de papel ardiendo dentro.

—Enrosca bien la tapa.

Los ingredientes del tarro se calentaron, chisporrotearon y se arremolinaron formando una tormenta oscura en miniatura.

—¿Qué está pasando? —gritó Clare.

—Ya viene —le respondió tía Sera.

A Ella le dio un vuelco el corazón y la emoción la desbordó.

La oscura tormenta se calmó. Tía Sera tomó el frasco de las manos de Ousmane y desenroscó la tapa, liberando un humo que adquirió la forma de una mujer negra vestida de blanco.

—Dama de la ciénaga, le pedimos humildemente que nos cuente una historia en esta víspera de Todos los Santos. No dude en contarles la verdad de todo lo que dicen. —La tía Sera hizo una reverencia.

La mujer extendió los brazos y respiró profundamente.

—Si dejan que ellos lo cuenten, yo seré la villana, pero no sabéis todo lo que pasó. Prestadme atención.

⋆—⋆—⋆— ASTROGRAMA —⋆—⋆—⋆

Ella:

La luz buena es la blanca, y no la tuya.

De:

Nunca lo sabrás

CAPÍTULO ONCE

CASTIGO

La escarcha de noviembre cubría las grandes ventanas de la habitación de Ella y Brigit y la señorita Paige les dejó un flotafuego. Ardía con fuerza, crepitando con su calor mientras se movía por la habitación. Después de ducharse y de ponerse su toalla favorita en el pelo mojado, Ella sacó las manotrenzas que su madre le había dejado y se dejó caer en la cama.

Brigit levantó la vista de las tareas atrasadas que se acumulaban en su escritorio.

—¿Qué haces?

—Me arreglo el pelo —respondió Ella.

—¿Eso es...?

La tapa se abrió de golpe.

—Sí. —Ella sacó un frasco de aceite de coco y un bote de gel de otro compartimento, roció unas gotas de aceite en las manotrenzas y estas se despertaron, sobresaltadas, estirando los dedos y haciéndose crujir los nudillos.

—Nunca te había visto hacer eso. —Brigit se levantó de la cama.

—Eso es porque no has prestado mucha atención.

Ella se quitó la toalla y una réplica perfecta de las hermosas manos castañas de su madre se dirigió hacia su espesa cabellera, dividiendo y peinando sus rizos en zigzag.

Ella ignoró la mirada de Brigit y sacó el último astrograma que había recibido de Masterji Thakur.

Querida Ella:

Gracias por haberme escrito. Todo bien, pero será mejor que dejemos las reuniones por ahora.

Espero que te estén gustando los libros que te di. Tengo ganas de que me cuentes qué te han parecido.

Nos vemos en clase.

Masterji Thakur

A pesar del mensaje, se sentía preocupada.

Brigit se acomodó en el filo de la cama, sin dejar de mirarla. Ella quiso decirle que era de mala educación sentarse en la cama de otras personas... bueno, eso decía la abuela. También era de mala educación mirar a alguien fijamente. Suspiró y dejó el astrograma en el suelo.

—¿Nunca has visto a nadie arreglarse el pelo?

—Sí, pero... no con unas manos flotantes.

—Es por un conjuro. Puedes hacer copias de manos en una peluquería o en un salón de belleza. Mamá las entrenó, y gracias a eso siempre tengo el pelo perfecto. —Todo el proceso le hizo echar de menos a mamá. El aceite olía a ella, y la sensación era tan familiar que casi pensaba que se la encontraría allí si se daba la vuelta.

Una sonrisa tímida se abrió paso en la comisura de los labios de Brigit, y Ella intentó cambiar de tema.

—¿Qué vamos a hacer con...? —Ella señaló el armario de Brigit—. *Eso.*

Había estado pensando en qué harían con Feste. Se sentía mal porque llevaba semanas ahí encerrado.

—No podemos fiarnos. He intentado hablar con él, pero miente. —Brigit se cruzó de brazos—. Quizá deberíamos dejarlo ahí para siempre.

—O quizá deberíamos hacerle algunas preguntas. —Ella se inclinó hacia adelante para mirar la puerta del armario, pero las manotrenzas le dieron un tirón del pelo para recordarle que debía estarse quieta—. Podríamos intentar averiguar quién te lo dio.

—No lo sé. — Brigit se levantó y se puso a andar.

Las manotrenzas terminaron de peinar a Ella y cerraron la cremallera de su funda.

—Te queda muy bien el pelo así. —Brigit se quedó mirando sus dos trenzas gruesas.

—Gracias. ¿Estás lista?

—No.

—Venga.

—Bueno. —Brigit respiró hondo.

Se dirigieron de puntillas al armario y pusieron la oreja contra la madera.

—¿Oyes algo? —preguntó Brigit.

La puerta se agitó y sonó una campanilla.

—¡Dejadme salir! —chilló una voz.

Ella y Brigit dieron un salto hacia atrás y se miraron.

—Espera. —Brigit fue a por una de sus mantas y la sostuvo en alto—. Si intenta huir, se la echo encima. Tú abre la puerta.

—Vale. —Ella contuvo la respiración y giró el pomo. La puerta se abrió con un chirrido.

Feste salió disparado con las manos en alto y Brigit le lanzó la manta.

—¡Déjame explicarte! —Se agazapó en una esquina—. ¡Deja que te cuente mi versión de la historia!

—Te escuchamos. —Brigit lo fulminó con la mirada.

—Me envió contigo tu abuela, Clara.

Brigit se quedó paralizada y dejó caer la manta a sus pies.

—Pero si yo no tengo abuela. Me crie con la señora Mead.

—Sé que te resultará chocante, pero la señora Wilhelmina Mead era una de las amigas más cercanas de tu abuela, una prodigiosa de gran potencial que vivía allí y la guardiana perfecta para ti.

Ella pudo ver la conmoción inundando el rostro de Brigit.

—¿Estás bien? Siempre supe que Nueva York era un lugar extraño, pero no tanto como para tener allí prodigiosos. —A Brigit se le abrieron los ojos de par en par.

—También hay conjuradores en Harlem y Brooklyn, o eso dice papá.

El rostro de Brigit reflejaba una sorpresa enorme.

—Sigue hablando, Feste. Cuéntamelo todo.

Se sentaron en el suelo mientras Feste se paseaba de un lado a otro frente a ellas.

—Algunos prodigiosos viven fuera de las ciudades prodigianas, pero no es lo normal. —Le puso su manita de peluche en la rodilla—. Yo solo sé lo que me contó y lo que vi después de que el famoso juguetero T. Deonn me insuflara vida para servir y proteger a una niña. —Su pequeña boca cosida se estiró y formó una sonrisa.

—¿Dónde está mi abuela ahora? —inquirió Brigit.

—Solía visitarte una vez al mes cuando eras más pequeña. ¿Recuerdas a la señora del sombrero?

—El de las rosas doradas, sí. —asintió Brigit.

—Me encargó que te cuidara junto a la señora Mead y que viajara contigo allá donde fueras. Cuando tu prodigio empezó a manifestarse supimos que ya era hora de que vinieras aquí. El mundo *fewel* es cruel.

—Los conjuradores odian tener que lidiar con ellos —añadió Ella.

—¿Cuál es mi prodigio? —Brigit se llevó las rodillas al pecho como si quisiera hacerse un ovillito.

Feste llevó una mano a sus agujas de tejer y le lanzó una mirada que parecía indicarle que ya sabía la respuesta.

Pero... ¿por qué me envió tan lejos? ¿Quién es mi madre? —Se le encendieron las mejillas y los ojos se le llenaron de lágrimas.

—No lo sé, pero hay algunas cosas en tu caja de bolsillo. Tu abuela las guardó para cuando llegara el momento. —Señaló su mesita de noche.

Brigit se levantó y la agarró de un salto.

—Puedo enseñarte a abrir la tuya, son todas diferentes. —Feste dio una vuelta alrededor de la caja, y con un suave empujoncito abrió la tapa. En su interior estaba la tarjeta de crédito de Brigit y unas agujas de tejer. Brigit sacó los objetos para revelar unas ilustraciones descoloridas de los parangones en el fondo. Feste se metió dentro, saltó sobre ellas y luego esperó.

—¿Qué estás haciendo? —preguntó Ella.

—Dame un segundo —respondió Feste—, hay varios compartimentos secretos, solo que no se abren sin más; solo lo hacen cuando la caja de bolsillo confía en ti.

No pasó nada.

—Déjame probar —se ofreció Ella.

Feste salió dando una voltereta y Ella volvió a darles un golpecito, pero más rápido esa vez. La caja se sacudió hacia los lados.

Brigit alcanzó a meter la mano.

—¿Qué habéis hecho?

—Le pedimos que nos revelara sus compartimentos. —Feste señaló el fondo de la caja, donde ahora había docenas de cajones apilados, suficientes para que cupiesen al menos cien pares de agujas de tejer y mucho más. Ella pensó que, por poder, Brigit podía meter hasta una biblioteca si le gustase leer. En algunas cajas de bolsillo cabían incluso personas.

Brigit jadeó, y Ella trató de no sonreír porque sentía que Brigit era un poco como su caja de bolsillo: llena de secretos y compartimentos ocultos que tardaban en abrirse.

—La señora Mead me dijo que era de mi madre biológica. —Brigit pasó los dedos por la caja y tocó las iniciales «I.F.A.», escritas en ella—.

Solía hacer listas de lo que significaban las letras. Pensé que podría ser su nombre.

—Instituto de Formación Arcana —concluyó Ella.

—Sí, me lo imaginaba.

Ella metió la mano en el interior en busca de cierres adicionales.

—Puedes abrir cada uno y ver si hay cosas escondidas. Hay cajas que tienen hasta cien compartimentos diferentes. —Ella quería un tesoro como aquel—. Es increíble. Ya ni siquiera las fabrican, y en una tienda de antigüedades podrían valer unos doscientos esthelios.

—¿Cómo es que has sabido abrirla? —le preguntó Brigit a Feste.

—Hay seis muescas cerca de la cerradura exterior. Así es como se abre —le informó—, aunque mucha gente usa encantamientos para ocultar los cajones.

—A veces puede llevarte años descubrir todos sus secretos —añadió Ella, recordando lo que había leído al respecto.

Brigit rebuscó en el interior y recuperó unos estilógrafos viejos, una barra de prodigio mohosa y una enorme llave esquelética con un diamante grabado y envuelta en hilo.

—Qué rara —dijo, dejando el resto de los objetos a un lado y rebuscando más. Ella inspeccionó la enorme llave, larga y pesada en sus manos. Le recordaba a las llaves de hierro que los conjuradores ponían en sus altares para protegerse o para dar paso a nuevas cosas. *Debe abrir una puerta muy antigua,* pensó, pero el hilo que la rodeaba la desconcertaba.

Por último, Brigit sacó un heliograma roto de una mujer con un sombrero.

—Esa es tu abuela —comentó Feste mientras Ella le mostraba a Brigit cómo presionar la imagen y proyectarla. El viejo heliograma brillaba con dificultad, los colores se apagaban y volvían a aparecer y a duras penas se mantenía la imagen, pero Brigit no apartaba la vista de la hermosa dama que se inclinaba saludando con el sombrero.

Ella se fijó en los brillantes ojos azules de la mujer y en su peculiar sonrisa. Brigit tenía esos mismos rasgos.

—¿Dónde está ahora? —preguntó Brigit.

Feste agachó la cabeza.

—Murió hace algunos años, me temo. —Ella alargó la mano y sostuvo la de Brigit. No podía imaginarse lo que sería pasar de repente de la emoción al oír hablar de que tenía una abuela a que se la arrebataran tan pronto.

Se sentaron juntas viendo cómo el heliograma roto luchaba por mantenerse. La mujer parecía ocultar algún secreto, como si supiera algo que nadie más sabía. Ella estaba segura de que había algo más sobre aquella misteriosa dama, y sin duda, más aún para Brigit.

A la mañana siguiente, mientras Ella se ponía el manto y se preparaba para el castigo, escuchó un chillido muy bajito, se echó la capucha hacia atrás y vio a un pequeño rottie que se colaba por la puerta. Había llegado a reconocerlos individualmente por los collarcitos hechos a mano que hizo junto a Jason para ellos. Aquella era Habita.

Ella se agachó y la saludó. La criatura la olfateó y luego sacó una nota de su bolsa. Ella la abrió y vio la letra manuscrita de Jason.

> Te veo hoy en el castigo. Es en el Bestiario del Arcanum y tendré que ayudar a los pájaros. También me he enterado de algo sobre el ascensor raro.
>
> Jason

Ella se fue hacia su escritorio, buscó los caramelos de conjuro que mamá le había enviado y le dio una gominola a la rottie como pago por haberle entregado el mensaje de Jason.

—Cómetelo rápido, que si no se enfadarán contigo. —La rottie salió corriendo por la puerta como un rayo. Ella se volvió hacia Brigit—. Vamos. Jason también estará hoy allí.

—Ah, genial, tengo algo para él. —Brigit recogió un cuadrado de punto de su escritorio, se lo metió en el bolsillo y luego siguió a Ella fuera de la habitación.

Un autómata las esperaba fuera de la puerta del dormitorio.

—Por aquí, jóvenes estrellas —les dijo.

Los tranvías zumbaban por encima de sus cabezas como abejas que se dirigieran a cien flores distintas, y Ella pensó que ojalá fuera en uno de ellos. Incluso en sábado, el Instituto bullía con tanta actividad.

—Deberíamos salir corriendo —bromeó Brigit.

—¿No es eso lo que nos ha metido en este lío? —le recordó Ella, aunque le encantaba ver a Brigit tan feliz. La imagen borrosa de su abuela parecía haberla ablandado.

—Mi programa me permite desplazarme hasta a cincuenta kilómetros por hora —respondió el autómata—. También puedo alargar su estancia en el centro de castigo si así lo quieren.

Brigit caminó un poco más despacio.

—No podría tratar de escaparme de nuevo ni aunque quisiera. —Levantó sus agujas de tejer—. Les han hecho algo. Me dijeron que si intentaba irme no podría llevármelas conmigo, y mira que lo intenté. Me fui andando hasta uno de los muros exteriores y me llevé un tirón tan fuerte hacia atrás que me desollé la rodilla.

Ella vio un símbolo extraño en sus agujas: tres almohadillas.

—¡Vaya!

—Y no podría irme sin ellas. —Brigit se las apretó contra el pecho.

El autómata giró una esquina y llegaron al Bestiario del Arcanum.

—Su lugar de castigo —les indicó el autómata.

Se dirigieron a la parte trasera, donde un terrible olor viciaba el aire.

—¡Qué asco! —Brigit se tapó la nariz.

Una mezcla de aprendices, algunos de nivel dos y tres, esperaban delante de una puerta con una etiqueta que decía CUARTO DEL ESTIÉRCOL. Echó un vistazo a los otros aprendices desafortunados que habían acabado allí, y Siobhan y sus duendecillos la saludaron.

Una cuidadora astradiana se les acercó con un montón de palas en el brazo.

—Bienvenidos al castigo. Soy Deneb. Hoy os encargaréis de retirar todas las cacas de las jaulas de los animales. Nombres, por favor. —Levantó un pergamino.

—Brigit Ebsen.

—Ella Durand.

—Ji-hoon Kim.

—Justin A. Reynolds.

—Siobhan O'Malley.

—Greg Andree.

—Norah Richmond.

—Tochi Onyebuchi.

—Si me necesitáis, estaré controlando todos los demás hábitats. —Deneb les dio a todos un papel con sus tareas y luego se dirigió a Ella, Siobhan y Brigit—. Vosotras empezareis en la pajarera. Los impúndulos y los fénix llegaron ayer por la noche. Hay plumas por todas partes, así que quitadlas de en medio. Seguid los carteles. —Señaló un largo pasillo—. Podéis iros cuando hayáis terminado, pero lo quiero todo como los chorros del oro o tendréis que volver a empezar. Con pulcritud, esmero y orgullo. Así reza el lema del Instituto, y así es como se hace la técnica.

La astradiana giró y chasqueó sus dedos peludos en dirección a una chica de nivel tres.

—Mary Pender, vas a pasar todo tercero castigada si no cambias. Guárdate la barrita de chocoprodigio antes de que te la quite y entra ya en la guarida de los unicornios. Hay que recoger y procesar su caca antes que nada.

La aprendiz malhumorada suspiró y frunció el ceño. Ella no quería ser como Mary, no quería estar castigada nunca más.

—Angela Thomas, veo que intentas escabullirte. Venga, cubo en mano y a recoger los desechos del dragón. Los *ryû* japoneses se ponen quisquillosos si su guarida no está limpia, y no queremos que se nos vayan —ladró Deneb—. Que sepas que, si no, voy a llamar a tu madre, la señora Julia, y le voy a decir que venga. Ni tú ni yo queremos eso, no después de lo que pasó el año pasado.

La chica agarró el cubo mientras refunfuñaba.

Ella y Brigit contuvieron la risa, recorrieron el pasillo siguiendo las señales y se dirigieron a la pajarera con Siobhan.

—¿Tú qué has hecho? —Brigit miró el duendecillo que se había acomodado en la capucha de Siobhan, y ella señaló a su espalda.

—Los duendecillos me metieron en problemas. Robaron algunas cosas de la tienda.

Ella recordaba haberlos visto llevarse lazos para el pelo, encantaovillos y emociogemas. El duendecillo agachó la cabeza en señal de vergüenza.

—Ahora tengo que ir a unas reuniones para ver si pueden quedarse conmigo o si también tengo que cambiarme de habitación.

—¿Como yo? —Ella se enderezó—. ¿Por qué?

—Lian y Samaira se quejaron y llamaron a sus padres.

—Chivatas —añadió Brigit.

—Pero yo no hice nada. —Ella repasó mentalmente todo lo que había sucedido la noche que llegó a su primera habitación.

—Lo sé, pero no les gustaron tu árbol ni tus santos...

—Ni nada. —Ella sintió la ira arremolinándose en su pecho.

—Ahora tienes a una compañera mejor. —Brigit le sonrió y Ella pensó que sí, que *sin duda* estaba en un sitio mejor.

La pajarera se extendió ante ellas. Unas jaulas doradas contenían una miríada de pájaros que no había visto nunca.

Jason pasó arrastrando un cubo de plumas. Estaban por todas partes y le colgaban de las trenzas y del manto.

Ella y las chicas se rieron. Él levantó la vista, sonrió y les hizo un gesto para que se acercaran.

—Llevo toda la mañana liado con ellas.

—¿Qué ha pasado? —Ella miró la cesta. Parecía como si un pájaro entero hubiera mudado todas sus plumas.

—Tuve que ayudar al Dr. Silvera a que los ancianos aviarios llegaran a un acuerdo. —Se secó el sudor de la frente—. Odian tener que compartir el espacio.

—Las plantas son iguales. —Ella pensó en la quassia roja.

El duendecillo de Siobhan se metió en la pajarera y ella se fue detrás.

—¡Oh, oh! Styxie, ven aquí ahora mismo.

Ella y Brigit se rieron, y Jason las condujo a la pajarera.

—¿Recibiste mi nota?

Ella la sostuvo en alto.

—Dispara. ¿Qué has averiguado sobre el ascensor?

—Le pregunté al impúndulo. —Sonrió como si lo que acababa de decir fuera lo más inteligente del mundo.

—¿Cómo? —balbuceó Ella.

—¿El qué? —añadió Brigit.

—El pájaro de los rayos. Es la criatura que más tiempo lleva viviendo en el Colegio Menor del Arcanum. Yo estaba pensando en voz alta cómo podía compensar a los wombis por llegar tarde, quejándome del ascensor, y ella me escuchó —les explicó—. Le gusto porque conseguí que el Dr. Silvera los alejara de los fénix. Tardé varias horas.

Ella se imaginó a Jason negociando muy serio con los pájaros y se rio para sus adentros. Seguramente se le daba muy bien, al igual que lidiaba con todos sus hermanos y siempre le pillaba en medio.

—Izulu me dijo que el ascensor fue construido por el arquitecto original del Arcanum y que te lleva adonde quieres ir o adonde quiere que vayas.

—¿Cómo puede hacer eso un ascensor? —Brigit se rascó la cabeza.

—No lo sé —admitió él—. No sé qué clase de prodigio pudo hacer eso, y ella tampoco.

Deneb la astradiana se pasó por la pajarera.

—Oigo mucho hablar y poco trabajar.

Brigit frunció el ceño y Jason se puso manos a la obra. Ella intentó distraerse limpiando las jaulas y saludando a las distintas aves, pero sus pensamientos se agolparon en su cabeza. ¿Por qué el ascensor le había hecho sentir el tirón? ¿Quizás añorara su hogar sin darse cuenta y fuera un recordatorio de lo lejos que estaba? ¿Y por qué la había llevado a la Sala de los Fundadores? ¿Habría sido por error?

—¡Jason! —Una voz resonó en el espacio.

Todos levantaron la vista y vieron a Beatrice, una de las hermanas mayores de Jason. Tenían la misma cara redonda y oscura y en el moño llevaba un abejorro enorme. Ella no sabía si era de verdad o si era falso.

Jason se encogió como una tortuga y el sudor le empapó la sien.

—¿Qué haces aquí?

—Mamá envió… —Se detuvo y sus ojos se encontraron con Ella, que la saludó con la mano, pero se le endureció el gesto—. ¿Tú no eres la niña conjuradora?

—Sí —respondió Ella con orgullo.

—Jason —Bea dijo su nombre como si explotara—, tenemos que hablar de algo, ven un momento. —Lo apartó a un lado y a Ella se le revolvió el estómago porque quería caerle bien a Beatrice y no sabía por qué estaba tan molesta.

Brigit levantó la vista y vio hablar a Jason y Beatrice, sacó un cuadrado de colcha de su bolsillo y salió de la jaula, interrumpiéndolos.

—Jason, resulta que… en fin, hice esto, y tu hermana también sale en él. Bueno, toda tu familia, es un retrato. —Se lo entregó—. No sé qué significa, la verdad.

Él lo tomó.

—Grac… —se tragó el resto de la palabra. Su sonrisa se desvaneció, arrugó la frente y se le abrieron mucho los ojos.

Bea le arrebató el cuadrado y apretó los dientes.

—¿Esto te parece gracioso? —Hizo una bola con la tela, se la tiró a Brigit a la cara y luego se llevó a Jason a tirones.

—¿Qué pasa? —Ella se acercó a Brigit.

—No sé qué he hecho.

Cuando Brigit fue a recoger el cuadrado arrugado Ella vio que tenía lágrimas en los ojos. Se lo quitó de las manos y lo alisó.

—Yo… yo no… no quería herir sus sentimientos. ¿He hecho algo malo?

Ella se quedó paralizada cuando vio el precioso retrato cosido de la gigantesca familia de Jason. ¿Por qué lo había tejido Brigit? ¿Cómo podía saberlo?

—¿Qué es esto? Nunca antes lo había visto. —Brigit se enjugó las mejillas.

Ella sintió un pellizco en el corazón. ¿Por qué Beatrice y Jason se habían alterado tanto? En su interior bullía una razón que se negaba a creer.

—Es el emblema de conjuración. —Pasó los dedos por la calavera llena de diamantes y conjurrosas—. Está grabado en todas las puertas para que así podamos encontrarnos.

Ella se mordió el labio inferior mientras miraba a los miembros de la familia de Jason, todos ellos con el símbolo del conjuro en el centro del manto. Se le aceleró el pulso.

¿La odiaría Jason en secreto?

★—★—★— ASTROGRAMA —★—★—★

Jason:

¿Estás bien?

De:

Ella y Brigit

LA CRIPTA

Gia salió del Circomedia con un rostro nuevo, el pelo negro como el azabache y la piel cobriza del color de la arena. Parecía una mujer recién llegada de la Polinesia o de algún otro lugar igual de cálido. Se apretó el pañuelo y se paseó por el Mercado de Autómatas de Augusta, en la calle principal de Betelmore, y se detuvo a inspeccionar a un autómata.

—Desde que me fui se han vuelto mucho más elegantes.

—Soy un Minder modelo 6800, el mejor que hay —le respondió la voz metálica.

Miró a su ayudante astradiano.

—¿Crees que nos valdrá?

—Sí, señora —respondió él.

—Necesito que sea el mejor, que sea perfecto y sepa seguir instrucciones. —Gia iluminó la parte superior de la cabeza del autómata.

El astradiano abrió la cavidad de la máquina y le reorganizó las entrañas.

—Acabo de programarlo para que te dé la información que necesites y haga lo que le pidas. Obedecerá todas tus órdenes.

El autómata se inclinó y Gia sonrió.

—Primer encargo listo. Procura que nuestro nuevo amigo llegue al Colegio Menor del Arcanum sin imprevistos.

El astradiano sonrió y se fue corriendo con la máquina.

Gia volvió a la calle. Unas gruesas nubes de tormenta se desplazaban muy por encima de ellos y amenazaban con una fría lluvia otoñal.

Pronto empezaría a nevar, así que se subió la capucha. La gente entraba y salía de las tiendas zumbando y se preguntaba en voz alta si la tormenta vespertina retrasaría sus compras.

Cuando Gia llegó al cementerio la tormenta ya había envuelto todo en un manto oscuro. Se rio para sí misma.

—Tantas tumbas vacías a la vista y tantos prodigiosos que les temen a la muerte y a sus propias sombras —dijo, pensando en los cementerios de verdad del Inframundo.

La última vez que había estado allí había sido para presentar sus respetos a su padre justo antes del accidente, antes de que la condenaran a cadena perpetua. Sus pies encontraron el camino correcto.

La cripta de la familia Trivelino se alzó ante ella y el emblema palpitó al detectar su presencia. Pasó los dedos por las máscaras de la tragicomedia, una triste y afligida y otra alegre y sonriente, esperando a que se abriera la puerta, pero no se movió, así que lo intentó de nuevo. Había visto a su madre y a su padre hacerlo muchas veces durante su infancia, ya que guardaban allí el dinero del negocio familiar para evitar las miradas —y las manos— indiscretas de los banqueros de la Casa de la Moneda Prodigiana.

—¿Qué sucede?

Dio vueltas alrededor de la piedra comprobando si alguien había forzado o dañado la puerta, pero nada. Volvió a la parte delantera y lo intentó una última vez.

El emblema soltó chispas y luego apareció un mensaje en la piedra:

QUIENES DESEEN ENTRAR HABRÁN DE TENER
UNA PAREJA DE SANGRE.
SOLO ASÍ PODRÁN RECLAMAR LO QUE DESEAN.

—¿Parejas? —gritó Gia—. ¡No hay nadie más que yo! Soy la heredera… —Su voz se apagó y pensó en el retrato de familia de su escritorio y en el bebé aferrado a su pierna. Gia cerró los ojos.

—Madre, ¿qué has hecho?

Golpeó la piedra. Su mano se encontró con un relicario que siempre llevaba consigo, uno que contenía un pequeño retrato de su difunta hija.

—La niña está muerta.

CAPÍTULO DOCE

¡SONRÍE A LAS CAJAS DE NOTICIAS!

Después de cenar Ella y Brigit salieron del comedor con el resto de aprendices en dirección a los dormitorios.

—Jason no ha venido —le dijo Brigit—, ¿crees que deberíamos ir a ver cómo está?

—Quizá pueda enviar un rottie o podemos buscar a su compañero de habitación, Miguel. —Ella estaba ansiosa por hablar con Jason antes de que se fueran a casa a pasar las vacaciones de invierno en unas semanas. Quería saber cómo se sentía de verdad con los conjuradores y cómo se sentía con ella. Brigit se encogió de hombros conforme llegaban a los dormitorios.

—Solo quiero decirle que fue un accidente, no sé por qué hago la mitad de las cosas que hago.

El techo brilló y un astrograma cayó hasta las manos de Ella, que rompió el sello rápidamente.

Queridas Ella y Brigit:

No puedo hablar ahora.

Todo el mundo nos vigila.

Si lo hago, me meteré en líos.

Jason

P. D.: Me voy de vacaciones de Invierno hoy porque mi familia va a hacer un viaje a los Reinos Marinos de la Polinesia. Han nombrado a mi padre diplomático de todas las criaturas mágicas que aún viven fuera de las ciudades prodigianas. ¿Podéis enviarme los trabajos de clase y los deberes? Porfa.

Ella y Brigit se miraron. ¿Por qué el cuadrado de colcha de Brigit lo iba a meter en líos? ¿O era que se avergonzaba de que lo pudieran asociar con algo relacionado con los conjuradores? La idea le hizo un nudo en el estómago. Se suponía que era su amigo.

—Falta poco para el toque de queda, dos horas hasta que se apaguen las luces. Dirigíos a vuestras habitaciones —gritaban los consejeros de las torres por los pasillos, y los niveles uno y dos corrieron hacia los dormitorios.

Ella y Brigit iban de camino a la torre Hidra cuando el prodictor MacDonald pronunció el nombre de Ella.

Fue como un trueno.

Ella se dio la vuelta. Los dos prodictores estaban en la entrada del vestíbulo.

—¿Podemos hablar contigo en privado?

Todo el mundo se quedó callado y se volvieron para mirarla.

—Nos vemos en la habitación. —Brigit le dedicó una sonrisa de apoyo y se adentró en la torre Hidra.

Los curiosos observaron cómo Ella se acercaba a los prodictores, y el prodictor MacDonald la invitó a caminar a su lado.

—Nos gustaría hacernos unos cuantos heliogramas juntos para conmemorar y documentar tu estancia aquí, en el Arcanum.

—Vale —respondió Ella.

—Les mandaremos uno a tus padres, por supuesto. Les hemos estado enviando correspondencia de forma regular, como nos pidieron.

El prodictor Rivera se dirigió al vestíbulo, donde se agrupaban decenas de periodistas.

En cuando los vieron, los clics de las cámaras empezaron a restallar, cegando a Ella con los *flashes*.

—¿Pasa algo? —Llevaron a Ella al frente de la muchedumbre.

—Ah, son solo reporteros locales de Betelmore. A todo el mundo le emociona que estés aquí, Ella. —El prodictor MacDonald se adelantó para dar instrucciones mientras que la prodictora Rivera se movía encima del sello del Arcanum, buscando una pose.

—Te gusta estar aquí, ¿no? —La prodictora Rivera se distrajo con el papel picado que llevaba en el cuello—. Nos hemos portado bien contigo, ¿no? —Enarcó una ceja.

—Sí —dijo Ella, bastante segura de que la prodictora Rivera no quería saber la verdad.

—Genial. A lo largo de nuestra historia, muchas comunidades han luchado por aclimatarse al estilo prodigiano. Todas ellas se las tuvieron que ver con muchos desafíos, pero nuestra sociedad se ha vuelto más acogedora y abierta con el tiempo. Esperamos que te sientas así y que el Arcanum represente lo mejor de nuestra comunidad.

Más clics, más destellos. Ella no estaba segura de por qué la prodictora Rivera le decía aquellas cosas.

El prodictor MacDonald se apresuró a volver y se colocó a la izquierda de Ella.

—¿Lista? Sonríe mucho para los informes de las cajas de noticias, ¿quieres?

Ella asintió con la cabeza y les dedicó una sonrisa. Los reporteros gritaron su nombre, le pidieron que mirara a la izquierda y a la derecha, arriba y abajo, que enseñara más los dientes y que pusiera una cara divertida. Al final casi le acabaron doliendo las mejillas. Observó la rapidez con la que cargaban la película en las cajas de noticias y enviaban proyecciones en miniatura de ella por todo el mundo prodigiano.

—¿Cómo te va? —preguntó un periodista—. ¿Has podido seguir el ritmo de las clases?

—Me encantan todas —contestó, al abrigo de la sonrisa de los prodictores.

Las preguntas se amontonaban.

—¿En qué parangón encajan los conjuros?

—¿Tienes ganas de tu primer Festival de Unión después de Año Nuevo?

—¿Te interesan las Luchas de Prodigios? ¿Crees que podrás alzarte como campeona?

—¿Te sientes segura a pesar de las amenazas?

Ella se quedó boquiabierta.

—¿Amenazas? —Ella miró al prodictor MacDonald—. ¿Qué amenazas?

—Bueno, suficiente por hoy. —La prodictora Rivera acompañó a los periodistas a la puerta principal, hacia la noche.

Ella observó cómo apretujaban las cámaras contra los enormes ventanales tratando de hacer más fotos. Unos cuantos astradianos y autómatas los llevaron hacia los muelles del Arcanum.

El prodictor MacDonald le sonrió.

—¿Podemos charlar contigo antes de que te vayas a dormir?

Ella miró en dirección al Salón de los Prodictores. No quería ir allí, no quería sentir que se había metido otra vez en un lío, pero un extraño cosquilleo en el estómago le hizo pensar lo contrario.

—¿Qué querían decir con lo de las amenazas?

—No te preocupes, Ella. No queríamos preocuparte ni a ti ni a tus padres. Siempre habrá gente contraria al cambio —la intentó tranquilizar la prodictora Rivera—. Este centro es el lugar más seguro del mundo, te lo garantizo. Muchos grandes prodigiosos dispusieron sus poderes para que así fuera.

Ella no entendía muy bien de qué le estaban hablando, pero siguió al prodictor MacDonald. Los fotoglobos pululaban sobre sus cabezas, entrando y saliendo del despacho de la decana de disciplina.

Las puertas de hierro forjado se abrieron cuando el prodictor MacDonald se acercó. Ella se quedó helada.

—No quiero entrar. —¿Y si la gente pensaba que estaba metida en líos?

Los prodictores intercambiaron miradas.

—Podemos hablar en el pasillo, si lo prefieres —respondió la prodictora Rivera—. Solo queremos asegurarnos de que te sientas bien en el Instituto.

—¿Has hecho amigos? —El prodictor MacDonald se frotó la barba roja.

—Sí.

—¿Te están gustando las otras clases, además de la de tu madrina?

Ella asintió.

—Bien, bien. —La prodictora Rivera frunció los labios, y el prodictor MacDonald respiró profundamente.

—Tenemos que hacerte una pregunta... y es un poco delicada, así que esperamos que lo entiendas.

Los ojos marrones y cálidos de la prodictora Rivera se encontraron con los de Ella.

—No te estamos acusando, y de hecho les preguntaremos a otros aprendices, pero tu antigua compañera de cuarto, Samaira Al-Nahwi, ha perdido su farol. ¿Recuerdas el que tenía en su mesita de noche?

La pregunta pilló a Ella por sorpresa.

—Sí, me acuerdo. —Le zumbó el pulso. ¿A dónde querían llegar con aquella pregunta?

—Es una reliquia familiar. Samaira está muy angustiada, como te podrás imaginar —añadió el prodictor MacDonald—. ¿Has vuelto a tu antigua habitación de la torre de la Osa Menor?

—No —respondió Ella.

Volvieron a intercambiar miradas.

—¿Estás segura?

Aquellas dos palabras le ardían, y Ella notó cómo se le encendían las mejillas.

—¿Creen que lo he robado? —Lo único que había robado ella en toda su vida fue un trozo de masa cruda de galletas cuando su abuela le dio la espalda en la cocina. Ella sabía a qué parte del Inframundo se enviaba a los ladrones y no quería acabar allí—. Yo no he sido.

—No pasaría nada si sintieras curiosidad. Sé que el mundo prodigiano es nuevo para ti y que te estás acostumbrando todavía a todas sus maravillas. —La corona de animales de papel picado de la prodictora Rivera le sonrió.

La ira, sin embargo, estalló dentro de Ella, y las manos y los pies le hormigueaban de rabia.

—¡Yo no lo he robado!

Salió corriendo por el pasillo y los prodictores la llamaron. Corrió tan rápido como pudo antes de que se le escaparan las lágrimas. No quería que nadie la viera llorar. Las lágrimas borraron todo el camino a su alrededor, pero ella no dejó de correr.

RECUERDOS YA OLVIDADOS

Gia se encontraba frente al salón de té de hadas Éire & Seel. Estaba escondido en un rincón de los barrios bajos y el único distintivo era una flor en la puerta. Los barrios de Betelmore solían ofrecer entretenimiento de todo tipo antes de que los prodigianos se volvieran gente huraña y fría. Siempre disfrutaban mucho de un buen espectáculo, pero ahora las risas parecían estar prohibidas. Quizás ella había sido la causante.

Golpeó la puerta con la aldaba, dispuesta a entrar y a disfrutar.

Una mujer rechoncha abrió la puerta y sus prendas harapientas casi se la tragaron.

—Ya sabes el precio.

Gia llenó las manos nudosas de la mujer con baratijas brillantes y muchos esthelios de oro.

—Maravilloso. —La mujer esbozó una sonrisa sin dientes y la dejó entrar.

Gia la siguió por un largo pasillo y la mujer se fue transformando poco a poco en una de las mujeres más hermosas que había visto nunca. Piel iridiscente, ojos brillantes y orejas elegantes y puntiagudas.

La sala se abrió ante ellas, un espacio de cojines lujosos y visitantes fisgones donde los sirvientes entraban y salían a toda velocidad, deslizándose tras los biombos de seda o empujando los paneles empapelados de las paredes. Llevaban carros rebosantes de postres de nube de hadas, caquis, granadas, cruasanes de miel y pegajosos pasteles de azafrán.

Le rugió el estómago y la boca se le hizo agua; hacía días que no probaba un bocado decente. Un perfume espeso inundaba el aire y relajó sus músculos al instante.

—¿Qué te apetece esta noche? —La mujer la condujo a un lujoso reservado—. ¿Un tratamiento de embellecimiento? ¿Quieres probar suerte en una mesa de apuestas, o acaso has venido a olvidar?

—Necesito recordar.

—Ah, para eso tengo justo lo que necesitas. —Sacó una tetera oronda de un carro cercano y puso una taza delante de Gia.

La peculiar porcelana cambiaba de color con los vapores del líquido plateado y caliente. Unos tulipanes de color rosa prímula florecían, guiñando y enredando sus pétalos en las blancas curvas del asa.

Gia dio un sorbo y esperó a que el té surtiera efecto y le permitiera recordar la noche en que lo había perdido todo. Tenía que recordar la hora de la muerte de la bebé. Solo así podría poner en marcha su plan para entrar en la cripta familiar.

Las Cartas del Destino Fatal habían nublado sus sentidos y desdibujado sus recuerdos mientras estaba suspendida entre la vida y la muerte.

Todo a su alrededor se volvió negro y Gia abrazó la oscuridad. Estaba de vuelta en los escenarios y había dado la actuación de su vida. El zumbido nauseabundo del público volvió a aparecer, once años después... y también el sonido de huesos al romperse mientras tiraba de los hilos de la vida de Phineas Astley.

Su rival la había retado a un duelo en un concurso que comprendía tres actos de magia prodigiosa, para demostrarle al mundo quién era el mejor maestro de ceremonias que existía. Quien saliera vencedor conseguiría la fortuna y la gloria del otro. Gia había ganado la primera ronda, perdido la segunda y peleaba con uñas y dientes por la tercera.

Volvió a ver la escena como si estuviera ocurriendo de nuevo.

La risa incesante del hombre la llevó al límite.

—Las mujeres no son maestras de ceremonias. Quédate haciendo espectáculos menores. Tu padre era mucho mejor que tú.

La ira la desbordó y perdió el control de su prodigio. Murmuró un encantamiento imparable, la luz salió de ella a borbotones y partió a su oponente en dos. La sangre salpicó a la multitud como si hubiera llovido un cielo de pintura roja. Su madre sostenía a su hija en primera fila, y el pelo rubio de la niña se volvió de color carmesí.

Los gritos se impusieron a las campanadas del reloj de la carpa. Gia levantó la vista. Eran las 9:22 de la noche.

Gia abrió los ojos de golpe. Los recuerdos eran tan frescos y tangibles que casi podía saborear la sangre.

Aquella vez derramaría más sangre todavía.

CAPÍTULO TRECE

LOS PLANOS

Ella entró corriendo en la torre del Gusto, entonces vacía, y se agazapó detrás de uno de los cómodos sofás. Acarició su camafeo de conjuro, pensando en apretarlo para contactar a mamá y a papá, pero no quería que mamá se entrometiera y empeorara las cosas. Ella podía resolver sus propios problemas, o al menos intentarlo.

Trató de calmarse, se secó las lágrimas y se tragó toda la rabia que sentía.

Alguien la llamó por su nombre y se asomó desde su escondite. Masterji Thakur la saludó, y Ella se limpió las mejillas y salió.

—¿Usted también está enfadado conmigo?

Su rostro se suavizó.

—¿Por qué iba a estarlo?

Ella se encogió de hombros, pensando en su último encuentro.

—El prodictor MacDonald me dijo que te habías molestado, así que vine a buscarte. ¿Puedo quedarme?

Ella asintió.

—¿Qué ha pasado?

La calidez de su mirada hizo que se le escaparan las lágrimas.

—Están actuando como si tuviera la culpa de algo... como si este no fuera mi sitio. ¿Por qué?

—Este *sí* es tu sitio —Masterji Thakur le dio un fuerte abrazo—, y puedo demostrarlo. Ven conmigo, Ella.

Masterji Thakur le pasó el brazo por el hombro y recorrieron así el pasillo. Los grandes ventanales revelaban torres adornadas con guirnaldas de nieve otoñal. Los dos lagos flotantes estaban congelados y los tres invernaderos brillaban con el suave lustre del hielo.

Ella sintió de nuevo el tirón familiar cuando se acercaron al ascensor restringido. Pensó en decirle a Masterji Thakur que ya había estado dentro, pero decidió no hacerlo.

Él introdujo una moneda especial en el ascensor y las puertas se cerraron. Salieron disparados hacia abajo, y luego a la izquierda y a la derecha. Pasaron los varios niveles del Instituto tan rápido que Ella se mareó.

—El Instituto es un palimpsesto en sí mismo. ¿Recuerdas qué era esa palabra que te enseñé?

—Es cuando se redactan palabras nuevas encima del texto original. —Ella había escrito la palabra en su cuaderno una y otra vez. Le encantaba cómo sonaba y la idea de las palabras que se entrecruzan de muchas formas.

—Muy bien. —Señaló por la ventana del ascensor—. El auténtico corazón del Arcanum está enterrado.

El ascensor se detuvo ante una gran puerta negra: SALA DE LOS FUNDADORES. Aquel era el lugar al que el ascensor había intentado llevarla antes.

—Por aquí. —Masterji Thakur sacó una llave de su bolsillo, la puerta se abrió con un chirrido y reveló un estrello pasillo flanqueado por retratos.

—Guau. —Ella sintió de nuevo el tirón en los huesos—. ¿Dónde estamos?

—En el primer espacio construido del Arcanum. —Masterji se acercó al primer retrato—. Solía venir mucho aquí para tratar de entender a los fundadores y sus deseos últimos cuando erigieron este lugar.

A Ella le latía desbocado el corazón. El tirón se hizo más fuerte a medida que recorría la sala y examinaba el retrato de cada fundador.

—¿Quién tiene mejor bigote? —Masterji Thakur se puso junto al retrato de Louis Villarreal para comparar los bigotes—. En Rayastán, mi hogar, solía ganar competiciones.

—El suyo es mejor, sin duda. —Se estiró de puntillas para mirar a los ojos de Indira Patel y vio que tenía tres dagas ocultas en el pelo—. ¿Se llevaban todos bien?

—Tenían un propósito común pero había tensiones, claro. ¿Qué costumbres había que seguir? ¿De quién eran los mejores protocolos? Tuvieron que llegar a un acuerdo, reunir todo lo mejor que podían ofrecer y convertirlo en algo nuevo… y prodigioso. —Masterji Thakur la guio por el pasillo—. Aún no has visto lo mejor.

Ella le siguió hasta una sala hexagonal con una mesa circular y cinco sillas. Un papel grueso y brillante flotaba sobre ella.

—¿Qué es eso? —preguntó.

—Los planos del Arcanum —respondió el instructor.

El corazón se le aceleraba conforme se acercaba más y más a los planos flotantes y los ojos se le abrieron como platos cuando vio las firmes líneas blancas del papel azul eléctrico, que parpadeaban cada pocos segundos. Las torres en miniatura se extendían sobre su superficie, los tranvías serpenteaban por su recorrido y los pasillos presumían de clases.

—Parece… —Ella lo miró, perpleja.

El bigote de Masterji Thakur se agitó y sus ojos reflejaron una chispa que le dio el coraje suficiente para decirlo.

— … un mapa de conjuración.

—¿Ves, querida? Perteneces… —Las palabras de Masterji se perdieron, empezó a toser y su garganta produjo el mismo sonido terrible que el del día del Cardenal Arcano.

Ella entró en pánico y corrió a su lado.

—¡Oh, no! ¿Está bien?

Los ojos de Masterji Thakur se abrieron de par en par y él sacó un pañuelo del bolsillo para intentar taparse la boca. Ella sintió un escalofrío al escuchar el aullido de su voz y él rebuscó en el bolsillo de su chaqueta hasta que encontró un estilógrafo.

—¿Deberíamos ir a la enfermería? —balbuceó Ella.

Él negó con la cabeza y se encogió.

—Papel —sollozó.

A Ella le temblaron las manos mientras buscaba una hoja suelta. Halló una en un cajón cercano.

Masterji Thakur empezó a garabatear el folio y luego cayó de rodillas. Ella sintió más pánico y se llevó una mano al pecho, temiendo que el corazón se le saliera del pecho.

El sudor le empapaba los bordes del turbante y los colores se sucedían a gran velocidad. Los espasmos de su garganta se volvían cada vez más fuertes pero logró arañar algunas palabras desordenadas en la página:

¡LOS CONJURADORES ESTUVIERON AQUÍ!

—Pero... pero... no entiendo —titubeó Ella—. En su cabeza se tejía una enorme red de preguntas que necesitaba deshacer.

Masterji Thakur tuvo otro acceso de tos.

Ella corrió hacia la pared y levantó un teléfono de circuito. El zumbido le resonó en la cabeza y pensó que no sería capaz de escuchar al interlocutor con el ruido de su estruendoso corazón.

—Operadora del Arcanum, ¿cómo podemos asistirle? —le respondió una voz al otro lado de la línea.

Ella balbuceó lo que le había pasado a Masterji Thakur.

—La ayuda va en camino.

La línea se cortó y Ella volvió deprisa junto a Masterji Thakur. Los espasmos de su garganta empeoraban por momentos. Poco después, las puertas se abrieron de golpe y tres doctores del Arcanum entraron en la sala. Solo reconoció a uno, el Dr. Winchester. Su mirada anciana se encontró con la de Ella y frunció el ceño.

—¡Mitha! —dijo uno de ellos.

Masterji Thakur arrugó el papel y se lo metió a Ella en el bolsillo antes de caer al suelo.

Corrieron hacia él.

—Soy la Dra. Choi —la mujer le puso una mano sobre el hombro—, ¿estás bien?

—Sí —gimió Ella, incapaz de apartar la vista de Masterji Thakur.

La Dra. Choi asintió y se dirigió de nuevo hacia él.

El Dr. Winchester entrecerró los ojos.

—Espero que no hayas venido a inmiscuirte en los asuntos del Arcanum, jovencita.

Ella empezó a defenderse pero otra doctora del Arcanum se adelantó.

—Ella, ¿verdad? Ven conmigo.

Ella salió de la habitación de mala gana.

—Soy la Dra. Slade. —Su pelo rojo era una maraña salvaje sobre sus hombros.

—¿Qué le pasa a Masterji Thakur? ¿Se pondrá bien? —Las preocupaciones de Ella se agolparon en su mente—. ¿Qué le pasa?

Entraron en el ascensor restringido. La Dra. Slade mantuvo su mano plantada en el hombro de Ella y la miró fijamente durante tanto rato que Ella supuso que le diría algo, pero no lo hizo. Empezó a sentir un dolor en el estómago.

Las puertas del ascensor se cerraron de golpe, se dirigió hacia la izquierda y subió disparado.

—¿Qué ha pasado antes de que llegáramos, Ella? —preguntó la Dra. Slade—. ¿Qué hacías en la Sala de los Fundadores?

Ella deslizó una mano hacia el bolsillo de su manto, donde tenía el papel arrugado.

—Estaba de visita.

La mujer le clavó los dedos en el hombro.

—¿Qué te ha dicho?

—Nada.

La Dra. Slade le mantuvo la mirada y Ella se sintió como si intentaran husmear en sus pensamientos. Finalmente, la soltó y se dio la vuelta.

—Que pases buena noche, Ella —concluyó, apretando los dientes.

Ella fue a responderle, pero algo le decía que no era momento de ser cortés. Salió disparada del ascensor. ¿Qué habría querido decir Masterji y cómo habrían llegado allí los conjuradores?

Solo tenía una certeza: los conjuradores no eran ajenos al Arcanum. Ella tenía su hueco allí al igual que los demás estudiantes, y sintió que una chispa familiar surgía en su alma: era la sensación de estar en casa.

Ahora tenía que averiguar el porqué.

CAPÍTULO CATORCE

VISIONES EN LOS TEJIDOS

Dos semanas después, Ella bajaba por el pasillo en dirección a la torre Hidra aferrada a su camafeo y pensó en llamar a mamá para contarle lo que le había sucedido a Masterji Thakur. No se lo quitaba de la cabeza y aún no lograba entender qué había pasado. El instructor no respondía a sus mensajes y tampoco daba clases. La prodictora Rivera les informó que se había resfriado, pero a Ella no le cuadraba y no se lo terminaba de creer. Mamá sabría qué hacer y cómo ayudarle; quizá le podría enviar un hechizo para que se mejorara.

Pasó junto a unos niños que salían de los dormitorios arrastrando sus maletas de prodigio. ¿Es que todo el mundo se iba antes de tiempo a pasar las vacaciones de invierno? Le hizo pensar en lo mucho que echaba de menos a Jason y en lo desesperada que estaba por hablar con él.

—¡Deje de correr! —le gritó un autómata.

Ella lo ignoró, ansiosa por volver a su habitación, y al doblar la esquina chocó contra Clare y su caja de noticias. La caja voló por los aires, se estrelló y se rompió.

—¡Astros! —Clare intentó recuperar todas las piezas—. ¡Mira lo que has hecho!

—Lo siento mucho. —Ella recogió la manivela y la bombilla rota—. No te vi venir.

—Puf, ahora papá me tendrá que mandar otra. —Acunó la caja de noticias rota—. Se va a enfadar mogollón.

—Dile que fue mi culpa, puedo pagarlo. —A Ella se le aceleró el corazón y sintió la culpa bullendo en su interior.

—¿Acaso tienes dinero prodigiano? —Clare la miró de arriba abajo, y Ella sintió sus palabras como una bofetada.

—Pues claro.

—Papá no lo aceptaría de todas formas. No quiere *ni que hable* contigo, pero le voy a decir lo que has hecho —concluyó y se alejó.

Ella no tenía tiempo para pensar en la amenaza de Clare, así que reanudó la marcha, subió los escalones de la torre Hidra de dos en dos y luego se lanzó a la habitación gritando el nombre de su compañera. Como respuesta se encontró con una Brigit cansada de lanzarle cosas a Feste.

—Pero ¿qué pasa? —Ella se agachó detrás del tronco de su árbol de botellas para que no la golpeara ningún objeto volador.

—Alguien me ha estado espiando.

Feste se escondió detrás de los pies de su cama.

—¡Cálmate! —Agitó sus manitas de peluche en el aire—. Yo no he sido.

—¿Qué ha pasado? —inquirió Ella—. Pensaba que le habías perdonado.

Había visto a Brigit dar un cambio radical desde que descubrió el heliograma de su abuela. Había empezado a prestar más atención en clase y a hacer más preguntas sobre los prodigios y los prodigiosos. Parecía como si hubiera aceptado el hecho de que aquel era su lugar.

Brigit siguió lanzando objetos.

—¡Pensaba que me decía la verdad!

—¡Y lo hago, y lo hago! —Feste agitó frente a Ella un resguardo de cita rojo como un polo y parpadeante. Era para una reunión obligatoria.

Ella se la arrebató a Feste pero mantuvo las distancias, sin confiar todavía del todo en el muñeco parlante.

Sus ojos escudriñaron el mensaje:

Estimada Brigit Ebsen:

Nos han informado que tus tejidos contienen información reveladora, por lo que debemos investigarlos. Por favor, trae inmediatamente tus agujas y el último tejido en el que hayas estado trabajando al despacho de la Dra. Karlsson, que espera tu llegada. Si te retrasas más de diez minutos, un autómata te acompañará.

UBICACIÓN: Torre de la Visión, séptima planta, despacho n.° 8

Gracias por cooperar.

Que el prodigio te acompañe,

Dean Nabokov, decana de disciplina,

Colegio Menor del Arcanum

Brigit se paseó por la habitación.

—Seguro que ha sido ese astradiano secuestrador. Te juro que lo voy a encerrar a él también en un armario.

—Los astradianos pueden cambiar de tamaño y deslizarse fácilmente por debajo de la puerta —le informó Feste.

Brigit lanzó otro zapato en su dirección y él lo esquivó, haciendo tintinear los cascabelitos de su sombrero.

—Vas a llegar tarde —le recordó Ella.

—No voy a ir.

—Tienes que hacerlo. —Ella le puso una mano en el hombro y Brigit se sobresaltó.

—Iré contigo.

—Que no quiero.

—Si no lo haces, puede que te quiten tus agujas.

A Brigit se le llenaron los ojos de lágrimas e intentó enjugárselas rápidamente. Ella le dio un abrazo y el resguardo se volvió de un rojo muy fuerte.

—Tenemos que irnos —insistió Ella.

Brigit suspiró y se dirigió hacia Feste.

—Ni se te ocurra irte.

Ella y Brigit corrieron durante todo el trayecto hasta la torre de la Visión y llegaron por los pelos. Esquivaron a los aprendices que salían de los laboratorios de pronóstico y hablaban de sus profecías lunares. Brigit se chocó sin querer con un chico más alto y mayor.

—Más cuidado, novata —le ladró.

Brigit refunfuñó.

—¿No has querido nunca gritarles a la cara, o usar tu prodigio para encogerlos? Si supiera tejer una red de araña, los atraparía en ella para ver cómo se asustan.

Ella soltó una risotada.

—Tú podrías hacerlo. Castigarlos, digo, enviarlos al Inframundo o algo.

Ella se tragó el resto de la risa. Las advertencias que siempre le hacía su abuela la atormentaban: *Todo aquello que se conjure con maldad tendrá consecuencias nefastas*.

—No puedo. Es decir… no lo haría.

—Yo los mandaría al peor de los infiernos si me cabrearan.

—No se nos permite enfadarnos —replicó Ella.

Brigit se burló.

—Yo estoy enfadada siempre.

—Pero tú no te metes en líos por ello.

—Ah —fue lo único que dijo Brigit mientras tomaban el ascensor hasta el séptimo piso.

La puerta del despacho de la Dra. Karlsson resplandecía. Unos ciervos de plata galopaban por todo su contorno y caían unos copos de nieve diminutos.

Brigit levantó la gran aldaba y la dejó caer, produciendo un ruido seco.

—¡Adelante!

La puerta se abrió con un chirrido y se adentraron en una habitación que parecía una cueva. Las paredes marrones se inclinaban hacia arriba, unos murales brillantes reflejaban más ciervos e incluso algunos trols. Había una mujer sentada tras un gran escritorio rodeado de telares que hacían sus propios tapices y mantas. Cestas y cestas de lana e hilo se apilaban en torres de equilibrio precario mientras que los husos hilaban por sí solos. La mujer se balanceaba en su silla, dándoles la espalda a Ella y a Brigit.

—Dra. Karlsson, soy Brigit Ebsen. —Se acercó un poco y miró de nuevo a Ella, que la instó a avanzar.

—Y yo soy Ella Durand, su compañera de habitación.

La silla de la mujer se dio la vuelta. Sus ojos estaban empañados y tenía las pupilas del color de un cielo tormentoso, iguales a los de Brigit cuando tejía, y trababa la lana alrededor de las agujas. *Clic, clac, clic, clac.* Aquel sonido familiar hizo que Ella se sintiera atraída por él.

—Dadme un segundo, chicas. El universo se está comunicando conmigo. —Sus manos se movían a toda prisa, tanto que Ella se sintió mareada de verlas. Iban más rápido que las de Brigit y el patrón que tejía bajo sus manos no paraba de crecer.

Brigit y Ella intercambiaron miradas aterrorizadas.

Los ojos de la mujer se aclararon por fin, revelando un brillante azul cristal, y dejó las agujas a un lado.

—Ah, sí, Brigit… y Ella. —La Dra. Karlsson sonrió, y Brigit le dio el resguardo de cita.

Sus ojos brillantes recorrieron de arriba abajo a las dos chicas.

—Soy la Dra. Karlsson, trabajo con los nivel cuatro que tienen prodigios de pronóstico, pero la prodictora Rivera me ha pedido que hablase contigo. ¿Por qué no me cuentas un poco sobre las cosas que tejes?

Brigit se balanceó ligeramente de izquierda a derecha antes de responder.

—A veces no es nada importante, ya sabe... imágenes de cosas que haré al día siguiente o advertencias de cosas que podrían meterme en problemas.

Ella se sorprendió. No tenía ni idea de que esas eran las cosas que Brigit tejía.

—¿Cuánto tiempo llevas haciéndolo?

Brigit respiró profundamente y miró a Ella, que le dirigió una sonrisa alentadora.

—A veces me siento... aturdida, como si me durmiera con los ojos abiertos, pero nunca he sabido por qué. Mi tutora me dijo que hice mi primer par de agujas de tejer con dos palos cuando tenía cinco años y luego el segundo con dos lápices a los siete años. —Se mordió el labio inferior—. A veces lo hago incluso mientras duermo. Es algo que siempre he podido hacer, sin más. Es lo único que se me da bien.

—Muy interesante. —La Dra. Karlsson se levantó de su silla. Su manto prodigiano rojo ondeaba conforme se acercaba—. ¿Ves las cosas mientras las creas o te das cuenta después, cuando ya las has terminado?

Brigit se sobresaltó.

—¿Cómo lo sabe? Siento que alguien me está espiando, y creo que de hecho por eso estoy aquí.

—Tranquilízate, joven, no tienes por qué ponerte a la defensiva —la Dra. Karlsson se rio—. Parece que tienes un prodigio de clarividencia y se manifiesta en lo que tejes.

—¿Cómo, cómo? —Brigit levantó una ceja.

—Tienes la capacidad de ver imágenes del pasado, del presente y del futuro mientras haces punto, acontecimientos que cuelgan de los hilos del universo, como las antiguas nornas.

—¿Nornas? —inquirió Ella.

—No os preocupéis ahora por eso. Lo que quiero decir es que serás una prodigiosa con un parangón de Visión, de las mías. Será todo un orgullo tenerte. Sabios son los ojos.

Brigit la miró fijamente, y Ella sintió un pellizco de envidia y sorpresa en el estómago.

—¿Me dejas ver algo de lo que tejes? —le preguntó la Dra. Karlsson—. Conseguiste poner nerviosa a la Dra. Bearden. Me pareció maravilloso.

Brigit se rio.

—¿Cómo lograste enfadarla tanto? —le preguntó Ella.

—La Dra. Bearden tiene un problema de pedos…

—*Flatulencia*, si lo prefieres —la corrigió la Dra. Karlsson.

—La tejí junto a las judías que tanto le gusta comer y el dolor de estómago que iba a tener ese día —sonrió—. No era mi intención.

Brigit se agachó, rebuscó en su mochila y le entregó a la Dra. Karlsson un puñado de mantitas y cuadrados de colcha.

—Últimamente he estado tejiendo lo mismo una y otra vez, la cara de una mujer, y no sé por qué. Ni siquiera sé quién es.

La Dra. Karlsson desdobló los cuadrados. Todos reflejaban el rostro de una mujer con maquillaje de payaso y una extraña y siniestra sonrisa.

Ella había visto la imagen de las mantas de Brigit antes y supuso que era alguien que conocía, pero verlas tan de cerca hizo que se le revolviera el estómago con miedo y curiosidad a partes iguales.

—¿No sabes quién es? —La Dra. Karlsson pasó la mano por la lana.

—No —respondió Brigit.

—¿Es mala? —Ella se inclinó para verlas más de cerca. El retrato tejido era muy realista, y casi parecía que la mujer fuera a soltar una carcajada de un momento a otro.

La Dra. Karlsson frunció los labios.

—Me interesa más saber por qué tejes este rostro en concreto.

—¿Quién es? —preguntó Brigit, desesperada.

—Gia Trivelino, el As de la Anarquía. En su día fue una aprendiz brillante, pero empezó a cometer fechorías. —La Dra. Karlsson se frotó las manos—. Se salió del camino, no encajaba.

—He visto su nombre en la biblioteca —admitió Ella.

—Fue muy perjudicial para nuestra escuela y nuestra comunidad.

—¿Qué hizo? —indagó Brigit.

—Eso da igual —dijo la Dra. Karlsson—. Lo importante es que ahora está muy, muy lejos, encerrada en las cartas, donde le corresponde. No os preocupéis, no tiene importancia.

—Pero ¿por qué la estoy tejiendo? —Brigit hizo un gesto de disgusto.

—He oído a otros aprendices cuchichear sobre los Ases ahora que...

Los ojos de la doctora se encontraron con Ella.

—A veces, como parangones de la Visión, las imágenes pueden incrustarse en nuestro cerebro. Sin duda debe ser por error.

Brigit y Ella intercambiaron miradas.

—Tienes mucho talento. —La Dra. Karlsson le dio una palmada a Brigit en el hombro—, y me encantará tenerte en mis sesiones cuando llegues a cuarto.

Ella sintió otro pellizco. Tanto Brigit como Jason sabían en qué parangón acabarían, sabían cuál era su lugar, pero ella seguía tratando de averiguarlo.

Mientras volvían a la torre Hidra, Ella enumeró todas sus teorías sobre por qué Brigit tejía a aquella mujer.

—Tal vez hayas visto su cara en uno de los libros de la biblioteca o en una vieja caja de noticias.

—En ninguno de los dos. —Brigit dejó caer los hombros—. Tengo un mal presentimiento. Antes solo sabía cosas sin importancia, como los números exactos para que la señora Mead jugara a la lotería o si iba a llover o a tener un mal día, pero luego fue a peor. Supongo que por eso estoy aquí.

Ella le dio la mano y Brigit se paró. Le temblaba el labio.

—En serio, ¿por qué estoy tejiendo a esa mujer? No me creo lo que me ha dicho la Dra. Karlsson.

—Vente a casa conmigo a pasar las vacaciones de invierno. —Ella le apretó la mano. Sabía que debería haberle preguntado primero a mamá, pero sentía que era una emergencia y que lo entendería, o eso esperaba—. Ya lo averiguaremos, te lo prometo.

INSTITUTO DE FORMACIÓN ARCANA PARA EMPEÑOS PRODIGIOSOS Y MISTERIOSOS

—Memorándum del Arcanum—

PARA: Prodictores MacDonald y Rivera
DE: Doctora Karlsson

Estimados prodictores:

He hablado con Brigit Ebsen y, a pesar de las apariencias, es un encanto, aunque las imágenes que teje me desconciertan. Nunca pensé que volvería a ver el rostro de Gia. ¿Por qué teje a esa criminal, esa lacra de nuestra sociedad? Por mi parte, investigaré y os informaré acerca de lo que sepa. ¿Puedo preguntaros quién os avisó que Brigit tejía esas imágenes?

¡Que la luz os acompañe y feliz luna de invierno!

Un saludo,
Freja Karlsson

⋆—⋆—⋆— **ASTROGRAMA** —⋆—⋆—⋆

Hola, mamá:

¿Puede venir Brigit a casa a pasar las vacaciones de invierno? No tiene a dónde ir. ¿Porfi, porfi, porfi?

Te quiere,

Ella

⋆—⋆—⋆— **ASTROGRAMA** —⋆—⋆—⋆

Ella:

Claro que puede venir, pero la próxima vez avísanos con tiempo, cielo. Sabes que no me gusta tener compañías inesperadas.

Te quiere,

mamá

P. D.: Espero que tengas planes para ella porque sabes que nuestros huéspedes son siempre como el pescado, que se echa a perder a los tres días, y no quiero que haya problemas durante las vacaciones.

⋆—⋆—⋆— **ASTROGRAMA** —⋆—⋆—⋆

Querido Masterji Thakur:

¿Se encuentra mejor? Me he pasado hoy por su despacho y me han dicho que se ha ido a pasar las vacaciones de invierno un poco antes.

Espero que esté bien, estoy un poco preocupada.

De:

Ella

CAPÍTULO QUINCE

EL LIBRO ROJO

Tres semanas después, Ella estaba de nuevo en casa, sumergida en los brazos de su abuela.

—Ya no te pareces a mi pequeña —dijo la abuela—. Tampoco hueles como ella. Has pasado demasiado tiempo en el cielo.

Ella apenas había cruzado el umbral cuando se vio atrapada en sus brazos.

—¿Has aprendido allí arriba algo que valga la pena?

—Déjala que respire —le dijo mamá a la abuela—. Ha sido un viaje largo desde el muelle.

La abuela miró más allá de Ella y vio a Brigit.

—¿A quién te has traído contigo, cariño?

La cara de Brigit se puso muy roja.

—Esta es mi amiga del cole. —Ella acercó a Brigit para que la abuela pudiera hacerle su ritual de inspección—. Brigit, esta es mi abuela.

—¡Bienvenida! —La abuela rodeó a Brigit con los brazos, apretándola con fuerza.

Brigit abrió los ojos de par en par, sorprendida aunque feliz.

Ella contempló la granja de Misisipi donde pasaban la mayoría de las Navidades. Olía y se sentía como en casa, aunque hubiera algunos cambios.

Las plantas habían crecido en las ventanas, una de las gatas negras había tenido una camada y el papel de la pared había pasado de un gris pizarra a un azul verdoso. En la repisa había nuevos santos de la casa de Nueva Orleans que la animaban y aplaudían, y del techo colgaban orbes de protección. Los adornos navideños se las habían apañado bien sin ella.

Se había perdido todo.

En el árbol brillaban tonos dorados y rojos, las velas de oración estaban cubiertas de acebo, los calcetines navideños se movían con alegría y del techo colgaban copos de nieve falsos, listos para caer.

—¡Ella! ¡Ella!

Winnie corrió por el pasillo y se lanzó a sus brazos. Su hermana había crecido un poco y tenía unas trenzas que le llegaban a la espalda. Ella sintió una pizca de tristeza. Había tenido muchísimas ganas de irse y no había podido verlo todo.

Winnie se detuvo y miró a Brigit.

—¿Quién es esta?

—Mi compañera de habitación, Brigit.

Brigit la saludó con la mano.

—Pero si tenías tres compañeras —Winnie miró a Brigit con unos ojos grandes e inquisitivos.

—Bueno, ahora solo estamos Brigit y yo. Mejor así, la verdad.

Winnie no escuchó la segunda parte de la frase porque ya se había ido directa hacia Brigit, a la que le dio la mano para arrastrarla a jugar con ella, arrullando a Feste de camino.

—Lávate antes de cenar —le ordenó la abuela— y asegúrate de que tu habitación esté impecable para la invitada.

Mientras Winnie monopolizaba a Brigit, Ella fue a su habitación y abrió la puertecita roja para encontrarse con el sucio dobbin familiar encaramado al dosel de la cama y haciendo caer su habitual tormenta de polvo sobre la colcha.

—Ni una noche me dejas antes de crear problemas —dijo Ella con una sonrisa. A decir verdad, lo había echado un poco de menos.

Él le devolvió la mirada con unos ojos grandes y caídos y luego soltó un gemido que produjo otra tormenta de polvo en su habitación.

—No eres mi Ella, no hueles como ella. Eres otra persona. Quiero que me devuelvas a mi Ella.

—¡So, so! —gritó Ella, aunque normalmente le encantaba que apareciera en su habitación o la persiguiera haciendo tornados hasta que mamá se quejara del desorden.

Desapareció con un puf.

Seguía siendo ella misma, o eso pensaba.

Todo en la habitación parecía en su sitio: su escritorio seguía teniendo sus chucherías indemnes y su réplica del Arcanum flotaba intacta sobre su mesa de trabajo. No había pruebas de visitas no autorizadas de Winnie.

A Brigit le habían preparado la cama-nido. Ella mulló las almohadas, revisó el diminuto baño y le preparó una toalla. Quería que Brigit estuviera cómoda, que le gustara estar allí, que pensara que los conjuradores eran limpios y agradables.

La puerta se abrió de golpe y Winnie arrastró a Brigit de la mano.

—Te vas a quedar aquí, aunque mi habitación es mejor.

—Déjala en paz —le espetó Ella.

—Vale. —Brigit le devolvió la sonrisa a Winnie.

—La abuela ha dicho que te preparases para la cena —Ella le dio la vuelta a Winnie—, así que lávate la cara, que tienes un bigotillo de chocolate.

—Brigit me ha dado una moneda de chocolate de parangón. Tenía un ojo que parpadeaba. —Ella le cerró a Winnie la puerta de la habitación en la cara y echó la llave.

—Es muy linda. —Brigit dio una vuelta por el cuarto.

—O una plasta. —A Ella se le cerró el estómago mientras Brigit inspeccionaba la habitación. Se preguntó qué pensaría de ella.

—Tienes muchas cosas. —Brigit se dejó caer en la cama-nido.

—Sí. —Ella no sabía si lo decía en el buen sentido o en el malo—. Mamá dice que soy una urraca que acumula cosas.

—En casa de la señora Mead no podíamos tener muchas cosas. Vivíamos en dormitorios, un poco como en el Arcanum, pero en filas de literas. Solo había un baño, pero la señora Mead me construyó una vaina.

—¿Una qué?

A Brigit se le iluminaron los ojos azules cuando la describió: era una cabañita en forma de panal con escaleras para subir y con las mejores vistas de Nueva York.

—A veces la echo de menos. —Brigit sacó sus agujas de tejer y Ella se quedó boquiabierta cuando vio que el símbolo de las almohadillas había desaparecido.

—¿Qué? ¿Tengo monos en la cara?

—Tus agujas.

—Sí, ¿qué pasa?

—Nada... me sorprende que te hayan quitado el encantamiento.

—Dijeron que se fiaban de mí si me iba contigo a tu casa. —Brigit apartó la mirada—. No pensaron que me escaparía estando aquí.

Ella le daba pellizcos a la colcha.

—¿De verdad?

—Eso parece, no lo sé. Solo se tarda veintitrés horas en tren bala hasta Nueva York. Lo he buscado.

Ella se mordisqueó el labio. A decir verdad, no quería que Brigit se escapara cuando los prodictores confiaban en ella y en sus padres para cuidar de Brigit. Sobre todo, no quería que se fuera y no pudieran reírse juntas todos los días o verla fruncir el ceño ante esto o lo otro.

Winnie golpeó la puerta y gritó detrás de ella.

—¡La cena! La abuela ha dicho que Brigit se puede sentar conmigo.

Ella suspiró, abrió la puerta y dejó que Winnie la guiara hasta el comedor. Un candelabro de velas medio gastadas proyectaba un resplandor cálido sobre la larga mesa, y había otro árbol de Navidad grande en una esquina.

—Sentaos, sentaos —les pidió la abuela.

Gumbo se estiró debajo de la mesa a la espera de cualquier trozo de pollo o salchicha perdida que se cruzara en su camino. Brigit dio un salto al verlo.

—No te hará daño —dijo la abuela—. Es como un gatito grande.

—Pero es un caimán. —Brigit se acurrucó en su silla junto a Winnie.

—Es Gumbo —respondió Winnie—, y este es Greno. —Señaló a la rana sentada sobre una taza de té.

La abuela echó a Paon de la mesa y el gallo graznó.

—Compañeros de conjuración, ¿no? —preguntó Brigit.

—Sí. —La abuela parecía satisfecha, y Ella se sintió orgullosa de que Brigit recordara la lección de su madrina.

La abuela le dio una palmadita en la mano a Ella.

—Ve a ayudar a tu madre y a tu padre con la comida. Tengo muchas historias para mantener entretenida a nuestra invitada.

Ella se deslizó hacia la cocina pero se detuvo al darse cuenta de que había pillado a sus padres en plena discusión, así que se escabulló y se agazapó para escucharlos.

—Está cambiada, Sébastien. Puedo sentirlo. Esa chispa que tanto amamos dentro de ella se está apagando. Nunca quise que fuera a esa escuela, sabía que le haría mal. —Mamá se limpiaba las manos una y otra vez en el delantal—. Deberíamos habérselo dicho.

A Ella se le aceleró el pulso. *¿Decirme qué?*, pensó, y sintió un frío profundo en el estómago. No se había dado cuenta de que la verdadera razón por la que sus padres discutían y se peleaban todo el tiempo era el hecho de que asistiera al Arcanum. Siempre había pensado que mamá la quería en casa porque no le gustaban los cambios.

—¿Y acarrearle más problemas? No, mi amor. ¿Por qué no dejar que disfrute hasta que llegue el momento? —Extendió los brazos hacia ella pero se alejó de él.

Los nervios y la curiosidad brotaron en Ella. ¿De qué hablaban ahora?

—Le van a romper el corazón, y la culpa la tendrán *esos dichosos* de ahí arriba que siempre se han creído mejores que nosotros, esos de los «dones buenos». Me niego. Bastante es que nos estén enviando amenazas ahora que tenemos un buzón de astrogramas. Y ya sabes lo que le pasó a mi familia, a mi hermana gemela. Nunca volvió a casa después de haber visitado Astradam. Puf, se esfumó, igual que los demás. —Se cruzó de brazos—. Hemos enviado a nuestra pequeña a la boca del lobo, nunca debí haberlo permitido. —Le temblaba el labio inferior—. Este experimento tuyo tendrá consecuencias. No pienso perderla como perdí a Celeste.

Ella observaba a sus padres y sintió el latido de una tormenta que los ahogaba como un monstruo.

Unas líneas de expresión arrugaron la piel oscura de papá.

—Están atacando la comunidad de conjuradores, Aubrielle, tenía que hacer algo. Los *fewel* siempre destruyen todo lo que tenemos. Siempre. Hemos tenido que escondernos y creo que también merecemos escapar, ser libres para exhibir nuestros dones sin miedo a que nos descubran. —Él atrajo a mamá hacia su pecho, la rodeó con los brazos y la abrazó hasta que se tranquilizó—. Nuestras hijas necesitan conocer nuestro mundo y el de ellos. Es la única forma de que estén seguras de verdad. Solo así podrán ser capaces de sobrevivir.

Papá la acercó más hacia sí y mamá apoyó la cabeza sobre su pecho y respiró profundamente.

—Dime que no van a romper su voluntad. Me da miedo que nunca lleguen a aceptar que aquel no es su lugar.

Ella salió a la vista.

—Aquel sí que es mi lugar, estaré bien.

Mamá se estremeció.

—A ver, cielo, ¿qué te he dicho acerca de espiar y meter las narices en las conversaciones de los demás?

Ella corrió hacia mamá, abrazándola tan fuerte como pudo para tranquilizarla.

—Estaré bien, te lo prometo. Soy fuerte. Masterji Thakur me ha enseñado bien.

Ella había estado esperando el momento oportuno para hablarles de Masterji Thakur, de los planos del Arcanum y de todo lo que había sucedido hasta entonces, pero al final surgió de improviso. Ella fue desgranando la información como un reloj de arena.

Terminó y se preparó para afrontar la reacción de su madre. ¿La dejaría volver al Arcanum?

Mamá hizo una mueca y papá se paseó por la cocina mientras la abuela hablaba de sacar la comida antes de que se enfriara.

—No me consta que hubiera conjuradores en el Arcanum antes de ti, pequeño saltamontes —Papá se frotó la espesa barba—, pero sé que tienen muchos secretos y estoy dispuesto a investigarlos. Vamos a llegar al *quid* de la cuestión.

—Demasiados secretos. —Mamá le dio un tirón a Ella de la mejilla—. Solo queríamos protegerte.

Ella se acordó de su primera vez en Puerto Nebulosa.

—Papá, ¿qué decían aquellos carteles? Sabes, los que vimos cuando subimos a la escuela.

Él se mostró avergonzado.

—Nada importante.

—Cambiaste lo que decían, ¿verdad?

Él le besó la frente.

—Hice lo que deben hacer los papás. Pero venga, vamos a disfrutar de las pocas semanas que estarás en casa. No hablemos más del tema, ¿de acuerdo?

Ella asintió.

—Toma una de las bandejas y vamos a comer.

Se llevaron todo al comedor: un pollo asado con piel crujiente, un bol de porcelana burbujeante con gumbo filé, pimientos rellenos, ostras fritas, aderezo de marisco, macarrones con queso, una bandeja de panecillos dorados y una tarta colibrí de la Panadería Conjuratartas para el postre.

—¿Hay algún plato que tenga cosas raras? —preguntó Brigit, y la abuela se rio.

—La comida se te pega a los huesos y te calienta el alma.

Se pasaron los platos y papá empezó una ronda de chistes. Ella disfrutó viendo cuánto se reía Brigit con su familia. Nunca la había visto sonreír tanto.

Esperaba que fuera suficiente para que se quedara.

Después de pasar las Navidades en la granja de los Durand, Brigit se había ajustado por completo a la vida con ellos. A Ella le encantaba tener a alguien con quien compartir historias de miedo bien entrada la noche, una amiga que la ayudara a alimentar a las gallinas sin ponerlo todo perdido, alguien que se asegurara de que los gatos no se acercaran al gallinero y una compañera con la que pasear por el bosque detrás de la granja. Llenaron un diario con razones por las que Masterji Thakur podría haberle dado la nota y lo que podría significar. Incluso intentaron, sin éxito, enviarle astrogramas a Jason en Celestia por medios no prodigianos, y Brigit pasó un tiempo con mamá trabajando en la sala de conjuros familiar.

Sin embargo, Ella sentía una sombra diminuta acechándola. Se levantaba temprano cada mañana para comprobar que Brigit continuara estando en la cama-nido a su lado, verificaba que su ropa siguiera bien guardada en los cajones que había reservado para ella y se aseguraba de preguntarle cada día si se lo estaba pasando bien. Tenía la impresión de que un día, antes de que volvieran al Arcanum, se despertaría, se encontraría la cama vacía y a Brigit lejos de allí, huyendo de nuevo.

En la víspera de Año Nuevo, Ella se paseó por delante de la sala de conjuros familiar mientras Brigit seguía durmiendo, tratando de reunir el suficiente coraje para interrumpir el trabajo de su madre al amanecer.

La puerta se abrió. *Entra antes de que hagas un agujero en el suelo y despiertes a la casa entera,* resonó la voz de su madre en su mente.

Entró de mala gana y la sala de conjuros se abrió ante ella. Había dos puertas: una para recibir a los vivos y otra para recibir a los muertos. El techo lucía un dosel de plantas del Inframundo y sus flores se asomaban entre el follaje, apareciendo y desapareciendo como si jugaran al escondite. Las paredes estaban cubiertas de armarios de madera repletos de las hierbas de adivinación secas de la abuela y de velas benditas. En el centro había una mesa enorme, cubierta con una tela púrpura, con un pilar de cera en el centro.

Mamá tenía las manos ocupadas con una mezcla de raíces.

—Anda, échame una mano y tráeme la sanguinaria del armario, la que está en polvo.

Ella recorrió el armario de las hierbas, mirando todos los cajones de raíces secas y plantas y leyendo las etiquetas en latín: *Trillium grandiflorum, Viburnum, Eugenia pimenta* y todas las demás.

Le llevó a su madre la raíz.

—Gracias. —Mamá le dio un beso en la frente—. Desembucha, corazón. No quiero tener que entrometerme en tus asuntos.

—¡Mamá! —protestó Ella.

—¿Qué pasa, entonces? ¿De verdad eres feliz en el Arcanum? Estamos las dos solas, puedes decirme la verdad. —Mamá le tomó las manos a Ella y las metió en la mezcla espesa de hierbas—. Amásalas bien.

—Sí, lo prometo —aseguró Ella—. Me encanta.

—¿Segura? —Mamá le pellizcó la nariz—. Entonces, si no es el Arcanum, ¿qué te inquieta?

—Estoy preocupada —admitió Ella, moviendo los dedos en el líquido y persiguiendo los pétalos de conjurrosas mientras mamá espolvoreaba la sanguinaria—. Masterji Thakur quería decirme algo sobre los conjuradores y nuestra historia. Estoy segura.

—Vale, esa es la preocupación número uno. ¿Cuál es la otra? Te conozco demasiado bien. —Mamá volvió a meter las manos en el bol junto con Ella y siguió mezclando los ingredientes—. Vas a peinar todas y cada una de las bibliotecas hasta que consigas una respuesta sobre esos planos, así que por ese lado estoy tranquila. ¿Qué más sucede?

—Brigit —susurró Ella.

—¿Estás lista para que se vaya a casa? Es una chica encantadora, no ha dado ni un solo ruido.

—No, no... no es eso. Creo que no va a volver al Arcanum.

—¿A qué te refieres? —Mamá levantó una ceja.

—Odia el Instituto, odia ser una prodigiosa. Quiere volver a Nueva York... pero yo no quiero que vaya. —Ella se mordió el labio inferior para que no le temblara—. No quiero que huya.

—La gente siempre se irá adonde quiere estar, cielo. No puedes luchar contra la corriente, y menos con alguien con una voluntad tan férrea como la de Brigit. Se forjará su propio camino, y tú también.

Ella apretó los dientes. Mamá nunca le decía lo que quería escuchar.

—Pero...

—Creo que deberías reconocerle todo lo bueno, y a ti misma también. Está cambiando. Cuando pasas mucho tiempo sola, es difícil saber cómo esperar que los amigos sean quienes dicen que son para así poder ayudarlos. Pero te tiene a ti, a la mejor de la familia, mi vida. —Le dio otro beso en la cabeza—. Y ella también es una gran amiga.

Ella sonrió.

Despierta a Brigit, que haga la maleta y os veré en la cocina para desayunar. Nos iremos en un santiamén. Estoy segura de que nuestro viaje de hoy le servirá como recordatorio para quedarse. Le van a encantar nuestra casa de Nueva Orleans y la botica de conjuros.

Ella se animó y se fue corriendo a despertar a Brigit. Pensó en llamar también a Reagan y decirle que iban a Nueva Orleans, pero se sintió rara. ¿Se llevaría bien con Brigit? Reagan nunca había conocido a una prodigiosa.

Una vez en pie y desayunados, Brigit y los Durand se acercaron a la mesa.

—¿A dónde vamos? —preguntó Brigit.

—Ya lo verás. —El Año Nuevo en Nueva Orleans era la tradición navideña favorita de Ella.

La cocina bullía de emoción.

—Sébastien, ¿los has cambiado de sitio? El de Luisiana no está aquí. —Mamá hojeó su *Libro rojo: compendio de mapas de conjuración.*

—A ese baúl ni lo he tocado, cariño. Conozco los riesgos —dio papá soltando una risotada.

—¿Cuánto dura el viaje? —preguntó Brigit.

Winnie se rio por lo bajo y deslizó su mano en la de Brigit.

—No vamos en coche, tonta.

Brigit miró a Ella sin comprender, y ella le sonrió.

—Se tarda unas tres horas en coche, pero nadie quiere lidiar con la policía *fewel.*

La abuela le pellizcó la mejilla a Brigit.

—Ya verás. —Sacó el mapa que faltaba de la parte de atrás de otro y se lo entregó a mamá—. Llega a ser un león y te come. Con tanta prisa no se encuentran las cosas.

Mamá le dio un beso en la mejilla a la abuela y extendió un mapa de Luisiana sobre la mesa. El grueso papel mostraba el contorno del estado, en forma de bota, y sobre él las grandes ciudades, los pueblos dormidos y las zonas rurales, que brillaban y resplandecían. Los diminutos soles del mediodía fulguraban sobre los lugares seguros que visitar, y los soles ponientes, sobre los peligrosos. Agitó las manos sobre el papel y se levantó de la mesa. Sus rápidos dedos apuntaron a la ciudad de Nueva Orleans y la ampliaron; los edificios delineados con tinta, los minúsculos tranvías y las hermosas casas se erigían como una versión en miniatura de la ciudad.

—Vamos a Congo Square, que tengo que entrar un momento en la botica antes de ir a casa —dijo mamá a la abuela y a papá.

—¿Todas listas? —Papá se puso el sombrero alto.

—¿Cómo funciona esto? —Brigit se aferró a Feste.

—Ah… nuestra red. Sí, sí. Supongo que mi prima aún no os lo ha enseñado en clase.

Mamá sacó un alfiletero del bolsillo. En él había unas pequeñas insignias doradas, una para cada miembro de la familia, y tenían grabados sus nombres.

—Ayer hice esto para ti. —Sostuvo una en alto. El metal reluciente brillaba con el nombre y el apellido de Brigit—. Cuando la coloques en el mapa, viajarás.

Ella se inclinó hacia Brigit.

—Al principio es un poco una montaña rusa, pero al final te acostumbras.

—Pero ¿por qué? —preguntó Brigit.

—No siempre ha sido muy seguro para nosotros vivir entre *fewel*, y si te soy sincera, sigue sin serlo, así que tuvimos que crear nuestros propios caminos. Los conjuros nos ayudan a hacerlo; de ese modo es más fácil desplazarse y nos evitamos problemas. —Mamá se puso los guantes y su bolso flotó a su lado. Le dio a cada cual su alfiler, sacó el suyo y les guiñó un ojo a Ella y a Brigit—. Maletas en una mano y broches en la otra. Nos vemos en Nueva Orleans, nenas.

—Vamos a una —contestó papá mientras se preparaban para poner el extremo puntiagudo en el mapa—. ¿Listas? —Ella contuvo la respiración, se abrazó a Brigit y clavaron los alfileres a la vez.

Se disiparon. Ella sintió la caída como si una cálida ola del océano la hubiera golpeado y la hubiera arrastrado al fondo. Cuando volvió a abrir los ojos estaban de pie en un lateral de Congo Square, en Nueva Orleans.

A Ella siempre le gustaban los primeros momentos después de llegar a aquella ciudad, y su crepitar la llenaba de emoción. Había mucho ajetreo en la plaza: los músicos tocaban la trompeta y la gente bailaba, las tiendas de la fortuna salpicaban los adoquines de conjuradores que presumían de tener el mejor conjutarot y los vendedores predicaban a voces sobre buñuelos calientes, roscos de reyes, caramelos de conjuro y heliosimientes de sabor radiante.

Ella escuchó a Brigit ahogar un grito cuando vio las Puertas del Inframundo que se alzaban a sus espaldas, los gigantescos necrotauros gargantúa vigilando la fila de los que esperaban para entrar y algunas personas que atendían los altares a sus pies.

Papá le dio un beso a mamá y le dijo que se reuniría con ellas en casa muy pronto. La gente se separó para dejarle pasar conforme cruzaba la plaza.

—¿Tu padre es famoso? —A Brigit se le abrieron los ojos como platos, tratando de asimilarlo todo.

—Un poco. —Ella sonrió aliviada al ver la emoción de Brigit.

Ellas dos y Winnie fueron detrás de mamá y de la abuela por las calles. Las hileras de tiendas mostraban las luces navideñas y exhibían todo tipo de productos: pañuelos mágicos que se anudaban con patrones hermosos, pelucas flotantes que se acicalaban solas, los últimos modelos de manotrenzas, parasoles que protegían de la humedad y el calor, pintura de uñas para protegerse de los maleficios y de la mala suerte y mucho más.

La abuela se llevó a Winnie a la tienda de juguetes mientras que Ella le mostraba todo a Brigit.

Algunos transeúntes les saludaban con la cabeza, otros susurraban y unos pocos se paraban para darles conversación, pero la única persona a la que quería ver era a Reagan.

—Oye, joven Durand, ¿cómo es esa escuela en las nubes? —El señor Boudreaux se quitó el sombrero antes de entrar en la Mansión Magnífica de McKinney.

Ella sonrió.

—Está bien.

—Me alegra que aún seas una de nosotros, tesoro —le dijo la señora Morrow desde su salón de belleza.

Una hermosa mujer con un parasol carmesí se acercó a mamá.

—¿Se ha enterado, señora Durand? ¿Es cierto? *El Conjuro Niunduro* dice que sí.

Las facciones delicadas de mamá se tensaron con preocupación.

—¿Qué ha pasado? Hemos estado fuera. —Mamá miró a las niñas antes de que ella y el hombre se alejaran.

Ella y Brigit apretaron las mejillas contra las ventanas de cristal de la tienda de Tentempiés Taumatúrgicos de Evangeline y observaron extasiadas los pasteles colibrí en miniatura peleándose, calderos burbujeantes de plátanos al fuego, bolas de nieve espiral en almíbar, tarros de té brillosolar y pan de miel borbón, y luego Ella arrastró a Brigit hasta la Confitería de Conjuros Criollos, donde los encargados tiraban de palancas para hacer cemento dulce decadente, batidos de malta traviesos con praliné y bombones y trozos de tarta de pastel de pecanas.

Se sentaron en un banco para comerse los dulces. Los niños de un parque cercano jugaban a saltar a la comba doble en el aire, casi como si flotaran.

Brigit apenas podía concentrarse; miró el resto de los edificios. La multitud entraba y salía del banco de conjuradores contando monedas de colores y conjudólares negros.

—¡Hay árboles! —Brigit señaló los árboles de dinero detrás de los cajeros.

A Ella le encantaba ver cómo sacaban el árbol de dinero de su familia de su cámara acorazada y lo podaban cuando su madre o su padre requerían dinero.

—Es...

—Flipante —Ella terminó la frase.

—Total. —Brigit le dio la mano a Ella y se la apretó—. ¿Quizá muy flipante como para irnos?

—Sin duda.

A Ella se le cayó un poco de helado en el pie.

—¡Puaj! —Miró y se encontró a un rottie lamiéndole el zapato—. Dulzón, ¿eres tú? ¿Qué haces aquí?

—¡Jason! —Brigit saltó del banco y, sorprendentemente, le dio un abrazo.

—¿Qué haces aquí? —A Ella se le hizo un nudo en el estómago y su mente volvió al día del Bestiario del Arcanum, al cuadrado de colcha de Brigit con su retrato y el emblema de conjuración ardiéndole en el pecho, a su rostro cuando él y Beatrice se alejaban a toda prisa. ¿La odiaría en secreto?

—Te estaba buscando, te he mandado astrogramas. ¿Los recibiste? —Casi le tembló la voz.

—Acabamos de llegar de Misisipi. —Ella lo miró—. Allí no tenemos buzón de astrogramas.

Él recogió al rottie y lo metió en su mochila. Ella pensó que tenía un aspecto muy distinto vestido con ropa *fewel*: llevaba una sudadera, unos vaqueros y unas deportivas.

—He venido con mi madre para devolver algo... el necrotauro. —Señaló en la dirección opuesta a la mujer que hablaba con la madre de Ella.

—¿Esa es tu madre? —le preguntó Ella—. ¿Cómo es que conoce a la mía?

Jason bajó la vista a los adoquines.

—Es conjuradora.

Ella abrió los ojos de par en par, asombrada.

—¿Y no me lo habías dicho? Me hiciste creer que estaba sola. —El dolor se extendió por su cuerpo con rabia y calor—. Por eso tenías al necrotauro, por eso Brigit tejió el emblema en tu manto.

Brigit tragó saliva.

—No me dejaban decirlo, juré guardar el secreto. Nuestra familia no habla de ello, e incluso lo ocultan ante sus compañeros. Nadie en el mundo prodigiano lo sabe. —La culpa inundó sus ojos y luego fueron las lágrimas—. Lo siento.

—Por eso la abeja en el pelo de tu hermana —exclamó Ella, y Jason asintió con timidez.

Los tres se quedaron en silencio. Ella estaba que echaba humo, como diría su abuela, y quiso lanzarle más reproches a Jason y dejar de ser su amiga.

Unas lágrimas enormes le recorrían las mejillas.

—Pero le dije a mi familia que te lo iba a decir, que tenía que hacerlo.

Ella tragó saliva, pensando en lo nervioso que se ponía a menudo y en lo difícil que tuvo que resultarle.

—Si ya no quieres ser mi amiga, lo entiendo. —Se le escaparon más lágrimas y Dulzón miró a Ella con ojos grandes y pensativos.

Ella lo abrazó. No sabía lo que significaba guardar secretos como aquellos, secretos que involucraban a otros además de a sí misma.

—Yo...

Sonó una alarma. Los perros comenzaron a ladrar y la gente empezó a correr. Papá apareció en lo alto de la calle y mamá les metió prisa.

—Vamos, rápido, rápido.

Aparecieron gendarmes prodigianos con sus lobos y unos cuantos *fewel* pasaron por delante de ellos sin inmutarse, como si fueran fantasmas. Ella sintió cómo todos los conjuradores respiraban hondo, casi a la vez.

Brigit le dio la mano.

—¿Qué está pasando?

La madre de Jason lo arrastró en dirección contraria y se despidieron a voces.

—Ha habido una fuga en las Cartas —anunció un repartidor de periódicos—. Se ha escapado una criminal y nos echan la culpa. Poneos a salvo.

Ella se quedó paralizada con un nudo en el estómago y supo que algo iba mal, *muy, muy* mal.

La Gaceta Estrellada

NOTICIA DE ÚLTIMA HORA:

¡UNA CONVICTA ANDA SUELTA!

por Patrick Díaz

1 DE ENERO

Se ha producido una fuga en las Cartas del Destino Fatal y se ha decretado un cierre de emergencia en la prisión. La deshonrosa y legendaria artista de circo Gia Trivelino ha escapado del centro. La convicta cumplía condena por los asesinatos de su rival y de su hija pequeña en el circo y se la considera muy peligrosa.

Seguiremos informando sobre las últimas novedades. ¡Recuerden tener encendidas las cajas de noticias!

⋆—⋆—⋆— ASTROGRAMA —⋆—⋆—⋆

Hola, Masterji:

Le he enviado varios astrogramas. ¿Ha podido leerlos durante las vacaciones? ¿Se encuentra mejor?

También tengo algunas preguntas sobre lo que me enseñó.

Nos vemos pronto,

Ella

⋆—⋆—⋆— ASTROGRAMA —⋆—⋆—⋆

Querida Ella:

Espero que tus vacaciones hayan sido tan estupendas como las mías. Tengo ganas de reunirme contigo y resolver todas tus dudas; te incluyo un resguardo de cita. Ven a verme cuando vuelvas al Arcanum.

Buen viaje y nos vemos pronto.

Masterji Thakur

PARA: Su excelencia, Sébastien Durand, el Gran Caminante
Mansión de la Muerte
Inframundo
Congo Square, Nueva Orleans

Estimado y Excmo. Sébastien Durand:

Me gustaría solicitar sus servicios. Me consta que es una petición inusual, aunque seguramente recibirá muchas. Necesito que se coseche un alma del Inframundo. Murió el 18 de junio a las 21:22. Pagaré lo que sea necesario.

Dígame una cifra.

Es urgente.

Un saludo,
G. T.

TERCERA PARTE

LOS SECRETOS DEL ARCANUM

EL CURIOSO RELOJ DE FOURNIER

Gia recorrió con los dedos los productos del mostrador del Taller de Relojes del Regio Fournier, en la parte más lujosa de la calle principal de Betelmore. Una cacofonía de tictacs y sonidos de cucos llenaban el espacio y la hacían sentir como si estuviera dentro de un reloj. La tienda era circular y las paredes presumían de una plétora de pesos, péndulos, ruedas dentadas y engranajes, todos ellos cubiertos de una pátina de bronce. Había todo tipo de relojes a la venta, algunos con manecillas que corrían hacia atrás, otros con manecillas que iban hacia adelante, algunos que aseguraban poder detener el tiempo y otros que permitían robarlo.

Gia dudaba de que cualquiera de ellos pudiera cumplir tales propósitos, pero sí estaba segura de que el hombre detrás del mostrador le sería de gran ayuda.

Su bigote negro se movía como la aguja pequeña de un reloj mientras la miraba, curioso.

—¿Qué decía que estaba buscando?

—El tiempo es algo fascinante.

—Y que lo diga. Siempre he sentido debilidad por él —le respondió mientras manipulaba de forma obsesiva un reloj de bolsillo.

—¿Solo tiene estos relojes?

—¿Disculpe? —El relojero se puso firme—. Si le interesa, esta semana me entrarán algunos más.

—Pues espero que lleguen… a tiempo.

La mueca del relojero se convirtió en una sonrisa y ella soltó su carcajada favorita, una en un tono alto, como una campana repicando.

—Usted debe ser Fournier —concluyó, apuntando al cartel de la tienda.

—Culpable. Me llamo Fabien —asintió con la cabeza—. ¿Y usted?

—Colombina —respondió. Era el nombre del personaje que más le gustaba interpretar—. Ojalá supiera hacer algo tan bello como estos relojes.

Las mejillas pálidas de Fabien se sonrosaron y Gia pudo percibir su debilidad igual que quien percibe el olor del champú de la gente. Era experta en adular a los demás lo suficiente como para conseguir lo que se propusiera; su padre la instruyó en ese arte tan básico del teatro.

—¿Qué tiene en esa caja de bolsillo? —señaló el cajetín que ella había colocado de forma estratégica sobre el mostrador.

—El mundo —bromeó e hizo como si fuera a abrirla—. He oído que le gustan los trueques.

—Eso dependerá de lo que me ofrezca —le respondió.

—¿Es cierto que sus relojes detienen el tiempo? —Le dirigió una sonrisa.

—Solo de forma muy breve, perfecto para echar un rato divertido. —Le guiñó un ojo—. Bueno, ¿qué dice que tiene para mí?

Su cara en forma de corazón le recordó a su expareja y por un momento se sintió mal por lo que iba a hacer a continuación.

Las yemas de los dedos de Gia se calentaron. Con un parpadeo, la habitación se transformó y los hilos del universo se desplegaron ante ella como un gran tapiz hecho de luz estelar. Tiró de un hilo e hizo que la puerta echara el pestillo y el cartel de Abierto cambiara a Cerrado, pero él estaba tan absorto en la caja de bolsillo que ni se inmutó.

Gia rodeó le rodeó las muñecas a Fabien con la cadena de un reloj antes de que se diera cuenta de lo que estaba sucediendo.

—¿Qué hace? Suélteme —le gritó.

—Cálmese, no se va a morir… creo —le respondió ella—. Ya veremos.

—Llévese el dinero de la caja fuerte o lo que quiera.

—No he venido por dinero. No se acuerda de mí, ¿verdad?

Él se estremeció.

—Cuántas mezquindades dijo en mi juicio, cuántos comentarios para el juez. «Es una narcisista, una proscrita, una anarquista». Usted le daba relojes especiales a mi padre, era parte de la familia. ¿Cómo osa no acordarse de lo que hizo?

Su rostro se volvió pálido.

—¿Gi… Gia Trivelino?

—Sí. Bueno, una versión de mí. Los ojos me delatan… pero nadie se fija. Si miraran con atención se darían cuenta, verían la mentira, pero nadie lo hace nunca. La gente solo quiere vivir su fantasía —se rio y extrajo un frasquito de su bolso. El líquido rojo titilaba dentro como si fuera fuego—. Ahora bébase esto.

Él se revolvió.

—No. ¡Suélteme!

—Qué testarudo. —Le quitó el tapón a una de las últimas pociones de imitación de su padre y se la puso en la boca. Solo necesitaba saber si aún funcionaba y si podía robarle el suficiente poder de prodigio como para imitarlo. Él giró la cabeza hacia los lados intentando zafarse.

—Los gendarmes la encontrarán y la pondrán en su sitio —se resistió—. Tiene luz maligna en su interior, siempre lo he sabido.

Gia chasqueó la lengua en señal de desaprobación.

—¿Cuál es mi sitio, dice? ¿Encerrada en una jaula? —se rio—. No hay buenos ni malos, Fabien. No hay luz ni oscuridad. Estamos a un escaso y espantoso día de convertirnos en la peor pesadilla del mundo.

En los ojos verdes del relojero había un atisbo de terror.

—Suélteme.

—¿De verdad tenemos que hacerlo por las malas? —le susurró Gia al oído y le sonrió con malicia.

Abrió la boca y ella le dio de beber el líquido ardiente.

—Trágatelo —le ordenó—. Hasta la última gota.

Él obedeció, y acto seguido su piel blanca se volvió roja, se le marcaron las venas y el sudor le cayó a borbotones.

Funcionaba. O eso esperaba Gia.

Fabien abrió la boca y de ella empezó a surgir un lazo de luz brillante. Era su luz, su prodigio.

Gia sacó un frasco vacío, listo para recogerla y guardarla.

★—★—★— ASTROGRAMA —★—★—★

Ella:

Escríbeme cuando Brigit y tú lleguéis al dormitorio. Aún sigo nerviosa, cielo, aunque sé que seguramente estaréis más seguras allí arriba. Nosotros nos ocuparemos de la prensa prodigiana aquí abajo.

Te mantendré informada. Espero que tú hagas lo mismo.

Te quiere,

mamá

CAPÍTULO DIECISÉIS

VACACIONES PROLONGADAS

Ella vislumbró la silueta del Arcanum desde los ventanales del transbordador celestial. Las torres estaban cubiertas de nieve y los estandartes deseaban feliz Año Nuevo a los aprendices que volvían, en todas las lenguas posibles. Los dos lagos flotantes seguían congelados y las plataformas de los transbordadores celestiales hacían brillar unos copos de nieve perfectos. Ella sintió una gran emoción en su interior cuando aterrizaron y se apagaron los motores de estelina.

Los ayudantes astradianos les dieron instrucciones sobre cómo proceder.

—El transbordador celestial reanudará su trayecto en quince minutos —indicó Aries mientras los estudiantes formaban una fila para desembarcar—. Aprendices, se os llevarán vuestras maletas a los dormitorios, y como nueva medida de seguridad y por precaución, los gendarmes las revisarán. No os alarméis y mantened una fila ordenada en las escaleras.

A Ella se le cerró el estómago. Pegó la cara contra el cristal en busca de gendarmes y se acordó de la nota que le habían enviado a casa sobre ellos, una cita que la llevaba persiguiendo varios días: «Si no ocultas nada, no encontrarán nada». Aun así, tenía ganas de volver a la comodidad de su habitación y estaba ansiosa por hablar con Masterji Thakur.

Papá les sonrió a ella y a Brigit.

—¿Estáis listas?

Brigit asintió.

—Gracias por acogerme.

—Gracias a ti. —Papá le hizo un gesto con el sombrero—. Vuelve cuando quieras.

—Te veo dentro —le dijo Brigit a Ella y se puso en pie.

—Vale —contestó ella antes de volverse hacia su padre—. Adiós, papá.

—No tan rápido, tesoro —la detuvo—. ¿Seguro que estás lista para volver al Instituto?

—Sí.

—¿Y si yo no lo estoy? —Levantó un brazo de forma que Ella pudiera abrazarlo. Le encantaba acurrucarse en su padre porque siempre estaba calentito, como si se hubiera tragado un sol. Apoyó la cabeza en él y le dio la mano.

—Tienes las manos de tu madre —apuntó.

—No las tengo —protestó Ella.

Él se rio y el profundo sonido de su risa la hizo vibrar.

—Los mismos dedos y las mismas pecas en los nudillos. Tienes unas manos poderosas que lanzarán hechizos dinámicos. Son perfectas para los conjuros. —Le dio un beso en la cabeza—. Ten cuidado, ¿vale? Están pasando muchas cosas.

—Lo sé.

—La fuga de las Cartas del Destino Fatal ha puesto patas arriba el mundo prodigiano y el nuestro. —Se frotó la barba.

Mamá y papá habían sentado a Brigit y a Ella después de la noticia y les habían explicado cómo la fuga de la prisión había hecho que la comunidad de conjuradores estuviera en el punto de mira. Ella no entendía cómo o por qué los prodigianos habían usado las cartas de los conjuradores para encerrar a la gente, y en la biblioteca nunca encontraba respuestas a preguntas como aquella.

—Mamá no quería que volvieras aquí después de las vacaciones, pero yo pensé que te las apañarías. Sé que con tu madrina y ese profesor al que tanto aprecias, Masterji Thakur, estarás en buenas manos. Con todo lo que está pasando —su voz bajó una octava—, mamá y la abuela estarán estresadas y con todas las alarmas puestas, así que no les demos más motivos para preocuparse. Necesito que tengas cuidado, ¿vale?

—Sí, te lo prometo. —Ella se puso a jugar con sus guantes—. ¿Sabes algo de quién sacó… a Gia Trivelino?

Los ojos de papá se suavizaron.

—Solo sé que hizo algo imperdonable y que solía ser la artista más famosa del mundo prodigiano.

A Ella la mente le daba vueltas.

—¿En qué piensas? —Papá le pellizcó la nariz.

—No es nada —respondió y él le apretó la mano.

—¿Me prometes otra vez que tendrás cuidado?

Ella asintió.

—Mi pequeña —dijo—. Quiero que estés a salvo.

Ella se fundió en sus brazos y recorrió con los dedos las elaboradas marcas de conjuración que rodeaban sus brazos.

—Winnie es la pequeña.

—Pero tú eres mi primera hija. —Le sostuvo la barbilla, la levantó y clavó sus profundos ojos marrones en los de Ella—. Presta siempre atención a tu alrededor. Ándate con mil ojos y no te fíes ni de tu sombra. No todo el que ronca es porque duerme, ya lo sabes. —Volvió a tocarle la nariz—. Y no te pases de curiosa o te meterás en líos.

Ella le dio un beso en la mejilla.

—No me voy a meter en líos —le susurró—, te lo prometo.

Aquella frase le supo a mentira.

Ella salió corriendo del transbordador y alcanzó la cola de aprendices que entraban por la puerta principal y hacia el vestíbulo. Los tranvías adornados con gorritos navideños, luces de colores y estrellas de Año Nuevo sobrevolaban sobre sus cabezas e iban abarrotados de estudiantes que se dirigían a sus habitaciones en las torres. Ella se puso en la fila que decía OSA MENOR Y TORRES HIDRA.

Las chicas se apresuraron a entrar y se acomodaron en los lujosos asientos.

—Busquen un asiento y agárrense fuerte —les ordenó el autómata del tranvía.

Ella caminó por el pasillo buscando a Brigit y otras chicas de nivel uno pusieron sus mochilas en los asientos vacíos o se movieron para impedir que ella se sentara a su lado. Notó cómo se le hacía un nudo en el estómago conforme se acercaba más y más al fondo del vagón. Si no encontraba un asiento tendría que salir e ir andando o esperar al siguiente tranvía.

—Tomen asiento —anunció el autómata—, salida programada en treinta segundos.

Ella intentó sentarse junto a una chica llamada Ilse.

—No te puedes sentar aquí —dijo Ilse.

—El asiento está vacío —le respondió Ella.

—No te sientes encima de Walter.

—¿Quién?

—Es un… kóbold… invisible. Se enfada mucho cuando la gente cree que no existe, así que no puedes sentarte.

Hubo un estallido de risas en el otro extremo del vagón.

—La gente prefiere sentarse al lado de monstruos que a tu lado —Abina acarició la tarántula que tenía en la palma de su mano—. Traes mala suerte.

Ella apretó los dientes.

—Es verdad. Compartimos habitación, así que lo sé *por experiencia*. Tuve que irme a un templo en Shanghái para que me la quitaran durante las vacaciones —indicó Lian.

—La única mala suerte que hay aquí es la de tu horrible aliento —la recriminó una voz desde atrás.

Ella se dio la vuelta. Era Brigit. Sonrió de inmediato.

Clare se acercó.

—A ti nadie te ha preguntado. No me creo que sigas aquí, pensaba que lo habías suspendido todo. He visto tus notas, eran terribles. Peor que terribles, horribles.

—Ah, ¿como tu cara? —Brigit se la devolvió.

—¿Cómo te atreves? —Ladró Lian.

Abina, Clare y Lian se pusieron de pie, dispuestas a pelearse.

—¡Siéntense! ¡Siéntense! —aulló el autómata del tranvía. Ella se hizo un hueco en el asiento junto a Brigit y el tranvía se sacudió, iniciando la marcha.

Las chicas se cayeron al suelo y Ella y Brigit estallaron en carcajadas.

Abina se fue detrás de su tarántula, maldiciendo y quejándose, Lian trató de arreglarse el pelo y conseguir que su perro fu se calmara y Clare se alisó el manto como si no hubiera pasado nada. Acto seguido, miraron a Ella y a Brigit, lo que hizo que se rieran aún más.

El tranvía navegó por el corazón del Instituto sobre los relucientes raíles y se dirigió hacia las torres dormitorio del nivel uno.

—Gracias —le dijo Ella a Brigit.

—No es nada. Me sacan de quicio.

Ella y Brigit se contaron las maldades que les harían a esas tres si tuvieran la oportunidad: meterles sapos en la cama, echarles purpurina infinita en el pelo o enviarles a Feste para asustarlas mientras dormían.

Una sonrisa discreta se dibujó en la cara de Ella. Se sentía muy feliz de estar de vuelta.

Ella apenas había sacado sus cosas de la maleta cuando se fue directamente al despacho de Masterji. De los globos dulces caían copos de nieve de azúcar, pero Ella no se detuvo a atraparlos con la lengua. Llevaba el resguardo de cita dentro de un cuaderno lleno de preguntas para su mentor. La puerta del despacho, de un azul como el de los pavos reales, brillaba en la distancia.

—Masterji Thakur —lo llamó ella.

Un cartel parpadeante mostró una serie de mensajes:

Masterji Thakur ha prolongado sus vacaciones. Sus clases de Gusto serán impartidas de forma provisional por el Dr. Ahluwalia en los laboratorios de Sabor del cuarto piso. La prodictora Rivera resolverá cualquier duda al respecto. Buen prodigio y feliz Año Nuevo.

—¿Vacaciones prolongadas? —se dijo Ella. Trató de abrir la puerta, pero el pomo no se movía.

Algo iba mal y no pudo evitar sentirse preocupada.

Un autómata se le acercó.

—¿Necesita ayuda? ¿Tiene alguna aflicción?

—No, estoy bien —respondió Ella.

—Su ritmo cardíaco se muestra acelerado y está sudando. Sus niveles de adrenalina son altos. Todo indica que está estresada —indicó—. ¿Necesita ir a la enfermería o ver a los nobles prodictores?

Ella tragó saliva. Su mente era como una botella de chispirujo agitada, pero intentó calmarse y pensar en una buena mentira para que la dejaran en paz.

—¡Ella! Gracias por esperar. —Se le acercó alguien de nivel uno que Ella reconoció vagamente y que llevaba en las manos una bombilla de cristal hinchada con una lupa sujeta encima, como si fuera un paraguas. En su interior brillaba una planta extraña—. Venga, que tenemos una cita.

Ella asintió con la cabeza y fingió hasta que el autómata se fue.

—Gracias —le respondió Ella.

—No te preocupes. Me llamo Bex. —Tenía una cresta rizada y la piel morena clara y con pecas. En el rabillo del ojo llevaba pintado un arcoíris.

—Soy Ella.

—Lo sé. —Bex sonrió.

—Claro que sí. —Ella se sintió tonta—. Gracias por ayudarme.

—Escuché al autómata dándote la brasa mientras subía las escaleras. —Los ojos de Bex se fijaron en la nota en la puerta de Masterji Thakur y le mostró a Ella su resguardo de cita—. Yo también venía a verlo hoy.

—¿Por qué nos dio el aviso si no iba a estar aquí? —Ella puso la oreja contra la puerta.

—Es extraño. Estamos trabajando en un proyecto especial y estoy tratando de cultivar helioespecia, que traerá a los dracoarenas de vuelta a su hogar. Esta semana es la extracción de semillas y él lo sabe. —El rostro de Bex mostraba desconcierto—. Tenemos un calendario de floración muy estricto.

—¿Qué es ese contenedor? —Ella se acercó.

—Es un vivario. Ayuda a que las cosas crezcan.

—¿Hay dracoarenas donde tú vives?

—En Dubái, una ciudad *fewel,* como la tuya.

La prodictora Rivera salió del ascensor.

—Sabía que estaríais aquí como un clavo esperando a su señoría Masterji Thakur.

Ella se estremeció al verla, aún molesta por haberla acusado de robar. No sabía cómo sentirse con respecto a ella.

Bex sostuvo el astrograma en alto.

—Nos ha enviado resguardos de cita.

Ella se aferró a su cuaderno lleno de preguntas.

—Me aseguraré de que sepáis que ha vuelto antes que nadie. Estoy segura de que sois su ojito derecho… y eso que nunca hay favoritismos —bromeó.

Ella buscó en sus ojos lo que les ocultaba. Ya no confiaba en ella de la misma forma.

—Nunca falta a una cita.

—Nos pasa a los mejores y no creo que tengamos que echarle la culpa, Ella. A veces las vacaciones se extienden; a todo el mundo le gusta tener mucho tiempo para descansar. Oye, ¿habéis probado la nieve? Este año ha salido muy buena, mucho más dulce.

La prodictora Rivera se puso debajo de uno de los globos dulces y abrió la boca como un pajarito para atrapar un copo de nieve de azúcar con la lengua.

Bex la miró entrecerrando los ojos.

—Acompañadme a dar un paseo. ¿Os parece?

La prodictora Rivera encabezó la marcha. Bajaron las escaleras de la torre del Gusto y los golpes de su bastón resonaron por todo el espacio mientras les daba la tabarra. Primero les habló de cómo los pozos de agua salada seguían abiertos y el doctor Vainikolo iba a traer nuevas tablas de surf, y luego sobre los permisos que acababan de enviar para la última expedición estelar, pero Ella tenía la mente puesta en Masterji Thakur.

Se pararon en el pasillo de los dormitorios.

—Descansad bien, que mañana las sesiones empiezan temprano. —La prodictora Rivera se marchó.

Para asegurarse, Ella esperó un rato desde que se fue.

—¿Tú te crees lo que nos cuenta?

—Para nada —sonrió Bex.

—¿Qué hacemos? —Ella empezó a sentir de nuevo pánico en su interior.

—Sigue enviándole astrogramas y mantente alerta. Yo me pasaré por su despacho todos los días. Te avisaré si me entero de algo.

Ella y Bex salieron al pasillo.

—¿Vives en Liebre o en Can Menor? Mi amigo Jason vive en Liebre. ¿Puedes buscarlo por mí?

—Vivo en Quimera. —Bex señaló a su izquierda.

Ella estiró el cuello para mirar. Nunca había escuchado hablar de esa torre de dormitorios.

—Allí no hay nada.

—Solo saben dónde está quienes lo necesitan —le explicó Bex—. Te veo en el Festival de Unión.

Ella vio cómo se alejaba hasta que desapareció. Ahora tenía más preguntas todavía.

⋆—⋆—⋆— ASTROGRAMA —⋆—⋆—⋆

Jason:

Masterji Thakur no estaba en su despacho. Tenemos que hablar. ¿Nos vemos con Brigit antes del Festival de Unión?

De:

Ella

El Conjuro Niunduro

¿SE REPETIRÁ LA HISTORIA?
EL ENIGMA DE LA INTEGRACIÓN DE LOS CONJURADORES

por Margeaux Dubois

15 DE ENERO

Los conjuradores desaparecen en el cielo, o eso dicen. Vigila tu espalda cuando vayas a Puerto Veliano, aguanta la respiración cuando te montes en los transbordadores celestiales y en los tranvías aéreos, mantente alerta por la calle, cuida tus modales o los cuervos te sacarán los ojos y los lobos te arrancarán el corazón.

Los Griotarios de cada ciudad conjuradora llevan un registro de todos los desaparecidos: los que tienen permiso para trabajar en los hogares prodigianos, los que pasan a recoger a los muertos y los que esperaban ser embajadores de la paz. La más conocida, Celeste Baptiste, nunca regresó de una ciudad prodigiana. Tenía apenas once años. Ahora, nuestro Gran Caminante del Inframundo, su excelencia Sébastien Durand, ha cambiado las tornas, pero la pregunta sigue siendo la misma: ¿debemos aventurarnos en las alturas? ¿Qué le pasará a la joven enviada a las nubes? ¿Se apagará su luz? ¿Se convertirá en la próxima estrella caída?

CAPÍTULO DIECISIETE

EL FESTIVAL DE UNIÓN Y ASTROGRAMAS DE VUELTA

Mientras las decoraciones lunares llenaban los pasillos y la gente no paraba de saludarse, Ella y Brigit hacían cola en la puerta del salón de actos para el Festival de Unión. La emoción había inundado el Instituto… y también lo habían hecho los gendarmes. Estaban por todas partes, y Ella trataba de no hacer contacto visual. Varios aprendices se agolpaban junto a las cajas de noticias, haciendo girar la manivela lentamente para ver los últimos titulares sobre las Cartas del Destino Fatal y la criminal que se fugó.

Ella miraba hacia adelante a pesar de la sensación de tener miles de ojos clavados en ella.

—Por aquí, niveles uno. El Festival de Unión comenzará muy pronto. —El prodictor Macdonald les hizo pasar al interior.

Brigit acercó una mano a la oreja de Ella.

—¿Encontraste a Masterji Thakur? —le susurró.

—No estaba allí, y estoy segura de que la prodictora Rivera me mintió.

Brigit enarcó una ceja.

—¿Y qué quieres hacer?

—Investigar —sugirió Ella, resuelta—. También le he enviado un astrograma a Jason.

—Te echaré una mano.

Mientras que los demás niveles uno hacían suposiciones sobre el Festival de Unión —unos decían que era una gran fiesta y ya está; otros, que servía para ver a aprendices mayores usando sus prodigios, y otros tantos decían que todo el mundo recibía regalos—, Ella intentó dejarse llevar por el entusiasmo, pero su mano se volvió a encontrar en su bolsillo con el astrograma de Masterji Thakur y no pudo evitar tener la sensación de que algo iba mal.

Clare las interrumpió.

—Mira por dónde vas —ladró—. Ah, y he recibido tu notita, Ella. Me las vas a pagar.

—¿Qué? —respondió Ella, confundida.

Clare hizo un gesto de superioridad y se volvió hacia Lian para seguir chillando.

—Me niego a llegar tarde porque Abina no sepa arreglarse el pelo. Quiero los mejores asientos.

Ella se detuvo. ¿De qué nota le hablaba Clare?

—Me da igual si Abina tiene que venir al Festival de Unión con una pinta horrible. Aún estoy enfadada con ella por no haber venido de compras con nosotras en Betelmore. —Clare se abrió camino entre la gente.

Ella sintió una punzada. No sabía por qué se sentía obligada a ver si Abina estaba bien.

—Espera a que venga Jason, ¿vale? Guárdame un sitio, vuelvo enseguida.

—¿Qué haces? —le gritó Brigit, pero Ella corrió de vuelta al pasillo en dirección a los dormitorios.

Ella pasó por detrás de otra estudiante hacia la puerta de Osa Menor. El salón tenía el mismo aspecto que antes de que ella se fuera: unas sillas amarillas acogedoras y la constelación de la gran osa dando vueltas en el techo. Subió la escalera de caracol y el sonido de un llanto ahogado le llegó desde la habitación de Abina.

—Abina —dijo en voz baja. No hubo respuesta, así que llamó a la puerta, la entreabrió y se encontró con dos ojos que la miraban.

—Vete —le pidió.

—¿Estás bien?

Unas lágrimas enormes le corrían por las mejillas.

—No necesito tu ayuda.

—¿Por qué lloras? —le preguntó Ella.

Le tembló el labio y se le saltaron las lágrimas.

—Mis manotrenzas no funcionan y no me puedo peinar como me dijo mi madre. Mi hermana está ya en el Festival de Unión y tampoco me puede ayudar.

Abina abrió la puerta por completo y dejó entrar a Ella de mala gana. Llevaba el pelo envuelto en un pañuelo con un estampado precioso, recogido de la misma forma que Ella llevaba el suyo por la noche. Un brillante paño ghanés formaba un bonito dosel sobre su cama y sobre su mesita de noche había un recipiente de cristal. En su interior, unas ramitas, hierba y un charquito de agua rodeaban a su corpulenta araña. Las manotrenzas rotas giraban en círculos y sus dedos marrón oscuro se abrían y se cerraban.

—No sé qué ha pasado —Abina se cruzó de brazos.

Ella tomó las manotrenzas y les hizo cosquillas en la palma de la mano al igual que hacía su madre. Los puños se apretaron y luego se estiraron, tratando de zafarse de Ella.

—No sabía que tú también tenías —comentó Abina.

—Pues claro. —Ella la miró perpleja—. Tenemos el mismo tipo de pelo.

Abina levantó la vista y examinó las trenzas de Ella.

—Es verdad —murmuró—. Quizá sea lo único que tenemos en común con los conjuradores.

Ella puso los ojos en blanco.

—Tenemos más en común de lo que crees.

Abina hizo una mueca de disgusto.

—Mi abuela dice que somos familiares separados por el agua, el tiempo y experiencias distintas.

Abina agachó la cabeza, mirando la colcha.

—O sea, sé lo que pasó y todo eso, pero somos...

—Diferentes.

Ella estiró los dedos y masajeó las palmas de las manotrenzas hasta que se reiniciaron. Después sacó un frasco de aceite de coco del neceser de Abina y lo roció sobre los largos dedos. Ya estaban listos de nuevo.

—*Voilà!* —Ella le dedicó una sonrisa triunfal.

Abina le devolvió la sonrisa tímidamente y empezó a quitarse el pañuelo.

—No hace falta que me esperes.

—No quiero ir sola al salón de actos.

—Yo tampoco —admitió Abina.

Ella se sentó en el escritorio y las manotrenzas transformaron el pelo de Abina en unas bonitas trenzas enhebradas con cuentas. La conversación se estiró entre ellas como una masa de buñuelos, subiendo, bajando y convirtiéndose en algo nuevo e inesperado. Conoció a Kwaku, su araña protectora, y Abina le contó que viajaba con su familia a Accra cuando no estaban en Astradam. Ella, por su parte, le habló sobre su casa en Nueva Orleans y de la granja de su abuela en Misisipi. Escuchó atentamente a Abina hablar del prodigio de tela de su madre y de todos los vestidos animados que hacía en su tienda.

—El pelo te ha quedado genial. —A Ella le encantaron los bucles y cómo brillaban las cuentas.

—Ah, gracias. —Abina se alisó el manto—. ¿Estás lista?

Se fueron corriendo hacia el salón de actos y, justo antes de entrar, Abina detuvo a Ella.

—Quería darte las gracias... bueno, por haberme ayudado y todo eso. Sé que no he sido... bueno...

—De nada. —Ella pensó que quizá aquello podría cambiar la relación que tenían.

Las dos entraron en medio del discurso del prodictor MacDonald sobre la importancia del Festín de Unión prodigiano.

— ... sacrificios. Su voluntad de vivir en comunión, a salvo, lejos del peligro. Este es nuestro recordatorio anual, el número 299. El año que viene será el tricentésimo aniversario. Nuestros antepasados vinieron de todo el mundo y trajeron consigo sus tradiciones —explicó el prodictor MacDonald—, y por eso celebramos esta efeméride reuniéndonos cuando la luna llena del lobo aparece en el cielo. El lobo es un animal afortunado que siempre sabe adaptarse al invierno. Somos como el lobo: evolucionamos y nos preparamos para una vida lejos de los *fewel*. Ahora todo el pueblo mágico vive en armonía.

Los instructores prodigianos aplaudieron.

—¡Que dé comienzo el banquete!

—Feliz Festival de Unión. —La prodictora Rivera hizo un gesto a los astradianos y empezaron a servir la comida.

—Feliz Festival de Unión —respondió el salón, y acto seguido estalló en aplausos mientras que los carros de comida llenaban los pasillos.

Ella encontró rápidamente a Jason y a Brigit y se deslizó en el asiento que le habían guardado.

—¿Dónde estabas? —le preguntó Jason.

—Abina necesitaba ayuda. —Ella alcanzó una de las samosas giratorias.

—No sé por qué te has portado bien con ella —gruñó Brigit—. No creo que te hubiera ayudado.

—Lo sé, pero me da igual.

Ella no tenía una respuesta clara de por qué había ayudado a Abina. Quizás en el fondo quería que fuera su amiga algún día, o al menos que no la odiara.

Brigit llevó las manos a su hamburguesa jamaicana y apretó la servilleta contra ella cuando empezó su melodía *reggae*.

—Sigo odiando la comida de aquí. ¿No podemos pedirle a tu abuela que nos envíe un plato de los de ella?

Ella se rio y luego se inclinó hacia adelante para susurrarles.

—Vale, tenemos que buscar a Masterji Thakur. Sé que intentaba decirme algo… —miró a su alrededor para asegurarse de que nadie la estuviera escuchando— sobre el Arcanum. Ahora, de repente, ha desaparecido, y la prodictora Rivera solo me dice mentiras.

—No me fío de ella —refunfuñó Brigit.

—Tú no te fías de nadie —dijo Jason con la boca llena de japchae bailarín. Los fideos le asomaban por las comisuras de la boca como si trataran de escaparse.

—Vale, tienes razón, pero mienten para que parezca que todo va bien siempre, y sabemos que no es así. —Brigit apretó la mandíbula. A Ella le daba vueltas el estómago.

—Como la vez que ella y el prodictor MacDonald me preguntaron por el farol de Samaira. Llevo meses sin vivir en esa habitación. ¿Por qué iba a ser yo? Me hicieron pasar mucha vergüenza.

A Jason se le abrieron mucho los ojos.

—Quizá deberías preguntarle a tu mamá, a tu papá o a Madame Baptiste.

—La mamá de Ella la sacaría de aquí volando —intervino Brigit—. La escuché decir que odia las ciudades prodigianas.

La realidad le estalló en la cara. Ella se imaginó cómo reaccionaría su familia, que ya estaba bastante nerviosa y preocupada, si se fueran de misión de rescate a sabiendas de que los conjuradores estaban en el punto de mira. Ella no podía pedirle ayuda a nadie y arriesgarse a que se la llevaran de vuelta a casa. Papá le había dicho poco antes que estaba feliz de tenerla en el Arcanum porque Masterji Thakur y su madrina estaban allí. ¿Qué haría si se enterara de que Masterji Thakur no había vuelto o había desaparecido?

—Pero… ¿y si es verdad que está de vacaciones? Vamos a intentar mandarle otro astrograma después del Festival de Unión. Nos respondió al que nos mandó en Navidad, así que no veo por qué no iba a responder —dijo Jason.

—Creo que deberíamos volver a su despacho —sugirió Brigit.

—Me gustan vuestras ideas.

Ella sacó un astrograma en blanco de su mochila y escribió rápidamente un mensaje corto:

Querido Masterji:

No ha venido a nuestra reunión de hoy. ¿Volverá pronto? ¿Va todo bien?

De:

Ella

Escribir aquel mensaje mejoró su estado de ánimo al instante, pues sentía que había tomado de nuevo las riendas. Respiró profundamente, se guardó el astrograma en el bolsillo y se preparó para mandarlo después del banquete.

Los carros de los postres llegaron y comió mucho más de lo que le cabía en el estómago: una copa de dulce dinamita, que había que tomársela antes de que explotara, un gulab yamun risueño, una tarta al ron ridícula que hacía piruetas y unos mochis fisgones que intentaban colarse en su mochila y en sus bolsillos.

Después del festín, Ella, Brigit y Jason se dirigieron a los dormitorios.

—Voy a enviar la carta.

Ella se acercó al buzón de astrogramas más cercano y la metió. Cada vez que echaba una carta pensaba que eran mucho más interesantes que los buzones azules que había esparcidos por Nueva Orleans. El buzón flotante se movía de izquierda a derecha y brillaba mientras procesaba y se lleva su carta, lista para enviarla directa al Estrellario.

—Espero que me responda pronto. —Ella empezó a alejarse.

—Seguro que sí —la tranquilizó Jason.

—Ya verás —añadió Brigit.

El buzón de astrogramas se iluminó y sonó de forma extraña.

Ella se dio la vuelta. Su hermosa superficie se había quedado en blanco y le escupió la carta. Ella la agarró antes de que tocara el suelo.

En ella, unas gruesas letras negras estampadas sobre el nombre de Masterji Thakur decían: «Devolver al remitente».

A Ella se le encogió el corazón. ¿Qué querría decir?

¡Devuelve Al Prodigio Su Grandeza!

Nuestro gobierno ha perdido el rumbo
y ha destruido nuestros valores.

¡Limpiemos los cielos!

Abajo los conjuradores
y sus simpatizantes.

¡Los prodigianos primero!

¡La integración no es la solución!

—Jefferson Lumen

PARA: Asamblea General del Prodigio
DE: Consejo de Seguridad

Véanse informes adjuntos. La enfermería de Betelmore notifica que tres personas ingresadas han perdido su prodigio. No pueden emplearlos. Sus dones han desaparecido.

CAPÍTULO DIECIOCHO

ROTTIES Y MAPAS DE PISATALONES

Ella, Jason y Brigit estaban en el pasillo de los dormitorios mirando las grandes letras negras: «Devolver al remitente».

—¿Le pasará algo al correo?

Brigit le quitó el papel a Ella y lo sostuvo en alto para que le diera la luz.

—O a este buzón de astrogramas. —Jason lo inspeccionó.

Ella se inquietó más todavía.

—Creo que a Masterji Thakur le ha pasado algo malo.

Jason levantó las manos.

—Bueno, no lo podemos saber.

—«Devolver al remitente» significa que no lo encuentran...

—Aprendices, es hora de desalojar el pasillo e iros a vuestros dormitorios antes del toque de queda nocturno.

La decana Nabokov recorrió los pasillos diciéndole a todo el mundo que se fuera a sus habitaciones.

—Pero es que es una emergencia... —se tragó el resto de la frase. La decana Nabokov iba hacia donde estaban, y Ella ahogó un grito al ver a la mujer de pie frente a ella. La dama llevaba un bolero anticuado y un largo vestido negro que ondeaba de un lado a otro como la campana de una iglesia. El pelo, también negro, lo llevaba recogido en un moño similar al que se hacía mamá cuando iban a la iglesia los domingos.

La mujer se balanceó hacia atrás y hacia adelante con los tacones. La mayoría de los prodigiosos tenían algo peculiar, pero en la decana Nabokov resultaba difícil ver el qué. Ella no sabía de dónde venía, pero claramente no era de allí, del Arcanum. Quizá fuera de otra época.

Pensó que lo mejor sería no decir nada... especialmente a ella.

—Mañana lo planeamos —susurró Jason cuando la decana Nabokov se dirigió hacia donde estaban, y se alejó corriendo.

—¿Hay alguna razón para que vosotras dos sigáis aquí, en este pasillo? —Les apuntó con un dedo enguantado.

—No, señora —mintió Ella—. Nos íbamos ya a la cama.

—Sí, ya de ya —añadió Brigit de forma airada.

—Eso quería escuchar. No querréis seguir causando problemas durante vuestro primer año, ¿no? De ser así, podría ser el primero y el último en el Arcanum. —La decana Nabokov fulminó a Ella con la mirada.

Ella tragó saliva con fuerza, casi como si saboreara la dura amenaza de la dama. Se agarró del brazo de Brigit, salieron corriendo por el pasillo y no pararon hasta que se precipitaron a través de la puerta del dormitorio. A Ella le latía desbocado el corazón y respiraba con dificultad. Estaba segura de una cosa: aquella mujer había visto a través de su alma, entrado en su corazón y dejado una huella ardiente. No comprendía cómo una persona podía ser tan hermosa y aterradora a la vez.

Brigit entró la primera, quejándose de la decana Nabokov y de su actitud, mientras que Ella no le quitaba ojo al «Devolver a remitente» escrito en el astrograma.

Se preparó para irse a dormir, se llevó la carta consigo y pasó los dedos sobre la tinta negra. La preocupación hacía que le temblaran. *¿Qué ha pasado, Masterji Thakur? ¿Dónde está?*

Los sueños de Ella se llenaron de planes e ideas para encontrar a Masterji Thakur, y también pensó en todo lo que podría salir mal.

A la mañana siguiente se despertó agotada y se llevó a Brigit a desayunar. En el comedor, Ella les hizo sentarse lejos de los otros niveles uno para que pudieran hablar de lo que debían hacer con Masterji Thakur sin que nadie les escuchara.

—Entonces, ¿cuál es el plan? —preguntó Brigit.

—Me gustaría lanzar un pisatalones —anunció Ella.

—¿Un qué? —Brigit la miró sin comprender.

—Es un hechizo que te permite seguirle el rastro a alguien.

—O echarle un mal de ojo —añadió Jason—. Eso es lo que siempre decía mi madre.

—Eso es solo si lo usas para controlar la voluntad de alguien, si cambias la forma en que actúa o si quieres enviarlo lejos —lo corrigió Ella—. Esta es una versión diferente del hechizo. El pisatalones sirve para ir tras los pasos de alguien.

La miraron de manera confusa. Ella deseaba tener un libro que lo explicara todo para que pudieran ver imágenes de lo que hablaba —el mapa, el polvo, el hechizo—, pero los conjuradores no dejaban grimorios, libros de hechizos ni bibliotecas de saberes a sus descendientes. Las familias conjuradoras transmitían recuerdos y no había manuales para guiarlos.

—Vale, a ver que os explique —respiró profundamente y se giró hacia Jason—. Digamos que has perdido un wombi.

Jason empezó a soltar su retahíla habitual.

—Tienen un sentido natural de la orientación y nunca se...

Ella levantó una mano.

—Déjame terminar.

—Lo siento —se rio Jason.

—Bueno. Pongamos que te falta un wombi, ¿vale? Si lanzáramos un hechizo pisatalones iríamos hasta su madriguera y trataríamos de volver sobre sus pasos para ver a dónde fue.

—¿Pero cómo?

—Creando un mapa de pisatalones. Tomamos algunos objetos del wombi y los usamos como localizadores, cosas que tengan «rastros de esencia», como mi madre lo llama.

—¿Puedes hacer un mapa solo con eso? —A Brigit se le pusieron los ojos como platos.

—Bueno, podemos hacer todo tipo de mapas... —Ella se calló el resto de la frase cuando Aries se acercó a su mesa con un carrito de comida.

—¿Fuente de chocolate con gas? Hay pirulís de centella para mojar.

Negaron con la cabeza y la fuente gorgoteó. Aries les insistió.

—Parece que estuvierais tramando algo aquí... tan lejos.

Brigit lo miró con odio.

—¿Qué vas a hacer? ¿Echarnos más polvo dormilón del tuyo?

—Deberías aprender a perdonar.

Brigit le siseó. Él saltó del susto y se fue rápidamente hacia la siguiente mesa.

—Tenemos que ir a ver a mi madrina y conseguir ingredientes de su despacho. Puedo hacer que me hable del hechizo. Sé cómo es, pero quiero asegurarme de que sigo los pasos correctamente.

—Lo dudo, seguro que nos pilla. —Brigit levantó las manos—. Además, ni siquiera sabemos qué buscamos.

Ella se paró a pensar un buen rato. Tenía razón. Perderían tanto tiempo sin saber qué buscar que les pillaría con facilidad, especialmente con Echi, el compañero de conjuración de su madrina, vigilándolos desde el árbol de botellas.

Jason golpeó la mesa con el puño y Ella y Brigit dieron un respingo.

—Ay, perdón, me he emocionado mucho —dijo tímidamente—, pero ya sé lo que tenemos que hacer.

—¿El qué? —preguntaron Ella y Brigit al unísono.

—Los rotties.

—Las ratas —respondió Brigit.

—No son ratas, son pequeños marsupiales...

—Que sí, que sí, nos lo has explicado mil millones de veces. —Brigit puso los ojos en blanco—. Estaba de broma.

—En serio, escuchadme bien. Son rápidos y casi ni se ven, les pediré ayuda. —Jason rebuscó en su mochila y sacó una cajita de dulces. Dentro de ella, las galletas en forma de animales luchaban por salir. Se las entregó a Ella—. Deja algunos trocitos cerca de donde estén los ingredientes que necesites y yo les diré qué tienen que hacer.

—Brillante.

La mente de Ella se agitó y el plan encajó como los engranajes de una de las brújulas de papá, orientándola en la dirección correcta. Podría funcionar.

—Brigit, necesito que distraigas a quien sea que intente entrar en la habitación. Jason, dirige a los rotties y luego vigila a Echi. Esa serpiente lo ve todo, no quiero que se meriende a un rottie.

Devoraron el resto del desayuno y se fueron corriendo a la torre del Temple.

—Todavía tenemos cuarenta minutos antes de que empiece la primera clase. —Ella apuntó a un reloj-farol cercano.

Se pararon delante de las escaleras.

—Voy a llamarlos ya. —Jason se arrodilló en el suelo, puso una mano en la pared, marcó un ritmillo con los dedos y sacó una de las galletas.

Ella y Brigit se miraron. Aquello tenía que funcionar sí o sí. Ella empezó a contar hasta diez, pero antes de llegar a cinco escuchó los pasitos de unas patas minúsculas y divisó las grandes narices negras de varios rotties que asomaban la cabeza detrás de una columna.

—Ahí están —Brigit dio un salto—, ahí están.

—Mantén la calma —advirtió Jason—. Si se emocionan demasiado solo querrán jugar, y les dije que estábamos en una misión seria, en una misión de rescate. —Los atrajo con trocitos de galleta—. ¿Listos?

Los diminutos rotties chillaron y asintieron, y Jason miró a Ella.

—Vamos allá.

Ella respiró hondo y entró en el Taller de Conjuros de su madrina.

—¿Tía Sera?

—¿Sí, *petite*? —le respondió—. Entra, estoy en la parte de atrás.

Ella se encontró a su madrina podando belladonas dentro de su terrario oscuro de plantas del Inframundo.

—¿Qué necesitas?

—Quería hacerte algunas preguntas sobre la tarea que nos diste. Ya sabes, los… —Ella señaló al terrario.

Su madrina enarcó una ceja.

—Lo conoces al dedillo, debería resultarte fácil.

Ella miró a su espalda y vio la cola de uno de los rotties moverse a toda velocidad.

—Quería hacer trabajo extra. Ya sabes que me gusta saberlo todo.

Tía Sera le dedicó una sonrisa cálida.

—Sí, tú siempre tan curiosa. Le dije a tu madre que creo que tu compañero de conjuración será un gato.

Ella puso los ojos en blanco.

—Ayúdame primero con esto. —Su tía sostenía una maceta de hongos peludos y con verrugas—. Aquí solo me dan problemas, tengo que buscarles otro sitio.

Ella los reconoció. Siempre había pensado que eran muy feos. Los hongos se estiraron por encima de la tierra al igual que la mayoría de las plantas cuando se acercaba un conjurador.

—¿Cómo se llaman? —le preguntó su madrina—. Y pronúncialo bien.

—Muy fácil, son stro-bi-lo-my-ces, los abuelos de los bosques. —Ella trazó en la tierra un círculo en sentido horario en señal de respeto y reverencia, una técnica que le había visto hacer a la abuela. Los hongos inclinaron sus cabezas nudosas hacia ella.

—¿Para qué sirven? —Ella esperaba que los rotties fueran lo suficientemente sigilosos como para no alertar a la tía Sera.

Nunca había lanzado un truco ni un hechizo con ellos, pero había visto a mamá y a la abuela usar muchas de aquellas setas feas para ayudar a los clientes que se quejaban de los problemas que les causaban otras personas.

—Para tus enemigos —respondió—, pero... ¿puedo preguntarte otra cosa?

—Puedes preguntarme lo que quieras. —Su madrina le indicó un hueco donde podía enterrar la planta.

Ella se encontró con las galletas en su bolsillo y trató de dar muchas vueltas para formular la pregunta, añadiendo un montón de *pueeees* y *eeeeh* para ganar algo de tiempo.

—¿Puedes hablarme del hechizo pisatalones? En nuestra clase de Pronosticación del Futuro estamos aprendiendo a usar herramientas para encontrar a personas desaparecidas y pensé que igual eran lo mismo.

No era del todo mentira.

—Muy buena pregunta, y bien vista la conexión entre prodigianos y conjuradores. —Su madrina le dio la espalda para seguir arreglando las plantas en el invernadero en miniatura.

Ella se acercó al armario de hierbas de su madrina cargado de ingredientes, todos ellos ya dosificados para poder usarlos rápidamente, y colocó en los cajones trocitos de galletas de chile en polvo, sal, pimienta blanca y negra, copos de chile y azufre. Ya solo necesitaba una vela negra y papel de conjuro.

Echi abrió los ojos de golpe y la miró, y Ella se alejó para evitar los ojos afilados de la serpiente.

—El pisatalones es sencillo. La vela hace el resto del trabajo en cuanto la has aderezado con las hierbas adecuadas. El calor es siempre lo último, ya lo sabes. —Tía Sera hizo un gesto—. Apágame primero la telecaja y te lo explico.

—Sí, señora. —Ella giró la ruedecilla y las proyecciones de *Los prodigianos secretos de Nueva York* se aplanaron y se convirtieron en un susurro sordo. Rápida como un grillo, se dirigió al escritorio de su madrina, donde había una pila de papeles de conjuro, y depositó un trozo de galleta sobre ellos y en el cajón de las velas con la etiqueta Noir.

Notó cómo el sudor le llegaba a las cejas. Miró hacia la puerta y les lanzó una sonrisa a Jason y a Brigit. Por suerte, la tía Sera no los veía desde donde estaba. Las galletas ya estaban todas en posición y su tía le explicó cómo disponer todo para el hechizo y le recordó las palabras que debía recitar.

La primera parte del plan había sido un éxito; solo cabía esperar que no pillaran a los rotties.

Tía Sera le dio un beso en la frente sudorosa.

—Bueno, pequeña conjuradora, ven a verme más tarde. Venga, en marcha.

—Sí, señora. —Ella salió corriendo y alcanzó a Jason y a Brigit.

—Buen trabajo. —Jason le dio una palmadita en la espalda—. Los rotties irán retirando las cosas poco a poco, a lo largo del día. Les he dicho que lo lleven todo a la habitación de Masterji Thakur y que nos vemos mañana.

Ella estaba segura de que iba a funcionar.

★—★—★— ASTROGRAMA PARA TODO EL ARCANUM—★—★—★

Todos los aprendices de las clases de Masterji Thakur de Introducción a los Elixires de Especias, Alquimia de Especias Indias y Génesis de Especias deberán presentarse ante los Dres. Khan y Ahluwalia. Cualquier estudiante que intente eludir los nuevos procedimientos recibirá automáticamente un sábado de castigo y tendrá que acompañar a los autómatas.

LOS ASES

Gia se sentó en la parte de atrás del tranvía aéreo mientras planeaba sobre Betelmore y hacía despacio su ruta por la ciudad. Se puso la capucha forrada de piel para asegurarse de que le cubriera los ojos.

Los mirones curiosos le causarían problemas. No, aquella noche solo la vería quien tenía que verla. Se inclinó hacia adelante y dejó dos ases sangrientos sobre los asientos que tenía enfrente. Los ases, las cartas más valiosas de cualquier baraja. El azul del terciopelo gastado lucía encantador junto al rojo carmesí de la carta y era fácil de ver.

Se rio para sus adentros.

La gente se subía y se bajaba en las distintas paradas y las azafatas de sombreros sin alas empujaban carritos y llevaban bandejas de vino y aperitivos.

Gia le echó un vistazo a las otras tres caras que llevaba dentro de su bolsa: el hombre del bigote rizado y la barbilla marcada, la infanta rubia de mejillas sonrosadas y la mujer morena con una constelación de pecas en las mejillas. Por si las moscas.

—¿Está libre el asiento? —le preguntó un hombre.

Gia levantó la vista y sonrió.

—Me alegro de verte, Benjamin Mackenzie.

—Hacía ya mucho tiempo, G… —se detuvo de repente cuando fue a decir su nombre, como si se estuviera ahogando.

Gia le sonrió, deleitándose con lo bien que funcionaba su bozal después de tantos años. No podrían decir nada que ella no quisiera. Él se quitó el sombrero y dejó entrever unas quemaduras del sol en su frente pálida.

—Siento haberte llamado tan de sopetón —se disculpó Gia.

—Te estaba esperando. Vine directo de La Habana y no me ha sido fácil, aún nos vigilan. —El hombre se aflojó la corbata como si aquello le ayudara a decir lo que ella no quería que pronunciara.

—Lo sé, lo sé. Ríete un poco, seguro que te viene bien —le sonrió Gia a su viejo amigo. Extrañaba cómo se le movía la nariz cuando se ponía nervioso, y así había sido desde que se conocieron con once años siendo aprendices de nivel uno.

Una mano enguantada le arrebató la otra carta antes de que pudiera reírse de Benjamin y una mujer se sentó a su lado. Gia siempre pensó que era la mujer más guapa del mundo; es más, guardaba en secreto una copia de su rostro en el armario. Linh Nguyen le devolvió la mirada. El pelo largo y oscuro le caía hasta la cintura y tenía los labios tan apretados que formaban una línea recta.

—Me alegro de verte —le dijo Gia—. Ha pasado mucho tiempo.

—No el suficiente. ¿Qué quieres ahora? —le susurró casi como un ladrido.

—Ver el mundo arder.

La mujer frunció el ceño.

—No quiero seguir formando parte de tus jueguecitos.

Gia chasqueó la lengua en respuesta.

—Cálmate. La noche es joven y aún no ha llegado el último pasajero —acarició el asiento vacío a su lado.

—¿Él? Dudo de que venga —le espetó Linh.

Gia sonrió.

—Bueno, tú confía en mí, ya encontraré la manera de que vuelva a portarse bien conmigo.

Benjamin y Linh intercambiaron miradas.

El tranvía aéreo se detuvo en la última parada.

—Pasajeros, desciendan, por favor —dijo un autómata.

El vagón empezó a vaciarse, los pasajeros se aferraron a sus maletas y se apresuraron a salir. Gia levantó el brazo para probar su nuevo prodigio. En el techo vio un reloj-farol que colgaba y se fijó en sus manecillas móviles. El ruido del tictac resonó en su interior y se enfrentó a él queriendo que se detuviera, deseando parar el tiempo. Los apliques de la pared parpadearon y todo se detuvo. La puerta se abrió con una campanada.

Lo primero que vio Gia fue su falda larga y vibrante, muy distinta a las rígidas enaguas que decidían llevar la mayoría de mujeres prodigianas. Acto seguido percibió su hermosa piel oscura brillando a la luz.

—¿Qué está pasando? —preguntó Linh.

—Estoy probando algo nuevo —le respondió Gia.

—Pensaba que habías dicho que no volverías a hacerlo. —Linh arrugó el entrecejo.

—Estoy lista para volver a la acción.

Su nueva visitante se sentó en el asiento junto a Gia con una amplísima sonrisa.

—¿Me echabais de menos? —Aún perduraba una pizca de su acento *fewel.*

—Pues claro, Celeste Baptiste. —Gia le dio un beso en la mejilla y le dejó una mancha sangrienta de pintalabios rojo en la piel bronceada—. ¿Me has traído lo que necesito?

—Los Ases nunca decepcionan —puso un puñado de frascos sobre la mesa que tenían delante—. Me alegro de veros de nuevo.

—Hacía ya mucho, Celeste. —Benjamin tomó uno de los frascos.

Celeste asintió y Linh jugueteó con otro frasco.

—¿Lo quitará? ¿Me lo prometes?

Gia dejó escapar un suspiro de fastidio.

—Soy una persona muy leal, al igual que tú lo has sido conmigo. Nunca has hablado mal de mí. Tendrás de vuelta tu lengua de verdad.

Levantaron los tónicos y se los tragaron.

—Venga. Tenemos trabajo que hacer.

El Clarín Prodigioso

¡Haya paz!

Carta al director

1 DE FEBRERO

Estimados compañeros prodigianos:

Ha llegado el momento de firmar la paz y la plena integración de los conjuradores del mundo en nuestra sociedad. Si echamos la vista atrás a nuestra historia veremos que nos faltan muchas cosas y que hay detalles equívocos.

Es hora de enmendar esos errores y de hacer brillar juntos la luz, nuestra luz del prodigio, para así revelar la verdad.

La unión hace la fuerza.

Atentamente,

Natalie Parker

Quinto grado de Meteorización, doctora prodigiana de los Estados Unidos, parangón del Temple

CAPÍTULO DIECINUEVE

LA GUARIDA DE MASTERJI THAKUR

A la mañana siguiente, Ella se despertó con una sacudida.

—¡Levántate! —le gritó Brigit.

—¡¿Qué pasa?! Aún no ha sonado la alarma. —Ella se frotó los ojos y se encontró a Brigit sentada en su cama con Feste—. ¿Me he quedado dormida?

—¡Mira lo que le ha pasado a la habitación!

—Es terrible —exclamó Feste—. Qué incivilizados. Tendré que patrullar toda la noche.

Ella se sentó. El cuarto entero estaba destrozado: las sillas estaban volcadas, el papel higiénico colgaba de las ramas del árbol de botellas de Ella y los manuales de instrucciones, los libros, las libretas de pergaminos y los estilógrafos estaban esparcidos por todas partes. Para más inri, los globos nocturnos tenían mensajes desagradables escritos con tinta roja:

¡LOS CONJURADORES NO SON PRODIGIOSOS DE VERDAD!

¡VETE A CASA, ESTE NO ES TU SITIO!

¡NO QUEREMOS CONJURADORES NI LUZ MALIGNA!

¡HAS DEJADO ESCAPAR A LA CRIMINAL DE LAS CARTAS!

Un golpe de calor le llegó y sintió los mensajes como una patada en el estómago. Los santos de su mesita de noche empezaron a cacarear, furiosos.

—Semejante desgracia e infortunio —dijo santa Ágata.

—¿Cómo no lo vimos venir? Tendremos que estar siempre expectantes —afirmó San José—. Hagamos turnos de vigilia.

—A la gente, y en especial a los infantes, hay que enseñarles sobre paz y aceptación —protestó san Francisco, que dio una palmada de rabia con sus manos de porcelana.

La habitación estalló en ruidos. La señorita Paige apareció en la puerta, y detrás de ella se asomaron otras muchas chicas de Hidra, conmocionadas. Un chismorreo se propagó por todo el pasillo. Las noticias viajaban rápido e incluso las chicas de Osa Menor habían ido a echar un vistazo. Ella pudo oír la risa de Clare y percibir la sorpresa de Lian.

A Ella se le hundió el estómago.

—Tomaremos declaración —anunció la señorita Paige para tranquilizar a Ella y a Brigit antes de dirigirse hacia las mironas de la puerta—. Vosotras, volved a vuestras habitaciones. Las clases comienzan en una hora, tesoros. Bañaos y vestíos. ¡Venga, venga! ¡Largo!

Ella se levantó de un salto y se puso a limpiar. La sangre se le subió a la cabeza y sintió que iba a echar a volar. Unas manchitas blancas le nublaron la vista pero no impidieron que sus manos resueltas pusieran orden al caos de objetos esparcidos por el suelo.

Brigit cerró la puerta de un golpe, dejando fuera a las cotillas, y luego ayudó a Ella.

—¿Por qué harían esto?

—Porque soy una conjuradora. —Ella contempló de nuevo el desastre y lo sintió como una losa sobre su corazón—. Siempre creí que los conjuradores y los prodigiosos no se conocían bien, que éramos solo un poco diferentes.

Feste se apresuró y empezó a recoger las pequeñas cosas que le entraban en sus diminutas manos.

—¿No es esa gente también *diferente*? —Brigit limpió el globo nocturno—. ¿Cómo saben que eres una conjuradora? ¿Y si tú lo hubieras mantenido en secreto?

Ella se levantó el pañuelo del pelo para enseñarle a Brigit su marca.

—Podrían pensar que es una peca.

—Pero no lo será para siempre. Ya has visto a mi madre y a mi abuela.

Mamá decía que, durante muchos años, hubo conjuradores que se escondían de los prodigianos y de los *fewel* por igual y usaban maquillaje para ocultar su marca y entrar en la sociedad prodigiana. Sin embargo, el orgullo de mamá y papá nunca le permitiría hacer aquello… y tampoco es que quisiera.

—Yo nunca lo ocultaría.

Ella se tragó la bola de rabia que tenía en la garganta. Nada de lágrimas; eso es lo que querían, y lo que era más importante, que se fuera a casa, pero no sabía cómo explicárselo a Brigit.

Alguien llamó a la puerta con suavidad. Brigit se acercó y la abrió de un tirón. Era Abina.

—¿Qué quieres? —Brigit entrecerró los ojos.

Abina frunció los labios y respiró profundamente.

—Me he enterado de lo que ha pasado. ¿Puedo ayudar?

Brigit se giró para mirar a Ella.

—¿Puede?

Ella asintió.

Mientras Ella, Abina y Brigit limpiaban la habitación en silencio, su corazón volvió a ponerse en su sitio. Se subió a su árbol de botellas, comprobó las polillas esfinge de calavera y recogió el papel higiénico. La belladona brillaba en las ramas, señal del peligro que se avecinaba. Se preguntó cómo podrían ir a peor las cosas: Masterji Thakur había desaparecido, habían destrozado su habitación, la gente cuchicheaba sobre la fuga en la prisión y los conjuradores… Todo se desmoronaba.

Abina arrancó el papel higiénico de las ramas más bajas.

—Siento mucho lo que ha pasado. No está bien. No sé quién ha sido, pero te ayudaré a averiguarlo.

Ella la miró fijamente.

—Gracias.

Un dirigible campana entró en la habitación.

—¡Buenos días, futuras prodigiosas! Este es vuestro recordatorio diario de que tenéis que llegar a clase a tiempo. Mantengamos las sanciones lo más bajas posibles en este ciclo de entrenamiento. Este es vuestro recordatorio de cinco minutos para que os pongáis en marcha.

Ella bajó del árbol, Abina dijo que volvería más tarde si era necesario y Brigit cerró la puerta tras de sí.

—¿Y si nos saltamos la clase? —le ofreció Brigit—. Hemos empezado el día con mal pie, no creo que nadie te diga nada.

—No quiero que nadie lo sepa ni que piensen que me han hecho daño.

—Nadie debería tratarte así. No a mi amiga.

Ella le sonrió y metió en el bolsillo de su manto la raíz de la fortuna de Reagan, que estaba sobre la mesita de noche.

—Échame una mano hoy, porfa —le susurró a la raíz—, lo necesito.

Cuando bajaron de la torre Hidra vieron que la conmoción llenaba los pasillos. Los astradianos venían de las otras torres cargados con maletas de prodigio. Seis aprendices enfurruñados estaban saliendo en fila junto a sus padres enfadados y los prodictores y la decana Nabokov intentaban dispersar a la gente.

Hubo un estallido de susurros, rumores de que los habían expulsado por esto o aquello.

Ella vio a Bex.

—Oye, ¿qué pasa?

—Las cajas de noticias están haciendo un llamamiento a las familias para que se lleven a sus hijos. Dicen que ya no es seguro estar aquí después de la fuga de las Cartas —respondió Bex.

—¿Por qué? —preguntó Brigit. Bex no dijo nada pero miró a Ella con un destello de extraña tristeza en los ojos.

—Por mí —respondió Ella, y sintió cómo se le encendían las mejillas al notar el peso de todas las miradas sobre ella.

A los conjuradores les echaban la culpa de todo.

✦ ✦ ✦ ✦ ✦

—Todas las primeras sesiones se retrasarán veinticinco minutos. Por favor, dirigíos al Gran Salón de Actos ahora mismo. —La voz del prodictor MacDonald resonó a través de los dirigibles campana. Ella y Brigit se encontraron con Jason fuera del dormitorio Liebre.

—¿Estás listo?

Él asintió.

Ella, Jason y Brigit fingieron dirigirse a la reunión de emergencia de todo el Instituto para luego escabullirse hacia la torre del Gusto. Ella sabía que debería comportarse y no llamar más la atención. Eso era lo que le había dicho papá… pero tenía que ceñirse al plan.

Brigit fue hacia la izquierda para investigar el pasillo junto a la clase de Masterji Thakur.

—No hay nadie aquí, todo despejado.

Ella se dirigió a la derecha.

—Aquí tampoco hay nadie.

Jason apoyó la oreja contra la puerta e intentó girar el pomo.

—Tenemos un problema. Está cerrada.

Ella y Brigit volvieron corriendo.

—Tengo algo. —Ella buscó en su bolsillo y sacó la raíz de la fortuna, que se agitó en la palma de su mano y luego se inclinó para inspeccionar a Brigit y a Jason.

—¿Una planta? —Brigit se extrañó.

—Qué pasada. —Jason se acercó más a ella y esta le acarició una de sus trenzas.

—No es cualquier planta, es del Inframundo y da buena suerte. Cada pétalo te ayuda con algo que necesitas.

Ella arrancó uno de los pétalos azules, se puso de rodillas delante de la cerradura y empezó a cantar: *Bellos pétalos, abrid la cerradura, traednos suerte y un poco de cordura.*

El pétalo saltó de la punta de sus dedos y se dirigió hacia el ojo de la cerradura.

Hubo un *clic* profundo y la puerta se abrió con un susurro. Ella sonrió a Jason y a Brigit y se deslizaron dentro, donde los rotties esperaban ansiosos con los ingredientes. Jason se agachó y dejó que se le subieran encima mientras que Brigit inspeccionaba la sala, y Ella fue hacia el escritorio de Masterji Thakur. Todo estaba en su lugar: su *dabba* de especias, la cera brillante para su bigote y barba, una pila de cuadernos y un libro llamado *Conspiración de conjuración: la verdad verdadera*, de Kazz Stewart, con una nota que decía *No olvidar: dárselo a Ella después de las vacaciones*. Ella se lo llevó consigo y se lo enseñó a Jason y a Brigit.

—¡Mirad!

Ellos hojearon la nota y el libro.

—¿Veis? —dijo Ella—. ¿Por qué tendría esto si no planeaba volver?

Intercambiaron miradas.

Jason rompió más galletas en trocitos y dejó que los rotties se pusieran las botas como agradecimiento por su ayuda.

—Asomaos al pasillo y vigilad la puerta, ¿vale?

Ella se puso manos a la obra. Tomó uno de los elefantes tallados del escritorio de Masterji Thakur, colocó un gran trozo de pergamino sobre la mesa, puso la vela negra en el centro y comprobó cada manojo de hierbas para asegurarse de que lo tuviera todo.

—El calor es lo último —se recordó—. La abuela había usado un pisatalones una vez para buscar a Winnie.

El verano anterior Winnie había decidido que quería ser una exploradora y se fue al barrio francés por su cuenta hasta que la abuela la localizó en la Cornucopia de Confiterías de Córdova, en Royal Street.

—Tu abuela puede hacer lo que se proponga. —Brigit se sentó a su izquierda, observando cada movimiento de Ella. Su cumplido llenaba los huecos de tristeza de su interior. Nunca antes había llevado a cabo uno de aquellos hechizos, y si lo fastidiaba, quizá no sabrían qué había pasado.

Jason se sentó al otro lado del gran papel de conjuro con los ojos cada vez más abiertos mientras Ella seguía preparándolo todo.

—Vale, Brigit, espolvorea la pimienta negra. Jason, tú la pimienta blanca. Cubrid el mapa, frotadlo bien y luego echadle la sal y el azufre.

Frotaron las manos por todo el papel mientras Ella hacía lo que siempre hacía su abuela: mezclar los ingredientes y asegurarse de que hubiera un equilibrio entre ellos. El chile en polvo y los copos de chile le hicieron llorar los ojos, pero se limpió las mejillas con la manga. Luego pasó la vela negra por el polvo rojo fuego y la colocó en el centro del mapa.

Ella recitó: *Corta mecha, préstame tu luz,* y su voluntad se traspasó a la fina cuerda. Un hilillo de humo surgió de la vela, haciendo círculos antes de que se encendiera.

Brigit aplaudió, satisfecha.

—Qué pasada.

Ella asintió con timidez.

—¿Qué es lo siguiente? —preguntó Jason.

—Les pido a los espíritus que nos ayuden a saber qué le pasó a Masterji Thakur. —Ella le dio a Jason el elefante tallado—. Ponlo junto a la vela.

Él tragó saliva.

—¿Qué va a pasar?

—Si funciona, la vela se derretirá y nos mostrará el camino. —Ella extendió las manos y formó un círculo a su alrededor.

—¿Cómo?

Ella se encogió de hombros. En realidad, no sabía cómo funcionaba. Bueno, no todos los detalles. Respiró profundamente y recitó el hechizo que su abuela siempre recitaba: *Muéstrame el camino de lo que se ha perdido.* Jason y Brigit se acercaron y unieron sus voces al coro.

La vela se derritió y el elefante empezó a andar en círculos. Los tres observaron cómo las llamas devoraban todos los ingredientes en polvo y la cera se derretía como una rica tinta negra, creando un mapa.

Ella jadeó cuando el papel de conjuro se llenó con un bosquejo de la guarida y el laboratorio de Masterji. Unos puntos negros diminutos mostraban sus pasos yendo de un lado a otro y acto seguido parándose. Había otro rastro que serpenteaba el perímetro. No eran huellas, sino más bien unas largas líneas sinuosas.

—¿Qué es eso? —pasó el dedo sobre ellas.

—Son ruedas de autómata. Tienen que serlo —Jason las inspeccionó.

—¿A dónde se fue? —Brigit se acercó.

—Las huellas se detienen cerca de la ventana —respondió Jason—. ¿Qué querrá decir?

—No puede haberse esfumado sin más —susurró Brigit.

A Ella le dio un vuelco el corazón.

—Y no lo hizo. Masterji Thakur nunca salió de esta habitación.

La Crónica de Celestia

MASTERJI THAKUR VISTO EN LA ANTIGUA RUTA DE LA SEDA PRODIGIANA

Mildred Fitzgerald

Una avalancha de informes aseguran que el instructor desaparecido Masterji Thakur ha sido localizado en los bazares de Afghanistán. Han aparecido unas fotos suyas entrando y saliendo de los puestos de especias en busca de un ingrediente muy raro.

PLANTAS PROHIBIDAS

Estaba frente a la Botica y Vivero Infame de Alaoui, en los barrios bajos de Betelmore. La gente se escabullía por las escaleras de hierro y todos escapaban de los oscuros ascensores en dirección a las tiendas. Aquellas personas solían ser el tipo de prodigiosos a los que les costaba canalizar la luz buena y cumplir las normas.

Gia miró fijamente los carteles de Se busca con su cara salpicados por todas las ventanas de las tiendas. Los heliogramas no proyectaban bien y la imagen se detenía, creando una fina capa de hielo que mostraba sus anteriores «caras» antes de que fuera condenada a cadena perpetua en prisión. La recompensa por capturarla era un millón de esthelios de oro, suficientes para ser un prodigiano asquerosamente rico. Una sonrisa se le dibujó en la comisura de los labios y admiró su última imagen antes de entrar a la tienda. Aquel día llevaba el pelo rojo fuego y la piel pecosa, como si se hubiera escapado de una granja en algún lugar del Imperio de la Gran Irlanda Escocesa.

Una campana sonó cuando cruzó al interior del invernadero de obsidiana y sintió cómo el calor la envolvía y la humedad se le pegaba a la piel. Los dirigibles de latón transportaban falsos soles en miniatura y diminutas nubes de lluvia sobre un laberinto de plantas. Los estantes negros contenían frascos con tónicos, polvos y tinturas extraños que, en otras circunstancias, le habrían llamado la atención.

Gia, sin embargo, recorrió los pasillos esquivando la lluvia y buscando una planta peculiar que muy seguramente estaría lejos de ojos indiscretos. Encontró al empleado del invernadero en una esquina trasera.

—Disculpe, señor —le llamó la atención.

—Soy Bassam y soy el propietario —le respondió. Una lámpara de aceite hacía brillar su piel muy bronceada. Estaba sentado en una silla de terciopelo hecha para un gigante, pero apenas era un esqueleto. Estaba podando una extraña flor y una red de hiedra trepadora le rodeaba como a una celosía.

—Busco una planta rara y no estoy segura de que usted la tenga —siguió Gia.

—Tengo todas las plantas —ladró sin siquiera levantar la vista. Mientras trabajaba, unos mosquitos histéricos zumbaban a su alrededor. Él les dejaba entrar y salir en sus orejas y nariz, sin preocuparse por si le hacían cosquillas. Estaba muy concentrado: las hojas menudas de la flor reclamaban su atención y sus dedos nudosos trabajaban para desenredarlas.

—Este pobre diablo se quedó atrapado en las enredaderas de una belladona. A veces puede ser bastante desagradable.

—¿Tiene alguna quassia roja?

El hombre dejó caer las tijeras, nervioso, y levantó la vista.

—Ahora es ilegal vender esa línea de la especie. La Asamblea General del Prodigio acaba de aprobar el decreto 8759 en materia de plantas del Inframundo y a *esa* en concreto la han incluido en la lista de ilegales. Se supone que no podemos tener ninguna planta de conjuro. —La miró con curiosidad—. ¿Sabes mucho sobre ellas?

—Un poco.

—¿Prodigio de plantas?

—No exactamente.

—Que me preguntes por una planta poderosa, mortífera e ilegal como la quassia roja me dice que tienes habilidades especiales… o eres idiota.

Ella se rio.

—Habilidades tengo muchas, pero eso no le incumbe, y nunca he sido idiota. ¿Tiene la planta o no?

—En efecto, y espero que no le digas a nadie que todavía tengo algunas en mi poder. Acaban de aprobar la ley; no creo que piensen que podemos deshacernos de ellas tan rápido.

Gia le sonrió y él le devolvió la sonrisa, mostrando unos cuantos dientes podridos.

—Pero es muy cara… y, como probablemente ya sepas, esta especie en particular no funciona siempre, es muy temperamental. Muy poca gente que no sea conjuradora puede ganarse su total confianza. No puedo garantizarte que se comporte, es muy tacaña con su especia y su néctar. Tampoco acepto devoluciones si la compras, tienes que hacerlo bajo tu propio riesgo.

Gia puso un monedero repleto sobre la mesa.

El tendero abrió los ojos como platos y acto seguido tocó un timbre a su derecha. Las enredaderas sobre su cabeza se movieron y una cuerda hecha de algo parecido a tendones se soltó y serpenteó por el suelo.

—Dame un minuto.

Gia observó cómo desaparecía el rastro de hiedra.

—Son doscientos esthelios de oro y doce lunaris de plata.

Ella metió los dedos en el monedero y contó el dinero, apilando las monedas sobre la mesa para que él pudiera verlas bien. De nuevo hizo sonar el timbre y el rastro de hiedra regresó con una campana de cristal y la quassia roja en su interior. Los pétalos triangulares brillaban como rubíes palpitantes. Gia percibió su peligro y sonrió. Era justo lo que necesitaba.

—Una planta muy incomprendida —le dijo el tendero mientras le indicaba a la hiedra que le diera la campana a Gia—. No hago recibos. Tú no has comprado esta planta aquí y no nos volveremos a ver nunca.

Gia asintió.

—Ten cuidado —le advirtió.

Cuidado, precisamente, era algo que no volvería a tener.

CAPÍTULO VEINTE

LA DECANA NABOKOV

Los días, las semanas y los meses pasaron. Febrero llegó y se fue, y ni siquiera los vientos de marzo supieron traerle noticias del paradero de Masterji Thakur. Ella intentó mantenerse ocupada perfeccionando su técnica para introducir su luz del prodigio dentro de la esfera de estelina, aprendiendo las reglas de la Lucha de Prodigios y leyendo todo lo que podía sobre los orígenes del Arcanum. A medida que las lluvias de abril inundaban los terrenos del Instituto, su determinación se fue fortaleciendo e intentó hacer todo lo que estaba en su mano. Durante su clase de Pronosticación del Futuro miró dentro de un cristal enorme deseando que le revelara un mensaje, el que fuera, sobre qué le había ocurrido a Masterji Thakur y sobre qué podría estar intentando decirle. Su mente era un torbellino de preocupaciones que chocaban entre sí y se hacían más grandes. El mapa de pisatalones que no llevaba a ninguna parte la atormentaba, al igual que los aprendices a los que habían sacado del Instituto por su culpa.

—Abrid la mente, estrellitas —les instó el Dr. Winchester, levantando sus manos arrugadas—. Probad todos los objetos diferentes.

A su lado, Jason le dedicaba una mueca a su cuenco de adivinación. El agua que contenía se negaba a llenarse de nubes o a revelarle un mensaje. Ella apartó la vista del cristal y dejó caer el manojo de palos de la suerte mientras que en su mente formulaba una pregunta: *¿Qué le ha pasado a Masterji Thakur?*

Acudió a la guía de interpretación. ¿La respuesta? *Perspectiva incierta.*

Brigit esparció monedas sobre la mesa y les gritó, esperando que así funcionaran.

—¿Os sale algo? —les susurró.

—No —dijo Jason.

—No sé cómo hacer que mi prodigio funcione cuando yo quiero. Siempre hace lo que le da la gana —Brigit se encogió de hombros. Llevaba semanas intentando usar sin éxito su prodigio de clarividencia para rastrear a Masterji.

El Dr. Winchester se dirigió a la clase.

—Anotad cómo os sentís usando vuestros instrumentos. Quizá no sean los que os corresponden, pero debéis probarlos todos. Es la única forma de saber si sois parangones de la Visión. —Señaló la tabla que había en la pared, con los diferentes métodos de adivinación—. Espero encontrar así a quienes tenéis prodigios de litomancia. Mis cristales y piedras pasan inadvertidos todos los años.

Ella contempló la tabla y se preguntó si se le daría bien alguno de aquellos métodos. La rabdomancia con varillas de zahorí y péndulos le parecía interesante, pero solo si aprendía a usar uno de los que había tan grandes como la puerta. La astragalomancia y sus dados con diferentes grabados parecía divertida, y la piromancia y los mensajes en el fuego no le llamaban; le daba la impresión de que le acarrearía problemas. Los conjuradores usaban la necromancia para hablar con los espíritus por muchas razones, pero lo descartó porque ya sabía cómo funcionaba y quería un reto nuevo.

—Hora de la puesta en común antes de pasar a otro objeto. —La voz del Dr. Winchester interrumpió sus pensamientos.

Ella estaba muy nerviosa. Ninguno de los objetos que había probado funcionaba, así que no tenía nada que decir. Los demás, en cambio, sí que compartieron sus experiencias exitosas.

—Brigit —la llamó el Dr. Winchester—, tu turno. Háblame de las monedas de la fortuna. ¿Qué has visto?

—Uf, las odio. No pienso usar esta basura —Brigit las apartó de un manotazo.

El Dr. Winchester frunció los labios.

—¿Ah, no?

—Mis agujas de tejer funcionan mejor. —Brigit las sostuvo en alto.

—Quizá puedas explicarnos cómo funcionan.

Brigit abrió y cerró la boca, pero no articuló palabra alguna, y las mejillas se le encendieron de vergüenza.

—Yo... eh...

Ella percibió sus dudas e intervino.

—Los mensajes, ¿no salen de la lana?

Brigit empezó a asentir con la cabeza y a repetir las palabras de su amiga.

—Ella, no te he preguntado a ti, le he preguntado a Brigit. —Las cejas severas del Dr. Winchester se entrelazaron formando una oruga enfadada.

—Yo... quería...

—No voy a permitir interrupciones de ningún tipo —señaló la pancarta con las reglas que ondeaba en la clase—. No cortamos al resto y respetamos los turnos de palabra. Solo hablamos cuando yo os lo pida. Esa es la norma del Arcanum.

Ella sintió cómo el estómago le daba vueltas.

—Solo estaba...

—Suficiente. —El Dr. Winchester levantó la mano y Brigit hizo una mueca.

—Solo intentaba ayudarme, no sabía cómo explicarlo.

—He dicho «suficiente». Ella, vete a ver a la decana Nabokov. —El Dr. Winchester la fulminó con la mirada.

—Pero…

—¡Ya!

Ella se tragó la bola de rabia que tenía en la garganta. Toda la clase la miraba, y Clare trató de ocultar la risa con las manos. Ella contuvo las lágrimas hasta que llegó al pasillo y comenzó a caminar hacia el despacho de la decana de disciplina.

¿Qué había hecho? ¿No podía haberse disculpado y ya? ¿Cuál sería su castigo?

Giró en dirección al Salón de los Prodictores. Junto a la puerta del despacho de la decana había un banco largo, y en él estaba sentada Siobhan junto a sus duendecillos con la cabeza gacha y el gesto ausente. Los duendecillos hicieron ruido cuando Ella se acercó y Siobhan levantó la vista.

—¿Qué haces aquí? —le preguntó.

—Supongo que te puedo preguntar lo mismo. —Ella se sentó en el banco de al lado.

—La Dra. Weinberg dice que mis duendecillos estaban molestando a su gólem. —Siobhan fulminó con la mirada a sus tres duendecillos, haciendo que se escondieran—. ¿Y tú?

Ella respiró hondo y trató de no trabarse.

—¿Conoces a mi compañera de habitación… mi amiga… Brigit? A veces tiene problemas, así que intenté ayudarla y el Dr. Winchester me echó de clase.

Siobhan frunció el ceño.

—Qué raro.

La puerta se abrió de golpe y salió un autómata.

—Mientras esperamos a que llegue el Dr. Doyle, que traduce lengua de duendecillos, la decana verá a Ella Durand.

Ella tragó saliva y se puso en pie. Siobhan le dedicó una mirada de apoyo antes de que entrara en el despacho de la decana Nabokov. En una pizarra había escritos nombres de aprendices junto al motivo de sus sanciones. Un cristal de la verdad movía la arena de un lado a otro para medir el grado de veracidad de lo que se decía, y Ella pensó que los armarios estarían llenos de instrumentos de tortura.

La mujer observaba todos sus movimientos mientras se acomodaba en el enorme sillón colocado junto al escritorio.

La decana Nabokov revisó sus papeles y sus peculiares guantes dejaron huellas en ellos. Aquella vez el largo pelo negro le caía sobre los hombros y su piel tenía el color blanco grisáceo de un cadáver aún caliente. Con todo, Ella la encontraba extrañamente hermosa e increíblemente alta.

—Ella Durand, ¿verdad? —Un acento ruso adornaba sus palabras.

—Sí —balbuceó Ella.

Era la última persona a la que quería ver en el Arcanum. En el comedor había escuchado a otros aprendices contar historias sobre cómo castigaba a los estudiantes: les hacía limpiar el suelo con cepillos de dientes diminutos, recoger las pelusas una a una de cada cojín de los salones de los parangones o directamente los mandaba cruzar portales de castigo para que así aprendieran la lección y trabajaran.

—He recibido un informe de tu comportamiento en la clase de Pronosticación del Futuro del Dr. Winchester. Estabas interrumpiendo...

—Solo intentaba ayudar, lo prometo. —Ella se sentó en el borde del asiento.

—Me acabas de interrumpir. —Sus gafas de montura de alambre se deslizaron por su nariz.

—Yo...

—Deberías guardar silencio hasta que te pida una respuesta.

A Ella le bajó una gota de sudor por la espalda.

La decana Nabokov se quitó las gafas y aguzó la mirada para observar a Ella.

—¿Te gusta estar aquí?

—Sí, me encanta el Instituto, es mi lugar favorito. Bueno, aparte de Nueva Orleans, pero sí, me encanta —balbuceó.

La decana Nabokov se aclaró la garganta.

—No sé yo. Estás recibiendo muchas sanciones y hay quejas. Me pregunto si de verdad... este es tu sitio.

Ella no sabía qué decir. Se le encendió la cara, apretó los labios y los ojos se le llenaron de unas lágrimas incontrolables. ¿Qué le estaba dicidiendo la decana Nabokov? Claro que aquel era su lugar.

—Eres una chica brillante y muy elocuente. Pensé que quizá... quizá podría haber funcionado.

Ella cerró los puños.

—Y puede funcionar, mis notas...

—Ya me estás interrumpiendo otra vez. Aquí no hacemos eso, no somos tan maleducados. Aquí esperamos a que alguien termine primero. Estamos a favor de las conversaciones placenteras y mesuradas.

—Lo siento. —Ella agachó la cabeza, tratando de calmarse.

La decana Nabokov chasqueó la lengua.

—A veces nos damos cuenta de que las cosas que queremos con fervor no están hechas para nosotros, y hay muchas pruebas de que esto quizá no sea lo mejor para ti. —Apretó un botón en su escritorio y un fotoglobo entró apresurado y trajo unos cuantos heliogramas.

Las proyecciones la mostraban fuera de la cama con Brigit en la noche del Estrellario y fuera de la guarida de Masterji Thakur el día anterior. Sin embargo, Ella se acercó para buscar a Jason y a Brigit en el heliograma, pero no estaban allí. Parecía que estuviera hablando consigo misma y entrando y saliendo sola de la guarida de Masterji Thakur.

—Pero... pero... —Ella no quería delatar a sus amigos pero sabía que aquel fotoglobo tenía algo escamoso, ya que había borrado a Jason y a Brigit de la imagen. No podía defenderse sin meter en problemas a sus amigos.

—No hay peros que valgan en el Arcanum, no hay peros en nuestro trabajo. Esa no es la Senda Prodigiana, y así debes aprenderlo si quieres permanecer aquí.

Una tormenta se arremolinó en el interior de Ella. En casa había visto a *fewel* ser groseros a veces con su padre, especialmente cuando le paraban los agentes de policía cuando iba al volante o a veces en ciudades sin mucha presencia conjuradora. Le insultaban, le decían que su ropa era graciosa o le hacían un millón de preguntas sobre a dónde iba o qué estaba haciendo. Las palabras de la decana Nabokov eran igual de afiladas.

—El Dr. Winchester también aseguró que te había encontrado en un lugar no autorizado antes de las vacaciones de invierno. No sé siquiera cómo llegaste a la Sala de los Fundadores, pero está prohibida a los aprendices. En este Instituto no fisgoneamos, es una falta de respeto.

Ella empezó a defenderse, pero no creía que Masterji Thakur quisiera que mencionara los planos.

—¿No tienes nada que decir?

—Lo siento. Solo estaba tratando de ayudar a Brigit esta vez. —Ella apretó los dientes y la decana Nabokov levantó una ceja en señal de sospecha.

—Y eso te trajo hasta aquí. Sería una lástima que tus padres o tu madrina supieran de tu comportamiento. —Presionó un botón del escritorio y sonó una campanita.

—Por favor, no se lo diga —suplicó Ella—, lo haré mejor. —Las palabras se sentían como arena en sus dientes.

La decana Nabokov frunció los labios, considerando cuidadosamente las palabras de Ella.

—Este asunto quedará entre nosotras por ahora, pero no quiero volver a verte por aquí.

—Sí, señora, no lo hará. Lo prometo —a Ella le tronó el corazón y un autómata silbó dentro de la habitación—. Sí, decana Nabokov.

—Por favor, asigne un modelo de escolta a Ella Durand durante seis semanas. —Sus ojos se encontraron con la mirada llorosa de Ella—. Seis semanas. O vemos una mejora o quizá decidamos de una vez por todas que este no es tu lugar.

Sus palabras le sentaron como una patada.

Instituto De Formación Arcana Para Empeños Prodigiosos Y Misteriosos

Estimados Sr. y Sra. Durand:

Esta carta es para informarles que se ha producido un incidente relacionado con su hija, Ella Durand.

Durante la noche, unos molestos roedores del Arcanum llamados «rotties» se metieron en su dormitorio y el de su compañera, Brigit Ebsen, les gastaron una broma y lo pusieron todo patas arriba.

Les pedimos disculpas por las molestias y les aseguramos que hemos tomado las medidas necesarias para limpiar la habitación y exterminar a los roedores.

Si tienen alguna pregunta no duden en enviar un astrograma a la atención de la decana Nabokov.

Decana Nabokov
Decana de disciplina, Instituto de Formación Arcana
Colegio Menor

CAPÍTULO VEINTIUNO

SECRETOS Y MORDAZAS

—¿Quieres que hablemos de lo que ha pasado? —dijo la tía Sera cuando Ella entró en su sala de conjuros. Una caja de noticias mostraba los titulares sobre la fuga de las Cartas del Destino Fatal y el rumor de la participación conjuradora. El autómata de escolta de Ella daba vueltas frente a la puerta.

Ella hubiera preferido hacer otras cien cosas distintas antes que hablar de su visita al despacho de la decana Nabokov y del desastre que se había producido en su habitación, y sintió una oleada de vergüenza y enojo.

—Encontraremos a los culpables —la tranquilizó su madrina.

—No pasa nada.

Nada de nada.

No quería hablar con su tía de algo que intentaba olvidar por todos los medios; solo quería encontrar a Masterji Thakur.

—Sí que pasa. —La tía Sera chasqueó la lengua en señal de desaprobación y se sentó en la silla a su lado—. Yo también me siento tensa aquí. Hay alguien enviándome notas ofensivas. Cobardes. Así que sí, sé por lo que debes estar pasando. Cuéntame.

—No quiero hablar del tema. Déjame resolverlo a mí sola, porfa, y no se lo digas a mis padres.

Ella nunca imaginó que ir al Arcanum supondría meterse en líos o tener problemas en clase o recibir notas anónimas con mensajes de odio o que la gente la mirara fijamente.

—Si no quieres que se lo diga entonces vas a tener que hablar conmigo del tema —sintió la mirada intensa de su madrina sobre ella—. Así que venga, quita la mala cara y empieza a contarme.

A Ella le temblaron las manos y comenzó a disparar preguntas.

—¿Qué le ha pasado de verdad a Masterji Thakur? Algo no va bien y lo sé. Es como si le hubiera sucedido algo... —Ella no quería usar la palabra *malo,* no quería pronunciarla. La abuela decía que las palabras siempre sabían cristalizarse.

—Ciertamente es un poco extraño. Algunas cajas de noticias dicen que huyó, y otras, que lo despidieron. ¿Eso es lo que te tiene distraída, cariño? Volverá, ya lo verás. Sé que le tienes mucho aprecio.

—Pero tú seguro que sabes algo. —Un sentimiento de obstinación se apoderó de Ella. No iba a dejar de presionar a su madrina hasta que le diera respuestas reales. Nadie parecía tener ninguna—. Nadie desaparece como por arte de magia.

La tía Sera hizo una mueca ante aquella palabra.

—No quiero escuchar la palabra *magia,* Ella, me ofende. Odio cómo suena, odio sus sílabas. Me pone de los nervios.

—Sabes a qué me refiero.

Una parte de ella quería soltarle lo que habían descubierto en la clase de Masterji y contarle la verdad sobre el hechizo pisatalones, pero sabía que, en el fondo, su madrina le diría que dejara de investigar y fuera paciente.

—Sí, pero tienes que ser precisa nombrando las cosas. —La tía Sera se frotó las sienes—. El mundo ahora mismo está desquiciado. Entre la fuga de las Cartas, los aprendices a los que se llevan del Arcanum y lo que te está pasando... es demasiado. —Se puso en pie y se dirigió hacia su árbol de botellas—. Tenemos que ir con mucho cuidado.

Ella agitó su manto con nerviosismo y luego se dirigió hacia el escritorio, donde había varios mapas de conjuración.

Su madrina levantó la vista.

—Escúpelo. Puedo sentir la pregunta haciéndote cosquillas en la lengua.

—Masterji Thakur me enseñó la Sala de los Fundadores —dijo Ella finalmente—, el lugar donde se reunían y hablaban de la escuela.

—Qué amable por su parte. —Tía Sera le tocó la mejilla.

—Había mapas de conjuración allí.

Su madrina se incorporó.

—¿Qué quieres decir?

—No lo sé. Parecían planos, nunca he visto algo así. Cuando quiso hablarme de ellos empezó a toser mucho y luego a ahogarse. La primera vez que ocurrió estábamos fuera, cerca del Cardenal. Pensaba que estaba enfermo o que se habría atragantado con algo, pero le pasó otra vez.

La tía Sera se puso a dar vueltas por la habitación con una expresión de horror en el rostro.

—Es el bozal.

—¿El qué?

—Una mordaza, una forma de silenciarte. Había oído rumores sobre cómo el gobierno prodigiano se asegura de que nunca se mencionen ciertas cosas. No les gusta que sus secretos salgan a la luz, así que silencian a quienes no quieren que hablen.

Ella se llevó una mano al pecho, rozó el camafeo-conjuro con los dedos y no pudo evitar sentir miedo. El vello de los brazos se le puso de punta.

—¿Por qué no querrían que Masterji Thakur hablara sobre los conjuradores? ¿Por qué hacer algo tan horrible? ¿Qué iba a decir?

—Es horrible. —La tía Sera tamborileó en la mesa con los dedos y miró a Echi, y Ella supo que se estaban comunicando—. Este lugar es un nido de secretos que se guardan con recelo y fiereza, como una madre pájaro que cuida de sus huevos. —Se mordió el labio inferior—. Ahora, con nosotras aquí, a ese nido tan bien construido se le están desprendiendo algunas ramitas y tienen miedo de que se desmorone y algunas cosas se caigan del árbol.

Ella no comprendía bien a qué se refería su madrina, pero le preocupaba que Masterji Thakur pudiera ser una de esas cosas que se caen.

—No he tenido noticias de él desde enero, y mañana es ya cinco de abril.

Su madrina le dio un beso en la frente.

—No te preocupes. Lo que en la oscuridad nace no se queda en ella mucho tiempo.

REACTIVOS DELICADOS

Gia contemplaba la furiosa quassia roja dentro de su receptáculo. Cada vez que retiraba la campana de cristal, la planta siseaba y se encendía, dispuesta a escupirle veneno, y se negaba a dejar que le extrajeran el preciado y valioso néctar de sus pétalos. Era casi como si supiera de sus intenciones y se hubiera propuesto ir en contra de su voluntad. Gia no podía precipitarse y arriesgarse a ser envenenada porque una visita al hospital retrasaría su plan y no iba a permitir que nada se interpusiera entre ella y su destino.

Le dio un golpecito al cristal y la planta volvió a sisear.

—Solo responde ante unos pocos —apuntó su prisionero, y ella frunció el ceño.

—Tú eres uno de esos pocos.

El prisionero no respondió.

Lo miró fijamente. Su prisionero se agitaba, las cadenas chirriaban y apestaba como un vil monstruo asqueroso encerrado en una mazmorra olvidada. La prisión prodigiana no había sido así, pero su invitado había montado un escándalo y se había negado a ayudar, así que hizo lo que tenía que hacer. Nunca había tenido la intención de tratar a su viejo amigo de aquella manera, aunque supuso que su visitante ya no pensaba en ella como en una amiga. Al parecer, casi nadie quería ser amigo de una asesina convicta.

—En cuanto me ayudes te dejaré libre y podrás irte a casa. Hasta te pondré un medio de transporte. Sin resentimientos —dijo ella.

—¿Sin resentimientos? ¿Me secuestras, me encierras en una jaula durante meses y asumes que te voy a ayudar y después seguiré felizmente con mi vida? —le espetó el prisionero—. Me niego.

—Entonces te quedarás aquí hasta que lo hagas, cariño.

El prisionero gruñó.

—Antes me ayudabas siempre, mi As de Corazones. Piensa en todos los experimentos que hicimos para descubrir la naturaleza de nuestra luz. Hemos pasado toda una infancia juntos. Creía que eso significaría algo para ti. —Gia le dio unos golpecitos al vidrio con los dedos—. No necesito que hagas nada por mí esta vez, solo que me ayudes a extraer las propiedades.

—¿Por qué? —El prisionero clavó los ojos en los de ella.

—He aprendido por las malas a no darle demasiados detalles a la gente porque eso solo sirve para brindarle armas que se vuelven contra ti. —Apretó los dientes y recordó todas las caras y las voces de quienes habían testificado en su juicio—. Necesito el néctar de especias de la quassia para mezclarlo con el elixir de luz que fabricas.

—Solo si me dices por qué —respondió el prisionero.

—¡Dame lo que quiero! —Su grito sacudió toda la habitación. Gia solía ser muy persuasiva con los prodigiosos y más aún con los *fewel*. Por lo general, podía convencer a las personas para caerles bien, inducirlas a confiar en ella y manipular a los niños para que abandonaran sus sospechas instintivas hacia los extraños.

—¿Qué pasará si consigues lo que quieres?

Una sonrisa maniaca se dibujó en su cara.

—Nunca más me van a arrebatar algo. Seré la prodigiosa con más poder de todo el mundo. No me volverán a encerrar ni a subestimar jamás.

CAPÍTULO VEINTIDÓS

¡PROFECÍAS EN LA LANA!

Durante la reunión del club de Exploración y Polvoestrella, Ella apenas pudo centrarse en el mapa estelar que se suponía que estaba elaborando. Había metido la pata con los gráficos de las veintiocho mansiones lunares en el sistema de constelaciones chino, así que apretó los dientes y sintió cómo le invadía un dolor de cabeza. A su alrededor estaba teniendo lugar una conversación.

—Se está yendo mucha gente —comentó Anh—. He oído que Evan quizá se vaya y que los padres de Abina también quieren que vuelva a casa.

—Mi hermana mayor me dijo que va a pasar algo malo y que van a escaparse más criminales de las Cartas —añadió Clare y se encontró con los ojos de Ella.

—*La Gaceta Estrellada* dice que van a confinar las ciudades —intervino Tochi sacando una caja de noticias de su mochila.

—Mi *ammi* dijo que cerrarán el Instituto si no se reinicia la prisión porque es muy peligrosa —las mejillas de Samaira se pusieron rojas—, pero no quiero que pase.

—Mi papá ha estado trabajando miles de horas. Los jueces están tratando de ayudar para solucionarlo, pero creo que ha sido alguien desde dentro, que un conjurador ha dejado salir a esa asesina. —Lian se apartó el flequillo con un gesto de cabeza—. Apenas puedo hablar con él.

Ella se estremeció. Aquella conversación le hizo desear que Masterji Thakur estuviera allí. Intentó pensar como papá. «Un problema no es más que una maquinita que necesita que la reparen por dentro», le había dicho una vez. «¿Y cómo se arregla una máquina?». Él le había puesto un dedo en la nariz, alegando que la distracción la ayudaba a centrarse. Recordaba perfectamente su respuesta: «Desmontándola».

Aun así, sentía cada parte de aquella complicada respuesta lejos de su alcance. Brigit la despertó.

—¿Has escuchado lo que te he dicho?

—No, lo siento. —Estaba tan metida en su cabeza que se había olvidado de que Brigit estaba a su lado.

—Te decía que estoy lista para volver a probar mi prodigio de clarividencia. Mis clases particulares con la Dra. Karlsson están dando sus frutos.

Ella se sintió feliz por primera vez en semanas.

—Le dije a Jason que nos veríamos en las madrigueras de los wombis. —Brigit le mostró la lana nueva que llevaba en la mochila—. Allí me puedo concentrar.

Cuando acabó la reunión, Ella y Brigit se dirigieron al Bestiario del Arcanum. El autómata de escolta la incordió todo el camino, pero tanto ella como Brigit lo ignoraron.

Jason les esperaba fuera del hábitat de los wombis.

—Se están echando una siesta, así que debería haber silencio.

—¿Estás lista? —Ella se giró hacia Brigit y le puso una mano en el hombro.

—No, pero tengo que hacerlo igualmente. —Brigit se arrodilló, sacó de su mochila los ovillos de lana y las agujas de tejer y respiró hondo—. Nunca lo he hecho a propósito. La Dra. Karlsson me dijo que debería intentar pensar en preguntas o en imágenes o sentimientos.

—Prueba primero con una pregunta. —Ella se sentó a su lado.

Brigit respiró profundamente, cerró los ojos y empezó a balancearse hacia atrás y hacia adelante, pero los abrió de nuevo.

—¿Y si no puedo?

Ella le dio una palmadita en la espalda.

—Sí que puedes.

—Si no funciona, al menos lo habremos intentado. —Jason se sentó al otro lado y Brigit cerró de nuevo los ojos.

Ella la miraba y sintió lo deprisa que le latía el corazón.

Las manos de Brigit se movían tan rápido que Ella empezó a sentir náuseas de solo mirarlo. Los hilos se transformaron rápidamente en un cuadrado de colcha decorado con la imagen de Masterji Thakur. La imagen morena sostenía unos frascos de líquido en una mano y una llave en la otra.

—Guau —soltó Jason.

Brigit abrió los ojos de repente.

—Está atrapado en algún sitio.

—¿Cómo lo sabes? —Jason pasó la mano por el cuadrado e inspeccionó todas las imágenes tejidas.

—Lo he visto. Estaba haciendo una mezcla pero sudaba mucho y parecía molesto, como si no quisiera hacerla. Nunca lo he visto tan enfadado, no desde aquel día en Orientación, cuando gritó algo sobre los Ases.

Ella empezó a caminar en círculos.

—¿Has visto algo más?

—Tenía cadenas en las muñecas y estaba en un cuarto desordenado. Había caras raras en las paredes.

—¿Caras? —Jason parpadeó confundido.

—No sé qué eran. Quizá fueran máscaras. —Brigit cerró los ojos de nuevo.

Ella sintió un frío golpe de pánico en el estómago.

—¿Qué había en la mesa?

Los párpados de Brigit se agitaron y Ella supo que lo estaba examinando todo.

—Había como... frascos y herramientas y una de esas cajas de bolsillo raras... —Brigit agitó la cabeza, como si así pudiera sacar más respuestas—. Ojalá pudiera ver más. —Abrió los ojos de repente.

Ella se mordió el labio por dentro mientras pensaba en qué podía hacer. El hecho de que estuviera en una habitación no le decía gran cosa.

Brigit hurgó en su mochila buscando más lana.

—Tal vez pueda intentarlo otra vez... Astros, no me queda más.

Ella se puso de pie de un salto y recorrió la habitación con la mirada, pero seguían teniendo el mismo problema: no habían averiguado nada nuevo sobre dónde estaba Masterji Thakur y cómo rescatarlo.

—¿Qué vamos a hacer? —preguntó Brigit.

Ella no lo sabía.

El Clarín Prodigioso

¡LOS GENDARMES SE DIRIGEN AL ARCANUM!

por Kate Milford

A pesar del esfuerzo de los gendarmes, la convicta Gia Trivelino sigue suelta. Las tres ciudades prodigianas han recibido avisos de actividades inusuales y han puesto en marcha medidas de seguridad adicionales hasta que la criminal sea capturada. Astradam y Celestia se dirigen hacia el Arcanum, lo que ayudará con los nuevos planes de seguridad, pero también se ha desplegado una unidad especial de gendarmes en grandes ciudades fewel con población prodigiana, como Nueva York, El Cairo, París, Accra, Londres, Ciudad de México, Tokio, Beijing y muchas más. Lista completa en la página siete.

CAPÍTULO VEINTITRÉS

¡EXCUSAS!

Los días pasaron como el lento caer de los granos de un reloj de arena y Ella, Jason y Brigit intentaban descifrar el críptico mensaje de la colcha tejida. Un lluvioso abril dio paso a un cálido mes de mayo y Brigit siguió tratando de tejer más detalles relacionados con el paradero de Masterji Thakur mientras que Ella pensó en probar otro conjuro para obtener más información.

Se quedó esperando a Jason y a Brigit junto al farol fuera de la sala de orales del África Occidental del Dr. Mbalia, y el autómata de escolta esperaba con ella.

—Hoy se ha portado bien, haré un informe favorable —dijo.

Ella ignoró su sonrisa metálica y se quedó mirando a la columna de hierro negro y su bóveda de cristal, procurando ignorar los susurros de quienes pasaban. La columna emitía una luz cálida y titilante que procedía de una estelina casi cegadora y deseó ser capaz de conjurar una luz así algún día.

—¿No es preciosa? —le llegó la voz del prodictor MacDonald a sus espaldas. Ella dio un salto.

—Eh… hola, prodictor MacDonald.

—¿Tienes un minuto, Ella?

—Tengo clase con el Dr. Mbalia. No le gusta que lleguemos tarde.

—Me aseguraré de hacerle saber que es por algo importante —respondió. A Ella le encantaba su voz y su rítmico acento escocés.

—Vale.

Ella caminó junto al prodictor MacDonald y él le hizo algunas preguntas sencillas: ¿tenía ganas de celebrar el Día de los Fundadores? ¿Tenía ganas del examen de prodigio y de encontrar a su familia de parangón? ¿Tenía ganas de ver su primera Lucha de Prodigios?

Trató de mantener la calma y pensó en razones por las que él querría hablar con ella, y procuró que no cundiera el pánico.

Entraron en el Salón de los Prodictores. Los fotoglobos pululaban en las alturas, entrando y saliendo del despacho de la decana de disciplina. Las estatuas de bronce de antiguos prodictores les saludaron al pasar y les ofrecieron sabios dichos.

—Escucha siempre los mensajes estelares, están por todas partes.

—No te engañes con mentiras, deja que haya verdad en ti.

—La Senda Prodigiana culmina en la luz; síguela siempre.

Las puertas del despacho se abrieron de par en par cuando se acercaron. Una escalera doble se dividió en dos y subía hasta un balcón que albergaba dos escritorios gigantescos. A través de unos ventanales de cristal se apreciaba el Lagonube y a Edi, el hermoso aquaballo plateado del prodictor MacDonald, con la cabeza inmersa en un cuenco de comida. Una especie de planetario dorado se extendía a lo largo y ancho de una mesa enorme, una maqueta dorada de los cielos que reflejaba las localizaciones de cada ciudad prodigiana y del Arcanum. Las piezas se movían lentamente y Ella contempló el confuso entramado de péndulos, engranajes y ruedas dentadas.

—Siéntate —señaló hacia una mesita de té.

Una silla se desplazó hacia adelante y se puso a su disposición.

—No te preocupes por los encantamientos de comodidad que dejó el antiguo prodictor, no tienen mala intención. —Se frotó la barbilla—. La prodictora Rivera vendrá en breve.

Al sentarse, los cojines de la silla se amoldaron a ella.

—¿Me he metido en líos?

Él se llevó una mano enorme al pecho.

—Tenemos algunas preguntas...

—Ya estoy aquí. —La prodictora Rivera bajó la escalera despacio, ayudándose a cada paso con su reluciente bastón.

Una sensación de frío le recorrió la piel.

La prodictora Rivera se sentó en su gran sillón frente a Ella y respiró profundamente.

—Se ha producido un incidente y debo pedirte tu versión de los hechos.

—¿Mi versión de qué? —Se le hizo un nudo firme en el estómago.

—Clare Lumen dice que la atacaste. No nos avisó inmediatamente porque nos ha dicho que le has estado enviando astrogramas con amenazas e intentando que no dijera ni una palabra sobre el tema. —La prodictora Rivera suspiró.

—¿Cómo? —Su respiración se agitó como si la hubiera perseguido el perro viejo del vecino—. Yo no he atacado a nadie ni he enviado astrogramas con amenazas.

—Clare tiene un don para el drama y me pareció raro que me lo dijera ahora, ya que pasó hace muchos meses, pero sus padres están montando un escándalo y tenemos que tomárnoslo en serio.

El prodictor MacDonald sacó una caja de grabado de su escritorio, la enrolló, se puso a revolotear y reprodujo una grabación. Ella pudo escuchar su propia voz diciendo cosas que nunca había dicho antes y luego a Clare gritando en respuesta y un sonido de golpes.

Ella se quedó boquiabierta.

—Esa no soy yo.

—Suena como tú.

—No me he peleado en mi vida. Pregúnteles a mis padres. —Ella sentía que se le iba a salir el corazón del pecho—. Yo no he hecho eso.

—Como prodictor, ¿qué se supone que debo hacer? —le preguntó él—. Es tu voz.

—Sí, pero…

—Clare nos dio su testimonio y nos dijo que también le rompiste su caja de noticias.

—Eso fue un accidente…

El prodictor MacDonald alzó una mano.

—Su padre, Jefferson Lumen, es un político muy importante. No va a cesar en su empeño.

La ira y la tristeza envolvieron su corazón.

—Yo no he sido, yo no he sido. ¡Lo juro!

—Fue el último día antes de las vacaciones de invierno. ¿Puedes decirme qué pasó aquel día?

La mente le daba vueltas como un reloj acelerado, tratando desesperadamente de recordar los detalles.

—No estuve allí, se lo prometo. —Ella se mordió el labio y sintió cómo le palpitaba la cabeza—. Tenía una reunión con Masterji Thakur.

El prodictor MacDonald se mostró comprensivo.

—Por desgracia, Masterji Thakur no está aquí y no puede hacer una declaración. Necesitaré las tuyas, ya que tenemos que seguir las medidas y los procedimientos del Arcanum. Los padres de Clare vienen de camino para una reunión y los tuyos deberían venir también. El incidente será expuesto ante la Junta de Disciplina del Colegio Menor del Arcanum, que supervisará la decana Nabokov, y se presentarán y revisarán todas las pruebas para determinar si puedes quedarte en el Arcanum.

—Pero… pero… pero… —Una ira feroz se arremolinó dentro de Ella.

—Lo sentimos, Ella, pero debemos seguir las medidas y los procedimientos adecuados. ¿Qué somos sin ellos? Un caos —intervino la prodictora Rivera.

La decana Nabokov apareció en la puerta.

—Está claro que tenerte vigilada no ha disuadido tu comportamiento.

La prodictora Rivera frunció los labios.

—Hasta entonces se te colocará en un pupitre de aislamiento en todas tus clases y no podrás tener contacto con Clare Lumen bajo ninguna circunstancia. Por tu propio bien, la información de esta reunión deberá ser confidencial.

—Pero si yo no he hecho nada —insistió Ella una y otra vez mientras las lágrimas le corrían por las mejillas.

CUARTA PARTE

EL AS DE LA ANARQUÍA

EL MÁS INSIGNE DE LOS ALTOS CAMINANTES

Gia dispuso café negro, tarta al ron, frutos secos tostados y una bandeja de pimientos asados. A los conjuradores les encantaba el entretenimiento y nunca rechazaban una fiesta con buena música y comida adecuada. Lo había aprendido de Celeste Baptiste.

Su invitado llegaría en cualquier momento. Paseó los dedos por su mejor encaje, que había extendido sobre una mesa de té en el patio del recinto. El tiempo en mayo era perfecto.

Apiló cuatro torres de esthelios de oro en el centro de la mesa y pensó en añadir algunas más si las noticias eran buenas. Él era un hombre ocupado, tenía muchos negocios que atender y sabía que su asunto le supondría un lastre, pero era la única persona que podía ayudarla. A cambio, todas las almas estarían en su libro mayor.

Su corazón se llenó de esperanza y notó algo que no había sentido en mucho tiempo. Si todo iba bien, ese día recibiría muy buenas noticias: puede que los conjuradores hubieran localizado el alma de su hija y la tendría de vuelta.

Sonó el timbre de la puerta.

Gia se puso en pie y se alisó la parte de delante de su vestido nuevo mientras su ayudante astradiano abría la puerta.

—El invitado, mi señora.

El Alto Caminante más poderoso del Inframundo cruzó el umbral.

Sébastien Durand.

Era mucho más guapo de lo que lo pintaban las cajas de noticias prodigianas.

—Bienvenido, y gracias por haber venido desde tan lejos. Tome asiento —hizo un gesto con la mano hacia un asiento cercano—. ¿Qué tal el viaje?

Él le dio las gracias y se quitó su característico sombrero de copa.

—Las ciudades prodigianas me resultan... —agitó la mano en el aire como si así pudiera recordar la palabra— insulsas, digamos.

Le ofreció un trozo de tarta al ron y café, y de su rostro brotó una sonrisa.

—Su hospitalidad... es de agradecer, y muy poco prodigiana.

—Los conjuradores me han tratado bien. Siempre los he considerado aliados y, con suerte, también amigos.

Él dio un sorbo. El vapor recorrió su profunda cara morena como nubes de humo.

—Las monedas de travesía que me dio son extraordinarias. Llegar hasta su puerta y sin problemas aduaneros fue... prodigioso, me atrevo a decir.

—Todo lo que necesite. —Sacó uno de los discos planos de su bolsillo. Sus grabados se retorcían con encantamientos de travesía prohibidos. Acto seguido añadió más esthelios de oro a la pila y la señaló.

—El dinero prodigiano no me interesa.

—Antes sí que le interesaba.

—Ya no trabajo para los Ases, y tampoco el resto de los conjuradores.

—Nosotros sí que tenemos trabajo para usted. —Gia le mostró una perfecta sonrisa de arlequín—. Le hemos proporcionado información durante todos estos años para ayudarle a lograr el Edicto del Conjurador. Hemos chantajeado y eliminado todo aquello que debía desaparecer, hemos sacado muchas cosas a la luz para influir en las mentes y en los corazones cuando, en realidad, deberíamos haber reducido estas ciudades a cenizas. Le hemos ayudado a llevar a cabo sus planes.

Sébastien se frotó la barba.

—Esa es la única razón por la que estoy aquí.

Gia asintió con la cabeza.

—Y ahora me ayudará con mis planes. ¿Tiene noticias?

—No. Les he dicho a varios Caminantes de confianza que buscasen a su hija. Ningún alma se escapa del recuento. Si estuviera en mi Inframundo, la habría encontrado ya.

Gia apretó los dientes. Una ráfaga de ira la consumió y le vino el recuerdo de la cripta de su madre y el acertijo retorcido.

—¿Qué quiere decir? Le di su nombre completo y la fecha y la hora de su muerte. ¿No le basta?

—Su hija no está muerta.

Gia se enderezó.

—Mentira. La vi cubierta de sangre. —Su mente regresó a la fatídica noche.

—Pensé que le alegraría esta noticia.

—Nunca he tenido madera de madre.

Lo último que recordaba antes de que se la llevaran era la forma en que el pelo rubio de su hija se había teñido de rojo.

—¿Gia? Sé que le resultará chocante, pero no hay otra explicación —insistió y dejó la taza sobre la mesa.

Gia se rio.

—La vi morir. Necesito que me devuelvan su esencia. Me consta que hay gente que ha escapado antes.

Sébastien se removió en su asiento, irritado.

—Solo por accidente.

—Esto no será un accidente —afirmó Gia y le acercó la pila de monedas.

—No jugamos con los muertos —Sébastien chasqueó la lengua—. Sacar un alma del Inframundo tiene consecuencias, y le digo que ya no está allí. Debería preocuparse más bien por dónde estará ahora.

—Nada me preocupa —concluyó ella—. Si usted no la encuentra, yo lo haré.

CAPÍTULO VEINTICUATRO
LA CAJA DE BOLSILLO

Ella fue corriendo hasta el Bestiario Estaba más cerca que la torre Hidra y en aquel momento necesitaba una cara amiga, así que esperaba que Jason estuviera allí. Pasó por delante de un grupo de niveles dos que sostenían cajas de noticias y cuchicheaban algo sobre su papá y los conjuradores y pudo sentir la fría mirada de varios gendarmes. Su autómata de escolta le advirtió que estaba yendo demasiado rápido, pero en vez de hacerle caso, se apresuró a cruzar las puertas, recorrer los expositores e intentar contener las lágrimas.

Cuando llegó a la esquina de la madriguera wombi empezó a gritar el nombre de Jason. El autómata zumbó detrás de ella dándole instrucciones sobre cómo hablar más bajito, pero ella lo ignoró.

Los wombis salieron ante su llamada.

—¿Qué pasa, Ella? —le preguntó el más grande.

Entró en su diminuta alcoba y miró en todas direcciones.

—¿Jason está aquí?

—Todavía no, pero vendrá pronto. Es la hora del té. ¿Nos vas a acompañar? —preguntó mientras sostenía en alto una tetera.

No quiso responder al encantador wombi por miedo a ser grosera, así que se agazapó en una esquina y enterró la cara en las rodillas mientras las lágrimas le surcaban el rostro.

—¿Ella?

Levantó la vista. Frente a ella tenía a tres wombis fuera de su hábitat. Sus mejillas peludas y redondeadas la miraron con una tristeza que inundaba sus brillantes ojos. Uno se acurrucó en su regazo y otro le secó las lágrimas.

—¿Qué ha pasado?

—Es horrible, muy horrible —gimoteó—. La gente cree que hice algo que no hice.

—Eso también nos pasa. Es una desgracia. Por eso la gente quiere hacernos daño. Y mira que les gusta nuestra caca dorada —dijo el más grande.

No podía ni reírse, se sentía aislada.

El autómata empezó a crear alboroto de nuevo, y el sonido de unos pasos hizo que los wombis se escondieran.

Sin embargo, quienes entraron fueron Jason y Brigit, que dejaron caer sus mochilas y se lanzaron hacia Ella.

—Te estábamos bus… —Jason se interrumpió.

—¿Estás bien? —Brigit le puso una mano en el hombro.

Ella les contó el suceso entre llantos.

—Clare me acusó de haberla atacado, pero alguien debe haberme suplantado de alguna forma. Ese día yo estaba con Masterji Thakur en la Sala de los Fundadores. Va a haber un juicio en la Junta de Disciplina y se lo dirán a mis padres en cualquier momento. Seguro que me sacan a rastras del Instituto. Siento que lo estoy perdiendo todo.

—A nosotros, no. —Jason sostuvo su mano derecha y Brigit la izquierda.

—¿Qué debería hacer? —La voz se le quebró—. Tengo que arreglarlo antes de que lleguen mis padres. No puedo dejar el Arcanum.

Un grupo de rotties se apresuró a entrar en la sala y la nube de chillidos hizo que los wombis se marcharan.

—¿Qué pasa? Tranquilizaos. Venga, calmaos, por favor. —Jason se agachó y se le subieron encima, saltando y chillando con entusiasmo.

Volvió a mirar a Ella y a Brigit con preocupación—. Los rotties han escuchado una conversación entre los prodictores —más chillidos—. Los gendarmes han estado registrando las habitaciones en secreto e interrogando a los autómatas. Se han llevado a Feste.

—¿Qué? —exclamó Brigit.

Jason se volvió hacia los rotties.

—Están buscando una caja de bolsillo. Feste estaba intentando proteger la habitación.

Brigit se puso en pie de un salto.

—Mi caja.

Brigit sacó su caja de bolsillo de su mochila. La tapa se abrió de golpe y desparramó ovillos de lana, manuales de clase, chucherías y más cosas.

Ella se apresuró a ayudarla a recoger todo mientras Jason trataba de calmar a los wombis. Recogió la llave esquelética y sintió la suavidad del hilo enrollado a su alrededor. Inspeccionó el diamante grabado en el mango.

—¡Un momento! ¡Brigit, Jason, mirad! Es la de tu visión de Masterji Thakur, la misma llave que tejiste.

Brigit sacó el cuadrado de colcha de su mochila y las compararon.

—Pero... ¿qué abre? —Jason la miró con los ojos entrecerrados.

—Deberíamos mirar otra vez la caja de bolsillo —Ella la recogió—, quizás abra un cajón secreto.

—Cuando me enseñaste el truco para abrirla los revisé todos, o eso pensaba.

—Vamos a intentarlo otra vez —la instó Ella.

Brigit pasó los dedos por las ranuras tal y como Ella le había enseñado. La caja de bolsillo se agitó hacia los lados y más compartimentos se revelaron dentro de la caja aparentemente pequeña. Los tres miraron en su interior.

Brigit revolvió dentro con una mano. Casi todo era polvo y viejos estilógrafos.

—Sigue buscando —la animó Ella.

—Es como si hubiera cientos de pequeños espacios, incluso más que antes.

Brigit tenía el brazo entero dentro de la caja. Al poco, hizo una mueca.

—Esperad, esperad, aquí hay un papel.

Sacó un cartel largo y enrollado con una cinta raída y trataron de desenrollarlo.

Con la lenta precisión de un pincel de artista, el papel se llenó de líneas gruesas y llamativas de tinta fresca. Ella soltó un gemido.

A lo lejos apareció la gran carpa blanca de un circo de tres escenarios sobre una isla diminuta que flotaba en un canal extraño, y también aparecieron unos remolques rojos, negros y blancos que serpenteaban por el borde de la página como una locomotora.

—¿Qué es esto? —susurró Brigit.

—Un heliograma antiguo. Tiene que serlo —apuntó Jason.

En la página, los remolques rojos cubiertos de diamantes pasaban primero y anunciaban su contenido: leones y tigres rugiendo, rinocerontes a la carga e hipopótamos furiosos y un majestuoso elefante blanco al final. Los animales sacaban la cabeza de la jaula y un leviatán de color zafiro asomaba la cabeza por encima del agua. Ella pudo oír los rugidos de los felinos y el barritar de la trompa de un elefante.

Jason no dejaba de repetir *guau* en voz baja.

—Siempre quise ir a uno. Mis padres me contaban muchas historias sobre los circos y las ferias a los que solían ir, pero ahora están prohibidos.

Después llegaron los remolques blancos, en los que viajaban personas vestidas con lentejuelas y tocados de plumas que se lanzaron a través de las ventanas de los remolques e hicieron acrobacias por los tejados de la procesión. El último grupo de vehículos se acercó al perímetro del cartel y sus marcos negros mostraban las rarezas más extrañas.

Ella sintió la energía de la página bajo sus dedos. En el pergamino, a lo lejos, marchaba una mujer, se subía a una plataforma a rayas y gritaba a un megáfono. Su voz resonó y Ella sintió el retumbar en el pecho.

Apareció un retrato en el que salían personajes extraños con nombres en italiano: Zanni, Vecchi, Capitani, Pierrot, Pantalone y muchos más, pero todos ellos parecían ser la misma persona con un disfraz distinto. Por último, una larga pancarta mostraba un anuncio: *El Circo Ambulante de la Troupe Trivelino y el Imaginario de Ilusiones ha venido a divertirse. ¿Te apuntas?*

La dirección parpadeaba:

CIRCOMEDIA
BARRIOS BAJOS
BETELMORE

—Trivelino... como Gia Trivelino, la mujer que escapó de las Cartas del Destino Fatal —a Jason le tembló la voz mientras miraba la caja de bolsillo.

—El As de la Anarquía —dijo Ella, comprendiendo la conexión.

—La mujer que he estado tejiendo —susurró Brigit.

Jason sacó otro objeto de la caja, otro viejo heliograma. La proyección mostraba a un grupo de estudiantes del Arcanum posando. Por encima de ellos había un estandarte que decía: LOS ASES.

—Mira, es esa mujer —señaló Jason.

Ella tragó saliva mirando la imagen de un hombre indio que saludaba.

—Y ahí está Masterji Thakur, a su lado. Bueno, una versión joven de él.

—¿Eran amigos? —preguntó Jason, desconcertado.

—Más que eso... era un As. —Los ojos de Brigit se llenaron de terror.

Ella no podía mediar palabra. Era imposible. ¿Masterji Thakur, una mala persona? ¿Un criminal como aquella mujer?

Brigit levantó el cartel del circo.

—¿Crees que estará allí?

Ella se levantó, resuelta. No sabía cuál era la conexión entre Masterji Thakur y Gia Trivelino, pero estaba dispuesta a averiguarlo.

—Tendremos que intentarlo.

Circo Ambulante de la Troupe Trivelino y El Imaginario de Ilusiones

Cuidado con la magia extraña que subyace a la carpa a rayas de un circo. Desde tu asiento quizá parezca que solo hay dos o tres payasos de colores brillantes y acróbatas danzarines, algodón de azúcar hilado a mano y cacahuetes tostados, luces brillantes y excentricidades humanas extraordinarias, pero un circo puede ser mucho más que el mejor espectáculo en el cielo; de hecho, puede ser algo misterioso y peligroso: un carnaval de caos, un espejismo de ilusiones, un ensueño resplandeciente. La mayoría de las veces, sin embargo, es un mundo en el que el espectador no distingue la realidad de la fantasía.

Pero no os asustéis, que somos gente bromista. ¡Venid y vedlo con vuestros propios ojos!*

—Apertura del Programa Oficial del Circo Ambulante de la Troupe Trivelino y el Imaginario de Ilusiones

*Aviso legal: la dirección no se hace responsable de lesiones, pérdidas de vidas o de cualquier otra circunstancia peculiar como resultado de la asistencia.

★—★—★— ASTROGRAMA —★—★—★

Ella:

Mañana me iré al Arcanum en el primer transbordador celestial. Papá ya está en Betelmore por un tema de negocios y llegará por la mañana.

Cuídate, por favor. Estaremos pronto para la audiencia. No te preocupes.

Te quiere,

mamá

CAPÍTULO VEINTICINCO

EL CIRCOMEDIA

En la oscuridad de la noche, Ella se quitó el pijama y se puso ropa de calle. Brigit se acercó de puntillas, tratando de hacer el menor ruido posible.

Sin embargo, los santos se despertaron.

—No deberías estar fuera de la cama, señorita —se quejó san Antonio mientras Ella preparaba su mochila—. ¿Sabes cuán lejos hemos ido para ayudarte? ¿Ayudaros, a las dos? Ya hemos obrado muchos milagros.

Del árbol de botellas brotaban flores custodio, cortesía de mamá, y sus ramas sostenían diminutos faroles de protección que bañaban su cama de luz.

—Ya has oído lo que te dijo tu madre —añadió san Peregrino—. No cometas insensateces, mantente lejos del peligro.

—Tenemos cuatro minutos —le recordó Ella a Brigit. La señorita Paige pasaría a echar un vistazo cada hora, ya que estaban bajo estricta vigilancia. Volvió a repasar el plan: llenar sus camas de almohadas para que pareciera que estaban durmiendo y encontrarse con Jason en el Estrellario para ir al muelle del Arcanum.

—Yo creo que no, jovencitas —dijo san Andrés.

—Le he dado mi bendición a tu madre —amenazó san Cristóbal—, no la decepciones.

Ella colocó una manta sobre ellos para amortiguar el alboroto y luego puso su pañuelo sobre la almohada. Con eso bastaría. Con suerte, la señorita Paige no se esforzaría mucho por mirar.

Brigit abrió la puerta, asomó la cabeza y miró a izquierda y derecha, y Ella se puso inmediatamente detrás. El repentino zumbido de alas hizo que Brigit se tropezara y se chocara con Ella. Empezó a agitar las manos en el aire.

—Fuera, fuera.

Uno de los duendecillos de Siobhan entró en la habitación y sus ruiditos alertaron a los santos de nuevo.

—¿Es que no puede tenerlos en la jaula? —Brigit le tiró un zapato.

El duendecillo, sin embargo, siguió revoloteando por toda la habitación.

—Lo van a escuchar y nos van a pillar si no actuamos rápido. —Ella extrajo la luz del prodigio de su interior y gritó su primer encantamiento prodigiano, tal y como le había enseñado Masterji Thakur: *Shan-thee*.

El duendecillo se relajó y se sentó. Ella pudo sentir la fuerza vital de su árbol de botellas, de modo que empezó a recitar, y la rama se extendió y se enroscó alrededor del duendecillo, atrapándolo.

Brigit lo miró con desprecio.

—Se lo merece. Cómo los odio.

Ella arrancó otro pétalo de la flor de la fortuna de Reagan y se fue directa hacia la puerta, pero Brigit la detuvo.

—Iremos a por Feste cuando volvamos, ¿verdad? —El pánico retumbaba en su voz.

—Claro. Te lo prometo —le aseguró Ella—. Vamos.

Cruzaron la torre Hidra sin hacer ruido. El autómata de escolta estaba dormido en una esquina, la señorita Paige roncaba y la telecaja emitía un rumor. El Instituto había soltado las nubes de primavera, las jardineras florecían y a través de las ventanas abiertas llegaba el aroma de las estelanzanas.

Ella asomó la cabeza por el siguiente pasillo y vio a tres gendarmes vigilando. Los botones de bronce de sus uniformes reflejaban la luz de los faroles nocturnos y Ella contuvo la respiración hasta que pasaron. Antes de entrar al pasillo miró a la izquierda y a la derecha.

—Por aquí —le susurró a Brigit, y cruzaron otros tantos pasillos para llegar a la torre de la Visión.

Ella se acercó a la puerta lateral que las llevaría al exterior y al sendero que conducía al Estrellario y metió el pétalo de la raíz de la fortuna en la cerradura, que se estiró dentro y empujó el grueso cerrojo.

La puerta se abrió con un crujido y Ella y Brigit salieron, dejando la puerta entreabierta en caso de que Jason fuera detrás. Pasaron agachadas por los topiarios primaverales y la Fuente de los Fundadores y se abrieron paso hacia el Estrellario.

Un silbido les heló la sangre.

—¡Astros! —Jason salió de detrás de un arbusto—. ¿Por qué habéis tardado tanto?

—Los santos y los duendecillos de Siobhan.

Ella encabezó el grupo hacia el centro de correo. Las diminutas puertas se abrían y se cerraban y una tormenta de cartas se arremolinaba sobre sus cabezas, esperando a que los mensajeros estelares las alcanzaran.

Aries les cortó el paso con las manos peludas en las caderas y unas gafas de bronce en la nariz.

—No podéis estar aquí. Otra vez. Pensaba que ya habríais aprendido la lección.

Ella se mantuvo firme.

—Nos debes una después de habernos echado el polvo dormilón ese en la cara.

—Sí —intervino Brigit—, y por habernos secuestrado.

—Los astradianos no hacemos favores, y menos a los humanos. Estamos siempre unidos, sin excepción.

Ella había leído sobre los astradianos en *Criaturas curiosas del mundo prodigiano* y llevaba razón, no eran propensos a los favores.

—Pero es una emergencia —le rogó Ella.

—Porfa —añadió Jason, y de repente habló en una lengua extraña que el cristal de traducción de Ella no supo descifrar, claramente uno que Aries entendía. Mantuvieron una conversación y Ella empezó a preocuparse. ¿Y si el astradiano los estaba entreteniendo? ¿Y si aparecía un instructor en cualquier momento? Quizá su autómata de escolta la llevaría de vuelta dentro y la castigarían y sancionarían de nuevo, y quizá no tendría nunca la oportunidad de ayudar a Masterji Thakur ni de limpiar su nombre y el de los conjuradores, o quizá la expulsarían del Arcanum para siempre.

Aries suspiró de forma ruidosa y dio un pisotón con su pata peluda.

—Jason me lo ha contado todo. Déjame ver el cartel y la llave.

Ella se dirigió hacia Brigit, que sacó todo de su mochila.

—Deberíais decírselo a los gendarmes y a los prodictores —les advirtió Aries.

—No nos creerán. Todo el mundo está enfadado con los conjuradores, creen que tuvimos algo que ver con la fuga de Gia Trivelino. Tengo una reunión con la Junta de Disciplina y me van a echar a mí también. Me acusan de algo que ni siquiera he hecho. Solo Masterji sabe la verdad, tengo que demostrárselo.

A Ella se le quebró la voz y las mejillas le corrieron por las mejillas sin que pudiera contenerlas. Odiaba llorar delante de la gente. Odiaba llorar, y punto. Sentía que se le venía el mundo encima.

Jason y Brigit le dieron la mano y se la apretaron fuerte.

—Vale, vale —Aries le puso una pata en el hombro—, está bien. Os ayudaré.

—¿Puedes llevarnos en el aerocarril? —dijo mientras se sorbía los mocos.

Aries dio un paso atrás.

—No puedo conducirlos sin autorización. Además, por la noche están sujetos al andén.

El plan de Ella estalló como un globo, el aire se fue en todas direcciones y con él, su último resquicio de esperanza. Más lágrimas le bajaron por las mejillas.

—Sin embargo… —Aries se rascó la cabeza—. Tengo las llaves y nadie los vigila por la noche. Les preocupan más los transbordadores celestiales.

El plan estaba de nuevo en marcha.

El aerocarril del Arcanum navegó por unos gruesos cables en dirección a Betelmore. Su proa dorada atravesaba nubes gruesas y la ligera lluvia de la primavera repiqueteaba contra el metal.

Aries tiró de las palancas en la cámara del conductor e hizo girar una serie de manivelas.

—Tengo que seguir forzándolo para que se mueva sin usar el sistema de cables —dijo—. Va a ser un viaje movidito, sujetaos bien.

Ella se agarró a los cojines del asiento y miró por la venana. No lograba ver la ciudad más allá, pues los gruesos nubarrones seguían bloqueándoles la vista, como si les estuvieran advirtiendo que debían volver a la cama.

Ella no se había imaginado su primera visita a una ciudad prodigiana de aquella manera. Había pasado mucho tiempo pensando en aquellas grandes ciudades flotantes llenas de prodigianos que habían dejado atrás el mundo *fewel* hacía cientos de años. También había pasado muchas horas dibujando mapas basados en la información que encontraba: calles altas y sinuosas llenas de tiendas excéntricas, callejones oscuros repletos de bienes ilegales y redes de cables que transportan tranvías aéreos. A veces deseaba que Nueva Orleans se levantara del río Misisipi y alzara el vuelo como Astradam, Celestia y Betelmore, de modo que los conjuradores no tuvieran que seguir lidiando con los *fewel*. Quizá todos los conjuradores del mundo pudieran subir al cielo y estar a salvo, también.

El panel de control de bronce del salpicadero calculaba el tiempo: veinte minutos para llegar. Ella trató de mantener la ansiedad a raya, pero empezó a desbordarse y las piernas, los brazos y las manos le temblaron de miedo.

Aquella era una misión *seria*, una misión de rescate.

Conforme descendían pudo ver los tejados de la ciudad cubiertos por una hiedra primaveral y ventanas redondas repletas de jardineras. Las estelanzanas brillaban como diminutas estrellas encadenadas.

Ella se llevó una mano al estómago y Jason marcó un ritmo en su asiento con los dedos.

—¿Puedes parar? —le ladró Brigit—. Haces mucho ruido.

Ella le apretó la mano y el ruido se detuvo. Él sonrió, mostrando el huequecito entre sus dientes delanteros. Sus trenzas bailaban sobre sus hombros, irradiando una energía inquieta que no sabía a dónde ir. Una rottie asomó la cabeza por la capucha de su manto.

—Guisante, ¿qué haces aquí? —Ella se quedó mirando sus ojillos brillantes.

—Se viene conmigo cuando estoy nervioso —admitió Jason.

—Tenemos que mantenerla a salvo.

Jason asintió con la cabeza y desplegó un mapa de Betelmore.

—Me lo ha dado mi hermano. Deberíamos andar y no usar los tranvías aéreos. Seguramente habrá gendarmes por todas partes.

Ella contuvo la respiración cuando vieron la estación. La línea carmesí. Ya no había vuelta atrás.

—¡Por aquí! —los guio Aries.

El aerocarril se acercó al andén y Aries salió de la cabina del conductor.

—Vale. Os estaré esperando aquí durante dos horas. Si no volvéis para entonces, iré a buscaros y llamaré a los prodictores y a los gendarmes también. Hasta ahí llega el favor. Vista al frente, jóvenes héroes.

Le dijeron que sí con la cabeza.

Ella no se sentía en absoluto una heroína. En las historias que leía, las heroínas salvaban al mundo y eran elegidas para rescatar a la gente. La mayor parte del tiempo, sin embargo, Ella se sentía una cobarde, no una temeraria valerosa.

Tenía mucho miedo.

En su cabeza podía oír la frase favorita de su madre: *Debemos afrontar algunas cosas que no podemos evitar.*

Aries le apretó el hombro.

—Acabo de marcaros con una huella de polvo estelar. Es rastreable, así que sabré por dónde buscaros. Todos los astradianos lo sabrán.

—Volveremos —le aseguró Ella.

Intentó mostrarse segura de sí misma y cargar las palabras con toda la determinación que llevaba dentro. Era ella quien había orquestado todo aquello y quien había obligado a Jason y a Brigit a acompañarla.

Encontrarían a Masterji Thakur y lo traerían de vuelta. Él limpiaría su nombre ante los prodictores y le explicaría por qué los planos del Arcanum eran mapas de conjuración.

Todo el mundo sabría que ella era inocente.

Él estaría a salvo y volvería a dar clase. Todo iría *bien*. Requetebién.

Bajaron al andén desde el aerocarril. Ella consiguió librarse del estremecimiento que le recorría la columna vertebral y se mezclaron con la multitud que se dirigía hacia las escaleras de la calle principal de Betelmore.

Jason las guio y Ella le lanzaba miradas a Brigit. Tenía las mejillas rojas y apretaba la mandíbula mientras miraba a su alrededor. También era la primera vez que estaba en una ciudad prodigiana.

Los comercios y los restaurantes lucían muchas formas y colores: algunos tenían patrones a rayas, otros eran de color pastel, otros de bronce y plata, y todos se alineaban como excéntricas cajas de sombreros en el vestidor de una mujer rica.

Los automóviles estelarios pasaron zumbando y sus esferas doradas los cegaron. Hermosas mansiones de piedra caliza presumían de jardines topiarios con estelanzanas y jardineras repletas de florilunas. Las fuentes de polvo estelar se extendían hacia las alturas, listas para atrapar el polvo medicinal.

Jason giró a la izquierda en la calle principal y entró en un callejón. Delante tenían una escalera oscura con un pequeño cartel parpadeante: Barrios bajos – Cuidado.

Empezaron a bajar y Brigit se detuvo. Ella se giró.

—¿Estás bien?

—Siento algo... como familiar.

—¿Cómo? —preguntó Jason.

—He estado antes aquí, creo —Brigit se frotó las sienes—, solo que no consigo recordar cuándo o por qué. Es como si se me hubieran ido los recuerdos por algún motivo. Cuando pienso demasiado en ellos, se esconden.

Ella, Jason y Brigit bajaron la calle con la vista puesta en todas sus oscuras delicias.

Brigit se detuvo bruscamente frente al Circomedia y casi choca con Ella. Brigit señaló hacia la puerta.

—¡Aquí!

La primera impresión llenó de terror a Ella. El minúsculo patio parecía el típico lugar del que todo el mundo hablaba y procuraba evitar. No era especialmente acogedor, daba la impresión de estar deshabitado y en absoluto parecía un lugar en el que aventurarse.

A medida que se acercaban, el mundo parecía tornarse de un negro más oscuro. Un letrero descolorido deletreaba el nombre del circo por encima de unas columnas de entrada con pinchos. Bajo ellas parpadeaba un mensaje de «acceso restringido».

—¿Está ahí dentro de verdad? —susurró Jason.

—Eso creo —le respondió Ella tragando saliva.

Brigit giró el pomo pero no se movió, así que sacó la pesada llave de esqueleto de su bolsillo y la introdujo en la antigua cerradura. Algo hizo *clic* y el portón se abrió con un tímido siseo.

CAPÍTULO VEINTISÉIS

EL CANAL DE ESPEJOS

Ella atravesó el portón. Los adoquines irregulares se alineaban en el patio como dientes afilados listos para morderlos. Intentaron saltar de un adoquín a otro, procurando evitar los que estaban rotos, y así se dirigieron a la entrada del Circomedia. Ella pensó que parecía una boca gigantesca de comisuras rojas.

—¿Estás segura de que este es el lugar correcto? —preguntó Jason—. Parece abandonado.

Ella apuntó al letrero en ruinas.

—Supongo. Da mucho mal rollo.

—¿Qué vamos a hacer? ¿Entrar directamente y decir «devuélvenos a Masterji, o si no, te vas a enterar»? —preguntó Jason.

—Nunca antes he hecho una misión de rescate —admitió Ella.

—Propongo que entremos de puntillas, echemos un vistazo, y luego veremos —propuso Jason.

—Quiero entrar, ayudarlo e irnos. Aquí hay algo que no me gusta. —Brigit levantó la vista y alzó una mano temblorosa, pero tropezó con un adoquín y se estrelló contra el suelo.

Ella y Jason corrieron a ayudarla.

—¿Estás bien?

Brigit refunfuñó. Unas piedrecillas afiladas le rasparon las manos, tenía los pantalones rotos a la altura de la rodilla y un corte desagradable sangraba a borbotones. Apretó la mano contra la herida y trató de limpiar la sangre, pero salpicó los adoquines. Estos empezaron a emitir un suave resplandor.

—¿Qué está pasando? —Brigit miró hacia arriba, aterrorizada, mientras el aura se hacía más grande sobre ellos como una burbuja gigantesca.

—No lo sé.

Ella vio cómo se transformaba el horrible recinto: los descoloridos diamantes rojos, negros y blancos ahora eran brillaban con intensidad, los adoquines estaban todos en su sitio, una taquilla se recompuso de los restos y apareció la entrada a un muelle extraño.

—Guau —exclamó Jason—. Era una ilusión.

El patio resultó ser un muelle sobre un canal oscuro. A un lado había góndolas alineadas como caramelos de colores. ¿Qué clase de circo era aquel?

Un cartel torcido rezaba lo siguiente: SUBE A LA BARCA MÁS CERCANA Y TE LLEVARÁ AL MEJOR ESPECTÁCULO DEL CIELO.

Jason inspeccionó la barca.

—¿Y si se hunde?

—Entonces espero que sepas nadar. —Brigit se subió a la más cercana.

En la proa de la barca había una talla de un arlequín que a Ella le recordó a una versión más grande de Feste.

—Soy un gran nadador, vamos a la Unión Caribeña todos los veranos. —Jason siguió a Ella y se montaron en la barca.

Ella trató de resistirse a mirar en las aguas oscuras o a dejar que su imaginación le dijera lo que podría acecharles bajo la superficie. Tan siquiera miraba dentro del pantano cuando salían con la abuela a recoger agua bendita para los conjuradores.

—¿Ahora qué?

La barca se puso en marcha sola antes de que Jason o Brigit pudieran responderle, y Ella se aferró al banco de madera sobre el que estaba sentada.

—¿Tienes miedo? —Los ojos de Jason bailaron entre Ella y Brigit.

—¿Y tú? —Ella trató de hacer un gesto de valentía. Sabía que para rescatar a Masterji Thakur se tendrían que enfrentar cara a cara con Gia Trivelino, y se le pasaron por la cabeza todas las cosas que había leído sobre ella:

El As de la Anarquía.

Una criminal que mató a su propia hija.

Alguien que quiere ver el mundo arder.

Estaba aterrorizada.

—Sí —respondió él.

—Yo también.

Brigit no dijo ni una palabra; tenía la vista fija en todo lo que había alrededor.

Del techo cavernoso colgaban unos carteles hechos trizas que anunciaban extrañas figuras enmascaradas: il Doctore, Pantalone, Zanni y muchos más. Todos tenían los mismos ojos azules y una sonrisa roja torcida.

—Pero… ¿en qué parte podría estar Masterji Thakur?

Ella sentía que aquello era un laberinto. Puede que nunca lo encontraran.

Unos faroles a medio encender soltaron chispas cuando pasaron. Empezó a sonar un hilo musical y luego una risa histriónica. Un estandarte ondeaba en lo alto:

El salón de los rostros

En las paredes de la caverna aparecieron unos grandes espejos que se elevaban hasta el techo. Ella pudo ver en el reflejo unas versiones distorsionadas de sí misma.

—¿Qué es esto?

—¿Quizás una atracción de feria? —Brigit se inclinó sobre el filo de la barca.

—No parece especialmente divertido... —Jason miró hacia el techo, donde vio una imagen de sí mismo dividiéndose en dos.

La góndola seguía su curso. De repente notaron un ruido chirriante y se quedaron helados.

—¿Qué ha sido eso? —preguntó Brigit.

—¿Quiénes sois? —les dijo una voz profunda y cavernosa.

Los tres se apretujaron en el centro de la barca, espalda con espalda, mirando en dirección al origen de la voz.

—¿Quién anda ahí? —gritó Jason.

—¿Dónde está? —añadió Ella.

La voz se rio de ellos y el ruido que produjo hizo que a Ella se le pusieran los pelos de punta.

—No veo a nadie. —Brigit le agarró la mano.

—Yo tampoco —le respondió Ella y le dirigió una mirada de pánico.

—Porque no me estáis mirando de verdad —se burló la voz.

La risa resonó y rebotó en los espejos.

—Si tenéis que preguntar quién soy, no pintáis nada aquí.

En un espejo apareció un rostro medio oculto por una máscara en pico que parecía un pelícano retorcido.

—¡Mirad, allí! —señaló Jason, pero la cara se movió.

—¡No, allí! —Ella se acercó al borde de la góndola, pero el rostro volvió a desplazarse.

—¿Estamos soñando? —susurró Brigit.

—No lo sé. —Jason se estremeció por el miedo.

—¡Atrás! ¡Aléjate de nosotros! —gritó Brigit mientras la barca seguía hacia adelante.

—Sois vosotros quienes debéis alejaros, quienes habéis encontrado la forma de entrar en un lugar que no os pertenece.

—¿Dónde está Masterji Thakur? —gritó Ella, pero la voz se quedó en silencio.

Las aguas se revolvieron y golpearon la góndola, lo que hizo que se agazaparan más.

La barca se astilló, empezó a entrar agua por el fondo y Ella comenzó a gritar.

—¿Qué vamos a hacer? —Brigit se subió al borde de la góndola.

—¡Preparaos para nadar! —Jason se lanzó y sumergió la cabeza.

A Ella le dio un vuelco el corazón cuando se tiró de cabeza en aquel tornado de aguas oscuras.

CAPÍTULO VEINTISIETE

LA ILUSIÓN SUPREMA

El manto se le pegó a la piel y el agua le subió por la nariz mientras se sumergía más y más hondo. Durante un instante eterno y horrible, Ella se sintió como si hubiera caído en un largo pozo, pero pudo reunir fuerzas para volver a la superficie.

Una mano la agarró y agudizó la vista. Brigit la miraba fijamente, balbuceando y roja como un tomate.

—¿Dónde está Jason? —Ella se mantuvo a flote y lo buscó por todas partes. Los espejos habían dejado de mostrar imágenes y las velas arrojaban diminutas bolas de luz sobre la superficie del agua. A su alrededor flotaban trozos de góndola.

—No lo veo. —Brigit volvió a sumergirse, nadando en círculos antes de rendirse y volver a subir para tomar aire—. Nada, no veo nada.

El pánico se apoderó de Ella. ¿Estaría bien? ¿Y Guisante? ¿Sabrían nadar los rotties? ¿Seguiría en su capucha? Miró hacia la entrada del circo y pensó en irse, pero respiró profundamente.

Nunca podrían dejarlo atrás.

Ella le dio la mano a Brigit y pudo sentir sus nervios uniéndose a los suyos.

—Tenemos que encontrar a Jason, ver que esté bien y luego ir a por Masterji Thakur.

Ella sumergió la cabeza y salió de nuevo, buscándolo y gritando su nombre.

Repitió el proceso varias veces.

—¡Ella! ¡Ella!

Volvió a mirar a una Brigit agotada.

—Hay algo aquí abajo —gritó Brigit—. Puedo sentirlo.

Un profundo estruendo sacudió las aguas e iluminó la oscuridad. Una criatura nadaba bajo sus pies, haciendo brillar sus escamas de zafiro. Brigit le dio la mano a Ella y nadaron hacia la pared de la cueva.

—¿Qué es *eso*? —Brigit la agarró aún más fuerte.

La criatura asomó la cabeza por encima del agua y un enorme ojo negro las miró fijamente.

—¡Nos va a comer, nos va a comer! —Brigit entró en pánico.

¿Qué es?, pensó Ella cuando la criatura salió del agua. Parecía un cruce entre un dragón y una serpiente.

—No os va a comer.

El rostro sonriente de Jason surgió de detrás de la criatura, aferrado a una de sus gruesas aletas. Guisante se asomó por la capucha y se sacudió el agua del pelaje.

Ella sintió un alivio enorme.

—Este es Poco, es un bebé leviatán —sonrió Jason—. Vamos, él nos lleva.

—¿A dónde? —dijo Brigit.

Ella miró tras de sí. Podían irse en ese preciso instante, volver al muelle y al exterior, o bien seguir adelante y adentrarse en el retorcido circo.

—A por Masterji Thakur. —Ella respiró hondo.

—Poco sabe dónde está —Jason asintió y luego miró a Brigit—. ¿Estás lista?

—Más lista, imposible.

Ella y Brigit se subieron a la espalda de Poco y avanzaron por los oscuros canales. Más adelante apareció en el agua una gigantesca carpa con sus tres anillos y una cuerda de equilibrista suspendida. En las paredes había entradas a espectáculos secundarios: Bestiario, Ilusionario, Columpios de nubes, Carrusel, Jardín de las maravillas y mucho más. Unas gruesas telas de araña se extendían sobre los ascensores que llevaban a cada nivel.

Ella escaneó el espacio con los ojos. ¿Dónde estaba Gia? ¿Dónde estaba Masterji Thakur?

Se bajaron de Poco, le dieron las gracias y recorrieron el perímetro de la gran carpa. Las ventanas de cristal les devolvían la mirada y ocultaban diversas habitaciones oscuras.

—¿Qué vamos a hacer ahora? —Jason se escurría el agua de la ropa y Guisante olisqueaba.

—Algo no va bien. —Brigit caminó en círculos, agitó las manos en el aire y sacó las agujas de tejer de debajo de su manto. Ella no entendía lo que estaba haciendo.

Guisante chilló y se agitó.

—¿Qué sucede? —Jason hizo un ruidito como de un beso para atraer a la diminuta rottie—. Tiene una cuerda extraña en la boca.

Ella se dio cuenta de que parecía un hilo.

Brigit levantó una de sus agujas de tejer en dirección a la luz.

—Hmm...

Cerró los ojos y empezó a mecerse como siempre lo hacía cuando se preparaba para hacer punto. Aquella vez extendió los brazos por encima de su cabeza y apuñaló al aire con las agujas. Abrió los ojos de repente, blancos como la nieve.

Clic, clic, clic.

Aparecieron agujeros en el aire a su alrededor y se revelaron unas líneas plateadas. De repente, la gran carpa empezó a disolverse poco a poco.

Clic, clic, clic.

Brigit enhebraba las agujas y se mecía. El sonido se le metió a Ella en la cabeza.

Guisante se acurrucó en la capucha de Jason.

—¿Qué está pasando?

—Es una ilusión, la está deshaciendo.

A Ella le palpitaba el corazón a toda velocidad mientras veían cómo la sala se transformaba y pasaba de un circo a un laboratorio.

Una mujer les devolvió la mirada.

El As de la Anarquía.

CAPÍTULO VEINTIOCHO

LA LUZ DEL PRODIGIO

—Vaya, vaya... —La mujer tenía el pelo rubio del mismo tono que el de Brigit y una boca tan roja que se diría que estaba llena de sangre.

Un escalofrío recorrió a Ella. La mujer era aterradora, mucho más de lo que las cajas de noticias reflejaban. Gia la miró fijamente y Ella se quedó petrificada.

Unos líquidos hervían sobre anchas hornillas, los morteros contenían especias y polvos, las mesas exhibían frascos vacíos y botellas que esperaban llenarse con elixires y había enormes pilas de libros amontonados.

En el fondo, una jaula contenía a una persona dormida. Masterji Thakur. Su antiguo turbante a rayas estaba cubierto de polvo y los espejos que lo decoraban estaban rotos o se habían caído.

—¡Masterji Thakur! —lo llamó Jason.

Su maestro levantó la cabeza y se puso de pie.

—Ella. Jason. Brigit.

Gia sonrió y recorrió a los aprendices con los ojos azules.

—¿Cómo habéis conseguido pasar...? —Su mirada se encontró con Brigit y ella dio un paso atrás—. ¿Tú quién eres?

—Hemos venido a por Masterji Thakur. ¡Suéltelo ahora mismo! —gritó Ella y luego se estremeció. Pudo sentir la energía volátil de una planta cálida y miró a su alrededor. Al levantar la vista pudo ver flores secándose, entre ellas una quassia roja del Inframundo. *¿Por qué la tiene Gia?*

Gia soltó una carcajada y luego se rio entre dientes.

—Menudo giro. Esta historia será magnífica.

Se miraron con desconcierto ante su forma tan rara de actuar. Gia volvió a lo que estaba haciendo y siguió cerrando las botellas como si no estuvieran allí.

—Estúpidos y enérgicos críos —fijó los ojos en Ella—. Tú eres esa conjuradorcita que admitieron en el Arcanum. Ya eres tan famosa como yo.

—Nunca seré como tú —le espetó Ella.

—Ah, pues deberías. Me encantaría verlo. Si los conjuradores abrazaran todo su poder podrían reducir el mundo prodigiano a cenizas, mandarlos a todos al Inframundo y así verían cómo os han tratado.

—Suelta a nuestro maestro. —El sudor le recorrió las mejillas a Jason—. ¡Ya!

—No tengo ningún interés en renunciar a mi viejo amigo Mitha. Aún tenemos mucho que hacer. —Le lanzó una mirada.

—Estoy harto de tus juegos, Gia. —Masterji Thakur agitó la jaula—. Déjame salir.

—¿Por qué haces esto? —le preguntó Brigit con una voz inusualmente alta.

—¿No os cansa que haya tantas normas?

—No —le respondió Ella mientras trataba de averiguar qué hacer.

—En serio, decidme: ¿a favor de quién juegan las reglas? —Gia se rio—. Quiero ver la oscuridad bajo los ojos de la gente, quiero saber cómo se comportarán cuando no haya normas, parangones, forasteros ni infiltrados.

La quassia roja siseó y Ella volvió a alzar la vista. El miedo a la planta y el miedo a Gia retumbaban en su interior. Necesitaba algo que distrajera a Gia el suficiente tiempo como para liberar a Masterji Thakur y salir pitando de allí, así que intentó escuchar los latidos de la planta. *Vamos*, se dijo, intentando dirigir su voluntad a la de la quassia. Una imagen de la abuela y de mamá le vino a la cabeza y empezó a recitar.

La planta estalló y lanzó sus lianas, que se enroscaron alrededor de los brazos y las piernas de Gia y la inmovilizaron.

—Sacad a Masterji —ordenó Ella a Jason y a Brigit.

Ella intentó no desconcentrarse y mantener a Gia a raya, que luchaba por zafarse de las lianas. La quassia le quemaba los brazos blancos y su veneno le dejaba una constelación de ampollas, pero no parecía importarle.

A Ella le bajaba el sudor por la cara y le temblaban los músculos. *Mantén la calma*, se dijo a sí misma, *puedes hacerlo, igual que mamá y que la abuela*, y siguió recitando para mantener la presión sobre Gia.

Jason corrió hacia la jaula pero Brigit se quedó aturdida, quieta como una estatua, y sus ojos y los de Gia se cruzaron.

El As cedió, dejó que las lianas la rodearan y se quedó en silencio. Seguía con la mirada fija en Brigit, inspeccionándola de la cabeza a los pies, y no parpadeó ni medió palabra.

—Las llaves están en su bolsillo —gritó Masterji Thakur—, pero primero id a por las botellas. ¡Hay que destruirlas!

—¡Brigit! —exclamó Ella—. ¿Has oído lo que te ha dicho? Ve a por las botellas.

Brigit no se movió ni un pelo.

—Tu rodilla raspada, la sangre —una sonrisa apareció en el rostro de Gia—. Eres tú. Estás viva, tal y como me dijo.

Brigit inclinó la cabeza hacia un lado.

—¿Quién eres? —Entrecerró los ojos—. Te veo en sueños y tejo tu cara. ¿Por qué?

—¡Brigit! —volvió a gritarle Ella—. ¡No tenemos tiempo, ve a por las botellas!

—Así que así te llaman —respondió Gia—. Yo te puse Beatrice.

Brigit dio un paso atrás.

—No le hagas caso —aulló Ella—. Es un truco, otro de sus juegos.

A Ella se le aceleró el corazón. Intentó acercarse a la mesa de los elixires, pero tuvo que concentrarse en mantener las lianas de la quassia alrededor de Gia. Jason volcó una mesa y cientos de botellas cayeron al suelo, haciéndose añicos y derramando un elixir ardiente. A medida que el líquido se le acercaba, Ella fue perdiendo la concentración y las lianas que rodeaban las muñecas de Gia se soltaron.

—¡Brigit, ayúdame, por favor! —le pidió Ella—. ¡No puedo estar en todo!

Jason corrió hacia el centro de la habitación y tiró el resto de las botellas al suelo, rompiéndolas todas excepto una, que rodó hacia Gia y Brigit.

—Me han engañado como a una boba —dijo Gia mientras se reía—. Muy inteligentes.

—No entiendo —respondió Brigit—. No te conozco.

—Antes sí. Soy tu madre.

Sus palabras hicieron que la habitación se helara.

Con un rugido, Gia se zafó de las ataduras con la facilidad con la que se desata el lazo que envuelve un regalo.

Ella se estrelló contra el suelo y Gia se acercó a Brigit.

—Yo no tengo padres —Brigit la miró con desprecio.

—Los tuviste —le contradijo Gia—. Eres igualita a mí cuando era más joven. Seguro que te has dado cuenta.

Brigit se apartó, casi tropezando con la última botella de elixir que había en el suelo, y Ella se abalanzó para agarrarla.

—Ni se te ocurra —le reprendió Gia, y el frío de su voz hizo que Ella sintiera pavor. No se podía mover, el miedo la abrumaba. Jason se agazapó contra la pared.

—No soy como tú —respondió Brigit—. No soy tu hija.

—Sí que lo eres, eres una prodigiosa. De mucho talento, además, si has conseguido sortear los encantamientos protectores de nuestra familia y entrar en este espacio, si has podido ver a través de mis hilos. Eres mi hija.

—Soy de Nueva York y vivía en la casa de acogida con mi tutora.

—Estúpida ciudad *fewel*. —Dio otro paso hacia adelante—. Eres justo lo que estaba buscando.

Sus ojos se movieron desde los de Brigit hasta la botella que había en el suelo.

Brigit la agarró.

—Cuidado con eso —le advirtió Gia—. Tus amigos me han arruinado el experimento.

—Rómpela, Brigit —le gritó Ella.

Gia se volvió hacia ella.

—Tú te callas —le espetó, y Ella retrocedió.

Brigit sostuvo la botella en alto. El líquido rojo se retorcía dentro como un fuego violento. Ella no sabía qué era, pero supuso que sería peligroso. Gia volvió a clavarle los ojos y Ella dio otro paso atrás.

—¿Qué es? —Brigit examinó el cristal—. ¿Por qué lo quieres tanto?

Gia centró la vista en la botella.

—Es la única forma de asegurarme de que nadie me arrebate nada nunca más.

Brigit la hizo girar a los lados y el líquido se fue tornando de un rojo más intenso.

—Roba prodigios —se lamentó Masterji Thakur con una voz débil y grave—. Ha pervertido nuestro Elixir de Luz del Arcanum y ha encontrado una forma de despojar a los prodigiosos de sus dones.

A Brigit le temblaron las manos mientras miraba a Gia, a Ella y la botella.

—No le hagas caso. Decir eso es simplificar mucho las cosas y dar una opinión sensacionalista y confusa. Hay muchas cosas que se malinterpretan y se tildan de peligrosas, como los conjuros… y los conjuradores —respondió Gia y dirigió de nuevo sus ojos azules hacia Ella. El calor que transmitían podría quemarle la piel—. Como fuimos una vez, Mitha, como los Ases. Todo esto es para protegernos. Protegerme, protegernos —repitió—. Teniendo más de un prodigio podré dominar la luz y ser la prodigiosa con más poder del mundo entero. Nadie me va a arrebatar nada. Ni tú, Brigit, ni nadie más. Podría ofrecerles esta oportunidad a otros que también han sufrido vejaciones y han perdido cosas.

Brigit descorchó la botella y se la llevó a los labios.

—¡No! —le pidió Gia.

—Tú no me dices lo que tengo que hacer —le ladró Brigit.

La cara y el pelo de Gia cambiaron de repente, el blanco se convirtió en marrón y se enredó formando un moño.

—Señora Mead. —Brigit casi deja caer la botella.

—¡No es real! —gritó Ella.

Gia se abalanzó sobre Brigit. Ella la golpeó, pero Gia retrocedió y Ella tropezó, se chocó contra un armario cercano y se dio un golpe en la cabeza. Unas manchas blancas y negras le nublaron la vista.

Brigit se llevó la botella a la boca y se tragó el líquido.

—Ahora no tengo prodigio. Ya no nos parecemos en nada.

—¡NOOOOOO! —gritó Gia.

Brigit se desmayó. La piel se le puso roja, se le hincharon las venas, se le abrió la boca y de ella escapó un rayo de luz como un lazo blanco.

Ella se frotó la cara y se esforzó por ponerse en pie. ¿Era aquel el prodigio de Brigit? El instinto se apoderó de ella, corrió hacia una mesa cercana y se llevó una de las botellas vacías. Tenía que salvar el prodigio de Brigit si podía. Se arrodilló a su lado y tiró del hilo de luz de la misma forma que mamá la hacía atrapar los zarcillos de humo de las sartenes para preservar el buen trabajo de los conjuradores.

Gia trató de levantar a Brigit, pero Ella le dio un manotazo.

—¡No la toques! —gritó. Jason consiguió abrir la jaula de Masterji Thakur con la ayuda de Guisante y su habilidad para forzar cerraduras y se apresuraron a ayudar.

Sonó un ruido de pasos y sirenas y el ladrar de unos lobos interrumpió los gritos de Gia. Una bandada de cuervos negros inundó el espacio con unos graznidos ensordecedores y los gendarmes prodigianos entraron en la sala.

Gia se puso de pie y abrió su reloj de bolsillo. Ella sintió que la cabeza le daba vueltas y el mundo se ralentizaba a su alrededor. Gia agarró una de las herramientas de metal de la mesa y, antes de que Ella parpadeara siquiera, Gia había transformado el instrumento en un pequeño arco que atravesó y desapareció.

El tiempo volvió a la normalidad.

Ella acunó la cabeza de Brigit y se inclinó hacia su pecho, escuchando sus latidos.

—Brigit, despierta —le pidió—. Abre los ojos, por favor. —Sintió los latidos de su corazón golpeando despacio pero firme—. Vas a conseguirlo. Tienes que hacerlo.

La Tribuna de Astradam

NOTICIAS DE ÚLTIMA HORA

JOVEN CONJURADORA SALVA A UN QUERIDO DOCTOR DEL ARCANUM DE UNA INFAME CRIMINAL

Según han sabido los periodistas, Masterji Thakur, un doctor muy querido del Arcanum, se ha visto envuelto en la retorcida red de Gia Trivelino, que lo secuestró, engrosando así su lista de crímenes. Sin embargo, se rumorea que la recién admitida aprendiz conjuradora, Ella Durand, le salvó la vida.

Cuando se le preguntó sobre el incidente, la familia declaró: «Hemos educado a Ella para enfrentarse al mal y ha hecho lo que se le ha enseñado, ni más ni menos».

Una investigación más profunda reveló que hay un caso pendiente contra Ella en el Instituto de Formación Arcana, y aunque quizá sea momento de celebraciones… quién sabe cuánto tiempo más seguirá siendo una aprendiz del centro.

Les mantendremos al tanto de las novedades. ¡Recuerden suscribirse para recibir el boletín semanal de cajas de noticias!

CAPÍTULO VEINTINUEVE

¿SER O NO SER UNA PRODIGIOSA?

Una semana más tarde, Ella se asomó a la puerta de la habitación de Brigit en la enfermería. Mientras reunía el coraje suficiente para entrar, el estómago se le abrió, se le cerró y le dio vueltas. Habían trasladado a Brigit desde el hospital de Betelmore y Ella no sabía en qué estado se encontraba su amiga. Aquella idea la aterrorizaba, pues Brigit y Jason había sido sus primeros amigos *de verdad* en el Arcanum y no sabía qué haría si la perdía.

Apretó el regalo que llevaba en las manos.

—Está despierta, querida —le dijo la enfermera Peaks cuando entró—. El globo sobre la puerta brilla, así que puedes entrar. Y date prisa o te perderás el Combate de Prodigios. El primero empieza en quince minutos.

Ella respiró hondo y giró el pomo. ¿Estaría Brigit toda vendada? ¿Seguiría pareciendo ella misma? ¿Qué les pasa a los prodigiosos cuando perdían sus dones? La sala era muy luminosa y estaba repleta de minidirigibles y bengalas que zumbaban por toda la habitación y le deseaban que se mejorara pronto. La mesa estaba a rebosar de dulces:

huevos bailongos de chocolate con dragones de leche listos para romper el cascarón, bolsas de maíz arcoíris, torres de monedas de chocolate de parangón, bolas de fuego efervescentes, cristales de caramelo, montañas de barritas de chocoprodigio y una torre de medialunas junto a un vaso de leche.

Brigit se sentó en la cama.

—Hola.

—Hola.

Ella entró en la habitación. Brigit estaba más pálida que de costumbre, tenía los ojos llorosos y Ella supuso que era porque acababa de despertarse de la siesta.

—¿Aún no te han echado? —le preguntó con una sonrisa.

—Todavía no —le respondió Ella—. La audiencia es mañana.

—Pero si eres una heroína. Lo he visto en las cajas de noticias. Todo el mundo habla de lo que pasó.

—Da igual, supongo. Hay que seguir el proceso y los protocolos —imitó a la prodictora Rivera mientras se encogía de hombros—. Te he traído algunas cosas de tu habitación y también esto —levantó el regalo—, aunque creo que no necesitas más.

—Ni siquiera se de quién son, todas las tarjetas vienen sin firma —añadió, mostrándole a Ella los crípticos mensajes de buenos deseos.

Ella se acercó un poco más e inspeccionó a Brigit para ver si detectaba cicatrices, moratones o algo que explicara por qué su amiga llevaba allí tanto tiempo. Había estado esperando a que volviera a su habitación y les había estado preguntando a las enfermeras todos los días durante una semana.

—Me estás mirando fijamente —le dijo—, ¿qué pasa?

—Nada...

—¿Cómo está Feste? —preguntó.

—Te está esperando en la habitación. Sigue limpiando y haciendo tu cama, quería que todo estuviera perfecto para cuando volvieras.

—Ella y Feste esperaban que así fuera—. Ah, y te he traído esto. Empezó a temblar anoche. —Ella revolvió su mochila y sacó el *malyysvit* de Brigit.

Brigit pasó los dedos por su exterior polvoriento.

—Vamos a ver si de verdad es un universo desértico. Esto es lo único que me ha gustado aquí arriba y lo único que he ganado en mi vida.

Un silencio incómodo se extendió en la sala y sus ojos oscilaron entre ellas y el huevo. A raíz de todo lo que había sucedido, Ella sintió que sus celos pasados eran una tontería, una nimiedad. El huevo significaba mucho para Brigit, que siempre había tenido muy poco, mientras que los padres de Ella le habrían dado todo lo que les hubiera pedido.

La vergüenza se arremolinó en su interior. Había estado dándole vueltas mucho tiempo a la cuestión del huevo, a la atención que recibía Brigit y al hecho de que había descubierto su prodigio de clarividencia antes del examen de prodigio de fin de curso, y no se había dado cuenta de lo buena amiga que era Brigit, tan leal que había renunciado a su prodigio para salvar a sus amigos.

Ella creía que, si se viera en esa circunstancia, tomaría la misma decisión, pero no lo tenía tan claro.

—Oye… —empezó Ella—, ¿cómo te encuentras?

—Mejor. Bueno, ya no me duele tanto —se llevó las rodillas al pecho—. Los dolores de cabeza aún son fuertes.

El recuerdo de la cinta de luz, el prodigio de clarividencia de Brigit, volvió a la mente de Ella. Se preguntó si lo tendrían guardado en un frasco en algún sitio.

—¿Te sientes diferente?

Ella siempre preguntaba cómo se sentían los demás. ¿Vacía? ¿Confundida? ¿Mareada? Un mundo sin conjuros le parecía muy triste. ¿Le pasaría eso a Brigit?

—Nunca me he sentido diferente, no sé si me explico. La gente de aquí siempre dice «somos especiales» y «mirad, tenemos todos estos prodigios», pero yo solo era una niña que sabía tejer, no sabía hacer otra cosa.

Ella se sentó en el borde de la cama.

—Que no es contagioso, eh —se burló Brigit—, no vas a perder tu prodigio.

Ella abrió los ojos de par en par y se sonrojó, sintiéndose culpable.

—Es que… yo…

—Actúa como siempre, ¿vale? —Brigit dio una palmadita en la cama, a su lado. Ella se sentó más cerca, le entregó el regalo que le había traído y Brigit lo abrió. En un cojín de papel de seda había tres ovillos de lana luminosa y brillante y un par de agujas de tejer de conjurador que usaba su abuela.

Brigit relajó el gesto y se le llenaron los ojos de lágrimas.

Un pensamiento cruzó su mente. ¿Y si Brigit ya no podía tejer nunca más? ¿Y si no debía haberle regalado aquello?

—¿Qué es? —Brigit lo tocó.

—Es lana luminosa, la hace mi abuela. Normalmente la teje en sus colchas para que no tengas miedo de la oscuridad —Ella se sintió estúpida al darle aquel regalo—, pero me he dado cuenta de que quizá no sea el mejor regalo ya que has perdido… bueno… *lo* has perdido.

—El prodigio —respondió Brigit—, puedes decirlo.

A Ella se le encendieron las mejillas.

—No sé si quiero recuperarlo —admitió—. Si no, podré volver a casa. Bueno, a Nueva York. Seguramente me olvidaré de este lugar, pero las enfermeras me han dicho que no podré volver a tejer… —Su voz se iba apagando mientras pasaba los dedos por la lana.

Ella sintió una punzada de tristeza. ¿Qué sería de Brigit sin sus agujas de tejer? Le hizo pensar en qué sería de ella sin los conjuros. ¿Cómo se sentiría si no notara el cosquilleo en los huesos o la marca creciente en la nuca?

—Te encanta tejer —susurró Ella.

—No sé quién soy si no lo tengo —dijo—, pero si recupero mi prodigio tendré que quedarme aquí y asimilar que mi madre es la persona más malvada del mundo. Me van a odiar.

—Ni Jason ni yo vamos a decírselo a nadie. Te lo prometo.

No podía imaginarse cómo se sentiría Brigit en aquel momento: pasar de no tener madre a tener a una como Gia Trivelino. Ella le dio un golpecito en la mano.

—Podrían odiarnos a las dos juntas y podríamos montar un grupo: Todo el mundo odia a B y a E. ¡Que hagan carteles con nuestra cara! ¡Anda que no! Eso si quieres quedarte.

Brigit se rio.

Ella quería con todo su corazón que se quedara y podía enumerarle al menos veinte razones por las que debería hacerlo, pero no se las dijo. Brigit era como uno de los gatos de casa: si te acercabas demasiado rápido a ellos, chillaban, te arañaban y se escondían.

—No sé si me va a doler —dijo Brigit—. Ya me resulta bastante doloroso estar sin él.

—¿Te han dicho algo sobre cómo recuperarlo?

—Cirugía, pero les dije a las enfermeras que no quería saber los detalles.

Ella miró la lana luminosa dentro de la caja.

—A mí me encantan los detalles —proclamó Ella.

—Lo sé —se rio Brigit—. ¿Cómo está Masterji Thakur?

Ella sacó un resguardo de cita.

—Lo veré... después de la audiencia disciplinaria. Dice que está mucho mejor.

—Me alegro. —Brigit se sentó más recta en la cama—. ¿Tienes miedo?

Ella le sostuvo la mano.

—Ya no. No he hecho nada y mañana todo el mundo lo sabrá.

Brigit asintió en señal de apoyo.

—Ojalá pudiera estar allí.

A Ella le vino a la mente otra pregunta curiosa (y metomentodo, diría mamá), pero se mordió el labio inferior para no formularla.

—¿Qué pasa? Dilo. —Brigit le tiró del brazo.

—Nada, nada —mintió.

—Pones una cara muy rara cuando quieres decir algo y no lo haces.

—Mentira.

—Verdad.

—Vale, bueno. —Ella evitó hacer contacto visual y formuló la pregunta sin más—. ¿La recuerdas ahora?

Brigit esperó un poco antes de responder.

—Recuerdo algunas cosas. Fue casi como si, al verla, se me hubiera desbloqueado el sitio en el cerebro en el que la había arrinconado. Eran imágenes sueltas: una sonrisa, una mueca extraña, pero no sé si quiero acordarme de más —volvieron a brotarle lágrimas de los ojos—. Nunca he tenido a nadie, no sé cómo se siente tener a alguien.

Ella apoyó suavemente su mano en la de Brigit.

—Me tienes a mí.

El huevo tembló, Brigit se enderezó de nuevo y Ella se acercó.

—¡Por fin!

Ella aplaudió con entusiasmo mientras unas grietas en forma de relámpago se expandían por todo el cascarón. Poco a poco se abrió, revelando un desierto en miniatura.

—¡Guau! —A Ella le recordó a un globo de nieve viviente.

Se inclinaron para mirarlo y tocaron la capa iridiscente que protegía el pequeño mundo.

—¡Es de noche! Mira, hay una luna.

—Hay camellos roncando, escucha.

—Y tienen alas.

Ella y Brigit se rieron, hubo un golpe en la puerta y Jason entró en la habitación.

—¿Has recuperado tu prodigio?

—Menuda forma de saludar —le espetó Ella.

—Las mentes inquietas quieren saberlo. —Los wombis entraron en la habitación detrás de él y se subieron a la cama, y luego entraron los rotties—. ¿Entonces...?

—Aún no, pero voy a recuperarlo.

Brigit sonrió y apretó la mano de Ella.

INSTITUTO DE FORMACIÓN ARCANA PARA EMPEÑOS PRODIGIOSOS Y MISTERIOSOS

—Convocatoria de la Junta de Disciplina—

Estimada Ella Durand:

Por favor, acude al despacho de la decana Nabokov a las 9:30 para el inicio de la audiencia. Se ruega puntualidad.

Conforme a los protocolos del Instituto, tendremos una revisión disciplinaria para repasar las declaraciones y las pruebas y determinar si seguirás matriculada en el Instituto o no. Debemos mantener el orden y la tradición, incluso en vista de los recientes acontecimientos.

Decana Nabokov

CAPÍTULO TREINTA

LA JUNTA DE DISCIPLINA

Ella entró en el Salón de Disciplina. De sus paredes octogonales colgaban pancartas que mostraban cada uno de los principios del Arcanum: integridad, autocontrol, perseverancia y bondad. Un panel de instructores del Arcanum la miraban desde una mesa alta y en el centro se sentaban los prodictores.

Ella se puso frente a ellos con sus padres a un lado. Mamá le sostenía una mano y papá la otra, y le temblaban las piernas como si se hubiera tragado un terremoto.

Las palabras de mamá resonaron en su mente. *Todo va a salir bien.* Esperaba que tuviera razón.

Sin embargo, un grueso nudo le cerró el estómago mientras esperaba su destino. Jefferson Lumen, su mujer y Clare estaban sentados en el lado opuesto y los miraban como tres muñecas pelirrojas enfadadas, listas para ver cómo la echaban. Los dirigibles de noticias pasaban por delante de los anchos ventanales que iban del suelo al techo y resonaba el *clic* de las cámaras.

La decana Nabokov se dirigió a un atril.

—Buenos días y que el prodigio os acompañe. Estamos aquí para investigar los cargos disciplinarios contra la aprendiz de nivel uno Ella

Durand. Se le acusa de dos cargos: robar a una alumna de la escuela y atacar a otra. ¿Qué tiene que decir la acusada?

Ella tragó saliva, se puso de pie y se armó de valor.

—No he hecho ninguna de las dos cosas, decana Nabokov.

—Muy bien. Demos comienzo, pues. —La decana le pidió a Clare con un gesto que se acercara—. Por favor, dile a la Junta lo que te pasó el 18 de diciembre.

Los padres de Clare miraron a Ella y a sus padres.

Clare se llevó una mano al collar. Su parpadeo casi hacía que le brillara la piel.

—Iba de camino a ver a la Dra. Bearden para dar una hora extra de clase y trabajar con la esfera de estelina cuando Ella Durand salió DE LA NADA y se me lanzó a la espalda. Empezó a golpearme y me dijo que había sido mejor que ella en clase —gimoteó mientras que su madre fingía enjugarse las lágrimas—. Luego me envió notas llenas de amenazas. Decía que si se lo contaba a alguien me iba a echar un maleficio de conjuradora. Me daba mucho miedo contarlo hasta que mis padres descubrieron las notas.

A Ella se le disparó el pulso. Nunca se había peleado con nadie más allá de Winnie y ni siquiera sabía si los conjuradores podían lanzar maleficios. Nunca había escuchado algo así.

—Ni siquiera hacemos ese tipo de cosas —dijo mamá entre dientes.

La decana Nabokov alzó una mano.

—Enseguida será el turno de Ella para hablar, pero primero, las pruebas.

La decana proyectó los heliogramas del fotoglobo y giró la manivela de una caja de grabado.

Ella vio una versión borrosa de sí misma y escuchó su voz.

—Gracias por el testimonio. —La decana Nabokov asintió a Clare y luego se volvió hacia Ella y sus padres—. ¿Qué tienes que decir al respecto, Ella?

Mamá le dio una palmadita en la espalda para transmitirle confianza.

—Tengo varios testigos... y cartas.

Levantó la carta que Brigit había enviado desde la enfermería y otra muy curiosa que Ella no había visto antes. Un astradiano se las entregó a la decana Nabokov.

Jason y Masterji se pusieron en pie y levantaron la mano, dispuestos a hablar.

—Atenderemos vuestros comentarios, pero antes las cartas —respondió la decana, que comenzó a leer la primera en voz alta.

Estimada gente del Arcanum:

Me llamo Brigit Ebsen, soy una de las mejores amigas de Ella. Yo no quería tener amigos en el Arcanum; ni siquiera quería estar aquí, y si no fuese por Ella, no habría sobrevivido. Ella nunca se ha rendido conmigo y siempre ha sido positiva, incluso cuando la gente no era amable con ella. Es la mejor persona que se puede tener como aprendiz y como amiga, es la mejor que hay en el Instituto. Qué puñetas, si hasta sus notas son buenas, mucho mejores que las mías. Si van a echar a alguien... que sea a mí. La quiero tanto que le daría mi lugar.

Brigit Ebsen

Una ráfaga de gratitud abrazó a Ella, que intentó no sonreír demasiado. *Nuestra Brigit*, había escuchado susurrar a su madre. Gumbo dio un golpetazo en el suelo con su pesada cola y Greno pegó una voltereta en el hombro de papá: hasta sus compañeros de conjuración estaban orgullosos.

La decana Nabokov se aclaró la garganta y leyó la segunda carta.

Hola a quien sea:

Ella no es tan mala. Es diferente, pero también es buena.

Por favor, no la echen. Me ayudó cuando lo necesitaba. Quizá podamos ser amigas.

Abina

P. D.: Deberías empezar a pensar en quién te desordenó la habitación.

El techo soltó chispas, los altos arcos del salón de disciplina se llenaron de luz y llovieron astrogramas que le cayeron a la decana Nabokov en la cabeza, uno tras otro.

Ella intentó no reírse y la decana los organizó con cuidado.

—Parece que tienes muchos admiradores, señorita Durand. Me encargaré de que quede reflejado en el registro. —Pasó muchos de los sobres a otros instructores para que los abrieran—. Ahora mismo, sin embargo, comenzaremos con la declaración de los testigos.

La decana Nabokov señaló al estrado de los testigos.

—El siguiente es Jason Eugene.

Las trenzas de Jason se sobresaltaron al escuchar su nombre y él recorrió el pasillo para sentarse delante de todo el mundo.

—Ella nunca les haría daño a otros aprendices. No le haría daño ni a una mosca.

—Aún no he hecho ninguna pregunta —le dijo la decana Nabokov.

—Ah, perdón.

Jason dirigió su mirada aterrorizada hacia Ella, que intentó sonreírle para que no estuviera tan nervioso, pero también tenía miedo. Hacía unas semanas la habían llamado «heroína» porque había salvado a Masterji Thakur; sin embargo, allí estaba, tratando de salvarse a sí misma.

—Di tu nombre para que conste en el registro —le pidió la decana.

—Jason Eugene.

—¿De qué conoces a la acusada?

—Es una de mis mejores amigas.

—¿Cómo conociste a la acusada?

—Los prodictores me pidieron que le enseñara el Arcanum, fui su guía.

La decana Nabokov asintió.

—¿Alguna vez la has visto actuar de forma vio...?

—Esa pregunta es irrelevante. —Masterji Thakur se puso en pie y caminó lentamente hacia el estrado ayudándose de un bastón.

—Masterki Thakur, tu actitud está fuera de lugar. Podrás hablar a su debido tiempo. —Los ojos de la decana se crisparon y miró hacia los prodictores buscando su apoyo.

Ella contuvo la respiración.

—Ya es hora de que hable y ponga fin a tanta tontería. —Masterji Thakur se dirigió hacia el panel de instructores del Arcanum—. Decís que debemos honrar la Senda Prodigiana, alabar el orden y la tradición, ¿pero qué pasa cuando la mayoría de esa herencia se basa en prejuicios? —Miró a todos y cada uno de los doctores del Arcanum—. Hace poco abrimos nuestras puertas a los conjuradores aunque deberíamos haberlo hecho hace mucho, mucho tiempo, y hemos puesto a Ella Durand en el punto de mira. Tenía que ser perfecta, e incluso así no se la ha aceptado. Nuestra sociedad siempre ha tenido problemas para integrar a nuevas personas, pero la forma en que hemos tratado a los conjuradores del mundo es inaceptable. No todos tenemos segundas o incluso terceras oportunidades.

Masterji se paseó frente al público absorto.

—Yo la tuve. Bien sabéis que fui un joven descarriado, y sí, uno de los Ases. Llegué a considerar a Gia Trivelino mi mejor amiga.

Un eco de murmullos recorrió la habitación.

—Los rumores son ciertos, pero me hicisteis un hueco aquí y me creísteis cuando dije que había aprendido la lección y que había cambiado. Les hacéis un hueco a unos y no a otros, os resistís a aceptar a los conjuradores y alimentáis así la retórica y el comportamiento de sus detractores. Toda la gente de esta habitación es culpable de ello, y todo en nombre de nuestras tradiciones. Es hora de renovarlas.

La decana Nabokov se cruzó de brazos.

—¿Has terminado?

—No —le gruñó Masterji Thakur—. En la fecha y hora en cuestión, Ella Durand estaba de visita conmigo en la Sala de los Fundadores del Arcanum y en absoluto estaba cerca de Clare Lumen.

Unos gritos ahogados sonaron por toda la sala y el panel de instructores del Arcanum estalló.

—¿Por qué la llevaste ahí? —le gritó el Dr. Winchester.

—Está prohibido el paso a los aprendices —respondió el Dr. Zolghad.

—Va en contra de nuestros principios —comentó la Dra. Bearden.

—Ella necesitaba saber que este era su sitio. Nuestro mundo finge tener los brazos abiertos a todos cuando en realidad es solo para unos pocos, aquellos que siguen la línea que se les ha marcado y no se salen de ella. Nuestra historia está llena de altibajos, no siempre nos hemos unido a la primera como solemos andar presumiendo. Hablamos demasiado, y una cosa es que te digan que perteneces a un sitio y otra que te lo demuestren.

Masterji Thakur respiró profundamente y apretó la garganta antes de gritar:

—El arquitecto original del Arcanum era un conjurador.

La habitación estalló. Mamá ahogó un grito, papá se sentó en la silla más cercana y ambos se quedaron en silencio por la conmoción. Masterji Thakur empezó a ahogarse y a balbucear, pero un instructor del Arcanum le acercó un vaso de agua.

Los gritos resonaron en la estancia.

—¡Blasfemia!

—¡Mentiroso!

—¡Deberían expulsarte por conspiranoico!

La decana Nabokov dio un golpe con el mazo y el sonido resonó diez veces más fuerte, haciendo que la sala guardara silencio.

A Ella se le aceleró tanto el corazón que se llevó una mano al pecho.

—Entonces, ¿quién atacó a Clare? ¡Eso no explica nada! —gritó el señor Lumen—. Tienen que castigarla.

Las puertas se abrieron de golpe.

—¡ALTO! —gritó una voz. Samaira y su madre, la presidenta de la Liga de Prodigiosos Unidos, entraron en la sala. Su hermoso traje y su hiyab a juego brillaban bajo la luz, y tras de sí entró una cuadrilla de gendarmes.

—¿Cuál es el motivo de su auspiciosa visita, señora presidenta? —El prodictor MacDonald se apresuró a levantarse de su asiento.

La prodictora Rivera lo siguió. Su bastón brillaba con más intensidad cuanto más rápido se movía.

—Nos alegra mucho tenerla aquí.

—Mi hija tiene algo que decirle a la Junta —anunció la presidenta.

A Ella le dio un vuelco el corazón.

La presidenta Al-Nahwi llevó a Samaira al centro de la habitación. Eran un reflejo la una de la otra: hermosos hiyab adornados con joyas y rostros castaño claro.

Samaira sostuvo en alto su farol.

—Me lo he encontrado esta mañana junto con otras muchas cosas perdidas debajo de las tablas del suelo en la torre de la Osa Menor. Llevo al culpable atrapado en mi mochila —dijo y señaló hacia el gendarme que tenía su mochila.

Ella se inclinó hacia adelante, observando cada movimiento de Samaira. ¿Qué podría ser?

Samaria bajó la cremallera y sacó a un duendecillo de la oreja, uno de los de Siobhan. Su piel verde se puso roja por la ira.

—Lo pillé tratando de robarme también los lazos para el pelo.

—¿De quién es esto? —La prodictora Rivera arrancó al duendecillo de las manos de Samaira, chasqueó los dedos y su papel picado se transformó en una prisión diminuta alrededor de la criatura.

—Traedme inmediatamente a Siobhan O'Malley —ordenó la decana Nabokov.

Tres autómatas salieron zumbando de la sala.

La decana Nabokov miró sus ojos saltones.

—¿Qué has hecho?

El duendecillo le respondió con un galimatías.

—¿Alguien aquí habla duendecillo? —preguntó la decana Nabokov.

—Le pediré al Dr. Doyle que venga —dijo el prodictor MacDonald—. Estas criaturas son famosas por causar problemas.

Las puertas se volvieron a abrir y una malhumorada Siobhan entró arrastrando los pies y rodeada por tres autómatas. Los otros dos duendecillos iban encaramados a su hombro y siseaban y le enseñaban los dientes a la gente de la sala.

El duendecillo enjaulado empezó a chillar.

—Siobhan O'Malley, ¿son tuyos estos duendecillos? —le preguntó la decana Nabokov.

—Sí, son duendecillos nocturnos.

—¿Sabías que han seguido robando después de tu primer aviso?

Los duendecillos ocultaron la cara.

Siobhan les habló en una lengua extraña que el cristal de traducción de Ella no supo descifrar.

El Dr. Doyle entró corriendo, rojo y sin aliento, y se enjugó el sudor de la frente con un pañuelo de lunares. Miró a la izquierda, a la derecha, hacia arriba y hacia abajo, se encogió de hombros al ver a los duendecillos y les habló. Ellos se encogieron de miedo.

—¿Qué les estás diciendo? —preguntó la decana Nabokov.

—Les estoy pidiendo que confiesen sus travesuras —respondió el Dr. Doyle—. Entienden nuestro idioma perfectamente, por mucho que se diga lo contrario.

—Somos culpables —admitió uno de los duendecillos—. No queríamos que nuestra Siobhan, nuestra dulce Siobhan, tuviera que soportar a tanta gente portándose mal con ella, vigilándola, así que los metimos en un lío.

—Fuimos nosotros quienes hicimos la voz de Ella. Sabemos imitarla para que suene como la suya —respondió otro—. La copiamos y tomamos su aspecto.

—Pero nos pagaron mucho oro y muchos lazos, que nos encantan. Nos los dieron para hacer travesuras —proclamó un tercero.

—¿Quién os pagó? —Siobhan se mostró reacia.

—Ya basta de payasadas. —El Dr. Winchester dio un golpe en la mesa con las manos y se preparó para irse.

Los duendecillos lo rodearon y él trató de quitárselos de en medio.

—¡Él! Él nos da cosas brillantes.

—No tengo ni idea de lo que están hablando. —Los apartó de un manotazo—. ¡Los duendecillos nocturnos son unos mentirosos de cuidado! —Tartamudeó con la cara roja como un tomate—. ¿Cómo vais a creeros algo de lo que digan?

La decana Nabokov entrecerró los ojos.

—¿Tengo que pedirle al Dr. Schwab un elixir de la verdad?

El Dr. Winchester se puso morado.

—¡¿ME AMENAZAS A MÍ CUANDO NUESTRA SOCIEDAD ESTÁ EN PELIGRO?! —Levantó las manos—. Los conjuradores van a acabar con nosotros. Lo he visto, pues sabios son los ojos. He tratado de impedirlo. Algún día me lo agradeceréis.

Mamá jadeó y papá cerró los puños, furioso. Aquellas palabras ardían dentro de Ella.

La presidenta Al-Nahwi hizo un gesto a los gendarmes y sacaron al Dr. Winchester de la sala como si no fuera más que un pelele.

Una vez que se despejó la sala y la concurrencia se calmó, el decano Nabokov y los prodictores se pusieron en pie.

—Se retiran los cargos —anunció el prodictor MacDonald y Ella se echó en los brazos de mamá y papá, que le dieron un millón de besos. Pudo sentir cómo se le ponían rojas las mejillas.

—La verdad siempre sale a la luz, corazón. —Mamá le sostuvo la barbilla en alto y miró a papá—. Ahora te vemos, que vamos a hablar con los prodictores.

Ella se acercó a Siobhan y la abrazó por detrás mientras que los duendecillos le acariciaron las trenzas y se disculparon.

—Lo siento —dijo Siobhan con lágrimas en los ojos.

El señor Lumen y su familia salieron de la sala furiosos, entraron todos los reporteros y Ella y Siobhan se vieron bañadas por la luz de todas las cámaras.

Aquella vez sonrió tanto que le dolieron las mejillas.

INSTITUTO DE FORMACIÓN ARCANA PARA EMPEÑOS PRODIGIOSOS Y MISTERIOSOS

—COLEGIO MENOR—

NOTAS FINALES DEL PRIMER AÑO (NIVEL UNO)

Nombre: Ella Durand

REQUISITOS BÁSICOS

Introducción a la Historia de los Prodigios y los Prodigiosos	5
Introducción a la Luz del Prodigio	5
Conjuros para Principiantes	5
Encantamientos Universales y su Origen	5

REQUISITOS DE PARANGÓN

Pronosticación del Futuro I: la Adivinación del Futuro en el Mundo	5
Elixires Mundiales	5
Encantamientos de Tradición Oral del África Occidental	5
Elementales Globales: Agua y Aire	5

CRITERIOS DE PUNTUACIÓN

5 = Lo domina perfectamente

4 = Muestra altas aptitudes

3 = Satisfactorio

2 = Necesita mejorar

1 = No muestra esfuerzo ni progreso

CALIFICACIÓN: **Ella es más que competente.**

ATELIER DE PERFUMES DE LA SEÑORA VICTORIA BAUDELAIRE

El cielo azul veraniego se diluyó en un crepúsculo anaranjado sobre los tejados de París. Gia se levantó la falda para evitar un charco justo antes de entrar en la tienda más bonita de los Campos Elíseos, que parecía más una tarta de boda de varios niveles que un lugar al que visitar. Pintada de color crema y rosa, las ventanas estaban decoradas con cintas de oro y florituras carmesíes. Sobre la puerta colgaba como una araña un letrero con unas letras cursivas brillantes: *Victoria Baudelaire: L'Atelier des Parfums*.

El tintineo de una campanita anunció su llegada. Sutil y elegante, tal y como le gustaba.

La bella disposición de la tienda le dio la bienvenida: dos cisnes de plata arrojaban agua perfumada de jardín desde sus picos a una fuente enorme en el centro de la tienda. En unos expositores había unos magníficos frascos transparentes con aceites, bálsamos y ceras.

Un autómata de metal pasó zumbando a su lado, recogió unas cestas, las colocó en los estantes cercanos y luego dejó algunos artículos en manos de una mujer detrás de un mostrador. Junto a la mujer estaba lo que parecía una versión diminuta de ella. Ambas tenían unos brazos esbeltos, como de muñeca, y brillaban como dos esthelios de oro nuevos bajo los globos de la ventana mientras la mujer mayor le enseñaba a la niña cómo atar una caja con una cinta brillante y delicada.

Levantó la vista y se encontró a Gia sonriéndole.

—Bienvenida a la mejor perfumería de todo París. Tenemos destilados, aromatizantes, brebajes y perfumes únicos —dijo en francés—. ¿Puedo ayudarla a encontrar algo especial?

Gia sonrió.

—Creo que sí.

—¿Busca algo para regalo?

A su lado había una mesa ornamentada con tres botellines dorados que tenían grabado el emblema de la señora Baudelaire (un ramo de flores atado por una serpiente), un montón de pañuelos de encaje y tres varillas de cristal. Los perfumes sólidos y líquidos llevaban etiquetas con el precio, y los polvos, las brochas y los botes de colorete estaban dispuestos como pastitas sobre una bandeja de dulces.

—¿Es usted la señora Baudelaire, la nariz más famosa de todo París? Parece usted muy joven.

La mujer se rio.

—Sí que soy joven. Esta es mi hija, Amélie.

La niña miró a Gia con unos brillantes ojos de color avellana.

—Mis perfumes tienen, cómo se dice... propiedades reconstituyentes. El aroma puede mantener joven a alguien y hacerle recordar sus días de juventud.

—¿En serio?

—Quizá se pregunte: ¿quién necesita perfume? ¿Quién necesita sales de baño, lociones o pomadas? Quizá piense que es innecesario, pero le pido que lo piense de nuevo. El arte del perfume existe ya desde los antiguos egipcios. ¿Alguien sabe por qué ha sobrevivido durante milenios?

Gia no medió palabra porque había ido allí precisamente a escuchar ese discursito... y lo que vendría después.

—Porque el olor proporciona un recuerdo a la mente que no se ve afectado por el tiempo y así podemos volver siempre a los lugares que queremos visitar. Podemos recuperar aquello que ya no existe o incluso abrir nuevos mundos... si se es lo suficientemente inteligente. —Agitó las manos en el aire—. Su primer viaje al bosque, el olor a pino y a madera quemada; la primera flor que olió: petunias, una rosa roja, un lirio; el olor de la comida de la abuela: pan caliente y azúcar.

La mujer sopló un polvo brillante que parecía flotar sobre el mostrador y Gia sintió un olor a naranja y lavanda.

—Estos recuerdos se pierden, se alejan de la mente conforme pasa el tiempo, pero el poder de una fragancia puede restaurarlos. Tengo hasta una mezcla especial que puede mantener a salvo todos los recuerdos que haya tenido.

—Habla del perfume como si fuera... —la palabra se le pegó a la lengua como un caramelo derretido— mágico.

—Ah, porque puede ser mágico —respondió ella—. Permítame prepararle algo.

—Asegúrese de que sea prodigioso... porque usted es una prodigiosa.

La mujer se quedó helada.

—No sé a qué se refiere. ¿Qué quiere decir?

Gia sonrió y utilizó su prodigio para machacar el frasco de perfume del mostrador.

—He venido a por otra cosa. He oído que usted colecciona y elabora *parfum des mémoires*.

La mujer se volvió hacia Amélie.

—Vete al almacén, tengo que hablar un momento con la clienta.

Amélie se escabulló hacia el cuarto de atrás.

—¿Quién es usted y qué quiere? —Los ojos de la mujer se movieron entre Gia y el bolso abultado que sostenía.

—Lo que le he pedido.

La mujer se encogió de hombros y sacó una caja de música de una estantería. A Gia le dio un pequeño respingo el corazón cuando levantó la tapa.

Un tintineo débil se escapó cuando la señora Baudelaire abrió un cajoncito interior de terciopelo para así revelar otro compartimento.

Pensar en su hija, Beatrice... o Brigit, como se la conocía ahora, la revitalizó y le hizo sentir que lo que estaba haciendo era lo correcto.

En el compartimento secreto de la caja de música había noventa y dos botellas de cristal llenas y ocho vacías, y la mujer se las mostró a Gia. En el interior de cada una aparecían y desaparecían unas hebras doradas dentro del líquido. A un ojo inexperto le parecerían simplemente frascos de perfume, pero todos ellos contenían un recuerdo, ya fuera bueno, malo o una cosa intermedia, y Gia necesitaba recuerdos, recuerdos de prodigios y de los grandes prodigiosos del pasado.

—Más —respondió Gia sin atreverse a apartar la vista.

La mujer sacó dos frascos vacíos, les quitó los tapones y los vertió en el cilindro de cristal. Gia pasó los dedos por encima como si aquellos frascos tintineantes fueran más valiosos para ella que todas las joyas del mundo.

—Vas a tener que venir conmigo —le pidió Gia.

—¿Por qué? Ya no soy parte de ese mundo.

Gia sacó uno de los relojes de Fournier del bolsillo y cuando abrió la tapa las polillas nocturnas marrones se congelaron contra el cristal de la ventana. El líquido bulló en los frascos, los papeles se esparcieron por toda la tienda, los tarros de cristal se estrellaron contra el suelo y las alacenas y las estanterías se agitaron, a punto de romperse.

La mujer se aferró a las esquinas del mostrador.

—Uno de mis Ases está muy lejos de su hogar. Me debes un favor y he venido a recogerlo. —Gia mostró su verdadero rostro—. También necesito a Amélie.

—¿Gia? —susurró la mujer—. Estás viva.

—No veo que estés muy al tanto de las noticias prodigianas —le respondió.

—Ciertamente, no.

CAPÍTULO TREINTAIUNO

EL EXAMEN DE PRODIGIO

Ella se sentó frente a Masterji Thakur en la mesa de su laboratorio. Una taza de té humeante descansaba justo en el centro.

—¿Se siente mejor? —le preguntó Ella.

—Sí, cada día un poco mejor, y te tengo que agradecer que estés aquí —respondió él.

A Ella se le encendieron las mejillas.

—Gracias por decir lo que ha dicho hoy sobre mí.

—Espero que te hayas dado cuenta de que el Arcanum es tu hogar. Eres una heroína.

Se esforzó por ponerse en pie con la ayuda de su bastón y Ella también fue a levantarse de la silla.

—No, no, siéntate, tengo algo para ti. —Masterji se dirigió a uno de sus armarios y volvió con un pequeño cofre ornamentado—. Por si todavía dudas de que este sea tu lugar, quería darte algo para que estudiases durante el verano. Puedes enviarme astrogramas y yo estaré encantado de escuchar todos tus descubrimientos.

—¿Va a volver? —A Ella se le iba a salir el corazón del pecho. Un rumor decía que no regresaría al Arcanum después de por lo que había tenido que pasar, y no podía culparlo por ello.

—No pienso dejar que nadie me dé caza nunca… y tú tampoco deberías.

Le hizo un gesto para que abriera el cofre. Ella pasó los dedos por la tapa enjoyada y la abrió. Los planos del Arcanum salieron volando y se desplegaron ante ellos.

Ella soltó un jadeo.

—¿Acaso puedo tenerlos? ¿No se darán cuenta?

—No se darán cuenta al principio —sonrió—. Me he ocupado de ese asunto y he dejado allí una copia falsa para que tuvieras tiempo de inspeccionarlos. —Le guiñó un ojo y Ella sonrió.

Ella abrió su libreta por la página del hechizo que su madre le había enseñado durante las vacaciones de invierno, uno que hacía que el papel de conjuro revelara a su escriba.

—¿Puedo probar algo?

Masterji Thakur asintió y ella pasó cuidadosamente los dedos sobre los viejos planos, como su madre siempre hacía cuando se preparaban para viajar a través de los mapas del libro rojo. Respiró profundamente y empezó a recitar: *Revela tu secreto, cierto y verdadero. Buenas son mis obras, y mi pulso, sincero.*

La voluntad de Ella se introdujo en las fibras del papel, obligándolo a exponer a su creador.

La silueta delineada de un hombre negro se proyectó desde él. Un compañero de conjuración búho descansaba sobre su hombro izquierdo y un carboncillo salía de sus largas trenzas. Unas gafas se deslizaban por su nariz y los miraba con unos hermosos ojos oscuros, los de su propio padre.

En la esquina del mapa se reveló una pequeña firma.

Jean-Michel Durand.

A Ella le dio un vuelco el corazón.

—Astros, Ella, esto es increíble. —Masterji Thakur se acercó a la silueta y se frotó la barba, que tenía tintes grises—. ¿Conoces ese nombre?

—Lo he visto en el árbol genealógico de mi padre. —Ella no podía dejar de mirarlo—. ¿Qué significa esto?

Masterji Thakur respiró hondo y se abrió el cuello de la camisa. Sobre la clavíacula tenía escrita una B y negó con la cabeza.

—No puedo hablar de ello...

—El bozal.

—¿Quién le hizo eso?

Masterji Thakur volvió a apuntarse a la garganta.

—No diga nada, por favor. —Ella no podía soportar verlo sufrir otro ataque—. ¿Cuándo se lo quitarán? —No podía creer que le hubiera pasado aquello.

Él se encogió de hombros y Ella se sintió triste pensando en lo doloroso que debía resultar.

—Eres una persona a la que le gusta saber cosas y sé que no vas a parar hasta que hayas respondido a todas las preguntas —dijo y luego le dio un gran sorbo al té.

Un montón de preguntas se arremolinaron en su cabeza: ¿Era Jean-Michel un fundador? ¿Qué le había pasado? ¿Por qué el Instituto lo había ocultado? El papá de Ella solía decirle que la vida era un reloj enorme y complejo, un mecanismo de engranajes, muelles y manecillas que cumplían un propósito y una función particular. En aquel momento sintió como si hubiera explotado el suyo: a todo lo que había aprendido a lo largo del curso siempre le faltaba una pieza.

Masterji Thakur tamborileó en la mesa con los dedos.

—Casi puedo oír las preguntas que te rondan.

—¿Qué va a pasar ahora? ¿Qué debería hacer?

Sus ojos se llenaron de compasión.

—Cada vez que sientas que este no es tu sitio o tengas dudas, piensa en los planos, y nunca dejes de hacerte preguntas difíciles.

Ella pidió a los planos que ocultaran sus secretos de nuevo y los volvió a colocar en el baúl.

—¿De verdad era amigo de esa mujer?

La vergüenza inundó sus ojos.

—Puedes decir su nombre.

—Gia —susurró Ella.

—Lo fui. La conocía hace mucho tiempo, antes de que fuera así, antes de que fuera malvada.

—¿Cómo le secuestró?

—Es capaz de crear puertas y entrar en cualquier espacio que quiera siempre y cuando tenga las herramientas adecuadas para establecer una conexión. Debe de haber conseguido algo de mi despacho. Aún no sé cómo, pero lo averiguaré. —Le dio una palmadita en la mano—. No te preocupes. Ya se ha ido y estamos a salvo, es hora de pensar en el futuro. Hoy es tu gran día, tu examen.

Ella sintió un cosquilleo nervioso en su interior.

—¿Qué cree que verá el examen de prodigio en mí? ¿Qué mostrará el elixir de luz?

—Sea cual fuere el parangón en el que acabes, tendrán suerte de tenerte. ¿Estás lista?

—Sí.

Aquellas palabras le hicieron sentir un pequeño aleteo de esperanza.

Ella se hizo un hueco entre Jason y Brigit en el corazón del salón de actos, a la espera de que empezara el examen de prodigio. Unos globos a rayas con las iniciales «I.F.A.» volaban como gruesas nubes veraniegas que dejaban un rastro de confeti en vez de lluvia. Una mesa con siete instructores flotaba en lo alto y los miraba como si fueran los dioses del Instituto.

Los aprendices más veteranos se sentaban en las gradas y sostenían estandartes con los símbolos de cada parangón, silbaban y aplaudían a los alumnos de nivel uno.

Ella se sintió en el fondo de una pecera. Todo el mundo la miraba fijamente deseando que hiciera algún truco. Había llegado el día que había estado esperando todo el año.

El salón aplaudió cuando un micrófono se puso enfrente del prodictor MacDonald.

—Os damos la bienvenida, célebres y brillantes aprendices, al último día de clase.

El salón estalló de nuevo en aplausos.

El prodictor MacDonald agitó las manos en el aire para acallar el entusiasmo.

—¿Sabéis qué significa eso? Que ha llegado la hora del examen de prodigio y de colocar a nuestros niveles uno en sus parangones —sus ojos recorrieron al público—. Sé que tenéis la preparación suficiente para encontrar vuestro verdadero hogar en el Arcanum. El Colegio Menor es el primer paso en vuestra Senda Prodigiana.

A Ella le dio un vuelco el corazón.

La prodictora Rivera silbó para acallar el ruido de la sala.

—Este examen ha formado parte de nuestra comunidad desde que abrió el Instituto. Al igual que organizamos las estrellas del cielo organizamos nuestra luz interior, dándole un sentido al caos y el lugar que le corresponde a cada aprendiz. Nuestros fundadores no querrían que nadie se quedase atrás —sus ojos se encontraron con Ella y le sonrió—. La unión lleva a la camaradería y crea una conexión entre nuestras diferentes personalidades. Estamos ansiosos por conocer a las nuevas estrellas de nuestra constelación del Arcanum.

El prodictor MacDonald bajó una escalera flotante y un astradiano llevó una máquina gigantesca que brillaba como un sol de verano hacia el centro de la sala.

El salón entero estalló en exclamaciones.

—Os administraré un tónico, nuestro elixir de luz, en el dedo índice.

De la máquina sacó un frasco que parecía un reloj de arena y la levantó para que todo el mundo se maravillara.

—Esto me garantizará una gota de vuestra luz interior. No os va a doler, os lo prometo. Lo ha elaborado nuestro querido Masterji Thakur, al que le damos de nuevo la bienvenida.

Los aprendices aplaudieron y silbaron.

El prodictor MacDonald tocó la máquina, lo que causó que los grabados se iluminaran como el pulso de unas venas a través del bronce.

—Veamos qué nos revela —dijo, y señaló la pared a su izquierda.

Una pizarra gigantesca se dio la vuelta y mostró las palabras REGISTRO DE PARANGÓN DEL ARCANUM.

—Anotaremos vuestros prodigios y el paragón al que pertenece cada uno de vosotros y luego podréis uniros a vuestra nueva familia —señaló hacia los símbolos de parangón en la máquina—. Recibiréis vuestra insignia oficial y, si tenéis la suerte no solo de ser prodigiosos sino también extraordinarios, podréis convertiros en campeones y representar a vuestro parangón en el torneo de Lucha de Prodigios del año que viene. —Una sonrisa enorme se dibujó en su cara—. Felicitamos a los parangones del Sonido por haber ganado el torneo de este año.

—¡La mano no teme! —corearon los aprendices del fondo.

—Sacaré vuestros nombres de la máquina de forma aleatoria. Por favor, venid cuando os llame —les explicó el prodictor MacDonald.

Ella miró todo el salón preguntándose si aquello sería lo que su trastarabuelo había soñado. El secreto le ardía en la lengua. Antes de que sus padres se marcharan a casa, mamá le había levantado las trenzas y le había puesto delante un espejito de mano. En el reflejo Ella pudo ver un cambio en su marca de conjuración. El lunar en forma de alubia se había abierto y una línea se extendía por su cuello como la cola de una cometa.

Estaba lista para ser una prodigiosa con una marca de conjuración.

Ella se enderezó en su asiento mientras que la prodictora Rivera leía los nombres en voz alta. Cada uno de ellos la golpeó con una onda de emoción.

Los nervios la llenaron por dentro. Pasaría de un momento a otro.

—Clare Lumen.

»Macklin Feldman.

»Erin Stein.

»Luz Santos.

»Lian Wong.

»Samaira Al-Nahwi.

»Matthew Ringler.

»Tiffany Liao.

»Julie Murphy.

Los aprendices se levantaron de un salto y fueron hasta la máquina a paso ligero y con las manos extendidas, ansiosos por confirmar su prodigio y unirse a su parangón. Con orgullo se pusieron los emblemas en sus mantos. El patrón se repetía una y otra vez.

—Siobhan O'Malley.

Algunos aprendices mayores la abuchearon cuando se acercó a la máquina y el duendecillo sobre su hombro les hizo un mohín. Ella se sintió triste por Siobhan. Había aceptado su disculpa pero al resto le daba igual, ya que las cajas de noticias habían publicado una crónica sobre el incidente. Todo el mundo sabía lo que habían hecho los duendecillos, y ser el foco de atención había hecho que se publicaran historias infames sobre sus padres. En cuanto colocaron a Siobhan en el parangón del Sonido con un prodigio familiar, Ella se puso en pie y la aplaudió. Los ojos curiosos se clavaron en su espalda, pero la leve sonrisa en el rostro de Siobhan hizo que le mereciera la pena.

—Jason Eugene.

Todos los Eugene vitorearon y provocaron un maremoto. Ella pudo ver a Jason tragar saliva y vio cómo saltaban sus trenzas. Ella le sonrió con confianza y le susurró:

—Va a ir genial.

Brigit le apretó el brazo.

—No seas un gallina.

Él respiró hondo, se puso en pie, se apartó las trenzas de la cara y se hizo una coleta con ellas.

Ella se mordió el interior de la mejilla mientras él caminaba por el pasillo hacia el fondo del salón. Sabía en qué parangón terminaría y aun así la mente le daba vueltas. ¿Seguirían siendo amigos si ella no acababa en Sonido? ¿Seguirían juntos?

—Parangón del Sonido, prodigio familiar —anunció el prodictor MacDonald.

—¡El oído, siempre aguzado! —gritaron los Sonido.

Jason se volvió hacia Ella y Brigit, les esbozó una gran sonrisa de oreja a oreja y fue a sentarse con su nueva familia de parangón.

El prodictor MacDonald tiró de la palanca.

—Siguiente, Ella Durand.

Ella se levantó de un salto como si hubiera un petardo debajo de su silla.

Los silencioglobos inundaron la sala y se hizo tanto silencio que Ella pensó que todo el mundo podría escuchar lo fuerte que le latía el corazón.

Contó hasta tres para prepararse. Uno…

El sudor le bajaba por la frente como si fuera el día más caluroso de Nueva Orleans.

Dos…

Tragó saliva y miró los estandartes de los parangones.

Tres.

Llegó al final del pasillo y sus ojos se encontraron con Masterji Thakur, que le guiñó un ojo. Ella se puso más recta.

Estoy lista, pensó.

—Ella Durand —anunció el prodictor MacDonald—. Bienvenida a tu examen de prodigio.

La máquina irradiaba calor como si el sol se hubiese convertido en latón. Visto de cerca, el aparato tenía varios compartimentos marcados con los cinco parangones: un ojo, una oreja, una boca, una mano y un corazón. La superficie lisa tenía grabados de las constelaciones.

—¿Estás lista? —le preguntó.

Ella encontró a su madrina con la mirada antes de decir que sí. Tía Sera le sonrió y Ella se sintió aún más decidida.

—Sí —dijo un poco fuerte y luego imitó a los demás y extendió la mano.

El prodictor MacDonald quitó el corcho del frasco, introdujo una pipeta, sacó un poco de líquido y le puso una gota en la palma de la mano.

Una parte de ella no podía creerse que aquel fuera el mismo elixir que Gia Trivelino había manipulado para robar prodigios y herir a la gente. Los ojos de Ella se abrieron de par en par cuando la cálida perla se extendió por las grietas de la palma de su mano y bajó por su dedo índice hasta llegar a la punta, donde se convirtió en una perla resplandeciente de luz violeta. El prodictor Macdonald la recogió con un instrumento metálico y la introdujo en el compartimento de la máquina.

Tiró de la palanca y los cinco símbolos de los parangones se iluminaron.

A Ella se le aceleró el pulso mientras esperaba.

Las luces se apagaron y una ranura le escupió un emblema que el prodictor recogió y lo sostuvo en alto.

—Parangón del Temple con un prodigio de cartomancia.

—¡Sabios son los ojos! —gritó la habitación.

Ella lo miró confundida. Nunca antes había escuchado aquella palabra.

—Cartas. Podrás leer la fortuna.

Una sensación de calidez la invadió. Pensaba que aquel momento sería diferente, como si la pieza del puzle estuviera por fin en su sitio, pero se dio cuenta de que, después de todo lo que había pasado y todo lo que Masterji Thakur le había enseñado, aquel ya era su hogar.

Le entregó el emblema. El metal calentó su mano como una galleta recién salida del horno y Ella estudió todos los detalles del disco en miniatura mientras que el símbolo grabado del ojo parpadeaba.

Todo iba bien.

Genial, de hecho.

INSTITUTO DE FORMACIÓN ARCANA PARA EMPEÑOS PRODIGIOSOS Y MISTERIOSOS

—Colegio Menor—

Sesión formativa de verano

Horario de prácticas de nivel uno

Nombre: ***Brigit Ebsen***

REQUISITOS BÁSICOS

Panorama de la Historia Prodigiana	Dra. Dorothy McGee
Recuperación: Astrología	Dra. Isabel Acevedo
Recuperación: Taller de Luz del Prodigio	Dra. Amelia Bearden
Recuperación: Pronosticación	Dra. Tanisha Johnson
Recuperación: Encantamientos	Dra. Ellen Oh

Calificación: ***Aprobada.***

Pesquisas Prodigiosas

¡TAPADERA DEL GOBIERNO! NUEVA PRUEBA ENCONTRADA EN LA ESCENA DEL CRIMEN DE LAS CARTAS DEL DESTINO FATAL!

por Ronald Rumple Jr.

22 DE JUNIO

El gobierno prodigioso nos oculta cosas, queridos lectores. No querían que os dijera esto…

¡Querían taparlo!

¡Querían fingir que se ha restaurado por completo el orden!

Pero… no es así.

Es mentira.

Mis fuentes me dicen que había una prueba que desapareció de los informes sobre la fuga de las Cartas del Destino Fatal, una llave de esqueleto grabada con las iniciales «C. B.» que no fue presentada ante el público, fue ocultada. ¿A quién pertenece esa llave? ¿Les pidieron a los expertos con prodigios de hierro que la examinaran?

¿Qué ocultan?

Yo lo sé:

Alguien ayudó a aquella payasa a salir de la prisión.

¡SE BUSCA!

GIA TRIVELINO

ADVERTENCIA:

¡PELIGROSA!

Agradecimientos

Este libro es mi corazón puesto por escrito. De niña siempre esperaba encontrar alguna aventura increíble más allá de mi ventana, una en la que la gente como yo pudiera disfrutar de una magia inconmensurable. Quería acaparar la magia todos los días, y hubiera significado mucho para mí ver a mi comunidad y a mi familia unirse en lo que más me gustaba, los libros, y especialmente los que trataban sobre escuelas de magia. Recuerdo que la primera vez que leí *La peor bruja* quería sumergirme desesperadamente en la Academia de la Señorita Cackle para brujas. Las historias de escuelas de magia están omnipresentes en la literatura infantil y son una parte esencial de ella que, sin embargo, siempre ha dejado fuera a muchos niños que se parecían a mí y que se parecían a los que he dado clase durante muchos años, así que construí el Prodigioverso para aquellos que se sentían invisibles pero ansiaban la magia y las aventuras.

Sacarlo a la luz me ha costado muchos años y la ayuda de un pueblo entero. Me gustaría darles las gracias a mis editores, mis *prodictores*: por un lado, Tiffany Liao, que me animó a profundizar en cada borrador y se lanzó conmigo a las trincheras para organizar y reorganizar los textos sin importar cuántos borradores hicieran falta, y por otro lado, Brian Geffen, que tiene una precisión quirúrgica y cuyas manos me ayudaron a plantar esta obra y a que diera frutos.

Me gustaría dar también las gracias a mi brillante agente Molly Ker Hawn, que siempre creyó en mí. Gracias por acompañarme en esta travesía, sacarme de más de un apuro y creer en la visión. Eres una campeona feroz y me alegra de corazón tenerte.

Quisiera dar las gracias a todo el equipo de Macmillan Publishing: a mi querida amiga Ann Marie Wong, mi gran defensora y yo la suya; a la fabulosa Liz Dresner, que hace magia con sus diseños, y a Molly Ellis y Brittany Pearlman por asegurarse de que la gente conociera mis libros.

De la misma forma, gracias a mis correctores Jackie Dever y Taylor Pitts, que pusieron en su sitio mi gramática inestable y se aseguraron de que todo funcionara como es debido. Gracias por darme ánimos y por estar ojo avizor a todo.

Muchas gracias a Zoraida Córdoba y a Jason Reynold por atender todas mis incesantes llamadas sobre este libro y por ayudarme a descubrir cómo hacer que funcionara y tuviera impacto. Os aprecio a más no poder, y especialmente vuestros magistrales cerebros y vuestros interminables pozos de paciencia frente a mis travesuras.

Muchísimas gracias a toda la gente a la que incordié con preguntas sobre mi mundo global y que me ofrecieron su sabiduría y orientación: Candice Iloh, Tracey Baptiste, Olugbemisola Rhuday-Perkovich, Ashley Woodfolk, Nic Stone, Bethany C. Morrow, L. L. McKinney, Kwame Mbalia, Karen Strong, Tracy Deonn, Tiffany D. Jackson, Lamar Giles y Ellen Oh.

De la misma forma, mis agradecimientos a mis lectores tempranos y sus preciados comentarios: Mark Oshiro, Ebony Elizabeth Thomas, Navdeep Singh Dhillon, Margeaux Weston, Clay Morrell y Carlyn Greenwald.

A mi artista de la portada, Khadijah Khatib, que le ha dado vida a mi mundo en esta ilustración tan maravillosa. Gracias por imprimirle tu toque y hacer que este libro sea algo por lo que la Dhonielle de diez años perdería la cabeza.

A mi cartógrafa prodigiana, Virginia Allyn, gracias: eres toda una estrella. Gracias por crear mapas que hagan que los lectores quieran siempre encontrar el camino hacia mis mundos. Tienes mucho talento y me siento bendecida por trabajar contigo.

Me gustaría darle las gracias también a Victoria Marini, que creyó en este mundo desde el principio y le encontró el lugar perfecto hace ya muchos años, en 2017.

A mamá y a papá, gracias por llenar mi infancia de magia. Este libro es el resultado de ello.

Y a mis lectores, gracias. Os doy la bienvenida al Prodigioverso. Espero que podáis llamarlo «hogar».